家藏文库

声律启蒙　笠翁对韵

〔清〕车万育〔清〕李渔　编　　谢永芳　注评

中州古籍出版社
·郑州·

图书在版编目（CIP）数据

声律启蒙 笠翁对韵／（清）车万育,（清）李渔编；谢永芳注评. — 郑州：中州古籍出版社，2018.1（2019.11重印）
（家藏文库）
ISBN 978-7-5348-7433-8

Ⅰ.①声… Ⅱ.①车… ②李… ③谢… Ⅲ.①诗词格律-中国-启蒙读物 Ⅳ.①I207.21

中国版本图书馆CIP数据核字（2017）第264986号

家藏文库：声律启蒙　笠翁对韵

选题策划　卢欣欣　赵发杰
约稿统筹　卢欣欣
责任编辑　贠蒙蒙
责任校对　张晓雨
封面设计　王　歌
版式设计　曾晶晶

出　版　中州古籍出版社
　　　　　地　址：郑州市郑东新区祥盛街27号6层
　　　　　邮　编：450016
　　　　　电　话：0371-65788693
经　销　新华书店
印　刷　郑州市毛庄印刷厂
开　本　640毫米×960毫米　1/16
印　张　21.5印张
版　次　2018年1月第1版
印　次　2019年11月第4次印刷
字　数　275千字
定　价　33.00元

前　言

蒙学有广义和狭义之分。目前学界的一般看法认为，广义的蒙学，是指古代的启蒙教育，包括其体制、方法、教材等内容；狭义的蒙学，则是专指启蒙教材，即童蒙读本。在古代，儿童"开蒙"，接受教育的年龄一般在四岁左右，这一阶段所使用的教材，主要就是所谓的"三百千千弟子规"（即《三字经》《百家姓》《千字文》《千家诗》《弟子规》）。同时，也会接触"四书"（《大学》《中庸》《论语》《孟子》）等，以便为日后更高层级的学习打下基础。

古代蒙学教育通常采用个别教育的手段，注重背诵与练习。其基本目标，是培养儿童的认字和书写能力，使其养成良好的日常生活习惯，能够具备以儒家思想为主的基本的伦理道德规范，并且了解中国文化和掌握日常生活的一些基本常识。朱熹自叙《童蒙须知》即云："夫童蒙之学，始于衣服冠履，次及言语步趋，次及洒扫涓洁，次及读书写文字，及有杂细事宜，皆所当知。今逐目条列，名曰《童蒙须知》。若其修身治心、事亲接物，与夫穷理尽性之要，自有圣贤典训昭然可考，当次第晓达，兹不复详著云。"清人陈弘谋《养正遗规》于此有按语曰："蒙养从入之门，则必自易知而易从者始。故朱子既尝编次小学，尤择其切于日用，便于耳提面命者，著为《童蒙须知》，使其由是而循循焉。凡一物一则，一事一宜，虽至纤至悉，皆以闲其放心，养其德性，为异日进修上达之阶，即此而在矣。吾愿为父兄者，毋视为易知，而教之不严；为子弟者，更毋忽以不足知，而听之藐藐也。"基本上就是我们直到现在仍然经常强调的"先做人，再读书"。

在蒙学韵对类古籍中，清初车万育的《声律启蒙》、李渔的《笠翁对韵》以及明代司守谦的《训蒙骈句》、兰茂的《声律发蒙》，是较为著名的四种。尤其是前三者，被称为"吟诗作对三基"，都按平水韵编排，以上、下平三十韵为序，归纳对语。其中，上平声十五韵：一东、二冬、三江、四支、五微、六鱼、七虞、八齐、九佳、十灰、十一真、十二文、十三元、十四寒、十五删；下平声十五韵：一先、二萧、三肴、四豪、五歌、六麻、七阳、八庚、九青、十蒸、十一尤、十二侵、十三覃、十四盐、十五咸。

这里补充交代一点关于诗韵的基础知识。一般认为，现存最早的一部诗韵是《广韵》。《广韵》的前身是《唐韵》，《唐韵》的前身是《切韵》。《广韵》共有二百零六韵，《唐韵》《切韵》应该也是二百零六韵（据今人考证，《唐韵》《切韵》原来分别只有一百九十五韵、一百九十三韵）。唐初许敬宗等奏议，把二百零六韵中邻近的韵合并来用。（参王力《汉语语音史》）后来，王文郁于金大定六年（1166）将《广韵》二百零六韵合并为一百零六韵，定名《增注礼部韵略》，由平水书坊刊行。正大六年（1229），更名为《平水新刊礼部韵略》再次刊行。南宋淳祐十二年（1252），平水人刘渊著《壬子新刊礼部韵略》，合并《广韵》二百零六韵为一百零七韵。元初，阴时夫编《韵府群玉》即据王文郁所定一百零六部韵。大德十年（1306），《平水新刊礼部韵略》三度刊行。清康熙年间，张玉书等奉旨据王文郁一百零六部韵撰成《佩文韵府》，平水韵经钦定，流传成为清代官韵。在这一百零六个韵部中，平声三十韵之外，还有上声二十九韵：一董、二肿、三讲、四纸、五尾、六语、七麌、八荠、九蟹、十贿、十一轸、十二吻、十三阮、十四旱、十五潸、十六铣、十七筱、十八巧、十九皓、二十哿、二十一马、二十二养、二十三梗、二十四迥、二十五有、二十六寝、二十七感、二十八俭、二十九豏；去声三十韵：一送、二宋、三绛、四寘、五未、六御、七遇、八霁、九泰、十卦、十一队、十二震、十三问、十四愿、十五翰、十六谏、十七霰、十八啸、十九效、二十号、二十一个、二十二祃、二十三漾、二十四敬、二十五径、二十六宥、二十七沁、二十八勘、二十九艳、三十陷；入声十七韵：一屋、二沃、三觉、四质、五物、六月、七曷、八黠、九屑、十药、十一陌、十二锡、十三职、十四缉、十五合、十六叶、十七洽。具体来说，如"一东"，就是把跟"东"字韵母相同或相近的常用字都归在这一部类，"一东"中还有：同、铜、桐、筒、童、僮、瞳、中、衷、忠、虫、终、戎、崇、嵩、弓、躬、宫、融、雄、熊、穹、穷、冯、风、枫、丰、充、隆、空、公、功、工、攻、蒙、笼、聋、珑、洪、红、鸿、虹、丛、翁、聪、通、蓬、烘、潼、胧、礮、峒、螽、梦、讧、冻、忡、鄪、恫、总、侗、窿、懵、庞、种、盅、芎、倥、艨、绒、葱、匆、騘。又如，"十五咸"中还有：函、缄、岩、谗、衔、帆、衫、杉、监、凡、馋、芟、搀、喃、嵌、掺、严。

韵对类教材的编排，有的也多至一百零六韵，如《四库全书存目丛书》所收元祝明等《声律发蒙》，平、上、去、入四声一百零六个韵部都收入，明孟绂《启蒙对偶续编》也是如此。(兹录《声律发蒙》另外的上、去、入三声韵中各一个韵部的对语如下，以备参酌。如上声"十三阮"韵部："孔对孙，陈对阮。断堤对长坂。管鲍对陈雷，卜商对言偃。虎眈眈，龙蜿蜿。云潭对雪巘。秋草满南园，春花盈上苑。掘井方知地底深，登山更觉天涯远。状元及第，一声胪唱气轩腾；旅客分离，三叠骊歌情缱绻。""益对谦，恒对损。穹窿对混沌。雾縠对烟绡，地维对天闻。太液池，甘泉苑。牛弘对马远。细柳拂双堤，芳兰滋九畹。一老犹鸣日暮钟，诸僧尚乞斋时饭。白沟河北，望幽燕远塞迢迢；赤壁矶头，通巴蜀长江滚滚。""鹗对雕，鲂对鳗。山犀对河鼺。蜀锦对吴绫，朱箫对绣幰。燕尾溪，羊肠坂。蓬壶对阆苑。吟筇鹤外闲，钓艇鸥边稳。一亩烟霞拂羽衣，九天日月瞻龙衮。夔门秋兴，细雨吹风巫峡深；吴苑春愁，浮云蔽日长安远。""岛对峰，沱对巘。黄苓对紫苑。丙穴对姚墟，葛陂对蒲阪。友偲偲，臣蹇蹇。一成对三反。天随鸿雁长，江共兼葭远。画堂云雨五更秋，翠幕管弦三市晚。长吟北牗，几行度塞雁横秋；信步西郊，数点投林鸦噪晚。"又如去声"二十九艳"韵部："影对声，香对艳。春耕对秋敛。蟾窟对星桥，云梯对天堑。岳嵯峨，江潋滟。缩茅对反坫。眠憎犊草分，坐许鸥沙占。钟子生知伯氏琴，徐君死挂延陵剑。逢干气壮，千秋遗忠烈之魂；李杜才高，万丈起文章之焰。""耒对锄，锹对梜。威光对气焰。笛脆对砧清，茶香对酒酽。虎头牌，鱼腹剑。朱轮对锦幨。芦渚钓鱼船，杏村沽酒店。云蒸巨泽气霏微，月满长川光潋滟。陶篱秋尽，几丛幽菊傲霜开；梁苑春回，万树娇花迎日艳。""陌对阡，坑对堑。金钲对玉玷。令反对文烦，刑淫对赏僭。竹娟娟，花艳艳。无稽对有验。光摇碧汉槎，气拂丰城剑。雁影联翩过竹楼，鸡声咿喔来茅店。仲宣对月，尝怀去国之心；仁杰望云，每有思亲之念。"又如入声"十五合"韵部："散对联，分对合。重楼对短榻。道服对儒冠，仙袍对佛衲。造市朝，排闾阖。袈裟对鞍鞯。瑞日照金门，祥云笼宝塔。柳摇春暮岸迂回，木落秋高山合沓。小斋静坐，因抚焦桐动客心；萧寺闲游，偶询老树知僧腊。""蚬对蛏，蚶对蛤。绛袍对氅衲。九鼎对三钟，双筹对百榼。锦模糊，金匼匝。狎鸥对飞鸽。篱下菊经秋，陇头梅破腊。春风巷陌燕差池，夜雨池塘蛙杂逻。烟开平野，萋萋草色近看无；日上遥天，淡淡云容回望合。""驳对精，纯对杂。嚣嚣对噬嗑。土瘠对波沃，山藏对海纳。范蠡舟，陈蕃榻。剑关对铃阁。红莲水上开，绿树溪边合。梅花帐冷月娟娟，梧叶窗寒风飒飒。陈言北阙，几回恩被龙墀；对策南宫，一旦名题雁塔。"）一般的读物都只有三十个平水韵，反映出古人已经充分认识到了对对子与诗歌写作的关系，这种编排及命名方式，正是为日后诗歌写作张本的。(《笠翁对韵》中的实例可以明确说明这种关系，即就诗歌创作而言，有些童蒙书籍正是后世学者与前代作者之间的联接纽带之一，如其"十灰"韵部中"河边淑气迎芳草，林下轻风待落梅"

二句及"雪满山中高士卧，月明林下美人来"二句，即分别直接取自孙逖《和左司张员外自洛使入京中路先赴长安逢立春日赠韦侍御等诸公二首》其二："忽睹云间数雁回，更逢山上正花开。河边淑气迎芳草，林下轻风待落梅。秋宪府中高唱入，春卿署里和歌来。共言东阁招贤地，自有西征作赋才"，以及高启《梅花九首》其一："琼姿只合在瑶台，谁向江南处处栽。雪满山中高士卧，月明林下美人来。寒依疏影萧萧竹，春掩残香漠漠苔。自去何郎无好咏，东风愁寂几回开。"同时表明，童蒙书籍也可以而且已经实实在在地参与到了某些古代文学作品的经典化进程当中。）

接下来，对较为著名的四种蒙学韵对类古籍及作者作一一介绍。

车万育（1632~1705），字与三，号鹤田，又号敏州，湖南邵阳人。家贫力学。清康熙二年（1663），与伯兄万备同举乡试。明年，成进士，选庶吉士。授户科给事中。十五年，充会试同考官。父丧服除后，补兵科，升掌印给事中。母丧服除后，奉旨原品级调用。遂归。子鼎晋，康熙三十六年进士。授翰林院编修，曾参与辑校《全唐诗》。鼎晋子敏来，康熙五十三年进士。万育居江宁时，辟怀园，与"金台十子"中的丁炜、曹禾、汪懋麟、曹贞吉等人交游。所著诗文近四百篇，收入《邵阳车氏一家集》。诗多集句，对于理解万育何以编纂《声律启蒙》应有帮助。

《声律启蒙》，又称《声律启蒙撮要》。（有学者认为，由"撮要"可见其书初稿可能段数要更多，而在传习中，这种简本大概也是够用的。又有人认为，声律在这里不过是起一种组织作用，其主体则是对偶。）《声律启蒙》版本较多。其中，光绪癸未年新镌本，成都古籍书店1981年影印本即沿用此本，只是卷端"双亭"乃是车万育次子鼎丰之字，而非车万育字。又，民国元年宝庆详隆局本，右上角有小字注明"中华民国初等小学用"。（参邹宗德《车万育与〈声律启蒙〉》）后一本，因为能够透显出蒙学教育中的深刻继承性而特别值得关注，也是《声律启蒙》为车氏赢得极大声誉的一个重要方面。

其较为习见常用之本，为贵阳蒋太史鉴定、湘潭夏大观次临删补、王之干忠遂笺释、津门李承纶南湖氏重刊本。有蒋允焄序曰：

> 自骈偶之体兴，而著述家多捃摭故实，俪白妃黄，以为能事。若《编珠》《岁华丽记》之类，洵为征引宏博，穷讨《四库》矣！邵陵车鹤田太史（一作车万育先生），尝取对偶，自一二字以至十余字，叶以上下平三十韵，所用故实，多取习见，且详为（一作细为）评注，凡二卷（一作分为二卷），名曰《声律启蒙撮要》。余偶得写本，见其切近，易于记诵，思付手民（一作剞劂），遍授童蒙。且今功令，凡小大试以及考课馆阁，莫不以声律为殿最。是书也，匪仅为幼学切要之功，且可俾操觚之士，即此（一作就是书）习见故实，进而求之。因以穷讨《四库》，备极宏博，用谐声律，以鸣当代之盛，岂不休哉！则即以是书为《编珠》《岁华丽记》之羽翼，殆无不可。书成，用弁数语于其端（一作书刻成，用题数语，以弁其端）。蒋允焄（一作赐进士出身知福建福州府事前翰林院检讨金竹蒋允焄）识（一作题）于郡署存朴斋。

其中，"且今功令，凡小大试，以及考课馆阁，莫不以声律为殿最。是书也，匪仅为幼学切要之功，且可俾操觚之士，即此习见故实，进而求之。因以穷讨《四库》，备极宏博，用谐声律，以鸣当代之盛"诸句，道出了古代蒙学亦在"功令"中，却又可收"功令"之外之功的客观事实。

蒋序中提到的《编珠》二卷，因其与《声律启蒙》等书之间的紧密关联性，兹详录《四库全书总目》卷一三五"类书类一"《编珠》提要如下，以备参酌："旧本题隋杜公瞻撰。《补遗》二卷、《续编珠》二卷，则国朝康熙戊寅詹事府詹事钱塘高士奇所辑也。按《编珠》，《隋志》不载，《唐志》但有杜公瞻《荆楚岁时纪》一卷，而无此书，《宋志》始著于录，然世无传本。始出于士奇家。其《序》称于内库废纸中得之，原目凡四卷，佚其半，遍觅不可得，辄因原目，补为四卷，又广其类之未具者为二卷。首载大业七年公瞻自序，称奉敕撰进，其结衔题'著作佐郎兼散骑侍郎'。又有徐乾学序，称杜公瞻无所表著，《谈薮》载隋京兆杜公瞻尝邀杨玠过宅，酒酣嘲谑者，即此公瞻无疑。今观其书，隶事为对，略如徐坚《初学记》之体。但前无序事，后无诗文。原目分天地、山川、居处、仪卫、音乐、器玩、珍宝、缯彩、酒膳、黍稷、菜蔬、果实、车马、舟楫。所存者音乐以上五门而已。顾炀帝讳广，故'广川'改'长河'，《广雅》改《博雅》，而此书'桂林水'条下引《广州山川记》，'治鸡水'条下引《广州记》，'柏心桂'条下引伏滔《北征记》称广陵县，'城南门三条路'条下引班固《西都赋》'披三条之广路'。隋高祖之父讳忠，故《隋书》'忠节'改'诚节'，而此书'斩马剑'条下引《汉书》王莽斩董忠事。此犹可曰临文不讳，未必尽拘。又'菖蒲海'一条，本与'茱萸江'为对，'菖'字从草无疑矣，而条下所注乃引《汉书·西域传》于阗河与葱岭合东流注菖蒲海，今检《汉书》乃蒲昌，非菖蒲也。唐以前书不应荒谬至此。此尚可曰一时失记。至于'音乐门南城鼓'一条引《乐府解题》曰：'鼓吹曲有《巫山高》《战城南》。'则非惟文理未安，且《乐府解题》一书，古不著录，始见于《崇文总目》，云不知撰人名氏，列于吴兢《乐府古题要解》之后，郭茂倩《乐府诗集》汉铙歌《上之回》篇引之，直题曰吴兢，虽未必确，然其书晚出，必非六朝旧籍无疑也，公瞻安得而见之？或明人所依托，士奇偶未审欤？杨士奇《文渊阁书目》、张萱《内阁书目》俱不著录，《永乐大典》于前代类书，如《四六丛珠》《截江网》之类，无不具采，亦不登其一字，知其出明中叶以后矣。以其采撷词华颇为鲜艳，士奇所续，亦皆取唐以前事，较他类书为近古，故疑以传疑，姑存以备参考焉。"又，《岁华纪丽》四卷，《四库全书总目》卷一三七"类书类存目一"《岁华纪丽》提要云："旧本题唐韩鄂撰。考《唐书·宰相世系表》载韩休之弟殿中丞倩，倩之子河南兵曹参军滁，鄂乃滁之曾孙也。其书以四时节候分门隶事，各编为骈句，略如《北堂书钞》《六帖》之体，《唐志》《宋志》皆列其名，陈振孙《书录解题》亦载之，然久无传本。此本为胡震亨《秘册汇函》中所刻，毛晋收其残版，以入《津逮秘书》者。震亨跋称得之郑晓家，王士禛《居易录》以为即震亨伪造。按钱曾《读书敏求记》云，《岁华纪丽》旧钞卷终，阙字数行，又失去末叶，后见章邱李中麓藏宋刻本，脱落正同，是此书确出宋本，不由震亨之依托。然《书录解题》称其采经史子传岁时事类聚而以俪句间之，此本乃全作俪句，已不相合，又俪句拙陋殊甚，所引书不过数十种，而割裂饾饤，往往不成文句。且《杜阳杂编》，苏鹗所作，鹗，僖宗光启中进士，已届唐末。《摭言》，王定保所作，定保昭宗光化三年进士，已入五代。鄂安得引二人之书，至中引《四时纂要》一条，考之《唐志》，是书即鄂所作，鄂又何至自引己作？况鄂既唐人，不应称唐玄宗及唐时，均属疑窦，曾所云云，正未可据为定论也。"《编珠》《岁华纪丽》二书情形之可辨处，另均可详参余嘉锡《四库提要辨证》卷一六。

李渔（1611～1680），初名仙侣，字谪凡，号天徒；中年改名渔，字笠鸿，号笠翁。祖籍浙江兰溪下李村。著有《闲情偶寄》《笠翁对韵》等。《笠翁对韵》跟《声律启蒙》一样，也是以平水韵的三十个上声韵部为目，把常见的韵字组织成富有文采、格律谨严的对子，通过精彩的例句来介绍诗歌的对仗技巧和声韵知识，所以叫"对韵"。只是，李渔的用语更为复杂，加之有时喜欢密集运典，并对一些语典进行嫁接改造，既跳跃又凝缩，相比而言美感就会稍微弱一些。（李渔《闲情偶寄·文艺》所云似亦可参："妇人读书习字，所难只在入门。……先令识字，字识而后教之以书。识字不贵多，每日仅可数字，取其笔画最少，眼前易见者训之。由易而难，由少而多，日积月累，则一年半载以后，不令读书而自解寻章觅句矣。乘其爱看之时，急觅传奇之有情节、小说之无破绽者，听其翻阅，则书非书也，不怒不威而引人登堂入室之明师也。其故维何？以传奇、小说所载之言，尽是常谈俗语，妇人阅之，若逢故物。譬如一句之中，共有十字，此女已识者七，未识者三，顺口念去，自然不差。是因已识之七字，可悟未识之三字，则此三字也者，非我教之，传奇、小说教之也。由此而机锋相触，自能曲喻旁通。再得男子善为开导，使之由浅而深，则共枕论文，较之登坛讲艺，其为时雨之化，难易奚止十倍哉？十人之中，拔其一二最聪慧者，日与谈诗，使之渐通声律，但有说话铿锵，无重复聱牙之字者，即作诗能文之料也。苏夫人说'春夜月胜于秋夜月，秋夜月令人惨凄，春夜月令人和悦。'此非作诗，随口所说之话也。东坡因其出口合律，许以能诗，传为佳话。此即说话铿锵，无重复聱牙，可以作诗之明验也。其余女子，未必人人若是，但能书义稍通，则任学诸般技艺，皆是锁钥到手，不忧阻隔之人矣。"）

清道光年间，米东居士评《笠翁对韵》云：

夫珊树交柯，并垂金蕤；琪花连蒂，齐擢玉英。羌相对于相当，原无奇而不偶。是以拈生花之管，最戒偏枯；裁织锦之机，须工对仗。盖必因难而见巧，始克推陈以出新。第东观之书既多未见，西园之册尤苦浩繁，即间有裁成对字者，如《渊鉴类函》、《分类字锦》、虞世南《兔园册》、白居易《六帖》之类，指不胜屈。然皆分类而不分韵，自非积学之士，未易驱遣如意也。求其尽善尽美，俾鼓箧者取携各便，属对者组织维工，盖亦鲜矣。

偶检箧笥，得《笠翁对韵》一编，捧而读之，其采择也奇而法，其搜罗也简而该；其选言宏富，则曹子建八斗才也；其错采鲜明，则江文通五色笔也。班香宋艳，悉入熏陶；水佩风裳，都归裁剪。或正对，或反对，工力悉敌；或就对，或借对，虚实兼到。揆之《诗苑类格》、上官仪《六对》之法，无不吻合。洵初学之津梁，而骚坛之嚆矢也。爰付剞劂，公诸同好。庶几扬风扢雅，八叉手远迩比肩；摘藻扬芬，七步才后先接踵矣。是为序。

道光己酉皋月上浣，米东居士题。

所言"其采择也奇而法，其搜罗也简而该；其选言宏富，则曹子建八斗才也；其错采鲜明，则江文通五色笔也"，可谓确论。此序中提到的几本书，均可有助于理解环绕《笠翁对韵》一类书的相关问题，兹简介如次：其一，清张英等百余位学者所编《渊鉴类函》，为类似于《艺文类聚》《太平御览》的类书，堪称集"獭祭"之大成的万宝全书。其二，清何焯等编《分类字锦》六十四卷，康熙六十一年（1722）御定。皆采掇成语，裁为骈偶，分类编辑，每类以二字、三字、四字为次，各详引原书，注于条下。其三，《兔园册》，亦作《兔园策》《兔园册府》，或谓虞世南所著，或谓李恽（蒋王）命僚佐杜嗣先仿效应试科目的策问制成。引用经史解释，收集古今事迹、典故，以对偶的文句分类编集为四十八门三十卷。其四，白居易《六帖》三十卷，杂采成语故实，备词藻之用。据杨亿《谈苑》："白居易作《六帖》，以陶家瓶数十，各题门目，作七层架列斋中。命诸生采集其事类，投瓶中，倒取抄录成书。故所记时代，多无次序。"则此类书籍在古人心目中的基础与实用地位，可于此略见一斑。

司守谦，据《兴国州志·文学传》记载，字益甫，宣化里人。天才超逸，下笔万言。与明"后七子"之一的吴国伦同时相倡和。年二十余，以诸生赍志以殁。诗文散佚。独存《训蒙骈句》一卷。然才子司川伯之名，至今犹啧啧人口也。《训蒙骈句》，乙亥（1935）夏五月，石荣暲跋《训蒙骈句》称其与《杂言例韵》实为同一书，又云："余尝辑吾邑历代书目，得六百余种。有存书者，尚不及十之一焉。呜呼！何其散佚之多也。余宦游多年，在故里日少，凡游踪所至，每得乡先辈一文一诗读之，动系人思，盖祖宗庐墓所在。"感慨之余，并评价说："词旨俳丽，韵味盎然，以之授蒙童习作韵语对仗，诚为善本。今所传之《龙文鞭影》《幼学琼林》当不是过。""善本"之说，比肩之论，评价不可谓不高。

《训蒙骈句》是专门用来训练骈语对仗的。它将三、四、五、七至十一言的骈句依韵编串,以便诵读。与《声律启蒙》等对韵书韵部划分虽然相同,但稍有不同的是,《训蒙骈句》不看重用典,而更看重词采雕饰,风格较为绮靡。这类蒙学著作,大抵按韵分编一系列简单而有意味的联句,包罗天文地理、花鸟虫鱼、人物器物等基本意象、知识,每一组从个别字词逐渐增加字数,声韵协调,朗朗上口,有如歌唱一般。启功《说八股》更云:"这种歌诀,念起来非常顺口,易背诵,易记忆。童蒙读起来可以懂得字、词、句怎样相对,又可从长短句的配搭受到声调和谐的启发。念熟了,背惯了,就无形中打下了作诗作赋的基础。再结合换字方法,运用这里的任何句式都可以翻出不同的对联。韵脚都是平声,作为歌诀比较好念,而其中每个'上句'又都是仄脚,倒过来就是仄韵的句子,把仄脚的句子用在'下联',便是仄韵的对联或仄韵的诗文的句子。"这又等于是从后来者的角度,将蒙学与明清时期求取功令之"利器"——八股文,经过"长途跋涉",明确、紧密地联系在了一起。

兰茂(1397~1476),字廷秀,号止庵,云南嵩明杨林石羊山人。祖籍河南洛阳。不乐仕进,学识渊博。著有《韵略易通》《声律发蒙》等。《韵略易通》成书于明正统七年(1442),有该年自序。该书"以早梅诗二十字为母,以四声全者十韵居前,以入声者十韵居后,以母求子,一切字音皆可通叶"(袁文典《滇南诗略》卷一)。意思是说,兰茂厘定明代云南官话声母二十,以五言绝句"早梅诗"标目,无往而不利。其诗曰:"东风破早梅,向暖一枝开。冰雪无人见,春从天上来。"不过,《四库全书总目》卷四四"经部小学类存目二"《韵略易通》提要却曾严厉批判此书:"尽变古法以就方音。其《凡例》称:'惟以应用便俗字样收入,读经史者当取正于本文音释,不可泥此。'则亦自知其陋矣。"所评不若袁嘉谷《滇绎》卷三之言为中肯:"考先生有《韵略易通》,亦分二十部。

惟'东钟'作'东洪'之类，稍有不同。然每部取二字为首，一轻音、一重音，则或洪、或钟，不为足异。二书皆扫除古韵、又不叶今，可谓独到之作。惜源流未分，未免自信太果耳。"

为使世人通晓《韵略易通》理论联系实际的具体应用，兰茂编成《声律发蒙》二卷。(略如道光戊子秋秒了元子《止庵先生玄壶诗叙》所云："初见《声律发蒙》一篇及《滇南本草》，具见启蒙济世之念。")《声律发蒙》所设二十个韵部，与《韵略易通》一致，但韵部名称、排列次第多有不同（"/"前为《韵略易通》）：一东洪/一东钟，二江阳/十五阳唐，五端桓/九桓欢，七庚晴/十六庚青，八侵寻/十八侵心，九缄咸/二十缄函，十一支辞/二支思，十二西微/三齐微，十三居鱼/四车鱼，十四呼模/五模糊，十六萧豪/十一箫豪，十九遮蛇/十四车遮，二十幽楼/十七尤侯。《声律发蒙》的韵部次第跟周德清《中原音韵》基本一致，名称也多相同，不同处只在《中原音韵》二江阳，《声律发蒙》十五阳唐，并多出"车鱼"一韵。两相结合，有学者因而认为，《声律发蒙》成书或早于《韵略易通》。如丁巳（1917）夏袁嘉谷跋《云南丛书》本《韵略易通》即云："先生著书甚富，此书之外又有《声律发蒙》，分二十韵，以东钟、支思等字为首，虽云已改《广韵》，尚非毅然独创。意者《声律发蒙》为初作，而此书乃改定之论也乎？"

《声律发蒙》成书后，似至清乾隆年间孙人龙督学云南，方始刊刻行世。孙氏并在序中给予该书比较高的评价：

> 昔苏长公云："匹夫而有为百世师，一言而为天下法。"盖高风亮节，卓立于当世，斯流风余韵，昭著于来兹，古今人未尝不相及也。考《滇志》杨林兰先生者，自幼闭户潜修，读书好道，不求闻达于当世，惟以诗酒琴棋自娱，性天风月自适，使其出而有为，当与刘诚意、宋景濂后先继美，树丰功而赞伟业，何自甘蠖屈为也？殆孟子所谓"天民"

者也,"必世主之见求今,方出就而有为",是莘野、南阳待聘之意也。先生文甚夥,奈明末屡经兵燹,残缺不全,传写多论。惟《发蒙》一书,切于幼学,吟诵之下,恍觉景物山川,皆成佳趣;庙堂经济,如在目前。学者童而习之,便不至白首茫然也。夫地以人名,人以地限,纵有博学奇才,湮没无从表见者,不可胜道。先生之《发蒙》,虽云小技,即一斑以窥全豹,而先生生平亦借此略见其大概矣,是昔人谓"李邺侯披一品衣,不改神仙丰度"。今观先生文,言言珠玑,句句琳琅,是又以经纶雷霆之才而具神仙丰度者也。嗟夫!庙堂草野,出处虽有二致;兼善独善,显晦原归一途。先生虽不仕于当时,其永传于后世也,苏子之言,不于此信其不诬也哉!乾隆辛酉元日,翰林院编修督学云南使者乌程孙人龙题书。

其中,"《发蒙》一书,切于幼学,吟诵之下,恍觉景物山川,皆成佳趣;庙堂经济,如在目前。学者童而习之,便不至白首茫然也"数句,说的是该书的社会效应。"先生之《发蒙》,虽云小技,即一斑以窥全豹,而先生生平亦借此略见其大概矣"数句的持平之论,又无疑包含有表彰立言不朽之意。

《声律启蒙》一类明清童蒙书籍的影响是如此之大,以至于像《声律发蒙》"十一箫豪"韵部中的"霜天风紧雁行高"句,会被清初著名词人纳兰性德直接裁入其《河渎神》:"风紧雁行高。无边落木萧萧。楚天魂梦与香消。青山暮暮朝朝。 断续凉云来一缕。飘堕几丝灵雨。今夜冷红浦溆。鸳鸯栖向何处。"并且,直到20世纪30年代,也还有人运用"声律启蒙"体作诗,论议时政,救国经世。如《论语》半月刊第二十一期(1933年7月16日出版)所载一清《今声律启蒙续集》四首:

朝对野,党对军。政府对人民。宪政对约法,统一对和平。黄膺白,朱霁青。沈阳对天津。卖国无秦桧,签字有熊斌。徒知通电难当局,却教调言乱士心。庐山会议,商量一面交涉;塘沽谈判,协约双方撤兵。

寇对匪,工对农。水尽对山穷。内忧对外患,畏缩对争功。陈济棠,毛泽东。主义对兵戎。不学袁崇焕,却类张献忠。五省难民流离尽,卅万劲旅各个攻。何刘陈蔡,方圆三路大举;湘鄂赣闽,早经十室九空。

讧对哄,战对剿。劣绅对土豪。私仇对国难,文电对枪刀。刘文辉,田颂尧。军阀对官僚。琼粤刚自杀,胶济又秋操。同盟空言思废战,代表白跑枉徒劳。王毛犹辈,争个你死我活;海陆空军,杀得鬼哭神号。

亲对善,暴对仁。佞佛对求神。侵占对自卫,死难对图存。顾维钧,陈友仁。纽约对伦敦。狡辩逞松冈,偏袒推西门。非战公约成废纸,国联议案等空文。几次宣言,左右为难胡佛;一通报告,往返徒劳李顿。

该组诗小序中所云"仿效"者,即为同载于《论语》(第十七期)的海戈(张海平)《今声律启蒙》四首,作者自注兹亦不录:

中对日,战对和。冷口对热河。飞机对野炮,会议对干戈。日内瓦,莫斯科。白美对红俄。长城真抵抗,矮鬼究如何。保定途中人络绎,石家庄上影婆娑。两百汽车,装尽殃民之土;几行通电,逼逃祸国之魔。

追对进,跑对逃。鬼哭对神号。长期对一致,铁炮对钢刀。喜峰口,八字桥。夜战对晨操。防空宜注意,爱国敢辞劳。小丑背符图活命,天军杀敌不求饶。谈判会开,还亏代表强硬;奸雄幕揭,可怜主席糟糕。

攻对守,易对难。闸北对江湾。投降对妥洽,国粹对洋盘。宫长海，马占山。入梦对方酣。男儿欣死别，壮士耻生还。不有孤军持大体，倩谁只手挽狂澜。汪蒋宋何，早已决心如此；吉黑辽热，将来惟恐这般。

疑对怕，暗对明。募款对征兵。家亡对国难，活捉对生擒。蔡廷锴，孙殿英。突破对倾奔。新设满洲国，毋忘义勇军。目睹大刀能抹敌，传闻飞箭可穿云。公理昭昭，有谁愿当秦桧；军情岌岌，那个再学王赓。

据载，一清尚作有《今声律启蒙五集》，凡五章，首章有"吹对拍，诒对骄。亲贵对同僚云云"。老放有《今声律启蒙》二章，次章有"豪对劣，络对联。接济对牵连云云"。符蒂也有《今声律启蒙》五章，前两章为："行对学，政对军。老话对新闻。骑驴对跨马，恋爱对离婚。陈公博，宋子文。辩士对财神。塞北火犹烈，山东水又深。同文同种相亲爱，美棉美麦苦难分。寓禁于征，罂粟先开几炮；攘外安内，香槟共举三樽。""烟对酒，党对群。初稿对全文。筹备对起草，宣统对曹锟。马君武，达尔文。康德对牛顿。女儿当独立，妻妾应共存。海商空警新法制，民律刑条好经纶。九十九人，长作如椽笔立；各区各省，不妨依法瓜分。"余不具录。海戈又撰有《鸡鸣之夜》一文，谓一清《续今声律启蒙》好对甚夥，颇多胜余之点，然有失平仄（声）处。又曰：昨晤友人，说于天津某报之副刊，及其他日刊上，曾看着许多《续今声律启蒙》，无平仄，失音韵之处，最最令人发呕。又记云：某陈姓乡秀才，似为清末人，曾著《声律启蒙余韵》一册。其第一章前半云："圆对扁，紧对松。内子对家公。孙儿对母舅，后塞对前通。方寸地，一根葱。五索对么筒。湾头王二嫂，圳上李三翁。嫩嘴嘴吃红萝卜，硬签签掏黑壳虫。（以下忘去）"其文虽俚，对仗实工。诗歌的生命永远在于火热的现实生活与丰富的个人情感。上录几组诗，不啻为《声律启蒙》一类书的现代习用模板，自然也就将古代童蒙书籍的现代化进程和意义推向了一个新的讨论维度。同时，这类诗作甚至还可以让人从另外的层面，多少悟出这样的道理：正如高明的理论并不对高水平的文学创作负责一样，即便是精熟《声律启蒙》一类书，也并不足以确保一定就能写出像样的古典诗词。

本书为《声律启蒙》与《笠翁对韵》的合订本，底本分别取用清光绪间刊本的影印本和比较权威的李渔全集本，再参以他本和他种文献，细加校正，以求尽可能提供准确无误的文本。又对两书中所涉典事、诗文等详加注释，且最大限度地提供可资参证的原始文献，以尽力为有一定基础的读者营造出一种乐于沉潜其间的传统文化氛围。评析则注重在读解文本的基础上作适度发挥，冀收牵引提升之效。另于两书各韵部之后分别附录《训蒙骈句》《声律发蒙》，以为对照比较、对读领悟之资。

限于水平，书中恐难免存在不足，期望读者批评指正。必须说明的是，这本小书在编写过程中，对前修时彦的相关研究成果多有参考。所有这些，都尽量在前言和正文中以随文作注的方式加以说明，另于书末按其在行文中出现的先后顺序，列举出主要参考引用文献，以为读者提供方便。责任编辑贠蒙蒙付出了辛勤的劳动，谨此一并致谢。

谢永芳
于广西科技师范学院

目　录

声律启蒙　上卷

一东 ……………………… 2

二冬 ……………………… 9

三江 ……………………… 14

四支 ……………………… 20

五微 ……………………… 27

六鱼 ……………………… 31

七虞 ……………………… 40

八齐 ……………………… 47

九佳 ……………………… 52

十灰 ……………………… 57

十一真 …………………… 63

十二文 …………………… 68

十三元 …………………… 75

十四寒 …………………… 81

十五删 …………………… 86

声律启蒙　下卷

一先 ……………………… 98

二萧 ……………………… 103

三肴 ……………………… 108

四豪 ……………………… 115

五歌 ……………………… 120

六麻 ……………………… 126

七阳 ……………………… 131

八庚 ……………………… 135

九青 ……………………… 140

十蒸 ……………………… 144

十一尤 …………………… 149

十二侵 …………………… 152

十三覃 …………………… 157

十四盐 …………………… 161

十五咸 …………………… 166

笠翁对韵　上卷

- 一东 …… 172
- 二冬 …… 178
- 三江 …… 184
- 四支 …… 186
- 五微 …… 194
- 六鱼 …… 198
- 七虞 …… 203
- 八齐 …… 209
- 九佳 …… 216
- 十灰 …… 222
- 十一真 …… 226
- 十二文 …… 230
- 十三元 …… 233
- 十四寒 …… 236
- 十五删 …… 241

笠翁对韵　下卷

- 一先 …… 246
- 二萧 …… 251
- 三肴 …… 255
- 四豪 …… 259
- 五歌 …… 262
- 六麻 …… 268
- 七阳 …… 277
- 八庚 …… 285
- 九青 …… 291
- 十蒸 …… 293
- 十一尤 …… 296
- 十二侵 …… 299
- 十三覃 …… 304
- 十四盐 …… 306
- 十五咸 …… 313

参考引用文献举要 …… 318

声律启蒙 上卷

一 东

云对雨,雪对风。晚照对晴空。来鸿对去燕①,宿鸟对鸣虫②。三尺剑③,六钧弓④。岭北对江东⑤。人间清暑殿⑥,天上广寒宫⑦。两岸晓烟杨柳绿,满园春色杏花红⑧。两鬓风霜,途次⑨早行之客;一蓑(suō)烟雨,溪边晚钓之翁。

【注释】

①来鸿、去燕:元好问《江城子·刘济川来别,同宿康庵,梦与予过田家饮,行及太原,作此为寄》:"来鸿去燕十年间。镜中看,各衰颜。" ②宿鸟、鸣虫:释无可《陨叶》:"绕巷夹溪红,萧条逐北风。别林遗宿鸟,浮水载鸣虫。石小埋初尽,枝长落未终。带霜书丽什,闲读白云中。" ③三尺剑:《史记·高祖本纪》:"高祖击布时,为流矢所中,行道病。病甚,吕后迎良医。医入见,高祖问医。医曰:'病可治。'于是高祖嫚骂之曰:'吾以布衣提三尺剑取天下,此非天命乎?命乃在天,虽扁鹊何益!'遂不使治病,赐金五十斤罢之。" ④六钧弓:《汉书·律历志》:"一龠容千二百黍,重十二铢,两之为两。二十四铢为两,十六两为斤,三十斤为钧,四钧为石。"《左传·定公八年》:"八年春,王正月,公侵齐,门于阳州。士皆坐列,曰:'颜高之弓六钧。'皆取而传观之。阳州人出,颜高夺人弱弓,籍丘子锄击之,与一人俱毙。" ⑤江东:古指芜湖以下的长江以南地区。长江在今安徽南部境内向东北方向斜流,因以此确定东西和左右。江东又叫江左,江西又叫江右。狭义的江东,特

指东吴时期的江东六郡,即吴郡、会稽郡、丹阳郡、豫章郡、庐陵郡和庐江郡。《史记·项羽本纪》:"项王笑曰:'天之亡我,我何渡为!且籍与江东子弟八千人,渡江而西,今无一人还。纵江东父兄怜而王我,我何面目见之?'"杜牧《题乌江亭》:"胜败兵家事不期,包羞忍耻是男儿。江东子弟多才俊,卷土重来未可知。"王安石《乌江亭》:"百战疲劳壮士哀,中原一败势难回。江东子弟今虽在,肯为君王卷土来?"李清照《夏日绝句》:"生当作人杰,死亦为鬼雄。至今思项羽,不肯过江东。"(按:项羽不肯过江东,可以算是一桩千古文史公案,但亦不必究之过深。姑录宋人刘子翚的"疑亭长有诈"一说以备参阅。刘氏认为,司马迁的"羞见江东父老"说有破绽,提出:"盖是时汉购羽千金邑万户,亭长之言甚甘,羽疑其欺己也。羽意谓丈夫途穷宁战死,不忍为亭长所执,故托以江东父老之言为解尔。"又说:羽"所以去垓下者,犹冀得脱也。乃为田父所绐,陷于大泽,羽知人心不与己,安知亭长不出田父之计哉?此羽之所以战死也"。[《屏山集》卷四]不过,此说显然与"留雅报德"的细节相矛盾。又,有影响很大的冯其庸《项羽不死于乌江考》及袁传璋《〈项羽不死于乌江考〉研究方法平议》二文可供参阅。) ⑥清暑殿:《晋书·孝武帝纪》:"(太元)二十一年春正月,造清暑殿。"马光祖、周应合《景定建康志》卷二一:"晋清暑殿,在台城内。晋孝武帝造。殿前重楼复道,通华林园,爽垲奇丽,天下无比。虽暑月常有清风,故以为名。" ⑦广寒宫:《龙城录》:"开元六年,上皇与申天师、道士鸿都客,八月望日夜,因天师作术,三人同在云上游月中……项见一大宫府,榜曰'广寒清虚之府'。"(按:关于《龙城录》,程毅中《唐代小说史》提出:唐代文人写小说的很多,即使《龙城录》记事不实,也不能说明它就是伪书。柳宗元文集中有一篇《李赤传》,就是记鬼怪故事的[又见于《独异志》],并没有人认为它是伪作。韩愈的《毛颖传》是游戏文章,柳宗元却说它"有益于世"[《读韩愈所著毛颖传后题》]。柳宗元自己写的《三戒》和《河间传》等,都是寓言性的作品,也带有小说笔法。总之,尽管《龙城录》的出现不无疑问,但是前人怀疑的理由却不能成立。在找不出充分证据之前,柳宗元的著作权还不能被轻易否定。) ⑧"满园"句：叶绍翁《游园不值》："应怜屐齿印苍苔，小扣柴扉久不开。春色满园关不住，一枝红杏出墙来。" ⑨途次：途中止宿。孟浩然《途次望乡》："客行愁落日，乡思重相催。况在他山外，天寒夕鸟来。雪深迷郢路，云暗失阳台。可叹凄惶子，高歌谁为媒。"

沿对革，异对同。白叟对黄童①。江风对海雾，牧子对渔翁。颜巷陋②，阮途穷③。冀北对辽东④。池中濯（zhuó）足水⑤，门外打头风⑥。梁帝讲经同泰寺⑦，汉皇置酒未央宫⑧。尘虑萦心，懒抚七弦绿绮⑨；霜华满鬓，羞看百炼青铜⑩。

【注释】

①白叟、黄童：韩愈《元和圣德诗》："卿士庶人，黄童白叟。踊跃欢呀，失喜噎欧。" ②颜巷陋：《论语·雍也》："子曰：'贤哉，（颜）回也，一箪食，一瓢饮，在陋巷，人不堪其忧，回也不改其乐。贤哉，回也！'" ③阮途穷：刘义庆《世说新语·栖逸》刘孝标注引《魏氏春秋》："阮籍常率意独驾，不由径路，车迹所穷，辄恸哭而反。" ④冀北、辽东：韩愈《送温处士赴河阳军序》："伯乐一过冀北之野，而马群遂空。"《后汉书·朱浮传》："伯通自伐，以为功高天下。往时辽东有豕，生子头白，异而献之。行至河东，见群豕皆白，怀惭而还。若以子之功论于朝廷，则为辽东豕也。" ⑤濯足水：《孟子·离娄上》："有孺子歌曰：'沧浪之水清兮，可以濯我缨。沧浪之水浊兮，可以濯我足。'孔子曰：'小子听之，清斯濯缨，浊斯濯足矣，自取之也。'" ⑥打头风：顶头风。洪迈《容斋随笔》卷三："石尤风，不知其义，意其为打头逆风也。唐人诗好用之。"《琅嬛记》引《江湖纪闻》："石尤风者，传闻为石氏女

嫁为尤郎妇,情好甚笃。为商远行,妻阻之,不从。尤出不归,妻忆之,病亡。临亡,长叹曰:'吾恨不能阻其行,以至于此。今凡有商旅远行,吾当作大风,为天下妇人阻之。'自后商旅发船,值打头逆风,则曰'此石尤风也',遂止不行。妇人以夫姓为名,故曰石尤。"(按:《琅嬛记》,钱希言《戏瑕》卷三"赝籍"条云:"传是余邑桑民怿(悦)所藏,祝希哲(允明)窃之,第无核据。考之二公集中,初未尝用《琅嬛》语。后此而作者,有《缉柳编》《女红余志》诸书五六种,并是赝籍,不知何人缔构。顾多俊事致谈,书类胜国,要或近时好事者为之耳。"据知,《四库全书总目》卷一三一"杂家类存目八"《琅嬛记》提要所谓"伪托"云云,实为草率:"《琅嬛记》三卷,旧本题元伊世珍撰。语皆荒诞猥琐。书首载张华为建安从事,遇仙人引至石室,多奇书。问其地,曰:琅嬛福地也。注出《玄观手抄》,其命名之义盖取乎此。然《玄观手抄》竟亦不知为何书。其余所引书名,大抵真伪相杂,盖亦《云仙散录》之类。钱希言《戏瑕》以为明桑怿所伪托,其必有所据矣。") ⑦"梁帝"句:据许嵩《建康实录》卷一七,同泰寺为梁武帝萧衍于大通元年创建,在台城(即宫城)后。萧衍自受戒后,热衷于佛事活动,多次举办大规模讲经法会,还亲自为众僧尼讲解经义。如《梁书·武帝纪》即载:(中大通三年)"冬十月己酉,行幸同泰寺,高祖升法座,为四部众说《大般若涅槃经》义,讫于乙卯","十一月乙未,行幸同泰寺,高祖升法座,为四部众说《摩诃般若波罗蜜经》义,讫于十二月辛丑"。 ⑧"汉皇"句:《史记·高祖本纪》:"萧丞相营作未央宫,立东阙、北阙、前殿、武库、太仓。高祖还,见宫阙壮甚,怒,谓萧何曰:'天下匈匈苦战数岁,成败未可知,是何治宫室过度也?'萧何曰:'天下方未定,故可因遂就宫室。且夫天子以四海为家,非壮丽无以重威,且无令后世有以加也。'高祖乃说","未央宫成。高祖大朝诸侯群臣,置酒未央前殿。高祖奉玉卮,起为太上皇寿,曰:'始大人常以臣无赖,不能治产业,不如仲力。今某之业所就孰与仲多?'殿上群臣皆呼万岁,大笑为乐。"

⑨绿绮：萧统《文选》卷三〇张孟阳《拟四愁诗》："佳人遗我绿绮琴，何以赠之双南金。"注引傅玄《琴赋序》："齐桓公有鸣琴曰号钟，楚庄有鸣琴曰绕梁，中世司马相如有绿绮，蔡邕有焦尾，皆名琴也。"《宋书·志第九·乐一》所记有所不同："齐桓曰号钟，楚庄曰绕梁，相如曰焦尾，伯喈曰绿绮，事出傅玄《琴赋》。世云焦尾是伯喈琴，伯喈传亦云尔。以傅氏言之，则非伯喈也。" ⑩青铜：青铜镜。欧阳修《秋怀二首寄圣俞》其一："壮士亦何为，素丝悲青铜。"曾巩《喜晴》："天晴万里无纤风，江平水面磨青铜。"

贫对富，塞（sè）对通。野叟对溪童①。鬓皤（pó）对眉绿②，齿皓对唇红。天浩浩，日融融。佩剑对弯弓。半溪流水绿，千树落花红。野渡燕穿杨柳雨，芳池鱼戏芰（jì）荷风③。女子眉纤，额下现一弯新月④；男儿气壮，胸中吐万丈长虹⑤。

【注释】

①野叟、溪童：司马光《叠石溪二首》其一："野老相迎拜，溪童乍见惊。" ②鬓皤、眉绿：完颜璹《临江仙》："卢郎心未老，潘令鬓先皤。"《文选》卷一三潘岳《秋兴赋》序云："余春秋三十有二，始见二毛。"赋曰："斑鬓髟以承弁兮，素发飒以垂领。"李善注："杜预曰：二毛，头白有二色也。"《说文》曰："白黑发杂而髟。"苏轼《南歌子》："半年眉绿未曾开。明月好风闲处、是人猜。" ③芰荷风：屈原《离骚》："制芰荷以为衣兮，集芙蓉以为裳。"王逸注："芰，菱也，生水中，叶浮水上，花黄白色，实紫色，两头锐者也。荷，莲叶也。"郑巢《陈氏园林》："蝉鸣槐叶雨，鱼散芰荷风。" ④"女子"二句：缪氏子《赋新月》："初月如弓未上弦，分明挂在碧霄边。时人莫道蛾眉小，三五团圆

照满天。" ⑤"男儿"二句：《礼记·聘义》："夫昔者，君子比德于玉焉：温润而泽，仁也；缜密以栗，知也；廉而不刿，义也；垂之如队，礼也；叩之，其声清越以长，其终诎然，乐也；瑕不掩瑜，瑜不掩瑕，忠也；孚尹旁达，信也；气如白虹，天也；精神见于山川，地也；圭璋特达，德也；天下莫不贵者，道也。"

【评析】

古代童蒙韵对类读本，除《初学记》《兔园册子》以外，《隋书·经籍志·杂家类》还记载有《对林》《对要》《语对》《语丽》《杂对语》《要用语对》等书，大概六朝时期就出现了这类读本。目前所能见到最早的对类书籍是杜公瞻的《编珠》，然《隋志》《唐志》俱不载，最早见于《宋志》，但是宋人未曾引用，大概流传并不广泛。宋代训练属对的读本有真德秀《对偶启蒙》、曾子戣《曾神童对属》、叶凤《群书类对》等。宋人喜谈巧对成风，而且对课教育已盛行于宋代，但是从目前的文献来看，专为蒙童编写的对课文本流传下来的较为少见。元代专门指导学童读书方法和程序的程端礼《读书分年日程》卷一说："更令记《对类》单字，使知虚实死活字；更记类首长天永日字。但临放学时，面属一对使行，使略知对偶、轻重、虚实足矣。"说明元代已有专用于蒙童教育的"对课"教材——《对类》。（参郭英德主编《中国古代文学与教育之关系研究》）当时较为有名的这类著作，是祝明的《声律发蒙》。《四库全书总目》卷一三七"类书类存目一"尝著录之：《声律发蒙》五卷，元祝明撰、明潘瑛续（后三卷），明刘节校补。每一韵先列韵字与注，而后列杂言对属之语。盖初学发蒙，学作对句、习平仄所用之书，以此为较早。（此《声律发蒙》卷首有万历癸巳秋七月知大名府事楚沅涂时相重刻小引云："夫韵之有声，犹法之有律，其所从来旧矣。海内操觚之士，辄兢兢守之，罔敢或逸于准绳之外,殆与法家之奉三尺者一耳。第声由心生,韵从口出,一指掌而舌端,天则本自跃如。惟是俗尚殊,方人鲜加察,遂致声韵不谐,踵承多舛。他毋论,即魏之人文夙称三辅,然北地之业举子者,大都抑扬起伏全欠铿锵,下至乡社塾师,置对句于不讲,宜其童不习而白首茫然也。余窃怪而思有以迪之,适客以《声律发蒙》来惠,阅其诸释显明,四声悉具,且每韵数联,每联数首,信足以启小子之良知,而助大人之吟咏,是可垂不朽者。爱付梓人,用布乡邑,俾博士弟子员人人晓畅,音律归于雅驯,其为裨益,讵曰发蒙已哉!乃若是集之所由成,则前人之述备矣,可勿庸赘也。"所载对语,如"一东"韵部凡四则,其中第一则为:"南对北,北对东。物外对寰中。君臣对父子,海岳对雷风。尧舜德,禹汤功。孔子对周公。六经千古在,五典百王同。天地无心成化育,圣贤有道继鸿蒙。书代结绳,阐人文于有象;图呈画卦,开道统于无穷。"第二则与此处《声律启蒙》所载第一则相较,唯"满园春色"作"一园春雨"异。后面两则,与《声律启蒙》所载第二、三则略有差异。第三则为:"沿对革,异对同。俊雅对英雄。才人对逸客,牧子对渔翁。颜巷陋,阮途穷。海雾对江风。云孤秦岭断,天阔楚江空。梁帝讲经同泰寺,汉高置酒未央宫。尘虑萦心,懒抚七弦之绿绮;霜华满鬓,羞临百炼之青铜。"第四则为:"贫对富,塞对通。白叟对黄童。红蕖对紫菊,细柳对疏桐。题雁塔,步蟾宫。凫峄对龟蒙。一湾流水绿,千树落花红。淡淡半桥杨柳月,轻轻一沼芰荷风。女子眉纤,额下见一弯新月;男儿气壮,胸中吐万丈长虹。"只是通过简单的文本对照比较,就很可以见出后起的《声律启蒙》等书主要内容之所自来。这里面呈现出的,是一种明显的源流关系。)虽四库馆臣云其无所当于著述,更不必发过情之誉,翁方纲纂《四库提要稿》则谓亦"应存其目"。

在明代,司守谦也曾撰《训蒙骈句》二卷,今见于《丛书集成续编》(第六十一册),而又与《声律启蒙》略有异同。本书于《声律启蒙》以下部分中的相对应韵部处,分别附录之,对其中所涉部分典事稍作提点,以期对读领悟。兹附录《训蒙骈句》第一个相同韵部的内容如下:

天转北,日升东。春风淡淡,晓日蒙蒙。野桥霜正滑,江路雪初融。报国忠臣心秉赤,伤春美女脸消红。孟轲成儒,早借三迁慈母力；曾参得道，终由一贯圣人功。

清暑殿，广寒宫。诗推杜甫，赋拟扬雄。人情冷暖异，世态炎凉同。丝坠槐虫飘帐幕，竹庄花蝶护房栊。高士游来，屐齿印开苔径绿；状元归去，马蹄踏破杏泥红。

龙泉剑，乌号弓。春傩逐疫，社酒祈丰。笛奏龙吟水，箫吹凤啸桐。江面渔舟浮一叶，楼台谯鼓报三通。时当五更，庶尹拱朝天阙外；漏过半夜，几人歌舞月明中。

其中，"曾参得道，终由一贯圣人功"二句，典出《论语·里仁》："子曰：'参乎，吾道一以贯之。'曾子曰：'唯。'子出，门人问曰：'何谓也？'曾子曰：'夫子之道，忠恕而已矣。'"

二 冬

春对夏，秋对冬。暮鼓对晨钟①。观山对玩水②，绿竹对苍松。冯妇虎③，叶公龙④。舞蝶对鸣蛩（qióng）⑤。衔泥双紫燕，课蜜几黄蜂⑥。春日园中莺恰恰⑦，秋天塞外雁雍雍⑧。秦岭云横，迢递八千远路⑨；巫山雨洗，嵯峨十二危峰⑩。

【注释】

①暮鼓、晨钟：陆游《短歌行》："百年鼎鼎世共悲，晨钟暮鼓无休时。" ②观山、玩水：释道原《景德传灯录》卷二五："然大王致请也，只图诸仁者明心，此外别无道理。诸仁者还明心也未？莫不是语言谭笑时、凝然杜默时、参寻知识时、道伴商略时、观山玩水时、耳目绝对时，

是汝心否？如上所解，尽为魔魅所摄，岂曰明心？"（按：后来，清乾隆帝[高宗爱新觉罗·弘历]有御制诗《题南宋都城纪胜录（序略）》："一线南迁已甚危，徽钦北去竟忘之。正当尝胆卧薪日，却作观山玩水时。后市前朝夸富庶，歌楼酒馆斗笙丝。咄哉耐得翁传录，可似兰台两赋奇。"或谓此诗前半出自宋孝宗所作《题冷泉堂飞来峰》，非也。飞来峰诗，见清朱彭《南宋古迹考》所引："山中秀色何佳哉，一峰独立名飞来。参差翠麓俨如画，石骨苍润神所开。忽闻仿象来宫囿，指顾已惊成列岫。规模绝似灵隐前，面势恍疑天竺后。孰云人力非自然，千岩万壑藏云烟。上有峥嵘崆峒之翠壁，下有潺湲漱玉之飞泉。一堂虚敞临清沼，密荫交加森羽葆。山头草木四时春，阅尽岁寒长不老。圣心仁智情优闲，壶中天地非人间。蓬莱方丈渺空阔，岂若坐对三神山。日长雅趣超尘俗，散步逍遥快心目。山光水色无尽时，长将挹向杯中渌。"） ③冯妇虎：《孟子·尽心下》："晋人有冯妇者，善搏虎。卒为善，士则之。野有众逐虎，虎负嵎，莫之敢撄。望见冯妇，趋而迎之。冯妇攘臂下车，众皆悦，其为士者笑之。" ④叶公龙：刘向《新序·杂事》："子张见鲁哀公，七日而哀公不礼。托仆夫而去，曰：'……君之好士也，有似叶公子高之好龙也。叶公子高好龙，钩以写龙，凿以写龙，屋室雕文以写龙，于是夫龙闻而下之，窥头于牖，施尾于堂，叶公见之，弃而还走，失其魂魄，五色无主。是叶公非好龙也，好夫似龙而非龙者也。'" ⑤蛩：蟋蟀。李清照《行香子》："草际鸣蛩。惊落梧桐。正人间、天上愁浓。" ⑥"衔泥"二句：《古诗十九首》："愿为双飞燕，衔泥巢君屋。"周密《浣溪沙》："花径日迟蜂课蜜，杏梁风软燕调雏。" ⑦恰恰：杜甫《江畔独步寻花七绝句》其六："留连戏蝶时时舞，自在娇莺恰恰啼。" ⑧雍雍：《诗·邶风·匏有苦叶》："雍雍鸣雁，旭日始旦。"毛传："雍雍，雁声和也。纳采用雁。旭日始出，谓大昕之时。"郑笺："雁者随阳而处，似妇人从夫，故昏礼用焉。自纳采至请期用昕，亲迎用昏。" ⑨"秦岭"二句：韩愈《左迁至蓝关示侄孙湘》："一封朝奏九重天，夕贬潮州路八千。云横秦岭家何在，雪拥蓝关马不前。"

⑩ "巫山"二句：李端《巫山高》："巫山十二峰，皆在碧虚中。"

明对暗，淡对浓。上智对中庸①。镜奁对衣笥②，野杵对村舂（chōng）。花灼烁，草蒙茸③。九夏对三冬。台高名戏马④，斋小号蟠龙⑤。手擘蟹螯从毕卓⑥，身披鹤氅自王恭⑦。五老峰高，秀插云霄如玉笔⑧；三姑石大，响传风雨若金镛（yōng）⑨。

【注释】

①上智、中庸：《孙子·用间》："故明君贤将，能以上智为间者，必成大功。"朱熹《中庸章句》："中者，不偏不倚，无过不及之名。庸，平常也。"引子程子之言："不偏之谓中，不易之谓庸。中者天下之正道，庸者天下之定理。" ②镜奁、衣笥：《尚书·说命》："惟口起羞，惟甲胄起戎，惟衣裳在笥，惟干戈省厥躬。"孔疏："不可加非其人，观其能足称职，然后赐之。"蔡沈《书经集传》："衣裳所以命有德，必谨于在笥者，戒其有所轻予。" ③"花灼烁"二句：蔡邕《弹棋赋》："荣华灼烁，莩不辈辈。"胡宏《雨急》："雨急落花零乱，风微吹草蒙茸。" ④"台高"句：郦道元《水经注·泗水》："今彭城南，有项羽凉马台，台之西南山麓上，即其冢也。"《南史·孔靖传》："宋台初建，以为尚书令，又让，又拜侍中特进左光禄大夫。辞事东归，帝（指刘裕）亲饯之戏马台，百僚咸赋诗以述其美。"时在义熙十四年九月初九日，《文选》卷二○载谢瞻、谢灵运所赋《九日从宋公戏马台集送孔令》诗二首。 ⑤"斋小"句：《宋书·志第二十一》："桓玄出镇南州，立斋名曰蟠龙。后刘毅居此斋。蟠龙，毅小字也。" ⑥"手擘"句：《世说新语·任诞》："毕茂世云：'一手持蟹螯，一手持酒杯，拍浮酒池中，便足了一生。'" ⑦"身披"句：《晋书·王恭传》："恭美姿仪，人多爱悦，或

目之云'濯濯如春月柳'。尝被鹤氅裘,涉雪而行。孟昶窥见之,叹曰:'此真神仙中人也。'"昶之赞恭,乃美其姿容,非第美其高舆鹤氅裘而已。 ⑧"五老峰"二句:李昉等编《太平御览》卷四一引《浔阳记》:"庐山顶上有一池水,池中有三石雁,霜落则飞。山北有五老峰,于庐山最为峻极,横隐苍穹,积石巉岩,迥压彭蠡,其形势迥如中虞乡县前五老之形,故名之。"李白《登庐山五老峰》:"庐山东南五老峰,青天削出金芙蓉。九江秀色可揽结,吾将此地巢云松。" ⑨"三姑石"二句:张玉书等编《佩文韵府》卷一○一引《地舆志》:"南康有三姑之石,响声若金镛。"祝穆《方舆胜览》卷一一:"(三姑石)在换骨岩北三十步,三石连属,红白鲜腻。旧记云:秦时有三女游此石,因名。"李贤等《明一统志》卷七六:"在武夷山。相传秦时有三女游戏于此,化为石。今三石相联,望之,有姝丽之态,故名。"镛,大钟。《诗·大雅·灵台》:"虡业维枞,贲鼓维镛。"

仁对义,让对恭。禹舜对羲农。雪花对云叶①,芍药对芙蓉。陈后主,汉中宗②。绣虎对雕龙③。柳塘风淡淡,花圃月浓浓④。春日正宜朝看蝶,秋风那更夜闻蛩。战士邀功,必借戈干成勇武;逸民⑤适志,须凭诗酒养疏慵。

【注释】

①雪花、云叶:萧统《黄钟十一月启》:"彤云垂四面之叶,玉雪开六出之花。"又,崔豹《古今注》卷上:"华盖,黄帝所作也。与蚩尤战于涿鹿之野,常有五色云气,金枝玉叶,止于帝上,有花葩之象,故因而作华盖也。"自系传说不经。 ②"陈后主"二句:汉宣帝刘询与荒淫侈靡的陈叔宝适成对照。刘询,武帝曾孙,戾太子刘据孙。出生数月,适逢

戾太子巫蛊事件，被关押狱中。后遇大赦，得以恢复皇族身份。昭帝暴亡，霍光立武帝之孙昌邑王刘贺为帝。刘贺淫戏无度，在位二十七天被废。经邴吉推荐，霍光等大臣奏议，遂迎立刘询为帝。宣帝在位二十五年，继承昭帝政策，躬行节俭，广开言路，重吏治，宽刑罚，轻徭薄赋，发展生产，史称"昭宣中兴"。《隋书·五行志》："祯明初，后主作新歌，词甚哀怨，令后宫美人习而歌之。其辞曰：'玉树后庭花，花开不复久。'时人以歌谶，此其不久兆也。"《南史·后妃下》："后主每引宾客，对贵妃等游宴，则使诸贵人及女学士与狎客共赋新诗，互相赠答。采其尤艳丽者，以为曲调，被以新声。选宫女有容色者以千百数，令习而歌之，分部迭进，持以相乐。其曲有《玉树后庭花》《临春乐》等。其略云：'璧月夜夜满，琼树朝朝新。'大抵所归，皆美张贵妃、孔贵嫔之容色。"
③绣虎、雕龙：曾慥《类说》卷四引《玉箱杂记》："曹植七步成章，号绣虎。"《史记·孟荀列传》："故齐人颂曰：'谈天衍，雕龙奭，炙毂过髡。'"《集解》引《别录》："邹奭修衍之文，饰若雕镂龙文，故曰雕龙。"（按：七步成章，见《世说新语·文学》所云："文帝尝令东阿王七步中作诗，不成者行大法。应声便为诗曰：'煮豆持作羹，漉菽以为汁。其在釜下燃，豆在釜中泣。本自同根生，相煎何太急！'帝深有惭色。"）　④"柳塘"二句：晏殊《寓意》："梨花院落溶溶月，柳絮池塘淡淡风。"　⑤逸民：隐士。《后汉书·逸民传论》："或隐居以求其志，或回避以全其道，或静己以镇其躁，或去危以图其安，或垢俗以动其概，或疵物以激其清。"

【评析】

该韵部中，"春日园中莺恰恰"句中"恰恰"不作莺啼声解。郭在贻《古代汉语词义札记》谓即"戢戢"，有密集、积聚、繁多、频繁之义。"恰恰啼"，犹言频频啼。白居易《游悟真寺一百三十韵》亦可为语例：

"栾栌与户牖,恰恰金碧繁。"

又,附录《训蒙骈句》同韵部如下:

君子竹,大夫松。偷香粉蝶,采蜜黄蜂。风定荷香细,日高花影重。大庾岭头梅灿烂,姑苏台足草蒙茸。跃马游人,苑内观花夸景美;操豚野老,田间拜社祝年丰。

冯妇虎,叶公龙。鱼沉雁杳,燕懒莺慵。依依河畔柳,郁郁涧边松。天成阆苑三千界,云锁巫山十二峰。骚客游归,双袖微沾花气湿;渔郎钓罢,一舟闲系柳阴浓。

催春鸟,噪秋蛩。郭荣叩马,卫献射鸿。玉盘红缕润,金瓮绿醅浓。对雪谁家吟柳絮,披风何处采芙蓉。芳满春园,红杏有颜清露洗;雨过秋谷,玄关无锁白云封。

其中,"玄关无锁白云封"句尚有可说者。据黄永武《冲邈上人翠微山居诗研究》,《全宋诗》或辑自刘斧《青琐高议》、题陈抟所作的一首:"华阳高处是吾宫,出即凌空跨晓风。台殿不将金锁闭,来时自有白云封。"实为抄袭冲邈《翠微山居诗二十五首》其第十四两句,然后伪造而成:"辞君莫怪归山早,为忆松萝对月宫。台殿不将金锁闭,来时自有白云封。"[可以附带提及的是,《全宋诗》亦应辑自《青琐高议》的陈抟佚句:"万顷白云独自有,一枝仙桂阿谁无。"实为误收唐人吕岩(洞宾)诗。]

三 江

楼对阁,户对窗。巨海对长江。蓉裳对蕙帐①,玉斝(jiǎ)对银釭(gāng)②。青布幔,碧油幢。宝剑对金釭③。忠心安社稷,利口覆家邦④。世祖中兴延马武⑤,桀王失道杀龙逄(páng)⑥。秋雨潇潇，熳烂黄花都满径⑦；春风袅袅，扶疏⑧绿竹正盈窗。

【注释】

①蕙帐：孔稚珪《北山移文》："蕙帐空兮夜鹤怨，山人去兮晓猿惊。" ②玉罍、银釭：罍，古代酒器，似爵而较大。《诗·大雅·行苇》："或献或酢，洗爵奠罍。"釭，油灯。王融《咏幔》："但愿置樽酒，兰釭当夜明。" ③金釭：古代宫室壁带上的环状金属饰物。《汉书·外戚传·孝成赵皇后》："居昭阳舍……壁带往往为黄金釭，函蓝田璧、明珠、翠羽饰之。"颜师古注："壁带，壁之横木露出如带者也。于壁带之中，往往以金为釭，若车釭之形也。其釭中著玉璧、明珠、翠羽耳。" ④"忠心"二句：《孟子·尽心上》："有安社稷臣者，以安社稷为悦者也。"《论语·阳货》："恶紫之夺朱也，恶郑声之乱雅乐也，恶利口之覆邦家者。" ⑤马武：东汉初南阳湖阳（今河南唐河西南）人，字子张。曾参加绿林农民起义军，后任更始政权振威将军，与尚书令谢躬共击王郎。旋附刘秀，袭杀谢躬，并参与镇压尤来、五幡等部起义军。后与诸将拥戴刘秀称帝，任侍中、骑都尉，封山都侯。与盖延、耿弇等击刘永、庞萌、隗嚣，屡建战功。建武十二年，定封杨虚侯。二十五年，随马援镇压武陵蛮。明帝初，任破虏将军，大破西羌。明帝时图画功臣，列为云台二十八将之一。 ⑥龙逢：即关龙逢。《韩诗外传》卷四："桀为酒池，可以运舟，糟丘足以望十里，一鼓而牛饮者三千人，关龙逢进谏曰：'古之人君，身行礼义，爱民节财，故国安而身寿。今君用财若无穷，杀人若恐弗胜。君若弗革，天殃必降，而诛必至矣。君其革之。'立而不去朝。桀囚而杀之。君子闻之曰：'天之命矣。'" ⑦"秋雨"二句：朱淑真《暮秋》："潇潇风雨暗残秋，忍见黄花满径幽。恰似楚人情太苦，年年对景倍添愁。" ⑧扶疏：枝叶茂盛。《韩非子·扬权》："为人君者，数披

其木，毋使木枝扶疏。木枝扶疏，将塞公闾。"陶渊明《读山海经十三首》其一："孟夏草木长，绕屋树扶疏。"

旌对旆（pèi），盖对幢（chuáng）①。故国对他邦。千山对万水，九泽对三江②。山岌（jí）岌，水淙（cóng）淙③。鼓振对钟撞④。清风生酒舍⑤，皓月照书窗。阵上倒戈辛纣战⑥，道旁系剑子婴降⑦。夏日池塘，出没浴波鸥对对；春风帘幕，往来营垒燕双双。

【注释】

①"旌对旆"二句：《周礼》："全羽为旞，析羽为旌。"《尔雅》："继旐曰旆。"《诗·小雅·六月》："织文鸟章，白旆央央。"幢盖，旌旗羽盖。潘岳《马汧督诔序》："圣明畴咨，进以显秩，殊以幢盖之制。"李善注："幢盖，将军刺史之仪也。《兵书》曰：'军主长服赤幢。'"
②"九泽"句：九泽，即九薮，古泽薮总称。《周礼·职方氏》中的"九泽"指扬州之具区、荆州之云梦、豫州之圃田、青州之望诸、兖州之大野、雍州之弦蒲、幽州之貕养、冀州之杨纡、并州之昭余祁。《吕氏春秋·有始》中指其为吴之具区、楚之云梦、秦之阳华、晋之大陆、梁之圃田、宋之孟诸、齐之海隅、赵之钜鹿、燕之大昭。《淮南子·墬形训》指为越之具区、楚之云梦、秦之阳纡、晋之大陆、郑之圃田、宋之孟诸、齐之海隅、赵之巨鹿、燕之昭余。《尚书·禹贡》："三江既入，震泽底定。"
③"山岌岌"二句：《说文》："岌，山高貌也。"孔平仲《二十二日大风发长芦》："侧看岸旋转，白浪若山岌。"《说文》："淙，水声也。"高适《赋得还山吟送沈四山人》："石泉淙淙若风雨，桂花松子常满地。"
④鼓振、钟撞：《荀子·富国》："故儒术诚行，则天下大而富，使而功，撞钟击鼓而和。" ⑤"清风"句：《南史·谢朏传》："不妄交接，门无

杂宾。有时独醉，曰：'入吾室者但有清风，对吾饮者唯当明月。'"
⑥"阵上"句：《尚书·武成》："前徒倒戈，攻于后以北，血流漂杵。"蔡沈《集传》："纣之前徒倒戈，反攻其在后之众以走，自相屠戮，遂至血流漂杵。史臣指其实而言之，盖纣众离心离德，特劫于势而未敢动耳，一旦因武王吊伐之师，始乘机投隙，奋其怨怒，反戈相戮。"《史记·殷本纪》："帝乙长子曰微子启，启母贱，不得嗣。少子辛，辛母正后，辛为嗣。帝乙崩，子辛立，是为帝辛，天下谓之纣。" ⑦"道旁"句：系剑，当作"系颈"。《史记·高祖本纪》："秦王子婴素车白马，系颈以组，封皇帝玺符节，降轵道旁。"李昂《从军行》："欲令塞上无干戚，会待单于系颈时。"

　　铢对两①，只对双。华岳对湘江。朝车对禁鼓②，宿火对寒缸③。青琐闼（tà）④，碧纱窗。汉社对周邦。笙箫鸣细细⑤，钟鼓响摐（chuāng）摐⑥。主簿栖鸾名有览⑦，治中展骥姓惟庞⑧。苏武牧羊，雪屡餐于北海⑨；庄周活鲋，水必决于西江。

【注释】
　　①铢、两：古代衡制单位。《汉书·律历志上》："二十四铢为两，十六两为斤。" ②朝车、禁鼓：古时贵臣上朝所用之车。《吕氏春秋·赞能》："（管仲）至齐境，桓公使人以朝车迎之。"禁鼓，古时设在宫城谯楼上报时的鼓。 ③宿火、寒缸：韦应物《郡斋卧疾绝句》："香炉宿火灭，兰灯宵影微。"白居易《不睡》："焰短寒缸尽，声长晓漏迟。"
④青琐闼：《汉书·元后传》："曲阳侯根骄奢僭上，赤墀青琐。"孟康注："以青画户边镂中，天子制也。"颜师古注："孟说是。青琐者，刻为连环文，而以青涂之也。"范云《古意赠王中书》："摄官青琐闼，遥望凤凰

池。" ⑤"笙箫"句：苏轼《春夜》："歌管楼台声细细，秋千院落夜沉沉。" ⑥"钟鼓"句：司马相如《子虚赋》："拟金鼓，吹鸣籁。"韦昭曰："拟，击也，音窗。" ⑦"主簿"句：《后汉书·仇览传》："时考城令河内王涣，政尚严猛，闻览以德化人，署为主簿。谓览曰：'主簿闻陈元之过，不罪而化之，得无少鹰鹯之志邪？'览曰：'以为鹰鹯，不若鸾凤。'涣谢遣曰：'枳棘非鸾凤所栖，百里岂大贤之路？今日太学曳长裾，飞名誉，皆主簿后耳。以一月奉为资，勉卒景行。'" ⑧"治中"句：《三国志·蜀志·庞统传》："先主领荆州，统以从事守耒阳令，在县不治，免官。吴将鲁肃遗先主书曰：'庞士元非百里才也，使处治中、别驾之任，始当展其骥足耳。'诸葛亮亦言之于先主，先主见与善谭，大器之，以为治中从事。" ⑨"苏武"二句：《汉书·苏武传》："单于愈益欲降之，乃幽武置大窖中，绝不饮食。天雨雪，武卧啮雪与旃毛并咽之，数日不死。匈奴以为神，乃徙武北海上无人处，使牧羝，羝乳乃得归……武既至海上，廪食不至，掘野鼠、去草实而食之。杖汉节牧羊，卧起操持，节旄尽落。"

【评析】

该韵部中，"九泽对三江"句中"三江"，明人陈第《一斋文集·尚书疏衍》卷三所云可参："三江者何？北江、中江、南江也。嶓山之汉为北，岷山之江为中，豫章之川历彭蠡而入者为南。《经》言'江汉下，文备矣'，何以不言'南江盖豫章诸川注彭蠡而入江汉者'？乃其顺流之故迹，非禹所尝导，故《经》不著。然与江汉合流，同至扬州京口入海，安得而废之？郑玄以为'三江既入，入于海不入震泽'，斯言得之矣。孔安国谓'三江入震泽，复由震泽而入海'，既不知地势之相隔。韦昭以京口江为一，吴松江为二，钱塘江为三，赘矣。蔡仲默又以松江、娄江、东江当之,是舍岷、嶓之大,而纪吴、越之小水也,可乎?夫三江入海则跨江,南北之洪水皆除,而中吴之水得钟于太湖,故曰'三江既入,震泽底定',而扬州之水条贯明矣。"

又,附录《训蒙骈句》同韵部如下:

花盈槛,酒满缸。颓垣败壁,净几明窗。兰开香九畹,枫落冷吴江。山路芳尘飞黯黯,石桥流水响淙淙。退笔成邱,右军书秃三千管;建旗入境,安石门排十六双。

斟玉斝,剔银釭。起风石燕,吠日山龙。春染千门柳,秋连万顷江。酒力能将愁阵破,茶香可使睡魔降。北苑春回,一路花香随著屐;西湖水满,六桥柳影照飞艭。

吹牧笛,泛渔艭。严陵真隐,纪信诈降。冬雷惊渭甾,春水泛湘江。庭院日晴黄鸟并,江湖浪阔白鸥双。十八拍笳,蔡琰悠吹于北塞;三五株柳,陶潜啸傲于南窗。

其中,"十八拍笳,蔡琰悠吹于北塞"二句有可说处。北宋郭茂倩编《乐府诗集》卷五九载有题为后汉蔡琰的一首《胡笳十八拍》诗,后来朱熹收入《楚辞后语》。对于这首诗是不是蔡琰所作,历来有不同意见。自北宋朱长文《琴史》否认《胡笳十八拍》为蔡文姬所作以来,代不乏人。如清初李因笃《汉诗评》卷四谓:"大抵十八拍即非文姬作,要是齐梁高手所拟。"但他在第十、十一拍后的评论却又自相矛盾:"'一生'句惟文姬身历之乃能言之","生仍冀归,死当埋骨,文姬可谓徙义矣"。直到新中国成立以后,《胡笳十八拍》的真伪问题还曾引发过激烈论争。(按:1959年,郭沫若写历史剧《蔡文姬》,引用了《胡笳十八拍》,并写了《谈蔡文姬的〈胡笳十八拍〉》一文,"坚决相信是蔡文姬自己做的",提出:"无论在形式或内容上,那种不羁而雄浑的气魄,滚滚怒涛一样不可遏抑的悲愤,绞肠滴血般的痛苦,决不是六朝人乃至隋唐人所能企及的。"由此引发了一场关于《胡笳十八拍》作者问题的讨论。其中，郭氏作为肯定论者的代表，论争中连著七文，论证《胡笳十八拍》为蔡琰所作。如其还认为，《胡笳十八拍》不见著录、论述和征引，是因为诗中内容有伤于"温柔敦厚"的诗教，形式是民间歌谣的体裁且杂以胡声，在古代不足以登大雅之堂。而且在用韵方面，《胡笳十八拍》或句句入韵，或偶隔一句不入韵，换韵在四句以上，且换韵时首句反不入韵，韵例极不齐整，与唐代押韵规律也大不一样。又，这次关于《胡笳十八拍》的讨论，其中的肯定论者，还有高亨、王竹楼、胡念贻、黄诚一、叶玉华、张德钧等。否定论者则有刘大杰、刘开扬、李鼎文、王达津、王运熙、刘盼遂、胡国瑞、卞孝萱、谭其骧、黄瑞云等。否定论者中，有人推测《胡笳十八拍》的作者为唐开元年间的董庭兰，有人推测作于唐刘高以后。这次讨论，基本上没有逸出学术的框架，更没有进入政治化的非学术的误区，虽有在学术界位高权重的郭沫若参与，但最后并未就此问题作出定断，没有肯定一方或否定一方，《光明日报》"文学遗产"专刊编辑部只是将双方的文章集中起来，作为讨论的大致结果。)

四　支

茶对酒，赋对诗。燕子对莺儿。栽花对种竹，落絮对游丝①。四目颉②，一足夔（kuí）③。鸲鹆（qúyù）对鹭鸶④。半池红菡萏，一架白荼蘼。几阵秋风能应候，一犁春雨甚知时⑤。智伯恩深，国士吞变形之炭⑥；羊公德大，邑人竖堕泪之碑⑦。

【注释】

①游丝：空中飘动着的蛛丝。雍裕之《游丝》："游丝何所似，应最似春心。一向风前乱，千条不可寻。"　②四目颉：纬书《春秋元命苞》："仓帝史皇氏名颉，姓侯冈，龙颜侈哆，四目灵光，实有睿德，生而能书。

及受河图绿字,于是穷天地之变,仰观奎星圆曲之势,俯察龟文鸟羽山川,指掌而创文字。天为雨粟,鬼为夜哭,龙乃潜藏。" ③一足夔:《吕氏春秋·察传》:鲁哀公问于孔子曰:"乐正夔一足,信乎?"孔子曰:"昔者舜欲以乐传教于天下,乃令重黎举夔于草莽之中而进之,舜以为乐正。夔于是正大律,和五声,以通八风,而天下大服。重黎又欲益求人,舜曰:'夫乐,天地之精也,得失之节也,故唯圣人为能和。和,乐之本也。夔能和之,以平天下,若夔者,一而足矣。'故曰'夔一,足',非'一足'也。" ④鸲鹆、鹭鸶:鸲鹆,亦作"鹳鹆"。《春秋·昭公二十五年》:"有鹳鹆来巢。"杨伯峻注:"鹳鹆即今之八哥,中国各地多有之。"鹭鸶,原作"鹭鹚",误将鹭鸶和鸲鹆两种鸟合而为一。 ⑤"几阵"二句:穆寂(一作蒋防)《冬至日祥风应候》:"独喜登高日,先知应候风。"杜甫《春夜喜雨》:"好雨知时节,当春乃发生。" ⑥"智伯"二句:《战国策·赵策一》:赵襄子杀智伯,智伯之客豫让谋刺赵襄子被识,豫让又漆身为厉,灭须去眉,自刑以变其容,为乞人而往乞,其妻不识。曰:"状貌不似吾夫,其音何类吾夫之甚也。"又吞炭如哑,变其音,再度谋刺赵襄子。谓友曰:"吾所为难,亦将以愧天下后世人臣怀二心者。"死之日,请赵襄子之衣而击之,曰:"可以报智伯矣。" ⑦"羊公"二句:《晋书·羊祜传》:祜字叔子,守襄阳。乐山水,每风景,必造岘山,置酒言咏,终日不倦。卒后,襄阳百姓于其岘山游憩之所,建碑立庙,岁时祭焉。望其碑者莫不流涕,杜预因名为"堕泪碑"。(按:唐人胡曾作有一首《岘山》:"晓日登临感晋臣,古碑零落岘山春。松间残露频频滴,酷似当初堕泪人。"曾被罗贯中录入《三国演义》第一百二十回。)

行对止,速对迟。舞剑对围棋。花笺①对草字,竹简对毛锥②。汾水鼎③,岘山碑。虎豹对熊罴(pí)④。花开红锦绣,水漾碧琉璃⑤。去妇因探邻舍枣⑥，出妻为种后园葵⑦。笛韵和谐，仙管恰从云里降⑧；橹声咿（yī）哑，渔舟正向雪中移。

【注释】

①花笺：徐陵《玉台新咏序》："三台妙迹，龙伸蠖屈之书；五色花笺，河北胶东之纸。" ②"竹简"句：荀勖《穆天子传序》："古文《穆天子传》者，太康二年汲县民不准盗发古冢所得书也，皆竹简素丝编。以臣勖前所考定古尺度，其简长二尺四寸，以墨书，一简四十字。"郑玄注《论语序》："《钧命决》云：'《春秋》二尺四寸书之，《孝经》一尺二寸书之。'故知《六经》之策，皆长二尺四寸。《易》《诗》《书》《礼》《乐》《春秋》皆尺二寸（按：阮元《校勘记》谓当作二尺四寸），《孝经》谦，半之。《论语》八寸策者，三分居一，又谦焉。"《旧五代史·史弘肇传》："弘肇又厉声言曰：'安朝廷，定祸乱，直须长枪大剑，至如毛锥子焉足用哉！'三司使王章曰：'虽有长枪大剑，若无毛锥子，赡军财赋自何而集？'"《新五代史》："毛锥子，盖言笔也。" ③汾水鼎：又称汾阴鼎。《史记·封禅书》：汉武帝元鼎元年，于汾阴发现一周鼎，与众鼎大异，后藏之甘泉宫，公卿大夫皆议请尊宝鼎。因以"汾鼎"指象征国祚的宝鼎。苏颋《奉和圣制途次旧居应制》："盛业铭汾鼎，昌期应洛书。" ④熊罴：《诗·小雅·斯干》："吉梦维何，维熊维罴，维虺维蛇。大人占之，维熊维罴，男子之祥。维虺维蛇，女子之祥。" ⑤"水漾"句：上官昭容《游长宁公主流杯池二十五首》其十："玳瑁凝春色，琉璃漾水波。" ⑥"去妇"句：《汉书·王吉传》："王吉字子阳，琅邪皋虞人也……吉少时学问，居长安。东家有大枣树，垂吉庭中。吉妇取枣以啖吉。吉后知之，乃去妇。东家闻而欲伐其树，邻里共止之，因固请吉令还妇。里中为之语曰：'东家有树，王阳妇去。东家枣完，去妇复还。'其

厉志如此。" ⑦"出妻"句：《史记·循吏列传》："食茹而美，拔其园葵而弃之。见其家织布好，而疾出其家妇，燔其机，云'欲令农士工女安所雠其货乎？'"《汉书·董仲舒传》："故公仪子相鲁，之其家见织帛，怒而出其妻，食于舍而茹葵，愠而拔其葵，曰：'吾已食禄，又夺园夫红女利乎？'古之贤人君子在列位者皆如是……若居君子之位，当君子之行，则舍公仪休之相鲁，亡可为者矣。" ⑧"笛韵"二句：包佶《元日观百僚朝会》："御炉分兽炭，仙管弄云韶。"

戈对甲，鼓对旗。紫燕对黄鹂①。梅酸对李苦②，青眼对白眉③。三弄笛，一围棋④。雨打对风吹。海棠春睡早，杨柳昼眠迟⑤。张骏曾为槐树赋⑥，杜陵不作海棠诗⑦。晋士特奇，可比一斑之豹⑧；唐儒博识，堪为五总之龟⑨。

【注释】

①紫燕、黄鹂：杜甫《柳边》："紫燕时翻翼，黄鹂不露身。" ②梅酸、李苦：《世说新语·假谲》："魏武行役，失汲道，军皆渴，乃令曰：'前有大梅林，饶子，甘酸可以解渴。'士卒闻之，口皆出水，乘此得及前源。"《世说新语·雅量》："王戎七岁，尝与诸小儿游。看道边李树多子折枝，诸儿竞走取之，唯戎不动。人问之，答曰：'树在道边而多子，此必苦李。'取之，信然。" ③青眼、白眉：青眼，谓正眼相看，表示器重。《世说新语》刘孝标注引《晋百官名》："嵇喜字公穆，历扬州刺史，康兄也。阮籍遭丧，往吊之。籍能为青白眼，见凡俗之士，以白眼对之。及喜往，籍不哭。见其白眼，喜不怿而退。康闻之，乃赍酒挟琴而造之，遂相与善。"《晋书·阮籍传》："籍又能为青白眼。见礼俗之士，以白眼对之。及嵇喜来吊，籍作白眼，喜不怿而退。喜弟康闻之，乃赍酒挟

琴造焉,籍大悦,乃见青眼。"《三国志·蜀志·马良传》:"马良,字季常,襄阳宜城人也。兄弟五人,并有才名,乡里为之谚曰:'马氏五常,白眉最良。'良眉中有白毛,故以称之。"后因以白眉称兄弟中之最杰出者。元稹《送东川马逢侍御使回十韵》:"眼青宾礼重,眉白众情高。" ④一围棋:《晋书·王导传》:王导次子王恬"多技艺,善弈棋,为中兴第一"。又,王导曾与号称"中兴之冠"(刘孝标注引徐广《晋纪》)的尚书左仆射江彪对弈。"江仆射年少,王丞相呼与共棋。王手尝不如两道许,而欲敌道戏,试以观之。江不即下。王曰:'君何以不行?'江曰:'恐不得尔。'……王徐举首曰:'此年少非唯围棋见胜。'"(《世说新语·方正》) ⑤"海棠"二句:叶廷珪《海录碎事》卷一〇引《太真外传》:"上皇登沉香亭,诏妃子,时卯酒未醒,命侍儿扶掖而至。妃子醉韵残妆,鬓乱钗横,不能再拜。上皇笑曰:'是岂妃子醉,直海棠睡未足耳。'"胡仔《苕溪渔隐丛话》前集卷二七引《漫叟诗话》:"汉苑中有柳,状如人形,号曰人柳,一日三起三倒。"贺铸《绮筵张》:"认情通、色受缠绵处,似灵犀一点,吴蚕八茧,汉柳三眠。" ⑥"张骏"句:《晋书·凉武昭王传》:"先是,河右不生楸、槐、柏、漆,张骏之世,取于秦陇而植之,终于皆死,而酒泉宫之西北隅有槐树生焉,玄盛又著《槐树赋》以寄情,盖叹僻陋遐方,立功非所也。"据知,《槐树赋》非张骏作。 ⑦"杜陵"句:《王禹偁诗话》:"杜子美避地蜀中,未尝有一诗说着海棠,以其生母名海棠也。" ⑧"晋士"二句:《世说新语·方正》:"王子敬(即王献之)数岁时,尝看诸门生樗蒲(chūpú),见有胜负,因曰:'南风不竞。'门生辈轻其小儿,乃曰:'此郎亦管中窥豹,时见一斑。'子敬瞋目曰:'远惭荀奉倩,近愧刘真长。'遂拂衣而去。" ⑨"唐儒"二句:《新唐书·殷践猷传》:"殷践猷,字伯起,陈给事中不害五世从孙。博学,尤通氏族、历数、医方。与贺知章、陆象先、韦述最善，知章尝号为'五总龟'，谓龟千年五聚，问无不知也。"

【评析】

该韵部中，"杜陵不作海棠诗"句最为引人注目。杜集中未见海棠诗，而西蜀海棠甲于天下，理不可解。宋代避讳之风甚盛，因此很多人自然联想到杜甫避讳上来。杜母名海棠，唐代文献无征，可能是传说，甚或出于文人杜撰。宋代杨万里不相信，给出了一种合理的推测："少陵未见欲如何。"（《海棠四首》其四）陆游的解释"拾遗旧咏悲零落"（《海棠》），也是有根据的，或许更为有力一些。杜甫天宝中就说："臣幸赖先人绪业，自七岁所缀诗笔，向四十载矣，约千有余篇。"（《进雕赋表》）可知今传杜集佚亡甚多。在杜甫的时代，其他的入蜀诗人也同样不曾留有海棠诗。《文苑英华》卷三二二载王维《左掖海棠咏》五绝一首，《王摩诘集》题作《左掖梨花》，附载丘为、皇甫冉和作，今传《皇甫冉诗集》题作《和王给事禁省梨花咏》，可知《文苑英华》为误。另一方面，据北宋沈立《海棠记》，海棠之名，始著于唐德宗贞元间为相的贾耽所著《百花谱》。稍后，李德裕《平泉山居草木记》云："木之奇者，有稽山之海棠、榧桧。"把海棠视为花中珍品。但一般人却因其名不著，而未多注意。爱花是有其时代风气的，往往跟帝王的提倡大有干系。北宋初，太宗御制《海棠》诗，真宗继作，宰相晏殊、翰林学士刘筠，应制属和，俱载《海棠谱》。陈思在《海棠谱序》中说："本朝列圣品题，云章奎画，烜耀千古，此花始得显闻于时，盛传于世矣。"所以，参与这一问题讨论的宋代诗人才特别多；而杜集中未见专门题咏，自然不能就此判定杜甫居蜀根本"未见"海棠。以上，都是以杜甫未作海棠诗为立足点。日本汉诗人斋藤拙堂所作《海棠》诗则翻案说："蜀土偏尊重，称花不斥名。少陵岂无句，花重锦官城。"后来，蜀中诗人赵熙也以"晓看红湿处"二句为深得海棠神理。宋人郑意《海棠》中"欲识此花奇绝处,明朝有雨试重来"以及俞桂《海棠》中"海棠袅袅弄胭脂,雨入枝头睡正宜"等,皆可为证。(合参王仲镛《杜甫避家讳和相传涉讳的诗》、马歌东《日本汉诗溯源比较研究》)(按:类似的著名诗学公案,尚不止此。明俞弁《逸老堂诗话》卷下即云:"梅花不入楚骚,杜甫不咏海棠,二谢不咏菊花,亦可懊恨。")

又,附录《训蒙骈句》同韵部如下:

  梅破蕊,柳垂丝。荷香十里,麦穗两歧。剥橙香透甲,尝稻气翻匙。紫陌游人摇玉勒,画堂酒客醉金卮。云锁巫山,墨翰饱滋天外笔;池涵列宿,玉盘乱布水中棋。

  三都赋,七步诗。班超投笔,王质观棋。月照富春渚,雷轰荐福碑。堤柳拖烟迷翡翠,海棠经雨湿胭脂。豪富石崇,邀客不空金谷盏;风流山简,驻军常醉习家池。

  戈倒握,笛横吹。阮籍青眼,马良白眉。雨阑流水急,风定落花迟。衰柳经风飞病叶,枯梅得月照寒枝。适意高人,斜卷玉帘通燕子;陶情侠客,闲抛金弹打莺儿。

其中,"荷香十里"句应出自柳永的《望海潮》。据杨湜《古今词话》记载,这是一首干谒词:"柳耆卿与孙相何为布衣交。孙知杭州,门禁甚严,耆卿欲见之不得,作《望海潮》词,往谒名妓楚楚曰:'欲见孙相,恨无门路。若因府会,愿借朱唇歌于孙相公之前。若问谁为此词,但说柳七。'中秋府会,楚楚宛转歌之,孙即日迎耆卿预坐。词曰:'东南形胜,三吴都会,钱塘自古繁华。烟柳画桥,风帘翠幕,参差十万人家。云树绕堤沙。怒涛卷雪屋(一作霜雪),天堑无涯。市列珠玑,户盈罗绮,竞豪奢。 重湖叠巘清佳。有三秋桂子,十里荷花。羌管弄晴,菱歌泛夜,嬉嬉钓叟莲娃。千骑拥高牙。乘醉听箫鼓,吟赏烟霞。异日图将好景,归去凤池夸。'"（按：薛瑞生《柳永〈望海潮·东南形胜〉赠主考》谓所赠对象实为孙沔。吴熊和先生亦持此论。）

五　微

来对往，密对稀。燕舞对莺飞。风清对月朗，露重对烟微。霜菊瘦，雨梅肥①。客路对渔矶。晚霞舒锦绣，朝露缀珠玑（jī）②。夏暑客思欹（qī）石枕，秋寒妇念寄边衣③。春水才深，青草岸边渔父去；夕阳半落，绿莎原上牧童归。

【注释】

①雨梅肥：杜甫《陪郑广文游何将军山林十首》其五："绿垂风折笋，红绽雨肥梅。"　②"朝露"句：陈宓《秋夜》："白月无瑕呈佩玦，黄花有露缀珠玑。"　③"秋寒"句：陈玉兰《寄夫》："夫戍边关妾在吴，西风吹妾妾忧夫。一行书信千行泪，寒到君边衣到无。"

宽对猛①，是对非。服美对乘肥②。珊瑚对玳瑁，锦绣对珠玑。桃灼灼，柳依依③。绿暗对红稀④。窗前莺并语，帘外燕双飞。汉致太平三尺剑，周臻大定一戎衣⑤。吟成赏月之诗，只愁月堕⑥；斟满送春之酒，惟憾春归。

【注释】

①宽、猛：《左传·昭公二十年》：仲尼曰："善哉！政宽则民慢，慢

则纠之以猛。猛则民残，残则施之以宽。宽以济猛，猛以济宽，政是以和。《诗》曰：'民亦劳止，汔可小康。惠此中国，以绥四方。'施之以宽也。'毋从诡随，以谨无良。式遏寇虐，憯不畏明。'纠之以猛也。'柔远能迩，以定我王。'平之以和也。又曰：'不竞不绿，不刚不柔。布政优优，百禄是遒。'和之至也。"引诗分别出自《诗·大雅·民劳》《诗·商颂·长发》，略有异文。　②服美、乘肥：《论语·雍也》："子华使于齐，冉子为其母请粟。子曰：'与之釜。'请益。曰：'与之庾。'冉子与之粟五秉。子曰：'赤之适齐也，乘肥马，衣轻裘，吾闻之也，君子周急不继富。'"　③"桃灼灼"二句：《诗·周南·桃夭》："桃之夭夭，灼灼其华。"《诗·小雅·采薇》："昔我往矣，杨柳依依。今我来思，雨雪霏霏。"　④绿暗、红稀：韩琮《暮春浐水送别》："绿暗红稀出凤城，暮云楼阁古今情。"　⑤"周臻"句：《中庸》："武王缵大王、王季、文王之绪，壹戎衣而有天下。"　⑥"吟成"二句：李白《把酒问月》："古人今人若流水，共看明月皆如此。唯愿当歌对酒时，月光长照金樽里。"

声对色，饱对饥。虎节对龙旗①。杨花对桂叶，白简对朱衣②。尨（máng）也吠，燕于飞③。荡荡对巍巍④。春暄资日气，秋冷借霜威。出使振威冯奉世⑤，治民异等尹翁归⑥。燕我弟兄，载咏棣棠韡韡⑦；命伊将帅，为歌杨柳依依。

【注释】

①虎节、龙旗：《周礼·地官·掌节》："凡邦国之使节，山国用虎节，土国用人节，泽国用龙节。"《诗·商颂·玄鸟》："龙旗十乘，大糦是承。"《荀子·礼论》："龙旗九斿，所以养信也。"　②白简、朱衣：白简，弹劾之章。《晋书·傅玄传》："玄天性峻急，不能有所容。每有奏

劾，或值日暮，捧白简，整簪带，竦踊不寐，坐而待旦。于是贵游慑伏，台阁生风。"陈耀文《天中记》卷三八引《侯鲭录》："欧阳修知贡举日，每遇考试卷，坐后常觉一朱衣人时复点头，然后其文章入格……始疑侍吏，及回顾之，一无所见。因语其事于同列，为之三叹。尝有句云'唯愿朱衣一点头'。"（按：吕祖谦《诗律武库》卷四记欧阳修断句为："文章自古无凭据，唯愿朱衣一点头。"）徐渭《女状元》第二出："文章自古无凭据，惟愿朱衣暗点头。" ③尨吠、燕飞：尨，《说文》："犬之多毛者。"《诗·召南·野有死麕》："无感我帨兮，无使尨也吠。"于飞，比翼而飞。卫庄公之妻庄姜，美而无子，庄公妾戴妫生子完，庄姜以为己子。庄公死，完继位。不久州吁作乱，杀完。戴妫乃归陈国，庄姜远送于野，作诗云："燕燕于飞，差池其羽。之子于归，远送于野。瞻望弗及，泣涕如雨。"（《诗·邶风·燕燕》） ④荡荡、巍巍：《后汉书·和熹邓皇后纪》："巍巍之业，可闻而不可及；荡荡之勋，可诵而不可名。" ⑤"出使"句：《汉书·冯奉世传》载宣帝时，冯奉世任卫侯，出使大宛。时莎车杀汉使，他率兵击破莎车。后为左将军，封关内侯。 ⑥"治民"句：《汉书·尹翁归传》："翁归为政虽任刑，其在公卿之间清洁自守，语不及私，然温良嗛退，不以行能骄人，甚得名誉于朝廷。视事数岁，元康四年病卒。家无余财，天子贤之，制诏御史：'朕夙兴夜寐，以求贤为右，不异亲疏近远，务在安民而已。扶风翁归廉平乡正，治民异等，早夭不遂，不得终其功业，朕甚怜之。其赐翁归子黄金百斤，以奉其祭祠。'" ⑦"燕我"二句：《诗·小雅·常棣》："常棣之华，鄂不韡韡。凡今之人，莫如兄弟。"

【评析】

该韵部中，"周臻大定一戎衣"句的理解往往容易出现失误。黄怀信

《大学中庸讲义》所释可参:"缵,继续。绪,事业。壹,借为'殪',灭。衣,借为'殷',殷商。戎殷,蔑称。《尚书·康诰》:'天乃大命文王,殪戎殷。'今《尚书·武成》篇云'一戎衣,天下大定',同此误。"

又,"声对色,饱对饥。虎节对龙旗"中"饥""旗"二字本属平水韵四支,而混入五微中,这属于出韵。据郭芹纳、吴秋本《〈笠翁对韵〉中的出韵现象》,《声律启蒙》中的出韵情况还有:其一,"鸟翼长随,凤兮洵众禽长;狐威不假,虎也真百兽尊"中"尊"字,本属平水韵十三元,却用于十二文中。其二,"藜杖叟,布衣樵。北野对东郊"中"樵"字,本属平水韵二萧,却用于三肴中。其三,"红对紫,白对青。渔火对禅灯"中"灯"字,本属平水韵十蒸,却用于九青中。("天北缺,日东生。独卧对同行",一本作"天北缺,日东升。独卧对同行","升"字本属平水韵十蒸,却用于八庚中。)相比而言,《训蒙骈句》中只有一处出韵的情况:"郭荣叩马,卫献射鸿"中"鸿"字,本属平水韵一东,却混入二冬中。

又,附录《训蒙骈句》同韵部如下:

> 城矗矗,殿巍巍。纫兰楚客,泣竹湘妃。客伤南浦草,人采北山薇。竹笋生长擎玫瑁,石榴并破露珠玑。能语能言,鹦鹉唻音劳舌底;有经有纬,蜘蛛结网费心机。

> 吹暖律,捣寒衣。风翻翠幕,月照朱帏。夜长更漏远,昼永篆香微。村墟犬已经霜瘦,篱落鸡因啄粟肥。碧帻老翁,柳边时睨游鱼走;雪衣仙女,花底长陪舞蝶嬉。

> 虹晚现,露朝晞。荷擎翠盖,柳脱绵衣。窗阔山城小,楼高雨雪微。林中百鸟调莺唱,月下孤鸿带影飞。老圃秋高,满院掀黄开菊径;芳庭春草,两歧铺绿上柴扉。

其中,"捣寒衣"这种在古代看似平常的日常劳作,往往极易牵动情感,因而逐渐成为古典诗词中表现思妇怀念征人的常用题材,或者类似主题中的经典意象。如庾信《题画屏风》二十五首其十一（捣衣明月下）、李白《子夜吴歌》四首其三（长安一片月）、韦庄《捣练篇》（月华吐艳明烛烛）以及贺铸"古捣练子"组词六首，都是颇为突出的代表性篇章。

六　鱼

无对有，实对虚。作赋对观书。绿窗对朱户，宝马对香车①。伯乐马②，浩然驴③。弋雁对求鱼④。分金齐鲍叔⑤，奉璧蔺相如⑥。掷地金声孙绰（chuò）赋⑦，回文锦字窦滔书⑧。未遇殷宗，胥（xū）靡困傅岩之筑⑨；即逢周后，太公舍渭水之渔⑩。

【注释】

①宝马、香车：王维《同比部杨员外十五夜游有怀静者季》："香车宝马共喧阗，个里多情侠少年。"　②伯乐马：伯乐，相传为古代相马能手，所以用神话中掌天马的星名"伯乐"来称他。《列子·说符》：伯乐年长，荐九方皋为秦穆公相马。"穆公见之，使行求马。三月而反报曰：'已得之矣，在沙丘。'穆公曰：'何马也？'对曰：'牝而黄。'使人往取之，牡而骊。穆公不说，召伯乐而谓之曰：'败矣，子所使求马者！色物牝牡尚弗能知，又何马之能知也？'伯乐喟然太息曰：'一至于此乎！是乃其所以千万臣而无数者也。若皋之所观，天机也。得其精而忘其粗，在其内而忘其外。见其所见，不见其所不见；视其所视，而遗其所不视。若皋之相者，乃有贵乎马者也。'马至，果天下之马也。"　③浩然驴：孙光宪《北梦琐言》卷七："唐相国郑綮虽有诗名，本无廊庙之望。尝典庐

州，吴王杨行密为本州步奏官，因有遗阙而笞责之。然其儒懦清慎，弘农常重之。昭宗时，吴雄据淮海，朝廷务行姑息，因盛言郑公之德，由是登庸，中外惊骇。于时皇纲已紊，四方多故。相国既无施展，事必依违。太原兵至渭北，天子震恐，渴于攘却之术，相国奏对，请于文宣王谥号中加一'哲'字。其不究时病，率此类也。同列以其悉窃，每讥侮之，相国乃题诗于中书壁上，其词曰：'侧坡蛆，昆仑蚁子竞来拖。一朝白雨下，无钝无喽啰。'意者以时运将衰，纵有才智，亦不能康济，当有玉石俱焚之虑也，时亦然之。相国《题老僧》诗云：'日照西山雪，老僧门未开。冻瓶粘柱础，宿火焰炉灰。童子病归去，鹿麂寒入来。'常云：'此诗属对可以称衡，重轻不偏也。'或曰：'相国近有新诗否？'对曰：'诗思在灞桥风雪中驴背上，此处何以得之？'盖言平生苦心也。"据知，此"浩然"非谓孟浩然。　④弋雁、求鱼：《诗·郑风·女曰鸡鸣》："将翱将翔，弋凫与雁。"《孟子·告子上》："弈秋，通国之善弈者也。使弈秋诲二人弈，其一人专心致志，惟弈秋之为听。一人虽听之，一心以为有鸿鹄将至，思援弓缴而射之，虽与之俱学，弗若之矣。"《孟子·梁惠王上》："曰：'然则王之所大欲可知已。欲辟土地，朝秦楚，莅中国而抚四夷也。以若所为求若所欲，犹缘木而求鱼也。'王曰：'若是其甚与？'曰：'殆有甚焉。缘木求鱼，虽不得鱼，无后灾。以若所为求若所欲，尽心力而为之，后必有灾。'"　⑤"分金"句：《史记·管晏列传》："管仲曰：'吾始困时，尝与鲍叔贾，分财利多自与，鲍叔不以我为贪，知我贫也。吾尝为鲍叔谋事而更穷困，鲍叔不以我为愚，知时有利不利也。吾尝三仕三见逐于君，鲍叔不以我为不肖，知我不遭时也。吾尝三战三走，鲍叔不以我为怯，知我有老母也。公子纠败，召忽死之，吾幽囚受辱，鲍叔不以我为无耻，知我不羞小节而耻功名不显于天下也。生我者父母，知我者鲍子也！'"　⑥"奉璧"句：《史记·廉颇蔺相如列传》：赵惠文王时，得楚和氏璧。秦昭王闻之，使人遗赵王书，愿以十五城请易璧。赵王与大将军廉颇诸大臣谋：欲予秦，秦城恐不可得，徒见欺；欲勿予，即患秦兵之来。计未定，求人可使报秦者，未得。宦者令缪贤曰："臣舍人蔺相如可使。"……于是王召见，问蔺相如曰："秦王以十五城请易寡人之璧，可予不？"相如曰："秦强而赵弱，不可不许。"王曰："取吾璧，不予我城，奈何？"相如曰："秦以城求璧而赵不许，曲在赵。赵予璧而秦不予赵城，曲在秦。均之二策，宁许以负秦曲。"王曰："谁可使者？"相如曰："王必无人，臣愿奉璧往使。城入赵而璧留秦；城不入，臣请完璧归赵。"赵王于是遂遣相如奉璧西入秦。秦王坐章台见相如，相如奉璧奏秦王。秦王大喜，传以示美人及左右，左右皆呼万岁。相如视秦王无意偿赵城，乃前曰："璧有瑕，请指示王。"王授璧，相如因持璧却立，倚柱，怒发上冲冠，谓秦王曰："大王欲得璧，使人发书至赵王，赵王悉召群臣议，皆曰'秦贪，负其强，以空言求璧，偿城恐不可得'。议不欲予秦璧。臣以为布衣之交尚不相欺，况大国乎！且以一璧之故逆强秦之欢，不可。于是赵王乃斋戒五日，使臣奉璧，拜送书于庭。何者？严大国之威以修敬也。今臣至，大王见臣列观，礼节甚倨；得璧，传之美人，以戏弄臣。臣观大王无意偿赵王城邑，故臣复取璧。大王必欲急臣，臣头今与璧俱碎于柱矣！"相如持其璧睨柱，欲以击柱。秦王恐其破璧，乃辞谢固请，召有司案图，指从此以往十五都予赵。相如度秦王特以诈佯为予赵城，实不可得，乃谓秦王曰："和氏璧，天下所共传宝也，赵王恐，不敢不献。赵王送璧时，斋戒五日，今大王亦宜斋戒五日，设九宾于廷，臣乃敢上璧。"秦王度之，终不可强夺，遂许斋五日，舍相如广成传舍。相如度秦王虽斋，决负约不偿城，乃使其从者衣褐，怀其璧，从径道亡，归璧于赵。

⑦"掷地"句：《世说新语·文学》："孙兴公作《天台赋》成，以示范荣期，云：'卿试掷地，要作金石声。'范曰：'恐子之金石，非宫商中

声。'然每至佳句,辄云:'应是我辈语。'" ⑧"回文"句:《晋书·列女传·窦滔妻苏氏》:"滔,苻坚时为秦州刺史,被徙流沙。苏氏思之,织锦为回文旋图诗以赠滔。宛转循环以读之,词甚凄惋。" ⑨"未遇"二句:《史记·殷本纪》:"帝武丁即位,思复兴殷,而未得其佐。三年不言,政事决定于冢宰,以观国风。武丁夜梦得圣人,名曰说。以梦所见视群臣百吏,皆非也。于是乃使百工营求之野,得说于傅险中。是时说为胥靡,筑于傅险。见于武丁,武丁曰是也。得而与之语,果圣人,举以为相,殷国大治。故遂以傅险姓之,号曰傅说。"胥靡,有轻罪系缧之罚徒。

⑩"即逢"二句:《史记·齐太公世家》:吕尚盖尝穷困,年老矣,以渔钓奸周西伯。西伯将出猎,卜之,曰"所获非龙非彲,非虎非黑;所获霸王之辅"。于是周西伯猎,果遇太公于渭之阳,与语大说,曰:"自吾先君太公曰'当有圣人适周,周以兴'。子真是邪?吾太公望子久矣。"故号之曰"太公望",载与俱归,立为师。

终对始,疾对徐。短褐对华裾。六朝对三国①,天禄对石渠②。千字策③,八行书④。有若对相如⑤。花残无戏蝶,藻密有潜鱼。落叶舞风高复下,小荷浮水卷还舒。爱见人长,共服宣尼休假盖⑥;恐彰己吝,谁知阮裕竟焚车⑦。

【注释】

①六朝、三国:六朝含义有三。其一,又称六代,即南朝六朝。吴始建都于建业,后东晋、宋、齐、梁、陈皆都焉,称六朝。这是地理和政治意义上的"六朝"概念。如《宋史·艺文志》载胡寅《三国六朝攻守要论》中南宋孝宗时太常博士上言:"三国六朝五代为非盛事而自己终之。"将三国与六朝连称,不包括蜀汉与曹魏。其二,北朝六朝。三国魏、西

晋、北魏、北齐、北周及隋皆建都于北方，亦合称六朝。以上两种说法都是狭义上的六朝。其三，后世对三国至隋统一前南北两方的泛称。这可以算作广义的六朝，或称大六朝。如严可均在其编的《全上古三代秦汉三国六朝文》中认为"三国六朝"实际上包括了魏晋南北朝整个历史时期。　②天禄、石渠：张衡《西京赋》："又有天禄石渠，典籍之府，命夫悼诲，故老名儒。"又，《三辅黄图》卷六："天禄阁，藏典籍之所。《汉宫殿疏》云：'天禄骐麟阁，萧何造，以藏秘书，处贤才也。'""石渠阁，萧何造，其下砻石为渠以导水，若今御沟，因以阁名。所藏入关所得秦之图籍；至于成帝，又于此藏秘书焉。"　③千字策：商衍鎏《清代科举考试述录》：清代殿试文章，策文不限字数，最短以千字为率，不及千字以不入式论，一般近两千字。　④八行书：虞世南《北堂书钞》卷一〇四引马融《与窦伯可书》云："孟陵来赐书，见手书欢喜何量，书虽两纸八行，行七字。"孟浩然《登万岁楼》："今朝偶见同袍友，却喜家书寄八行。"（按：钱锺书《管锥篇》所云可参："旧时信笺每纸印成八行，作书时以不留空行为敬，语意已尽，则摭扯浮词，俾能满幅。袁凯《海叟诗集》卷四《京师得家书》：'江水一千里，家书十五行。行行无别语，只道早还乡'，历来传诵；'一千里'自非确数，'十五行'殆示别于虚文客套之两纸八行耳。"）　⑤有若、相如：《论语·学而》："有子曰：'礼之用，和为贵。先王之道，斯为美，小大由之。有所不行，知和而和，不以礼节之，亦不可行也。'"有子，姓有名若，字子有，人尊为有子，是孔子的得意门生。相如，蔺相如。　⑥"爱见"二句：汉平帝元始元年，封孔子后代孔均为褒成侯，以奉其祀，并追谥孔子为褒成宣尼公。是为历代帝王加封孔子尊号之始。《元史·祭祀志五》："（武宗）至大元年秋七月，诏加号先圣曰大成至圣文宣王。"嵇康《与山巨源绝交书》："仲尼不假盖于子夏，护其短也。"李善注引《孔子家语》："孔子将行，雨，无盖。门人曰：'商也有焉。'孔子曰：'商之为人也，甚吝于财。吾闻与人交者，推其长者，违其短者，故能久也。'"《文选》五臣注张铣曰："孔子将出而天雨。门人曰：'商有盖请假焉。'孔子曰：'商为人短于财。吾闻与人交者，推长而违短，故久。吾非不知商有盖，恐不借而彰其过也。'护，助也。" ⑦"恐彰"二句：《世说新语·德行》："阮光禄在剡，曾有好车，借者无不皆给。有人葬母，意欲借而不敢言。阮后闻之，叹曰：'吾有车而使人不敢借，何以车为？'遂焚之。"

麟对凤，鳖对鱼。内史对中书①。犁锄对耒耜（lěisì）②，畎浍（quǎnkuài）③对郊墟。犀角带，象牙梳④。驷马对安车⑤。青衣能报赦⑥，黄耳解传书⑦。庭畔有人持短剑⑧，门前无客曳长裾⑨。波浪拍船，骇舟人之水宿；峰峦绕舍，乐隐者之山居。

【注释】

①内史、中书：开皇元年，隋文帝建立三省制度，即内史（中书、内书）、门下、尚书三省并重，分掌共理中枢政务。内史省决策，掌草拟诏令；门下省审议，掌出纳帝命；尚书省执行，掌综理国政。尚书省下设吏、户、礼、兵、刑、工六部，分辖四司，共二十四司。 ②耒耜：古代农具。《孟子·滕文公上》："陈良之徒陈相与其弟辛负耒耜而自宋之滕。" ③畎浍：《尚书·益稷》："予决九川距四海，浚畎浍距川。"郑玄注："畎浍，田间沟也。" ④象牙梳：崔涯《嘲李端端》二首其一："黄昏不语不知行，鼻似烟窗耳似铛。爱把象牙梳掠鬓，昆仑顶上月初生。" ⑤驷马、安车：四马共拉一辆车。汉制，太守以上高官乘坐。《后汉书·舆服志》："所御驾六，余皆驾四。"注引《逸礼·王度记》："天子驾六马，诸侯驾四，大夫三，士二，庶人一。"这是周制。又，《后汉书·皇后纪》："肃宗即位，尊后曰皇太后，诸贵人当徙居南宫，太后感析别之怀，各赐

王赤绶,加安车驷马,白越三千端,杂帛二千匹,黄金十斤。"这是特别恩宠。　⑥"青衣"句:《白孔六帖》:符坚将赦,屏人作赦文,有大蝇赤头,声甚厉,入室,驱之复来。俄而,人皆知有赦书。于是诘其所得,皆云有青衣童子呼于街中。坚曰:"是前青蝇也。"(按:此事,后曾为韩国人南羲采录入其《龟磵诗话》卷七,末云:"蝇虽微小之虫,而亦能有知也欤?")　⑦"黄耳"句:《晋书·陆机传》:"初机有俊犬,名曰黄耳,甚爱之。既而羁寓京师,久无家问……机乃为书以竹筒盛之而系其颈,犬寻路南走,遂至其家,得报还洛。其后因以为常。"　⑧"庭畔"句:《战国策·燕策三》:秦将樊於期得罪于秦王,亡之燕。秦王灭其父母宗族,以千金购其首。秦将攻燕。公元前227年,燕太子丹与上卿荆轲谋。荆轲谓樊於期,如得其头与燕地图进于秦王,秦王必喜,可就近刺之。樊遂自刭。"轲既取图奉之,发图,图穷而匕首见。因左手把秦王之袖,而右手持匕首揕抗之。未至身,秦王惊,自引而起,绝袖。拔剑,剑长,摻其室。时恐急,剑坚,故不可立拔。荆轲逐秦王,秦王还柱而走。群臣惊愕,卒起不意,尽失其度。而秦法,群臣侍殿上者,不得持尺兵。诸郎中执兵,皆陈殿下,非有诏,不得上。方急时,不及召下兵,以故荆轲逐秦王,而卒惶急无以击轲,而乃以手共搏之。是时,侍医夏无且以其所奉药囊提轲。秦王之方还柱走,卒惶急不知所为,左右乃曰:'王负剑!王负剑!'遂拔以击荆轲,断其左股。荆轲废,乃引其匕首提秦王,不中,中柱。秦王复击轲,被八创。轲自知事不就,倚柱而笑,箕踞以骂曰:'事所以不成者,乃欲以生劫之,必得约契以报太子也。'左右既前斩荆轲,秦王目眩良久。"　⑨"门前"句:《汉书·邹阳传》载《狱中上吴王书》:"饰固陋之心,则何王之门不可曳长裾乎?"

【评析】

该韵部中,"回文锦字窦滔书"句所言"回文"有可说处。回文体的出现，体现了文学本身具有的游戏功能。回文诗词中也不乏佳作。如清人张芬的《虞美人·寄怀素窗陈妹》："秋声几阵连飞雁。梦断随肠断。欲将愁怨赋歌诗。叠叠竹梧移影、月迟迟。楼高倚望长离别。叶落寒阴结。冷风留得未残灯。静夜幽庭小掩、半窗明。"诗词合璧，全首倒读便是一首七律。董以宁的《卜算子·雪江晴月》："明月淡飞琼，阴云薄中酒。收尽盈盈舞絮飘，点点轻鸥咒。晴浦晚风寒，青山玉骨瘦。回看亭亭雪映窗，淡淡烟垂岫。"双词合体，全首倒读便是一首《巫山一段云》。又如朱杏孙的《虞美人》："孤楼倚梦寒灯隔。细雨梧窗逼。冷风珠露扑钗虫。络索玉环围，鬓凤玲珑。肤凝薄粉残妆悄。影对疏栏小。院空芜绿引香浓。冉冉近黄昏，月映帘红。"更是一首回文《虞美人》与回文七律合璧。这种巧妙的布局，恐怕是任何一个非汉语国度的诗歌都无法做到的。（按：偶对技巧，日后也成为了大人们的游戏。如清代金武祥《粟香二笔》卷五即记云：《停云阁诗话》录宜黄陈少香《偕灿笔记》云："少年客吴门，与卢小凫、赵花雨、周蓉溆、李铁航饮于黄均伯、王少摩处，几置牙签数十，分贮两筒，而宣令曰：'此签依座分掣，如丙掣乙筒，即乙掣丙筒。掣得者，照所注何事各赋七言一句，须对偶和谐。然后以签示人，考验贴切与否。不工者罚小杯一，三宣而不成者罚巨觥一。'少摩先掣得，即口占云：'千钧气力平风浪。'花雨应声曰：'一线生涯走道涂。'予索视之，王签乃将军柱，赵签乃缝穷人也。小凫掣后即云：'铃声急雨三更驿。'蓉溆对曰：'担影斜阳十亩田。'小凫所掣乃报马，蓉溆乃粪桶二字也。铁航掣闺阁琐事，花雨掣冠服，出句云：'云开晓镜拢蝉翼。'对句云：'风闪峨冠动雀翎。'众美其华，而嫌二语不甚连属。予曰：'莫如集成语"邻姬斗草时相遇，侍女熏香侍早朝"为浑成也。'既而少摩掣得偏袒，均伯掣得囚车，愤曰：'此物如何入令？'欲掷去。少摩掣，有出句云：'方外可知无正服。'予技痒，即对曰：'此中几见有完人。'花雨叫绝，而卒以犯令罚饮。俄而叩门，入者黄正芙、康子兰也，于是兴益豪。对语佳者摘录之。告示对屁臭云：'乡老昂头看日月，通人掩鼻叹文章。'眼镜对妇人哺子云：'老将至矣怜予目，少者怀之恃此胸。'又曰：'刮代金篦惊老至，尝贪玉液忆儿时。'戒方对行径布云：

'子弟不才程白木,女儿有喜验红巾。'不应省试对牛肉云:'秋战看人雄拔帜,春耕忆尔病扶犁。'朝珠对抹胸云:'明戴天颜珠一串,暗藏春色玉双峰。'修脚工对题名录云:'足下工夫三寸铁,眼前声价一文钱。'官府坐堂对私孩云:'鼓吹可怜声是肉,欢娱谁料祸成胎。'枕头对刽子刀云:'黄昏我便思依汝,白昼公然敢杀人。'")

又,"千字策"句,兹录康熙癸丑科状元韩菼的一篇八股范文以附读。

题:子谓颜渊曰:"用之则行,舍之则藏,惟我与尔有是夫。"(《论语·述而》)

圣人行藏之宜,俟能者而始微示之也。(破题)盖圣人之行藏,正不易窥,自颜子几之,而始可与之言矣。(承题)故特谓之曰:毕生阅历,只一二途以听人分取焉,而求可以不穷于其际者,往往而鲜也。迨于有可以自信之矣,而或独得而无与共,独处而无与言。此意其托之窜歌自适也耶?而吾今幸有以语尔也。(起讲)回乎!人有积生平之得力,终不自明,而必俟其人发之者,情相待也。故意气至广,得一人焉,可以不孤矣。人有积一心之静观,初无所试,而不知他人已识之者,神相告也。故学问诚深,有一候焉,不容终秘矣。(起二比)回乎!尝试与尔仰参天时,俯察人事,而中度吾身,用耶?舍耶?行耶?藏耶?(出题)汲于行者蹶,需于行者滞。有如不必于行,而用之则行者乎?此其人非复功名中人也。一于藏者缓,果于藏者殆。有如不必于藏,而舍之则藏者乎?此其人非复泉石间人也。(两小比)则尝试拟而求之,意必诗书之内有其人焉,爰是流连以志之,然吾学之谓何?而此诣竟遥遥终古,则长自负矣。窃念自穷理观化以来,屡以身涉用舍之交,而充然有余以自处者,此际亦差堪慰耳。则又尝身为试之,今者辙环之际有微指焉,乃日周旋而忽之,然与人同学之谓何?而此意竟寂寂人间,亦用自叹矣。而独是晤对忘言之顷,曾不与我质行藏之疑,而渊然此中之相发者,此际亦足共慰耳。(中二比）而吾因念夫我也，念夫我之与尔也。（过接）惟我与尔揽事物之归，而确有以自主，故一任乎人事之迁，而只自行其性分之素。此时我得其为我，尔亦得其为尔也，用舍何与焉，我两人长抱此至足者共千古已矣。惟我与尔参神明之变，而顺应无方，故虽积乎道德之厚，而总不争乎气数之先。此时我不执其为我，尔亦不执其为尔也，行藏又何事焉，我两人长留此不知者予造物已矣。（后二比）有是夫，惟我与尔也夫！而斯时之回，亦怡然得，默然解也。（收结）

又，附录《训蒙骈句》同韵部如下：

花脸露，柳眉舒。两行雁字，一纸鱼书。日晴燕语滑，天阔雁行疏。弄笛小儿横跨犊，吟诗骚客倒骑驴。谢世幽人，紫艳葡萄千日酒；入京才子，白藤画匣万言书。

居有屋，出无车。乘舟范蠡，题柱相如。稻花连陇亩，梧叶满阶除。梅弹随风惊过鸟，月钩沉水骇游鱼。醉卧瓮旁，放达情怀毕吏部；行吟泽畔，枯憔面色楚三闾。

鹰搏兔，鹭窥鱼。林修茂竹，地种嘉蔬。兰风清枕簟，梅竹润琴书。僧舍何人吹短笛，王门有客曳长裾。江燕引雏，花外怯风飞复落；山云含雨，天边蔽日卷还舒。

其中，"醉卧瓮旁，放达情怀毕吏部"二句，典出《世说新语·任诞》注引《晋中兴书》："毕卓字茂世……太兴末为吏部郎，尝饮酒废职。比舍郎酿酒熟，卓因醉，夜至其瓮间取饮之。主者谓是盗，执而缚之；知为吏部也，释之。卓遂引主人燕瓮侧，取醉而去。"此殆亦可谓之魏晋风度欤？可详参鲁迅《魏晋风度及文章与药及酒之关系》。

七　虞

金对玉，宝对珠。玉兔对金乌①。孤舟对短棹，一雁对双凫

(fú)②。横醉眼,捻吟须③。李白对杨朱④。秋霜多过雁⑤,夜月有啼乌⑥。日暖园林花易赏,雪寒村舍酒难沽。人处岭南,善探巨象口中齿⑦;客居江左,偶夺骊龙颔下珠⑧。

【注释】

①玉兔、金乌:汉乐府《董逃行》:"教敕凡吏受言,采取神药若木端。玉兔长跪捣药虾蟆丸,奉上陛下一玉柈,服此药可得神仙。"久之,便以玉兔代称月亮。《淮南子·精神训》:"日中有踆乌,而月中有蟾蜍。"高诱注:"踆,犹蹲也,谓三足乌。"故称太阳为三足乌或金乌。 ②一雁、双凫:旧题苏武《别李陵》:"双凫俱北飞,一凫(一作雁)独南翔。子当留斯馆,我当归故乡。一别如秦胡,会见何讵央。"白居易《与元九书》:"故兴离别则引双凫一雁为喻,讽君子小人则引香草恶鸟为比。虽义类不具,犹得风人之什二三焉。" ③捻吟须:卢延让《苦吟》:"莫话诗中事,诗中难更无。吟安一个字,捻断数茎须。险觅天应闷,狂搜海亦枯。不同文赋易,为著者之乎。" ④杨朱:《孟子·尽心上》:"孟子曰:'杨子取为我,拔一毛而利天下,不为也。墨子兼爱,摩顶放踵利天下,为之。子莫执中。执中为近之。执中无权,犹执一也。所恶执一者,为其贼道也,举一而废百也。'"《韩非子·显学》:"今有人于此,义不入危城,不处军旅,不以天下大利易其胫一毛,世主必从而礼之,贵其智而高其行,以为轻物重生之士也。"《淮南子·泛论训》:"兼爱、尚贤、右鬼、非命,墨子之所立也,而杨子非之。全性保真,不以物累形,杨子之所立也,而孟子非之。"《吕氏春秋·不二》:"阳生贵己。"可见,杨朱的两个基本思想是"贵己""为我",与墨子的"兼爱""尚同"迥然异趣。
⑤"秋霜"句:沈括《梦溪笔谈》卷二四:"北方有白雁,似雁而小,色白,秋深则来,白雁至则霜降,河北人谓之霜信。杜甫诗云'故国霜前白

雁来'，即此是也。" ⑥"夜月"句：郭茂倩编《乐府诗集·琴曲歌辞四》引李勉《琴说》："《乌夜啼》者，何晏之女所造也。初，晏系狱，有二乌止于舍上。女曰：'乌有喜声，父必免。'遂撰此操。"又，《旧唐书·音乐志二》："《乌夜啼》，宋临川王义庆所作也。元嘉十七年，徙彭城王义康于豫章。义庆时为江州，至镇，相见而哭。为帝所怪，征还宅，大惧。伎妾夜闻乌啼声，扣斋阁云：'明日应有赦。'其年更为南兖州刺史，作此歌。……今所传歌似非义庆本旨。" ⑦"人处"二句：越城岭、都庞岭、萌渚岭、骑田岭、大庾岭合称五岭，岭南即五岭以南。万震《南州异物志》："俗传象牙岁脱，犹爱惜之，掘地而藏之。人欲取，当作假牙潜往易之。觉则不藏故处。" ⑧"客居"二句：《庄子·列御寇》：人有见宋王者，锡车十乘。以其十乘骄稚庄子。庄子曰："河上有家贫恃纬萧而食者，其子没于渊，得千金之珠。其父谓其子曰：'取石来锻之！夫千金之珠，必在九重之渊而骊龙颔下。子能得珠者，必遭其睡也。使骊龙而寤，子尚奚微之有哉！'今宋国之深，非直九重之渊也；宋王之猛，非直骊龙也。子能得车者，必遭其睡也；使宋王而寤，子为齑矣！"

贤对圣，智对愚。傅粉对施朱①。名缰对利锁②，挈榼（kē）对提壶③。鸠哺子④，燕调雏。石帐对郇（xún）厨⑤。烟轻笼岸柳，风急撼庭梧。鸜眼一方端石砚⑥，龙涎三炷博山炉⑦。曲沼鱼多，可使渔人结网⑧；平田兔少，漫劳耕者守株⑨。

【注释】

①傅粉、施朱：《颜氏家训·勉学》："梁朝全盛之时，贵游子弟，多无学术，至于谚云：'上车不落则著作，体中何如则秘书。'无不熏衣剃面，傅粉施朱，驾长檐车，跟高齿屐，坐棋子方褥，凭斑丝隐囊，列器玩

于左右，从容出入，望若神仙。明经求第，则顾人答策；三九公宴，则假手赋诗。当尔之时，亦快士也。及离乱之后，朝市迁革，铨衡选举，非复囊者之亲；当路秉权，不见昔时之党。求诸身而无所得，施之世而无所用。被褐而丧珠，失皮而露质，兀若枯木，泊若穷流，鹿独戎马之间，转死沟壑之际。当尔之时，诚驽材也。"　②名缰、利锁：东方朔《与友人书》："不可使尘网名缰拘锁，怡然长笑，脱去十洲三岛，相期拾瑶草，吞日月之光华，共轻举耳。"　③挈榼、提壶：《淮南子·泛论训》："故达道之人，不苟得，不让福；其有弗弃，非其有弗索；常满而不溢，恒虚而易足。今夫霤水足以溢壶榼，而江河不能实漏卮。故人心犹是也。自当以道术度量，食充虚，衣御寒，则足以养七尺之形矣。若无道术度量而以自俭约，则万乘之势不足以为尊，天下之富不足以为乐矣。"　④鸤鸠子：《诗·曹风·鸤鸠》："鸤鸠在桑，其子七兮。淑人君子，其仪一兮。"朱熹注："鸤鸠，秸鞠也。亦名戴胜，今之布谷也。饲子朝从上下，暮从下上，平均如一也。"　⑤石帐、郇厨：《世说新语·汰侈》："王君夫以饴糒澳釜，石季伦用蜡烛作炊。君夫作紫丝布步障碧绫裹四十里，石崇作锦步障五十里以敌之。石以椒为泥，王以赤石脂泥壁。"柳永《凤栖梧》："蜀锦地衣丝步障。屈曲回廊，静夜闲寻访。"唐冯贽《云仙杂记》卷三引《长安后记》："韦陟厨中饮食之香错杂，人入其中，多饱饫而归。语曰：'人欲不饭筋骨舒，鸾缘须入郇公厨。'"　⑥"鹳眼"句：苏易简《文房四谱·砚谱》："其贮水处有白赤黄色点者，世谓之鹳鹆眼。"高濂《遵生八笺》："眼分三种，晕多晶莹者，谓之活眼；有眼朦胧，晕光昏滞者，谓之泪眼；虽具眼形，内外焦黄无晕者，谓之死眼。故有'泪不如活，死不如泪'之评。又以眼在池上者，名曰高眼，为佳；生下者，为低眼，次之。"　⑦"龙涎"句：龙涎香，古代珍贵香料，实际上是抹香鲸肠内的分泌物。鲸浮出水面喷水，因而被想象为龙。《西京杂记》卷一：

"长安巧工丁缓者……作九层博山香炉,镂为奇禽怪兽,穷诸灵异,皆自然运动。"《徐氏笔精》卷三:"博山炉,上有盖,如山形,香烟缠绕,不相离也。" ⑧"曲沼"二句:《汉书·礼乐志》董仲舒对策:"故汉得天下以来,常欲善治,而至今不能胜残去杀者,失之当更化而不能更化也。古人有言:'临渊羡鱼,不如归而结网。'今临政而愿治七十余岁矣,不如退而更化。更化则可善治,而灾害日去,福禄日来矣。" ⑨"平田"二句:《韩非子·五蠹》:"宋人有耕田者,田中有株,兔走触株,折颈而死,因释其耒而守株,冀复得兔。兔不可复得,而身为宋国笑。今欲以先王之政,治当世之民,皆守株之类也。"王充《论衡·宣汉》:"以已至之瑞,效方来之应,犹守株待兔之蹊,藏身破置之路也。"

秦对赵,越对吴。钓客对耕夫。箕裘①对杖履,杞梓对桑榆②。天欲晓,日将晡(bū)③。狡兔对妖狐。读书甘刺股④,煮粥惜焚须⑤。韩信武能平四海⑥,左思文足赋三都⑦。嘉遁幽人,适志竹篱茅舍⑧;胜游公子,玩情柳陌花衢(qú)⑨。

【注释】

①箕裘:《礼记·学记》:"良冶之子,必学为裘;良弓之子,必学为箕。" ②杞梓、桑榆:《国语·楚语上》:"晋卿不若楚,其大夫则贤,其大夫皆卿材也。若杞梓、皮革焉,楚实遗之,虽楚有材,不能用也。"韦昭注:"杞梓,良材也。"桑榆,西方二星名。曹植《赠白马王彪》:"年在桑榆间,影响不能追。" ③日将晡:晡,申时,午后三时至五时。元稹《酬乐天东南行诗一百韵》:"气浊星难见,州斜日易晡。" ④"读书"句:《战国策·秦策一》:"苏秦始将连横……说秦王书十上而说不行,黑貂之裘弊,黄金百斤尽,资用乏绝,去秦而归。羸縢履蹻,负书担

橐，形容枯槁，面目犁黑，状有愧色。归至家，妻不下纴，嫂不为炊，父母不与言。苏秦喟叹曰：'妻不以我为夫，嫂不以我为叔，父母不以我为子，是皆秦之罪也。'乃夜发书，陈箧数十，得太公阴符之谋，伏而诵之，简练以为揣摩。读书欲睡，引锥自刺其股，血流至足，曰：'安有说人主，不能出其金玉锦绣，取卿相之尊者乎？'期年，揣摩成，曰：'此真可以说当世之君矣。'"（按：勤学之典另有两则，录以附读。《太平御览》卷三六三引《汉书》："孙敬字文宝，好学，晨夕不休。及至眠睡疲寝，以绳系头，悬屋梁。"今本《汉书》未载。又，《南史·江泌传》："少贫，昼日斫屧为业，夜读书随月光，光斜则握卷升屋，睡极堕地则更登。"）　⑤"煮粥"句：《新唐书·李勣传》："性友爱，其姊病，尝自为粥而燎其须。姊戒止。答曰：'姊多疾，而勣且老，虽欲数进粥，尚几何？'"　⑥"韩信"句：《史记·淮阴侯列传》：在楚汉战争中，韩信为刘邦献《汉中策》，主张还定三秦，决策东向，引兵先从故道袭雍，然后分兵略地，终平关中。刘邦与项羽相持于荥阳、成皋时，受命抄袭项羽后路，击魏，破代、赵，下燕，取齐，屡获全胜。前202年，与刘邦会合，击灭项羽。汉朝建立后，封为楚王。再贬淮阴侯。为吕后所杀。　⑦"左思"句：《晋书·左思传》："造《齐都赋》，一年乃成。复欲赋三都……遂构思十年，门庭藩溷，皆著笔纸，遇得一句，即便疏之。自以所见不博，求为秘书郎。及赋成，时人未之重。思自以其作不谢班、张，恐以人废言，安定皇甫谧有高誉，思造而示之。谧称善，为其赋序。张载为注《魏都》，刘逵注《吴》《蜀》而序之曰：'观中古以来为赋者多矣，相如《子虚》擅名于前，班固《两都》理胜其辞，张衡《二京》文过其意。至若此赋，拟议数家，傅辞会义，抑多精致，非夫研核者不能练其旨，非夫博物者不能统其异。世咸贵远而贱近，莫肯用心于明物。斯文吾有异焉，故聊以余思为其引诘，亦犹胡广之于《官箴》，蔡邕之于《典引》也。'陈留卫权又为思赋作《略解》……自是之后，盛重于时，文多不载。司空张华见而叹曰：'班、张之流也，使读之者尽而有余，久而更新。'于是豪贵之家竞相传写，洛阳为之纸贵。初，陆机入洛，欲为此赋，闻思作之，抚掌而笑，与弟云书曰：'此间有伧父，欲作《三都赋》，须其成，当以覆酒瓮耳。'及思赋出，机绝叹伏，以为不能加也，遂辍笔焉。" ⑧"嘉遁"二句：《易·遁》："九五：嘉遁，贞吉。"（《周易注疏》："遁而得正，反制于内，小人应命，率正其志，'不恶而严'，得正之吉，遁之嘉也。"）《象》曰："'嘉遁，贞吉'，以正志也。"（《周易正义》曰："'嘉遁贞吉'者，嘉，美也。五居于外，得位居中，是'遁而得正'。二为己应，不敢违拒，从五之命，率正其志，'遁而得正，反制于内'，'不恶而严，得正之吉'，为遁之美，故曰'嘉遁贞吉'也。《象》曰，'以正志'者，小人应命，不敢为邪，是五能正二之志，故成遁之美也。"） ⑨"胜游"二句：罗烨《醉翁谈录》丙集卷二："至今柳陌花衢，歌姬舞女，凡吟咏讴唱，莫不以柳七官人为美谈。"

【评析】

　　该韵部中，"石帐对郁厨"句出典之一的冯贽《云仙杂记》尚有可说者。关于冯贽，南宋陈振孙《直斋书录解题》卷一一云："冯贽者，不知何人。自言取家世所蓄异书，撮其异说，而所引书名，皆古今所不闻；且其记事造语，如出一手，正如世俗所行东坡《杜诗注》之类。然则所谓冯贽者，及其所蓄书，皆子虚乌有也，亦可谓枉用其心者矣。"赵与时《宾退录》、洪迈《容斋随笔》亦谓其书出于后人依托。张邦基《墨庄漫录》更指实为王铚伪造，但无实据。

　　又，附录《训蒙骈句》同韵部如下：

　　　　金谷景，辋川图。十洲三岛，四渎五湖。篆香浮宝鼎，漏箭响铜壶。老丈灌园亲抱瓮，文君卖酒自当垆。豫让报仇，吞炭漆身思灭赵；越王怀恨，卧薪尝胆欲平吴。

云里鹤，日中乌。来宾雁序，傍母鸡雏。夜月琴三弄，春风酒一壶。菊盏带霜盛碎玉，荷盘翻露泻明珠。关外戍臣，两鬓经霜羁远塞；江干渔父，一蓑烟雨钓平湖。

云母石，水晶珠。陆绩怀橘，史丹伏蒲。儿童骑竹马，旅客忆莼鲈。一水尽含飞阁动，百花半映古槎枯。庶尹趋朝，玉笋班中鸣銮佩；群娇绣阁，石榴花下斗樗蒲。

其中，"史丹伏蒲"句典出《汉书·史丹传》，谓汉元帝刘奭病重，欲废太子，史丹伏蒲进言，太子得以不废。"是时，太子长舅阳平侯王凤为卫尉、侍中，与皇后、太子皆忧，不知所出。丹以亲密臣得侍视疾，候上间独寝时，丹直入卧内，顿首伏青蒲上，涕泣言曰：'皇太子以嫡长立，积十余年，名号系于百姓，天下莫不归心臣子。见定陶王雅素爱幸，今者道路流言，为国生意，以为太子有动摇之议。审若此，公卿以下必以死争，不奉诏。臣愿先赐死以示群臣。'天子素仁，不忍见丹涕泣，言又切至，上意大感，喟然太息曰：'吾日困劣，而太子、两王幼少，意中恋恋，亦何不念乎！然无有此议。且皇后谨慎，先帝又爱太子，吾岂可违指！驸马都尉安所受此语？'丹即却，顿首曰：'愚臣妄闻，罪当死！'上因纳，谓丹曰：'吾病寖加，恐不能自还。善辅道太子，毋违我意！'丹嘘唏而起。太子由是遂为嗣矣。"

八　齐

岩对岫（xiù）①，涧对溪。远岸对危堤。鹤长对凫短②，水雁对山鸡③。星拱北④，月流西。汉露对汤霓⑤。桃林牛已放⑥，虞坂马长嘶⑦。叔侄去官闻广受⑧，弟兄让国有夷齐⑨。三月春浓，芍药丛中蝴蝶舞；五更天晓，海棠枝上子规啼⑩。

【注释】

①岫：《文选》薛综注："山有穴曰岫。"陶渊明《归去来兮辞》："云无心以出岫，鸟倦飞而知还。"　②鹤长、凫短：《庄子·骈拇》："长者不为有余，短者不为不足。是故凫胫虽短，续之则忧；鹤胫虽长，断之则悲。故性长非所断，性短非所续，无所去忧也。"　③山鸡：《本草纲目》卷四："山鸡有四种，名同物异。似雉而尾长三四尺者，鷩雉也。似鹖而尾长五六尺，能走且鸣者，鹖雉也，俗通呼为鹖矣。其二则鷩雉、锦鸡也。"刘敬叔《异苑》："山鸡爱其毛羽，映水则舞。魏武时，南方献之。帝欲其鸣舞而无由。公子苍舒令置大镜其前，鸡鉴形而舞，不知止，遂乏死。"　④星拱北：《论语·为政》："子曰：'为政以德，譬如北辰，居其所而众星共之。'"　⑤汉露、汤霓：《汉书·郊祀志》："其后又作柏梁、铜柱、承露仙人掌之属矣。"颜师古注："《三辅故事》云：'建章宫承露盘，高二十丈，大七围，以铜为之。上有仙人掌承露，和玉屑饮之。盖张衡《西京赋》所云立修茎之仙掌，承云表之清露，屑琼蕊以朝餐，必性命之可度也。'"《孟子·梁惠王下》："《书》曰：'汤一征，自葛始。'天下信之，东面而征，西夷怨；南面而征，北狄怨，曰：'奚为后我！'民望之，若大旱之望云霓也。归市者不止，耕者不变，诛其君而吊其民，若时雨降。民大悦。《书》曰：'徯我后，后来其苏。'"　⑥"桃林"句：《尚书·武成》："（武）王来自商，至于丰。乃偃武修文，归马于华山之阳，放牛于桃林之野，示天下弗服。"　⑦"虞坂"句：《战国策·楚策四》："君亦闻骥乎？夫骥之齿至矣，服盐车而上太行。蹄申膝折，尾湛胕溃，漉汁洒地，白汗交流，中阪迁延，负辕不能

上。伯乐遭之，下车攀而哭之，解纻衣以幂之。骥于是俯而喷，仰而鸣，声达于天，若出金石声者，何也？彼见伯乐之知己也。" ⑧"叔侄"句：《汉书·疏广传》：广为太子太傅，兄子受为少傅。广谓受曰："吾闻'知足不辱，知止不殆'，'功遂身退，天之道'也。今仕官至二千石，宦成名立，如此不去，惧有后悔，岂如父子相随出关，归老故乡，以寿命终，不亦善乎？"受叩头曰："从大人议。"即日父子俱移病。满三月赐告，广遂称笃，上疏乞骸骨。上以其年笃老，皆许之。 ⑨"弟兄"句：《史记·伯夷列传》："伯夷、叔齐，孤竹君之二子也。父欲立叔齐，及父卒，叔齐让伯夷。伯夷曰：'父命也。'遂逃去。叔齐亦不肯立而逃之。国人立其中子。" ⑩"海棠"句：《祝英台·浆水令》："同欣会，同欣会，寻芳意美，奈红轮不觉坠西。海棠枝上子规啼，声声一似，唤春归去。花阴下，花阴下，人似蚁，花滕桥儿相随称。"（据俞为民《宋元南戏考论续编》）

　　云对雨，水对泥。白璧对玄圭。献瓜对投李①，禁鼓对征鼙（pí）。徐稚榻②，鲁班梯③。凤翥（zhù）对鸾栖。有官清似水，无客醉如泥④。截发惟闻陶侃母⑤，断机只有乐羊妻⑥。秋望佳人，目送楼头千里雁；早行远客，梦惊枕上五更鸡。

【注释】

　　①献瓜、投李：《太上感应篇》附："唐朱之乱，车驾出幸。秦天道有献瓜者，德宗嘉其意，欲赏以官。陆贽谏曰：'爵禄者天下之公器，不可轻也。今献一瓜辄予官，彼忘躯者何以赏之？'遂不果行。陆贽卒为名臣。"《诗·卫风·木瓜》："投我以木瓜，报之以琼琚。匪报也，永以为好也。投我以木桃，报之以琼瑶。匪报也，永以为好也。投我以木李，报

之以琼玖。匪报也，永以为好也。"　②徐稚榻：《太平御览》卷四七四引谢承《后汉书》："徐稚字孺子，豫章人。家贫常自耕稼，恭俭义让，所居服其德，屡辟公府不起。时陈蕃为太守，以礼请署功曹，稚不免之，既谒而退。蕃在郡不接宾客，唯稚来特设一榻，去则悬之。后举有道，拜太原太守，皆不就。"又引袁山松《后汉书》："周璆字孟玉，为乐城令，逍遥无事，县中大治。去官，征聘不至。陈蕃为太守，璆来置榻，去悬之。"　③鲁班梯：《墨子·公输》："公输盘为楚造云梯之械，成，将以攻宋。"　④醉如泥：《后汉书·周泽传》："泽性简，忽威仪，颇失宰相之望。数月，复为太常。清洁循行，尽敬宗庙。常卧疾斋宫，其妻哀泽老病，窥问所苦。泽大怒，以妻干犯斋禁，遂收送诏狱谢罪。当世疑其诡激。时人为之语曰：'生世不谐，作太常妻，一岁三百六十日，三百五十九日斋。'"李贤注："《汉官仪》此下云'一日不斋醉如泥'。"　⑤"截发"句：《世说新语·贤媛》："陶公少有大志，家酷贫，与母湛氏同居。同郡范逵素知名，举孝廉，投侃宿。于时冰雪积日，侃室如悬磬，而逵马仆甚多。侃母湛氏语侃曰：'汝但出外留客，吾自为计。'湛头发委地，下为二髲，卖得数斛米，斫诸屋柱，悉割半为薪，锉诸荐以为马草。日夕，遂设精食，从者皆无所乏。逵既叹其才辩，又深愧其厚意。"　⑥"断机"句：《后汉书·列女传》："河南乐羊子之妻者，不知何氏之女也。羊子……远寻师学。一年来归，妻跪问其故，羊子曰：'久行怀思，无它异也。'妻乃引刀趋机而言曰：'此织生自蚕茧，成于机杼。一丝而累，以至于寸，累寸不已，遂成丈匹。今若断斯织也，则捐失成功，稽废时日。夫子积学，当日知其所亡，以就懿德。若中道而归，何异断斯织乎？'羊子感其言，复还终业，遂七年不返。"

　　熊对虎，象对犀。霹雳对虹霓①。杜鹃对孔雀，桂岭对梅溪。

萧史凤②，宋宗鸡③。远近对高低。水寒鱼不跃，林茂鸟频栖④。杨柳和烟彭泽县，桃花流水武陵溪⑤。公子追欢，闲骤玉骢（cōng）游绮陌；佳人倦绣，闷欹珊枕掩香闺。

【注释】

①虹霓：常有内外二环，内环称虹，外环称霓。元稹《青云驿》："虫蛇吐云气，妖氛变虹霓。" ②萧史凤：旧题刘向《列仙传》："萧史者，秦穆公时人也，善吹箫，能致孔雀、白鹤于庭。穆公有女，字弄玉，好之，公遂以女妻焉。日教弄玉作凤鸣。居数年，吹似凤声，凤凰来止其屋。公为作凤台，夫妇止其上，不下数年。一旦，皆随凤凰飞去。" ③宋宗鸡：欧阳询等编《艺文类聚》卷九一引《幽明录》："晋兖州刺史沛国宋处宗尝买得一长鸣鸡，爱养甚至，恒笼著窗间。鸡遂作人语，与处宗谈论，极有玄致，终日不辍。处宗因此功业大进。" ④"水寒"二句：黄庭坚《次韵晁元忠西归十首》其二："林薄鸟迁巢，水寒鱼不聚。" ⑤"桃花"句：陶渊明《桃花源记》："晋太元中，武陵人捕鱼为业；缘溪行，忘路之远近。忽逢桃花林，夹岸数百步，中无杂树，芳草鲜美，落英缤纷。渔人甚异之。复前行，欲穷其林。林尽水源，便得一山。山有小口，仿佛若有光，便舍船从口入。……既出，得其船，便扶向路，处处志之。及郡下，诣太守，说如此。太守即遣人随其往，寻向所志。遂迷，不复得路。"

【评析】

该韵部中，"萧史凤"句典出《列仙传》。这是一部伪书。梁启超在《中国历史研究法·史料之搜集与鉴别》中提出过十二条辨伪公例，其中第八条是："书中所言，确与事实相反者，则其书必伪。"该条所举出的典型例证，正是《列仙传》。"如刘向《列仙传》自序有云：'七十四人已见佛经。'佛教输入后于刘向殁二百年，即此一语，足证其伪。"

又，附录《训蒙骈句》同韵部如下：

敲拍板，唱铜鞮。赋名鹦鹉，诗咏凫鹥。峡猿啼夜月，巢鸟掠春泥。涸鲋喜得庄周活，良马欣逢伯乐嘶。烟锁溪头，平树绿杨浮翡翠；月沉海底，一泓清水映玻璃。

金鲤跃，玉骢嘶。朝阳丹凤，报晓黄鸡。夜月乌忙唤，春风莺乱啼。园中新笋半成竹，路上落花尽点泥。蛮柳眠低，小弱腰肢遭雨苦；海棠睡起，半娇体态被春迷。

题粉壁，附丹梯。桑麻接壤，桃李成蹊。渔家收暮网，军垒动宵鼙。一呕扬子归蛙室，三笑渊明过虎溪。碎梦悠扬，乱逐落花飞上下；闲魂飘泊，直随流水绕东西。

其中，"三笑渊明过虎溪"乃是佛门传说。虎溪，在江西庐山东林寺东，古时以溪畔多虎得名。相传慧远居东林寺时，送客不过溪。一日，陶渊明与道士陆修来访，相语甚契，相送不觉过溪，虎则号鸣。三人大笑而别。世传有《虎溪三笑图》，盖本此。

九 佳

河对海，汉对淮。赤岸对朱崖。鹭飞对鱼跃，宝钿（diàn）对金钗。鱼圉（yǔ）圉①，鸟喈（jiē）喈②。草履对芒鞋③。古贤崇笃厚④，时辈喜诙谐。孟训文公谈性善⑤，颜师孔子问心斋⑥。缓抚琴弦，像流莺而并语；斜排筝柱，类过雁之相挨⑦。

【注释】

①鱼围围：围，畜养。《孟子·万章上》："昔者有馈生鱼于郑子产，子产使校人畜之池。校人烹之，反命曰：'始舍之，围围焉；少则洋洋焉，攸然而逝。'子产曰：'得其所哉！得其所哉！'"赵岐注："围围，鱼在水羸劣之貌。" ②鸟喈喈：《诗·周南·葛覃》："黄鸟于飞，集于灌木，其鸣喈喈。" ③芒鞋：以芒草编成的草鞋。苏轼《定风波》："竹杖芒鞋轻胜马。谁怕。一蓑烟雨任平生。" ④"古贤"句：《韩诗外传》卷三："言行多当，未安谕也；知虑多当，未周密也。上则能大其所隆也；下则开道不若己者：是笃厚君子，未及圣人也。若夫百王之法，若别白黑；应当世之变，若数三纲。行礼要节，若运四支；因化之功，若推四时。天下得序，群物安居，是圣人也。" ⑤"孟训"句：《孟子·滕文公上》："滕文公为世子，将之楚，过宋而见孟子。孟子道性善，言必称尧舜。" ⑥"颜师"句：《庄子·人间世》："颜回曰：'吾无以进矣，敢问其方。'仲尼曰：'斋，吾将语若。有心而为之，其易邪？易之者，皞天不宜。'颜回曰：'回之家贫，唯不饮酒不茹荤者数月矣。如此则可以为斋乎？'曰：'是祭祀之斋，非心斋也。'回曰：'敢问心斋。'仲尼曰：'若一志，无听之以耳而听之以心，无听之以心而听之以气。耳止于听，心止于符。气也者，虚而待物者也。唯道集虚。虚者，心斋也。'" ⑦"斜排"二句：李商隐《昨日》："二八月轮蟾影破，十三弦柱雁行斜。"

丰对俭，等对差。布袄对荆钗①。雁行对鱼阵②，榆塞对兰崖③。挑荠女，采莲娃。菊径对苔阶。诗成六义备④，乐奏八音谐⑤。造律吏哀秦法酷⑥，知音人说郑声哇⑦。天欲飞霜，塞上有鸿行已过；云将作雨，庭前多蚁阵先排。

【注释】

①布袄、荆钗：《太平御览》卷七一八引《列女传》："梁鸿妻孟光，荆钗布裙。"《列女传》："梁鸿妻者，右扶风梁伯鸾之妻，同郡孟氏之女。其姿貌甚丑而德行甚修。乡里多求者，而女辄不肯。行年三十，父母问其所欲，对曰：'欲节操如梁鸿者。'时鸿未娶，扶风世家多愿妻者，亦不许。闻孟氏女贤，遂求纳之。孟氏盛饰入门，七日而礼不成。妻跪问曰：'窃闻夫子高义，斥数妻。妾亦已偃蹇数夫。今来而见择，请问其故。'鸿曰：'吾欲得衣裘褐之人，与共遁世避时。今若衣绮绣，傅黛墨，非鸿所愿也。'妻曰：'窃恐夫子不堪。妾幸有隐居之具矣。'乃更粗衣，椎髻而前。鸿喜曰：'如此者，诚鸿妻也。'字之曰德曜，名孟光。" ②雁行、鱼阵：鲍照《代出自蓟北门行》："雁行缘石径，鱼贯度飞梁。" ③榆塞、兰崖：《汉书·韩安国传》："及后蒙恬为秦侵胡，辟数千里，以河为竟，累石为城，树榆为塞，匈奴不敢饮马于河，置烽燧然后敢牧马。"《战国策·魏策三》："异日者，秦乃在河西，晋国之去梁也，千里有余，河山以兰之，有周、韩而间之。" ④"诗成"句：《诗序》："诗有六义焉：一曰风，二曰赋，三曰比，四曰兴，五曰雅，六曰颂。"孔颖达《毛诗正义》于《诗谱序》注下引郑玄《六艺论》："唐虞始造其初，至周分为六诗。"朱熹《诗集传》："赋者，敷陈其事而直言之者也。比者，以彼物比此物也。兴者，先言他物以引起所咏之词也。" ⑤"乐奏"句：周代以制作材料分乐器为金、石、土、革、丝、木、匏、竹等八类，称"八音"。各类代表乐器：金类，钟、镈、铃、铎等；石类，磬等；土类，埙、缶等；革类，鼓、搏拊等；丝类，琴、瑟、筝、筑等；木类，柷、敔等；匏类，竽、笙等；竹类，箎、箫、篪、笛、管等。 ⑥"造律"句：《汉书·刑法志》："汉兴，高祖初入关，约法三章曰：

'杀人者死，伤人及盗抵罪。'蠲削烦苛，兆民大说。其后四夷未附，兵革未息，三章之法不足以御奸，于是相国萧何攈摭秦法，取其宜于时者，作律九章。"九章，乃盗律、贼律、囚律、捕律、杂律、具律及兴律、厩律、户律。　⑦"知音"句：扬雄《法言·吾子》："中正则雅，多哇则郑。"《文选》张铣注："哇，淫声也。"

城对市，巷对街。破屋对空阶。桃枝对桂叶，砌蚓对墙蜗。梅可望，橘堪怀①。季路对高柴②。花藏沽酒市，竹映读书斋。马首不容孤竹扣③，车轮终就洛阳埋④。朝（cháo）宰锦衣，贵束乌犀之带⑤；宫人宝髻，宜簪白燕之钗⑥。

【注释】

①橘堪怀：《三国志·吴志·陆绩传》："陆绩字公纪，吴郡吴人也。父康，汉末为庐江太守。绩年六岁，于九江见袁术。术出橘，绩怀三枚。去，拜辞，堕地。术谓曰：'陆郎作宾客而怀橘乎？'绩跪答曰：'欲归遗母。'术大奇之。"　②季路、高柴：孔子的弟子。季路名仲由，字子路。高柴字子羔。　③"马首"句：《史记·伯夷列传》："武王载木主，号为文王，东伐纣。伯夷、叔齐叩马而谏曰：'父死不葬，爰及干戈，可谓孝乎？以臣弑君，可谓仁乎？'左右欲兵之。太公曰：'此义人也。'扶而去之。武王已平殷乱，天下宗周，而伯夷、叔齐耻之，义不食周粟，隐于首阳山，采薇而食之。及饿且死，作歌。其辞曰：'登彼西山兮，采其薇矣。以暴易暴兮，不知其非矣。神农、虞、夏忽焉没兮，我安适归矣？于嗟徂兮，命之衰矣！'遂饿死于首阳山。"　④"车轮"句：《后汉书·张纲传》："汉安元年，选遣八使徇行风俗，皆耆儒知名，多历显位，唯纲年少，官次最微。余人受命之部，而纲独埋其车轮于洛阳都亭，曰：'豺狼

当路,安问狐狸!'遂奏曰:'大将军冀、河南尹不疑,蒙外戚之援,荷国厚恩,以芄菼之资,居阿衡之任,不能敷扬五教,翼赞日月,而专为封豕长蛇,肆其贪叨,甘心好货,纵恣无底,多树谄谀,以害忠良。诚天威所不赦,大辟所宜加也。谨条其无君之心十五事,斯皆臣子所切齿者也。'书御,京师震竦。时冀妹为皇后,内宠方盛,诸梁姻族满朝,帝虽知纲言直,终不忍用。"《汉书·孙宝传》:"征为京兆尹。故吏侯文以刚直不苟合,常称疾不肯仕,宝以恩礼请文,欲为布衣友,日设酒食,妻子相对。文求受署为掾,进见如宾礼。数月,以立秋日署文东部督邮。入见,敕曰:'今日鹰隼始击,当顺天气取奸恶,以成严霜之诛,掾部渠有其人乎?'文印曰:'无其人不敢空受职。'宝曰:'谁也?'文曰:'霸陵杜穉季。'宝曰:'其次?'文曰:'豺狼横道,不宜复问狐狸!'宝默然。"

⑤ "朝宰"二句:《旧唐书·裴度传》:"度既受命,召对于延英,奏曰:'主忧臣辱,义在必死。贼灭,则朝天有日;贼在,则归阙无期。'上为之恻然流涕。十二年八月三日,度赴淮西,诏以神策军三百骑卫从,上御通化门慰勉之。度楼下衔涕而辞,赐之犀带。" ⑥ "宫人"二句:相传神女赠汉武帝一玉钗,帝以赐赵婕妤,后钗化白燕飞去。见《洞冥记》卷一。此赵婕妤即钩弋夫人,与赵飞燕姊妹无关。殷尧藩《汉宫词三首》其一:"可怜玉貌花前死,惟有君恩白燕钗。"

【评析】

该韵部中,"诗成六义备"句中"六义"之含义,有当代学者的研究成果可备参酌。如王昆吾《中国早期艺术与宗教》提出:"六诗对应于《诗》作为音乐文学而流行的时代,六义对应于《诗》作为文本文学而流行的时代,三体三用则是《诗》成为经学典籍之后的概念","六诗之分原是诗的传述方式之分,它指的是用六种方法演述诗歌。风和赋是两种诵诗方式——风是本色之诵（方音诵），赋是雅言之诵；比和兴是两种歌诗方式——比是赓歌（同曲调相倡和之歌），兴是相和歌（不同曲调相倡和之歌）；雅和颂是两种奏诗方式——雅为用弦乐奏诗，颂为用舞乐奏诗。风、赋、比、兴、雅、颂的次序，从表面上看，是艺术成分逐渐增加的次序；而究其实质，则是由易至难的乐教次序"。

又，附录《训蒙骈句》同韵部如下：

蒙白氎，裹青鞋。雷轰天地，风扫雾霾。葡萄来汉苑，莫荄生尧阶。含愁班女题纨扇，行乐王维赴鹿柴（zhài）。帝里繁华，巷满莺花添锦路；仙家静寂，云穿虬树锁丹崖。

乌犀带，白玉钗。金章璞绶，布袜芒鞋。桂花飘户牖，柳影上庭阶。花酒一园供宴乐，云山千里称吟怀。月到天心，远近楼台均照耀；雪堆山顶，高低蹊路尽庄埋。

云竹锦，水松牌。茶抽蓓蕾，酒熟茅柴。莺梭随柳织，雁字叠云排。袖里风光循竹径，襟前雨意罩兰阶。风刮长途，卷起芳尘迷道路；雪融巫峡，添来新水满江淮。

其中，"行乐王维赴鹿柴"句中的"鹿柴"，乃是王维隐居之地辋川的地名，王维《辋川集》五绝组诗二十首其四《鹿柴》即云："空山不见人，但闻人语响。返景入深林，复照青苔上。"（按：有学者提出，关于《辋川集》绝句，有两个方面的问题值得重新审视：一是以禅入诗、"色相俱泯"（胡应麟）、"字字入禅"（王士禛）说法的合理性；二是如何看待《辋川集》组诗的整体性和历时性，如何评价诗中情感。这两个问题密切相关。）

十　灰

增对损，闭对开。碧草对苍苔。书签对笔架，两曜对三台[①]。

周召虎②，宋桓魋（tuí）③。阆苑对蓬莱④。熏风生殿阁⑤，皓月照楼台。却马汉文思罢献⑥，吞蝗唐太冀移灾。照耀八荒⑦，赫赫丽天秋日；震惊百里，轰轰出地春雷。

【注释】

①两曜、三台：《初学记》卷一引《纂要》（马国翰《玉函山房辑佚书》将《纂要》列于颜延之名下）："东西南北曰四方，四方之隅曰四维，天地四方曰六合。天地曰二仪，以人参之曰三才。四方上下谓之宇，往古来今谓之宙，或谓天地为宇宙。凡天地元气之所生，天谓之乾，地谓之坤。天圆而色玄，地方而色黄。日月谓之两曜，五星谓之五纬，日月星谓之三辰，亦曰三光。日月五星谓之七曜。天河谓之天汉。"《晋书·天文志上》："三台六星，两两而居，起文昌，列抵太微。一曰天柱，三公之位也。在人曰三公，在天曰三台，主开德宣符也。西近文昌二星曰上台，为司命，主寿。次二星曰中台，为司中，主宗室。东二星曰下台，为司禄，主兵，所以昭德塞违也。又曰三台为天阶，太一蹑以上下。一曰泰阶。上阶，上星为天子，下星为女主；中阶，上星为诸侯三公，下星为卿大夫；下阶，上星为士，下星为庶人；所以和阴阳而理万物也。君臣和集，如其常度，有变则占其人。" ②周召虎：吕思勉《白话本国史》："厉王即位三十年，好利，近荣夷公。大夫芮良夫谏……厉王不听，卒以荣公为卿士，用事。王行暴虐侈傲，国人谤王。召公谏曰：民不堪命矣。王怒，得卫巫，使监谤者，以告则杀之，其谤鲜矣；诸侯不朝，三十四年。王益严，国人莫敢言，道路以目。……三年，乃相与畔，袭厉王，厉王出奔于彘。厉王太子静匿召公之家，国人闻之，乃围之。召公曰：吾昔骤谏王，王不从，以及此难也；今杀王太子，王其以我为仇而怼怒乎……乃以其子代王太子，太子竟得脱。召公、周公二相行政，号曰'共和'。

共和十四年，厉王死于彘；太子静长于召公家，二相乃共立之为王，是为宣王。"《诗·大雅·江汉》："江汉之浒，王命召虎。"《笺》："召公，召穆公也，名虎。"　③宋桓魋：即向魋。春秋时宋国司马。因其为宋桓公后代，故称。《史记·孔子世家》："孔子去曹，适宋，与弟子习礼大树下。宋司马桓魋欲杀孔子，拔其树。孔子去。弟子曰：'可以速矣。'孔子曰：'天生德于予，桓魋其如予何？'"《孟子·万章上》："孔子不悦于鲁卫，遭宋桓司马将要而杀之，微服而过宋。"　④阆苑、蓬莱：《类说》卷三引《神仙传》："昆仑圃阆风苑，有玉楼十二，玄室九层。右瑶池，左翠水，环以弱水九重，洪涛万丈，非飙车羽轮不能到。王母所居也。"（按：王汝涛《类说校注》谓，此条乃后出之《集仙录·西王母》混入《神仙传》。）《列子·汤问》："渤海之东，不知几亿万里，有大壑焉……其中有五山焉：一曰岱舆，二曰员峤，三曰方壶，四曰瀛洲，五曰蓬莱……所居之人皆仙圣之种。"　⑤"薰风"句：唐文宗李昂、柳公权《夏日联句》："人皆苦炎热，我爱夏日长。（李昂）薰风自南来，殿阁生微凉。（柳公权）"　⑥"却马"句：《汉书·贾捐之传》："时有献千里马者，诏曰：'鸾旗在前，属车在后，吉行日五十里，师行三十里，朕乘千里之马，独先安之？'于是还马，与道里费，而下诏曰：'朕不受献也，其令四方毋求来献。'当此之时，逸游之乐绝，奇丽之赂塞，郑、卫之倡微矣。夫后宫盛色则贤者隐处，佞人用事则诤臣杜口，而文帝不行，故谥为孝文，庙称太宗。"　⑦八荒：其一，指方向上的八个方位，常代指天下。贾谊《过秦论》："囊括四海之意，并吞八荒之心。"刘向《说苑·辨物》："八荒之内有四海，四海之内有九州。"颜师古注："八荒，乃八方。"其二，上古传说中大地分为九州，中原繁华之地为中州，其他八州地处荒原，合称八荒。《过秦论》："然秦以区区之地，致万乘之势，序八州而朝同列，百有余年矣。"

沙对水，火对灰。雨雪对风雷。书淫对传癖①，水浒对岩隈（wēi）②。歌旧曲，酿新醅（pēi）③。舞馆对歌台。春棠经雨放，秋菊傲霜开。作酒固难忘曲蘖（niè），调羹必要用盐梅④。月满庾楼，据胡床而可玩⑤；花开唐苑，轰羯鼓以奚催⑥。

【注释】

①书淫、传癖：《北堂书钞》卷九七引皇甫谧《玄晏春秋》："余学或兼夜不寐，或临食忘餐，或不觉日夕，方之好色，号余曰书淫。"又，《梁书·刘峻传》："峻（即刘孝标）好学，家贫，寄人庑下，自课读书，常燎麻炬，从夕达旦，时或昏睡，蒸其发，既觉复读，终夜不寐，其精力如此。齐永明中，从桑乾得还，自谓所见不博，更求异书，闻京师有者，必往祈借，清河崔慰祖谓之书淫。"《晋书·杜预传》："时王济解相马，又甚爱之，而和峤颇聚敛，预常称'济有马癖，峤有钱癖'。武帝闻之，谓预曰：'卿有何癖？'对曰：'臣有《左传》癖。'"　②水浒、岩隈：《诗·王风·葛藟》："绵绵葛藟，在河之浒。"罗邺《秋晚》："残星残月一声钟，谷际岩隈爽气浓。"　③酿新醅：白居易《冬初酒熟二首》其一："一瓮新醅酒，萍浮春水波。"　④"作酒"二句：《尚书·说命下》："若作酒醴，尔惟曲蘖；若作和羹，尔惟盐梅。"孔传："盐咸梅醋，羹须咸醋以和之。"　⑤"月满"二句：《世说新语·容止》："庾太尉在武昌，秋夜气佳景清，使吏殷浩、王胡之之徒登南楼理咏。音调始遒，闻函道中有屐声甚厉，定是庾公。俄而率左右十许人步来，诸贤欲起避之。公徐云：'诸君少住，老子于此处兴复不浅！'因便据胡床，与诸人咏谑，竟坐甚得任乐。后王逸少下，与丞相言及此事。丞相曰：'元规尔时风范，不得不小颓。'右军答曰：'唯丘壑独存。'"　⑥"花开"二句：陶宗仪

《说郛》本《羯鼓录》："上洞晓音律……尤爱羯鼓玉笛……时当宿雨初晴，景物（一作色）明丽，小殿内庭，柳杏将吐，睹而叹曰：'对此景物，岂得不与他判断之乎？'左右相目，将命备酒，独高力士遣取羯鼓，上旋命之。临轩纵击一曲，曲名《春光好》（自制者也），神思自得。及顾柳杏，皆已发拆。上指而笑，谓嫔御曰：'此一事不唤我作天公可乎？'嫔御侍官皆呼万岁。"

休对咎①，福对灾。象箸对犀杯②。宫花对御柳③，峻阁对高台。花蓓蕾，草根荄（gāi）④。剔藓对剜苔⑤。雨前庭蚁闹，霜后阵鸿哀。元亮南窗今日傲⑥，孙弘东阁几时开⑦。平展青茵，野外茸茸软草；高张翠幄，庭前郁郁凉槐。

【注释】

①休、咎：《汉书·刘向传》："向见《尚书·洪范》箕子为武王陈五行阴阳休咎之应，向乃集合上古以来历春秋六国至秦汉符瑞灾异之记，推迹行事，连传祸福，著其占验，比类相从，各有条目，凡十一篇，号曰《洪范五行传论》，奏之。" ②象箸、犀杯：《韩非子·说林上》："纣为象箸，而箕子怖，以为象箸必不盛羹于土铏，则必犀玉之杯；玉杯象箸必不盛菽藿，则必旄象豹胎；旄象豹胎必不衣短褐而舍茅茨之下，则必锦衣九重，高台广室也。称此以求，则天下不足矣。圣人见微以知萌，见端以知末。故见象箸而怖，知天下不足也。"另《韩非子·喻老》篇所载与此小异。 ③宫花、御柳：冯延巳《早朝》："阶前御柳摇绿，仗下宫花散红。" ④荄：《说文》："草根也。" ⑤剔藓、剜苔：韩愈《石鼓歌》："剜苔剔藓露节角，安置妥帖平不颇。" ⑥"元亮"句：陶渊明（字元亮，私谥"靖节"）《归去来兮辞》："三径就荒，松菊犹存。携幼入室，有酒盈

樽。引壶觞以自酌，眄庭柯以怡颜。倚南窗以寄傲，审容膝之易安。园日涉以成趣，门虽设而常关。策扶老以流憩，时矫首而遐观。" ⑦"孙弘"句：《汉书·公孙弘传》："时上方兴功业，娄举贤良。弘自见为举首，起徒步，数年至宰相封侯，于是起客馆，开东阁以延贤人，与参谋议。"颜师古注："阁者，小门也，东向开之，避当庭门而引宾客，以别于掾史官属也。"

【评析】

该韵部中，"吞蝗唐太冀移灾"句典出《资治通鉴·唐纪八》："畿内有蝗。辛卯，上入苑中，见蝗，掇数枚，祝之曰：'民以谷为命，而汝食之，宁食吾之肺肠。'举手欲吞之，左右谏曰：'恶物或成疾。'上曰：'朕为民受灾，何疾之避！'遂吞之。是岁，蝗不为灾。"

又，附录《训蒙骈句》同韵部如下：

巡五岳，望三台。绿橙是叟，红叶为媒。寒深银粟起，醉重玉山颓。树杪风停声未息，花梢月上影成堆。篱下菊开，陶令对花时一醉；庭前枣熟，杜陵上树日千回。

培晚菊，探寒梅。出墙红杏，夹道绿槐。朱陈联咸觉，刘阮到天台。解冻暖风医病草，及时甘雨润枯荄。蜂采菜花，脚带黄金飞不起；雀争梅蕊，口衔白玉叫难开。

栽五柳，植三槐。咸里青箬，渴望绿梅。斋成劳咄啐，诗就作敲推。捉月骚人凌波浪，乘云仙子上蓬莱。灯点木油，红日光中消冻雪；弓弹绵絮，白云堆里响晴雷。

其中，"庭前枣熟，杜陵上树日千回"二句，语出杜甫《又呈吴郎》："堂前扑枣任西邻，无食无儿一妇人。不为困穷宁有此，只缘恐惧转须亲。即防远客虽多事，便插疏篱却甚真。已诉征求贫到骨，正思戎马泪盈巾。"

体谅穷困，语深意沉。

十一　真

邪对正，假对真。獬豸（xièzhì）对麒麟①。韩卢对苏雁②，陆橘对庄椿③。韩五鬼④，李三人⑤。北魏对西秦。蝉鸣哀暮夏，莺啭怨残春。野烧焰腾红烁烁，溪流波皱碧粼粼⑥。行无踪，居无庐，颂成酒德⑦；动有时，藏有节，论著钱神⑧。

【注释】

①獬豸、麒麟：《晋书·舆服志》："或谓獬豸神羊，能触邪佞。《异物志》云：'北荒之中有兽，名獬豸，一角，性别曲直。见人斗，触不直者。闻人争，咋不正者。楚王尝获此兽，因象其形以制衣冠。'"《汉书·司马相如传》注引张揖曰："雄曰麒，雌曰麟，其状麇身、牛尾、狼题、一角。角端似牛，其角可以为弓。注引郭璞曰："麒似麟而无角。角端似猪，角在鼻上，中作弓。"　②韩卢、苏雁：《战国策·齐策三》："韩子卢者，天下之疾犬也。东郭逡者，海内之狡兔也。韩子卢逐东郭逡，环山者三，腾山者五，兔极于前，犬废于后，犬兔俱罢，各死其处。田父见之，无劳倦之苦，而擅其功。"《汉书·苏武传》："昭帝即位。数年，匈奴与汉和亲。汉求武等，匈奴诡言武死。后汉使复至匈奴，常惠请其守者与俱，得夜见汉使，具自陈道。教使者谓单于，言天子射上林中，得雁，足有系帛书，言武等在某泽中。使者大喜，如惠语以让单于。单于视左右而惊，谢汉使曰：'武等实在。'"　③庄椿：《庄子·逍遥游》：

"上古有大椿者,以八千岁为春,八千岁为秋。" ④韩五鬼:韩愈《送穷文》:"主人应之曰:'子以吾为真不知也邪?……凡所以使吾面目可憎,语言无味者,皆子之志也。其名曰智穷:矫矫亢亢,恶圆喜方;羞为奸欺,不忍害伤。其次名曰学穷:傲数与名,摘抉杳微;高挹群言,执神之机。又其次曰文穷:不专一能,怪怪奇奇;不可时施,只以自嬉。又其次曰命穷:影与形殊,面丑心妍;利居众后,责在人先。又其次曰交穷:磨肌戛骨,吐出心肝;企足以待,寘我雠冤。凡此五鬼,为吾五患;饥我寒我,兴讹造讪;能使我迷,人莫能间;朝悔其行,暮已复然;蝇营狗苟,驱去复还。'言未毕,五鬼相与张眼吐舌,跳踉偃仆,抵掌顿脚,失笑相顾。" ⑤李三人:李白《月下独酌》:"花间一壶酒,独酌无相亲。举杯邀明月,对影成三人。" ⑥"溪流"句:关汉卿《西蜀梦》第四折《叨叨令》:"碧粼粼绿水波纹皱,疏剌剌玉殿香风透。" ⑦"行无踪"三句:刘伶《酒德颂》:"有大人先生,以天地为一朝,万期为须臾,日月为扃牖,八荒为庭衢。行无辙迹,居无室庐,幕天席地,纵意所如。止则操卮执觚,动则挈榼提壶,惟酒是务,焉知其余。" ⑧"动有时"三句:鲁褒《钱神论》:"钱之为体,有乾有坤。内则其方,外则其圆。其积如山,其流如川。动静有时,行藏有节。市井便易,不患耗折。难朽象寿,不匮象道。故能长久,为世神宝。"

哀对乐,富对贫。好友对嘉宾。弹冠对结绶(shòu)①,白日对青春②。金翡翠③,玉麒麟。虎爪对龙鳞。柳塘生细浪,花径起香尘。闲爱登山穿谢屐(jī)④,醉思漉酒脱陶巾⑤。雪冷霜严,倚槛松筠同傲岁;日迟风暖,满园花柳各争春。

【注释】

①弹冠、结绶:《汉书·萧育传》:"少与陈咸、朱博为友,著闻当

世。往者有王阳、贡公，故长安语曰：'萧朱结绶，王贡弹冠。'言其相荐达也。始育与陈咸俱以公卿子显名，咸最先进，年十八，为左曹，二十余，御史中丞。时，朱博尚为杜陵亭长，为咸、育所攀援，入王氏。后遂并历刺史、郡守相，及为九卿，而博先至将军上卿，历位多于咸、育，遂至丞相。育与博后有隙，不能终，故世以交为难。" ②白日、青春：《楚辞·大招》："青春受谢，白日昭只。"王逸注："青，东方春位，其色青也。谢，去也，言玄冬谢去，而青春受之也。白日昭者，冬寒则日无光辉，故春气和暖，而后白日昭明也。只，语已词。"杜甫《闻官军收河南河北》："白日放歌须纵酒，青春作伴好还乡。" ③金翡翠：即青鸟。《山海经·大荒西经》："西有王母之山……有三青鸟，赤首黑目，一名曰大䴋，一名少䴋，一名曰青鸟。"郭璞注："皆西王母所使也。" ④"闲爱"句：《宋书·谢灵运传》："寻山陟岭，必造幽峻，岩嶂千重，莫不备尽。登蹑常著木履，上山则去前齿，下山则去其后齿。"其中，"木履"在《南史·谢灵运传》中作"木屐"。 ⑤"醉思"句：《宋书·陶潜传》："郡将候潜，值其酒熟，取头上葛巾漉酒毕，还复著之。"

香对火，炭对薪。日观对天津①。禅心对道眼②，野妇对宫嫔。仁无敌，德有邻③。万石（dàn）对千钧④。滔滔三峡水⑤，冉冉一溪冰。充国功名当画阁⑥，子张言行贵书绅⑦。笃志诗书，思入圣贤绝域⑧；忘情官爵，羞沾名利纤尘。

【注释】

①日观、天津：《水经注·汶水》引《汉官仪》："泰山东南山顶，名曰日观。日观者，鸡一鸣时见日，始欲出，长三丈许，故以名焉。"天津桥，古浮桥名，故址在今河南洛阳旧城西南洛河上。隋炀帝大业元年迁

都，以洛水贯都，有天汉津梁之象，因建桥于其地，名曰天津桥。　②禅心、道眼：江淹《吴中礼石佛》："禅心暮不杂，寂行好无私。轩骑久已诀，亲爱不留迟。"苏轼《花落复次前韵》："先生来年六十化，道眼已入不二门。多情好事余习气，惜花未忍都无言。留连一物吾过矣，笑领百罚空罍樽。"　③"仁无敌"二句：《孟子·梁惠王上》："彼夺其民时，使不得耕耨以养其父母。父母冻饿，兄弟妻子离散。彼陷溺其民，王往而征之，夫谁与王敌？故曰：'仁者无敌。'王请勿疑！"《论语·里仁》："德不孤，必有邻。"　④万石、千钧：《三国志·魏志·杜袭传》："方今豺狼当路而狐狸是先，人将谓殿下避强攻弱，进不为勇，退不为仁。臣闻千钧之弩不为鼷鼠发机，万石之钟不以莛撞起音，今区区之许攸，何足以劳神武哉？"　⑤"滔滔"句：杜甫《醉歌行》"词源倒流三峡水"下，杜田《注杜诗补遗正谬》"补遗"云："《隋·艺文传》曰：笔有余力，词无竭源。《荆州记》曰：巴陵楚地有三峡。《程记》曰：三峡者，即明月峡、巫山峡、广泽峡，其瞿塘、滟滪之类不系三峡之数。倒流三峡水，谓词源壮健，可以冲激三峡之水，使之倒流也。"　⑥"充国"句：《汉书·苏武传》："甘露三年，单于始入朝。上思股肱之美，乃图画其人于麒麟阁，法其形貌，署其官爵姓名……皆有功德，知名当世，是以表而扬之，明著中兴辅佐，列于方叔、召虎、仲山甫焉。凡十一人，皆有传。"张晏注："武帝获麒麟时作此阁，图画其象于阁，遂以为名。"颜师古注："《汉宫阁疏名》云萧何造。"这十一个人分别是：霍光、张安世、韩增、赵充国、魏相、丙吉、杜延年、刘德、梁丘贺、萧望之、苏武。　⑦"子张"句：《论语·卫灵公》："子张问行，子曰：'言忠信，行笃敬，虽蛮貊之邦行矣；言不忠信，行不笃敬，虽州里，行乎哉？立，则见其参于前也；在舆，则见其倚于衡也；夫然后行。'子张书诸绅。"　⑧"笃志"二句：韩愈《潮州刺史谢上表》："臣受性愚陋，人事多所不通，惟酷好学问文章，未尝一日暂废，实为时辈所见推许。臣于当时之文，亦未有过人者。至于论述陛下功德，与《诗》《书》相表里；作为歌诗，荐之郊庙；纪泰山之封，镂白玉之牒；铺张对天之闳休，扬厉无前之伟迹，编之乎《诗》《书》之策而无愧，措之乎天地之间而无亏。虽使古人复生，臣亦未肯多让。"又《重答张籍书》："吾子不以愈无似，意欲推而纳诸圣贤之域，拂其邪心，增其所未高；谓愈之质有可以至于道者，浚其源，导其所归，溉其根，将食其实：此盛德者之所辞让，况于愈者哉？"

【评析】

该韵部中，"日观对天津"之"天津"，有与"天津桥"相关的诗事及诗作辨伪，现录以附读。

元稹《智度师二首》："四十年前马上飞，功名藏尽拥禅衣。石榴园下擒生处，独自闲行独自归。""三陷思明三突围，铁衣抛尽纳禅衣。天津桥上无人识，闲凭栏干望落晖。"赵与时《宾退录》卷四云："陶谷《五代乱离记》载，黄巢遁免后，祝发为浮屠，有诗云：'三十年前草上飞，铁衣著尽著僧衣。天津桥上无人问，独倚危栏看落晖。'近世王仲言亦信之，笔于《挥麈录》。殊不知此乃以元微之《智度师》诗窜易磔裂，合二为一，元集可考也。"《全唐诗》卷七三三录作黄巢诗，题《自题像》，题下注："陶谷《五代乱离纪》云，巢败后为僧，依张全义于洛阳，曾绘像题诗，人见像，识其为巢云。"其首尾二句分别作"记得当年草上飞""独倚栏干看落晖"。又，《全宋诗》据王明清《挥麈录》卷五辑以上"三十年前草上飞"一首入陶谷诗卷，则又系未审文意而误录。胡可先《〈全宋诗〉误收唐诗考》已为表出。

又，附录《训蒙骈句》同韵部如下：

吴孟子，楚春申。春风态度，秋水精神。窗目笼纱纸，炉头倒葛巾。吴札多情曾挂剑，张纲有志独埋轮。公子朝歌，檀板缓催金缕曲；王孙夜饮，丝缘长系玉壶春。

金孔雀，玉祥麟。蟋蟀噪晚，鸣鴂鸣春。壁蚕惊怨妇，村犬吠行人。渔唱悠悠清水澈，樵歌杳杳碧苔新。秋色萧条，万树凋零山瘦削；春情淡荡，百花妆点草精神。

将军帽，进士巾。孔门十哲，殷室三仁。读书探圣道，嗜酒露天真。戏水游鱼萦过客，隔花啼鸟唤行人。落地杨花，乱逐东风随马足；掀天桃浪，缓乘春雨化龙麟。

其中，"吴札多情曾挂剑"句典出《史记·吴太伯世家》："季札之初使，北过徐君。徐君好季札剑，口弗敢言。季札心知之，为使上国，未献。还至徐，徐君已死，于是乃解其宝剑，系之徐君冢树而去。从者曰：'徐君已死，尚谁予乎？'季子曰：'不然。始吾心已许之，岂以死倍吾心哉！'"

十二　文

家对国，武对文。四辅对三军①。九经对三史②，菊馥对兰芬。歌北鄙，咏南薰③。迩听对遥闻。召公周太保④，李广汉将军。闻化蜀民皆草偃（yǎn）⑤，争权晋土已瓜分⑥。巫峡夜深，猿啸苦哀巴地月⑦；衡峰秋早，雁飞高贴楚天云⑧。

【注释】

①四辅、三军：《礼记·文王世子》孔颖达疏："四辅者，《尚书大

传》云:'古者天子必有四邻,前曰疑,后曰丞,左曰辅,右曰弼。天子有问无以对,责之疑;可志而不志,责之丞;可正而不正,责之辅;可扬而不扬,责之弼。其爵视卿,其禄视次国之君也。'"《周礼·夏官》:"凡制军,万有二千五百人为军。王六军,大国三军,次国二军,小国一军。"这是古文家的说法。今文家如《白虎通·三军篇》说:"三军者何?法天地人也。以为五人为伍,五伍为两,四两为卒,五卒为旅,五旅为师,师二千五百人,师为一军,六军一万五千人也。"春秋时多设三军,晋、齐设上、中、下军,楚设左、中、右军,均以中军为统帅。 ②九经、三史:齐己《酬九经者》:"九经三史学,穷妙又穷微。"儒家九部经典。其一,唐代以科举取士,明经科中,有《三礼》(《周礼》《仪礼》《礼记》)、《三传》(《左传》《公羊传》《穀梁传》),连同《易》《书》《诗》,称"九经"。其二,宋刻巾箱本九经白文,以《易》《书》《诗》《左传》《礼记》《周礼》《孝经》《论语》《孟子》为九经。其三,明郝敬《九经解》,以《易》《书》《诗》《春秋》《礼记》《仪礼》《周礼》《论语》《孟子》为九经。其四,清纳兰性德《通志堂经解》,以《易》《书》《诗》《春秋》《三礼》《孝经》《论语》《孟子》《四书》为九经。其五,清惠栋《九经古义》,解释《易》《书》《诗》《左传》《礼记》《仪礼》《周礼》《公羊传》《穀梁传》《论语》十经,其中《左传补注》别本单行,故名。三史,一般指《史记》《汉书》《东观汉记》(后失传)。 ③"歌北鄙"二句:《史记·乐书》:"凡音由于人心,天之与人有以相通,如景之象形,响之应声。故为善者天报之以福,为恶者天与之以殃,其自然者也。故舜弹五弦之琴,歌《南风》之诗而天下治;纣为朝歌北鄙之音,身死国亡。舜之道何弘也?纣之道何隘也?夫《南风》之诗者生长之音也,舜乐好之,乐与天地同意,得万国之欢心,故天下治也。夫朝歌者不时也,北者败也,鄙者陋也,纣乐好之,与万国殊心,诸侯不附，百姓不亲，天下畔之，故身死国亡。"又，《礼记·乐记》："昔者，舜作五弦之琴以歌《南风》。"王肃引《孔子家语》："子路鼓琴，孔子闻之，谓冉有曰：'……昔者舜弹五弦之琴，造《南风》之诗。'其诗曰：'南风之薰兮，可以解吾民之愠兮；南风之时兮，可以阜吾民之财兮。'"然郑玄谓未闻有此辞。　④"召公"句：《史记·燕召公世家》："召公奭与周同姓，姓姬氏。周武王之灭纣，封召公于北燕。"《集解》引谯周曰："周之支族，食邑于召，谓之召公。"《索隐》云："召者，畿内菜地，奭始食于召，故曰召公。……后武王封之北燕，在今幽州蓟县故城是也。"又，《尚书序》："召公为保，周公为师，相成王为左右。"《燕召公世家》："成王时，召公为三公，自陕以西，召公主之；自陕以东，周公主之。"　⑤"闻化"句：《汉书·文翁传》："景帝末，为蜀郡守，仁爱好教化。见蜀地辟陋有蛮夷风，文翁欲诱进之，乃选郡县小吏开敏有材者张叔等十余人亲自饬厉，遣诣京师，受业博士，或学律令。减省少府用度，买刀布蜀物，赍计吏以遗博士。数岁，蜀生皆成就还归，文翁以为右职，用次察举，官有至郡守刺史者。又修起学官于成都市中，招下县子弟以为学官弟子……繇是大化，蜀地学于京师者比齐鲁焉……至今巴蜀好文雅，文翁之化也。"《论语·颜渊》："君子之德风，小人之德草。草上之风，必偃。"何晏《集解》引孔安国曰："加草以风，无不仆者，犹民之化于上。"邢昺曰："在上君子为政之德若风，在下小人从化之德如草，加草以风无不仆者。犹化民以正，无不从者。"　⑥"争权"句：春秋末期，晋由智、赵、韩、范、魏、中行六卿专权。智、韩、赵、魏先灭范、中行，赵、魏、韩再灭智氏，三家分晋。后与秦、楚、燕、齐并称"战国七雄"。　⑦"巫峡"二句：《水经注·江水》："巴东三峡巫峡长，猿鸣三声泪沾裳。"　⑧"衡峰"二句：衡阳衡山有回雁峰，相传雁至此峰不过，遇春北回。

歆对正,见对闻。偃武对修文。羊车对鹤驾①,朝旭对晚曛。花有艳,竹成文②。马燧对羊欣③。山中梁宰相④,树下汉将军⑤。施帐解围嘉道韫(yùn)⑥,当垆沽酒叹文君⑦。好景有期,北岭几枝梅似雪;丰年先兆,西郊千顷稼如云⑧。

【注释】

①羊车、鹤驾:《晋书·胡贵嫔传》:"帝多内宠,平吴之后,复纳孙皓宫人数千,自此掖庭殆将万人,而并宠者甚众。帝莫知所适,常乘羊车,恣其所之,至便宴寝。宫人乃取竹叶插户,以盐汁洒地,而引帝车。"《列仙传》:"王子乔者,周灵王太子晋也。好吹笙,作凤凰鸣。游伊、洛之间,道士浮丘公接以上嵩高山。三十余年后求之于山上,见柏良曰:'告我家,七月七日待我于缑氏山巅。'至时,果乘白鹤驻山头,望之不得到,举手谢时人,数日而去。" ②竹成文:张华《博物志》卷八:"尧之二女,舜之二妃,曰湘夫人。舜崩,二妃啼,以涕挥竹,竹尽斑。"(按:《初学记》卷二八引《博物志》与今本不同:"舜死,二妃泪下,染竹即斑。妃死,为湘水神,故曰湘妃竹。") ③马燧、羊欣:马燧字洵美,汝州郏城(今河南郏县)人。早年弃儒习兵战,唐代宗时,积功至河东节度使。德宗建中间,讨叛镇田悦,屡大胜,进同中书门下平章事、魏州大都督长史,封北平郡王。兴元元年,李怀光反,据河中,诏燧为河东保宁、奉诚军行营副元帅,与浑瑊等讨之,河中平,迁光禄大夫,兼侍中。贞元初,吐蕃寇盐、夏州,为银麟胜招讨使击之,朝廷中吐蕃反间之计,夺燧兵权。贞元十一年卒,谥壮武。新、旧《唐书》均有传。羊欣字敬元,泰山南城人。官至中散大夫、义兴太守。书法得王献之传授,与薄绍之并称"羊薄"。又性敦方药,莅事详审,诊疗精能。著有《采古来能书人名》

一卷、《羊中散药方》三十卷。　　④"山中"句：《南史·陶弘景传》："帝手敕招之，锡以鹿皮巾。后屡加礼聘，并不出，唯画作两牛，一牛散放水草之间，一牛著金笼头，有人执绳，以杖驱之。武帝笑曰：'此人无所不作，欲敩曳尾之龟，岂有可致之理。'国家每有吉凶征讨大事，无不前以咨询。月中常有数信，时人谓为山中宰相。二宫及公王贵要参候相继，赠遗未尝脱时。多不纳受，纵留者即作功德。"　　⑤"树下"句：《后汉书·冯异传》："异为人谦退不伐，行与诸将相逢，辄引车避道。进止皆有表识，军中号为整齐。每所止舍，诸将并坐论功，异常独屏树下，军中号曰大树将军。及破邯郸，乃更部分诸将，各有配隶。军士皆言愿属大树将军，光武以此多之。"　　⑥"施帐"句：《晋书·王凝之妻谢氏传》："凝之弟献之，尝与宾客谈议，词理将屈，道韫遣婢白献之曰：'欲为小郎解围。'乃施青绫步障自蔽，申献之前议，客不能屈。"　　⑦"当垆"句：《史记·司马相如传》："相如与俱之临邛，尽卖其车骑，买一酒舍酤酒，而令文君当炉。相如身自著犊鼻裈，与庸保杂作，涤器于市中。卓王孙闻而耻之，为杜门不出。"《集解》引韦昭曰："炉，酒肆也。以土为堕，边高似炉。"又，《汉书》："乃令文君当卢。"颜师古注："卖酒之处置土为卢，以居酒瓮，四边隆起，其一面高，形如锻炉，故名卢耳。"王先谦补注："字当作垆，通作炉。卢，则文省也。'"　　⑧"丰年"二句：李康《运命论》："褰裳而涉汶阳之丘，则天下之稼如云矣。"李善注："如云，言多也。"朱熹《诗集传》："禾之秀实而在野曰稼。"

尧对舜，夏对殷。蔡惠对刘蕡（fén）①。山明对水秀，五典对三坟②。唐李杜，晋机云。事父对忠君。雨晴鸠唤妇③，霜冷雁呼群。酒量洪深周仆射（yè）④，诗才俊逸鲍参军⑤。鸟翼长随，凤兮润众禽长⑥；狐威不假，虎也真百兽尊⑦。

【注释】

①蔡惠、刘蕡:《后汉书·蔡茂传》:"茂初在广汉,梦坐大殿,极上有三穗禾,茂跳取之,得其中穗,辄复失之。以问主簿郭贺,贺离席庆曰:'大殿者,宫府之形象也。极而有禾,人臣之上禄也。取中穗,是中台之位也。于字禾失为秩,虽曰失之,乃所以得禄秩也。衮职有阙,君其补之。'旬月而茂征焉,乃辟贺为掾。"《旧唐书·刘蕡传》:"是岁(指大和二年),左散骑常侍冯宿、太常少卿贾𫗧、库部郎中庞严为考策官,三人者,时之文士也,睹蕡条对,叹服嗟悒,以为汉之晁、董,无以过之。言论激切,士林感动。时登科者二十二人,而中官当途,考官不敢留蕡在籍中,物论喧然不平之。守道正人,传读其文,至有相对垂泣者。谏官御史,扼腕愤发,而执政之臣,从而弹之,以避黄门之怨。唯登科人李邰谓人曰:'刘蕡不第,我辈登科,实厚颜矣。'请以所授官让蕡。事虽不行,人士多之。" ②五典、三坟:《左传·昭公十二年》:"是良史也,子善视之。是能读三坟、五典、八索、九丘。"杜预注:"皆古书名。"孔颖达疏:"孔安国《尚书序》云:'伏羲、神农、黄帝之书谓之三坟,言大道也。少昊、颛顼、高辛、唐、虞之书谓之五典,言常道也。'"此处泛指我国最早的书籍。 ③"雨晴"句:陆玑《毛诗草木鸟兽虫鱼疏》卷下:鹁鸠"阴则屏逐其匹,晴则呼之。语曰'天将雨,鸠逐妇'是也。" ④"酒量"句:《晋书·周顗传》:"初,顗以雅望获海内盛名,后顗以酒失,为仆射,略无醒日,时人号为'三日仆射'。庾亮曰:'周侯末年,所谓凤德之衰也。'顗在中朝时,能饮酒一石,及过江,虽日醉,每称无对。偶有旧对从北来,顗遇之欣然,乃出酒二石共饮,各大醉。及顗醒,使视客,已腐胁而死。" ⑤"诗才"句:大明六年,临海王萧子顼为荆州刺史,辟召鲍照为前军参军,故世称鲍参军。杜甫《春日怀李白》:"清新

庾开府,俊逸鲍参军。" ⑥"鸟翼"二句:《大戴礼记·易本命》:"有羽之虫三百六十,而凤凰为之长。" ⑦"狐威"二句:《太平御览》卷四九四引《尹文子》:"虎求百兽食之,得狐。狐曰:'子无食我也。天帝令我长百兽,今子食我,是逆天帝命也。子以我言不信,吾为子先行,子随我后,观百兽之见我不走乎?'虎以为然,故遂与行。兽见之皆走。虎不知兽之畏己而走,以为畏狐也。"又见《战国策·楚策一》,文字稍异。

【评析】

该韵部中,"九经对三史"句中之"三史",王鸣盛《十七史商榷》卷四二"三史"条所云可参:"《吕蒙传》注引《江表传》曰:'权谓蒙曰:读书但当涉猎,孤统事以来,省三史、诸家兵书,大有益。''三史'似指《战国策》《史记》《汉书》。《孙峻传》注引《吴书》曰:'留赞好读兵书及三史,每览古良将战攻之势。''三史'元本作'三略'。愚谓彼时不但未有范蔚宗书,并谢承、华峤、司马彪之书皆未有。则'三史'自不得指为《史记》、前后《汉》。即《晋书·傅玄传》云:'玄撰论三史故事,评断得失,各为区例。'玄卒于晋武帝时,所称'三史'亦未必有《后汉》。直至唐、宋以来,学者恒言乃皆曰《五经》《三史》,则专指马、班、范矣。愚窃以为宜更益以陈寿,称《四史》,以配《五经》,良可无愧。其余各史,皆出其下。"

又,附录《训蒙骈句》同韵部如下:

茶已熟,酒初醺。西堂梦草,南涧采芹。烂霞成五色,瑞雪积三分。子美诗成能泣鬼,相如赋就自超群。贪醉青莲,采石矶头捞皓月;思亲仁杰,太行山顶望孤云。

徐孺子,信陵君。文章太守,韬略将军。踏山寻妙药,锄地种香芸。灯尽不挑垂暗蕊,炉灰重拨尚余薰。金殿昼长,隐隐漏壶花外转；锦江夜静，悠悠渔笛月中闻。

巫峡月，楚岫云。灯光灿烂，酒气氤氲。蜂趋红杏蕊，鹤踏碧苔纹。清露临晨凉似洗，火云当午热如焚。情重志坚，鸳阁腐衣韩烈妇；才高兴发，龙山落帽孟参军。

其中，"情重志坚，鸳阁腐衣韩烈妇"二句，记唐韩仲成女玖英遇贼，执之，贼欲犯，玖英乃自投入粪秽中，以口饮粪。贼义之曰："烈女也。"遂舍去之。（按：《幼学琼林》尝以韩玖英与陈仲妻对举："韩玖英恐贼秽而自投于秽，陈仲妻恐陨德而宁陨于崖，此女之烈者。"陈仲妻事，实出《太平御览》卷四〇引《列女传》："安定陈仲妻者，同郡张叔明之妹，名芝，字李张，年十四适仲，期年而寡，执节不嫁。叔明从军，芝与二嫂没贼，恐见侵略，而相谓曰：'妇人以不污身为高，不亏节为美，岂可委身待辱哉！'于是自刺。二嫂既死，芝独不死。叔明言于将军耿弇。耿弇以附马负芝。芝曰：'女死亡之余，污将军服乘，不可也。'弇奇其言，更以他马负芝，至营，为致医药，因乃得全。郡表其闾，九十寿终。"）

十三　元

幽对显，寂对喧。柳岸对桃源。莺朋对燕友，早暮对寒暄。鱼跃沼，鹤乘轩①。醉胆对吟魂。轻尘生范甑（zèng）②，积雪拥袁门③。缕缕轻烟芳草渡，丝丝微雨杏花村。诣阙王通，献《太平》十二策④；出关老子，著《道德》五千言⑤。

【注释】

①鹤乘轩：《左传·闵公二年》："冬十二月，狄人伐卫。卫懿公好鹤，鹤有乘轩者。将战，国人受甲者皆曰：'使鹤，鹤实有禄位，余焉能

战！'"　②"轻尘"句：《后汉书·范冉传》："范冉字史云……桓帝时，以冉为莱芜长，遭母忧，不到官。后……遭党人禁锢，遂推鹿车，载妻子，捃拾自资。或寓息客庐，或依宿树荫。如此十余年，乃结草室而居焉。所止单陋，有时粮粒尽，穷居自若，言貌无改。闾里歌之曰：'甑中生尘范史云，釜中生鱼范莱芜。'"　③"积雪"句：《后汉书·袁安传》："为人严重有威，见敬于乡里……后举孝廉，除阴平长、任城令，所在吏人畏而爱之。"李贤注引《汝南先贤传》："时大雪积地丈余，洛阳令身出案行，见人家皆除雪出，有乞食者。至袁安门，无有行路。谓安已死。令人除雪入户，见安僵卧。问何以不出，安曰：'大雪，人皆饿，不宜干人。'令以为贤，选为孝廉。"　④"诣阙"二句：杜淹《文中子世家》："仁寿三年，文中子冠矣，慨然有济苍生之心。西游长安，见隋文帝。帝坐太极殿召见，因奏《太平策》十有二策，尊王道，推霸略，稽今验古，恢恢乎运天下于指掌矣。帝大悦，曰：'得生几晚矣！天以生赐朕也！'下其议于公卿，公卿不悦，时将有萧墙之衅。文中子知谋之不用也，作《东征》之歌而归。"（按：吕思勉《隋唐五代史》："《通鉴》纪通事，在仁寿三年，云是岁，通诣阙献太平十二策。所言与前述无异，亦不足据也。"又，王通事见于正史者，为《旧唐书·王质传》与两《唐书》之《王勃》《王绩传》，《隋书》不载。邓小军《〈隋书〉不载王通考》提出，据《中说》附录王通之子王福畤所撰《录东皋子答陈尚书书》，言其根由在于王通亚弟王凝获罪于《隋书》的最后监修长孙无忌。而张宁宁《〈录东皋子答陈尚书书〉真伪辨》则认为，由历史时间上的矛盾和文风的差异，基本可以确定，《录东皋子答陈尚书书》应为王福畤所伪造。其实，该作的真实性历来受到研究者的质疑。邵博《邵氏闻见后录》卷四和洪迈《容斋续笔》卷一，都因此篇之谬误进而质疑《中说》之真伪。至尹协理、魏明著《王通论》，认定此文部分内容经过王福畤的窜改伪造。）　⑤"出关"二句：《史记·老庄申韩列传》："老子修道德，其学以自隐无名为务。居周久之，见周之衰，乃遂去。至关，关令尹喜曰：'子将隐矣，强为我著书。'于是老子乃著书上下篇，言道德之意五千余言而去，莫知其所终。"

儿对女，子对孙。药圃对花村。高楼对邃阁，赤豹对玄猿。妃子骑①，夫人轩②。旷野对平原。匏（páo）巴能鼓瑟③，伯氏善吹埙（xūn）④。馥馥早梅思驿使⑤，萋萋芳草怨王孙⑥。秋夕月明，苏子黄冈游绝壁⑦；春朝花发，石家金谷启芳园⑧。

【注释】

①妃子骑：杜牧《过华清宫绝句三首》其一："一骑红尘妃子笑，无人知是荔枝来。" ②夫人轩：《左传·闵公二年》："归夫人鱼轩。"杜预注："鱼轩，夫人车，以鱼皮为饰。"王巩《闻见近录》："李文靖端默寡言，堂下花槛颓圮，经岁不问。鱼轩一日语之，文靖不答。" ③"匏巴"句：《荀子·劝学》："昔者匏巴鼓瑟而流鱼出听，伯牙鼓琴而六马仰秣。"《韩诗外传》作"昔伯牙鼓琴而渊鱼出听，匏巴鼓瑟而六马仰秣"。 ④"伯氏"句：《诗·小雅·何人斯》："伯氏吹埙，仲氏吹篪。及尔如贯，谅不我知。" ⑤"馥馥"句：《太平御览》卷九七〇引《荆州记》："陆凯与范晔相善，自江南寄梅一枝诣长安与晔，并赠诗曰：'折花逢驿使，寄与陇头人。江南无所有，聊赠一枝春。'" ⑥"萋萋"句：《楚辞·淮南小山〈招隐士〉》："王孙游兮不归，春草生兮萋萋。"王夫之《通释》："王孙，隐士也。秦汉以上，士皆王侯之裔，故称王孙。" ⑦"秋夕"二句：苏轼《前赤壁赋》："壬戌之秋，七月既望，苏子与客泛舟游于赤壁之下。清风徐来，水波不兴。举酒属客，诵《明月》之诗，歌《窈窕》之章。少焉，月出于东山之上，徘徊于斗牛之间。白露横江，水光接天。纵一苇之所如，凌万顷之茫然。浩浩乎如冯虚御风，而不知其所

止;飘飘乎如遗世独立,羽化而登仙。" ⑧"春朝"二句:石崇《金谷诗叙》:"余以元康六年,从太仆卿出为使持节监青、徐诸军事,征虏将军,有别庐在河南县界金谷涧中,或高、或下,有清泉、茂林、众果、竹柏、药草之属,莫不毕备。又有水碓、鱼池、土窟,其为娱目欢心之物备矣。时征西大将军祭酒王诩,当还长安,余与众贤共送往涧中,昼夜游宴,屡迁其坐。或登高临下,或列坐水滨,时琴、瑟、笙、筑,合载车中,道路并作,及住,令与鼓吹递奏,遂各赋诗以叙中怀,或不能者,罚酒三斗。感性命之不永,惧凋落之无期,故具列时人官号姓名年纪,又写诗著后。后之好事者,其览之哉。"《初学记》卷八引郭缘生《述征记》:"金谷,谷也。地有金水,自太白原南流经此谷,注谷水。"《明一统志》卷二九:"金谷园,在府城西一十三里,地有金水,自太白原南流经此谷。晋石崇因川阜造园馆,崇自作诗序,有清凉台,即崇妾绿珠坠楼处。"

歌对舞,德对恩。犬马对鸡豚①。龙池对凤沼,雨骤对云屯。刘向阁②,李膺门③。唳鹤对啼猿。柳摇春白昼,梅弄月黄昏④。岁冷松筠(yún)皆有节,春暄桃李本无言⑤。噪晚齐蝉,岁岁秋来泣恨⑥;啼宵蜀鸟,年年春去伤魂⑦。

【注释】

①鸡豚:《大学》:"孟献子曰:'畜马乘,不察于鸡豚。伐冰之家,不畜牛羊。百乘之家,不畜聚敛之臣。与其有聚敛之臣,宁有盗臣。'此谓国不以利为利,以义为利也。长国家而务财用者,必自小人矣,彼为善之。小人之使为国家,菑害并至,虽有善者,亦无如之何矣。此谓国不以利为利,以义为利也。" ②刘向阁:《太平御览》卷六〇六引《风俗通义》:"刘向为孝成皇帝典校书籍二十余年,皆先书竹,改易刊定,可缮

写者以上素也。"王嘉《拾遗记》卷六："刘向于成帝之末，校书天禄阁，专精覃思。" ③李膺门：《后汉书·李膺传》："是时朝廷日乱，纲纪颓弛，膺独持风裁，以声名自高。士有被其容接者，名为登龙门。"赵翼《廿二史札记》卷五："驯至东汉，其风益盛，盖当时荐举征辟，必采名誉，故凡可以得名者必全力赴之，好为苟难，遂成风俗。" ④"梅弄"句：林逋《山园小梅二首》其一："众芳摇落独暄妍，占尽风情向小园。疏影横斜水清浅，暗香浮动月黄昏。" ⑤"春暄"句：《史记·李将军列传》："谚曰：'桃李不言，下自成蹊。'此言虽小，可以喻大也。"司马贞《索隐》："姚氏云：'桃李本不能言，但以华实感物，故人不期而往，其下自成蹊径也。'" ⑥"噪晚"二句：《古今注》卷下："牛亨问仲舒曰：'蝉名齐女，何故？'答曰：'昔齐王之后，怨王而死，尸变为蝉，登庭树嘒唳而鸣。王悔恨之，故曰齐女。'" ⑦"啼宵"二句：《禽经》注："蜀右曰杜宇：望帝杜宇者，盖天精也。李膺《蜀志》曰：望帝称王于蜀。时荆州有一人，化从井中出，名曰鳖灵，于楚身死，尸反溯流上至汶山之阳，忽复生，乃见望帝，立以为相。其后巫山龙斗，壅江不流，蜀民垫溺。鳖灵乃凿巫山，开三峡，降邱宅。土民得陆居，蜀人住江南，羌住城北。始立木栅，周三十里，令鳖灵为刺史，号曰西州。后数岁，望帝以其功高，禅位于鳖灵，号曰开明氏。望帝修道处西山而隐，化为杜鹃鸟，或云化为杜宇鸟，亦曰子规鸟。至春则啼，闻者凄恻。"（按：《禽经》一卷，旧本题"师旷撰，张华注"。汉、隋、唐诸志及《崇文总目》皆不著录。其引用自陆佃《埤雅》始，称师旷亦自佃始。书之伪自不待辨，注之伪亦不待辨。《四库全书总目》卷一一五"子部谱录类"《禽经》提要疑乃传干安石之学者所伪作，其伪当在南宋之末。）

【评析】

　　该韵部中，"**丝丝微雨杏花村**"句出自诗句："清明时节雨纷纷，路上行人欲断魂。借问酒家何处有，牧童遥指杏花村。"然署名杜牧题作《清明》的这首诗，《全唐诗》、冯集梧《樊川诗集注》及陈尚君《全唐诗补编》均未收。它极有可能并非杜牧所作，甚至根本不是唐人诗。唐人作诗，格律极其严格，以七绝独步天下的杜牧，断然不会出现以文韵中的"纷"字与魂韵中的"魂"字通押的常识性错误。又，此诗最早收录于南宋类书《锦绣万花谷》后集卷二六"村"类，题作《杏花村》，未署作者名，注云"出《唐诗》"。《锦绣万花谷》后集可能并非原编者所编，而是后人在前集及续集的基础上续编的，产生的时代应该在南宋孝宗淳熙十五年至南宋末年之间。一直到南宋末年的《分门纂类唐宋时贤千家诗选》，此诗才署名杜牧，而《千家诗选》是福建书商盗用刘克庄之名编成的一部通俗读物，带有射利性质，其可信度与准确性都值得怀疑。（合参缪钺《关于杜牧〈清明〉的两个问题》、卞东波《〈清明〉是杜牧所作吗》）

又，附录《训蒙骈句》同韵部如下：

桃叶渡，杏花村。衔芦征雁，接箭老猿。晓径牛羊践，晴檐燕雀喧。水獭祭鱼知报本，山乌哺母不忘恩。曳丈高人，园菊径边寻故旧；荷锄野老，海棠花下戏儿孙。

碧鸡庙，金马门。金杯玉斗，龙勺牺樽。庆云拖玉殿，甘露滴铜盆。闭户袁安甘卧雪，下帷董子不窥园。廉范临民，慈惠群歌来何暮；于公治狱，清勤共羡死无冤。

鸦聚阵，鹗飞骞。画龙破壁，爱鹤乘轩。疏泉流地脉，移石动云根。芍药歌红翻古砌，薜萝行绿上颓垣。秋冷吴江，青枫叶落飘前渚；日斜彭泽，白蘋花飞过远村。

其中，"秋冷吴江，青枫叶落飘前渚"二句，《新唐书·崔信明传》有云："信明蹇亢，以门望自负，尝矜其文，谓过李百药，议者不许。扬州录事参军郑世翼者，亦骜倨，数诋轻忤物，遇信明江中，谓曰：'闻公有枫落吴江冷，愿见其余。'信明欣然多出众篇，世翼览未终，曰：'所见不逮所闻！'投诸水，引舟去。"又，洪迈《容斋五笔》卷三："作诗要有来处，则为渊源宗派。然字字执泥，又为拘涩。予于此学，无自得之见，少年时，尤失之雕琢。记一联，初云：'雨深荒病菊，江冷落愁枫。'后以其太险，改为：'雨深人病菊，江冷客愁枫。'比前句微有蕴藉。盖取崔信明'枫落吴江冷'、杜老'雨荒深院菊'、'南菊再逢人卧病'、严武'江头赤叶枫愁客'，合而用之。乃如补衲衣裳，殊为可笑。聊书之以示儿辈云。"

十四 寒

多对少，易对难。虎踞对龙蟠。龙舟对凤辇，白鹤对青鸾。风淅淅①，露漙（tuán）漙②。绣毂（gǔ）对雕鞍。鱼游荷叶沼，鹭立蓼花滩。有酒阮貂奚用解③，无鱼冯铗必须弹④。丁固梦松，柯叶忽然生腹上⑤；文郎画竹，枝梢倏尔长毫端⑥。

【注释】

①风淅淅：杜甫《秋风二首》其二："秋风淅淅吹我衣，东流之外西日微。" ②露漙漙：许浑《酬康州韦侍御同年》："桂楫美人歌木兰，西风袅袅露漙漙。夜长曲尽意不尽，月在清（一作潇）湘洲渚寒。" ③"有酒"句：《晋书·阮孚传》："蓬发饮酒，不以王务婴心……迁黄门侍郎、散骑常侍。尝以金貂换酒，复为所司弹劾，帝宥之。" ④"无鱼"句：《战

国策·齐策四》:"齐人有冯谖者,贫乏不能自存,使人属孟尝君,愿寄食门下。孟尝君曰:'客何好?'曰:'客无好也。'曰:'客何能?'曰:'客无能也。'孟尝君笑而受之曰:'诺。'左右以君贱之也,食以草具。居有顷,倚柱弹其剑,歌曰:'长铗归来乎,食无鱼。'左右以告。孟尝君曰:'食之,比门下之客。'居有顷,复弹其铗,歌曰:'长铗归来乎,出无车。'左右皆笑之,以告。孟尝君曰:'为之驾,比门下之车客。'于是乘其车,揭其剑,过其友,曰:'孟尝君客我。'后有顷,复弹其剑铗,歌曰:'长铗归来乎,无以为家。'左右皆恶之,以为贪而不知足。孟尝君问:'冯公有亲乎?'对曰:'有老母。'孟尝君使人给其食用,无使乏。于是冯谖不复歌。"冯谖后来焚券市义、西游于梁、立宗庙于薛,为孟尝君成功经营"三窟"。 ⑤"丁固"二句:《三国志·吴志·孙皓传》裴注引《吴录》:"初,丁固为尚书,梦松树生其腹上,谓人曰:'松字,十八公也;后十八岁,吾其为公乎?'卒如梦焉。" ⑥"文郎"二句:苏轼《文与可画筼筜谷偃竹记》:"竹之始生,一寸之萌耳,而节叶具焉;自蜩腹蛇蚹,以至于剑拔十寻者,生而有之也。今画者乃节节而为之,叶叶而累之,岂复有竹乎?故画竹必先得成竹于胸中,执笔熟视,乃见其所欲画者,急起从之,振笔直遂,以追其所见,如兔起鹘落,少纵则逝矣。"

寒对暑,湿对干。鲁隐①对齐桓。寒毡对暖席②,夜饮对晨餐。叔子带③,仲由冠④。郏鄏(jiárǔ)⑤对邯郸。嘉禾忧夏旱,衰柳耐秋寒。杨柳绿遮元亮宅,杏花红映仲尼坛⑥。江水流长,环绕似青罗带;海蟾轮满,澄明如白玉盘⑦。

【注释】

①鲁隐:鲁隐公,周诸侯。姬姓,名息,一名息姑。鲁惠公庶长子,

周公九世孙。前722~前712年在位。惠公死，代摄国政，立幼弟允为太子。公子翚（又作挥）欲杀太子允，立隐公，隐公不许。前712年，欲还政居菟裘，公子翚向允进谗言，被杀。孔子作《春秋》，始自"隐公"。　　②寒毡、暖席：《新唐书·郑虔传》："尝自写其诗并画以献，帝大署其尾曰'郑虔三绝'。迁著作郎。……虔学长于地理，山川险易、方隅物产、兵戍众寡无不详。尝为《天宝军防录》，言典事该。诸儒服其善著书，时号郑广文。在官贫约甚，淡如也。杜甫尝赠以诗曰'才名四十年，坐客寒无毡'云。"《淮南子·修务训》："孔子无黔突，墨子无暖席。"班固《答宾戏》："是以圣哲之治，栖栖遑遑，孔席不暖，墨突不黔。"李善注引韦昭曰："暖，温也。言坐不暖席也。《文子》曰：'墨子无黔突，孔子无暖席，非以贪禄慕位，欲起天下之利，除万民之害也。'"　　③叔子带：《晋书·羊祜传》："帝将有灭吴之志，以祜为都督荆州诸军事、假节，散骑常侍、卫将军如故。祜率营兵出镇南夏，开设庠序，绥怀远近，甚得江汉之心。……祜之始至也，军无百日之粮，及至季年，有十年之积。诏罢江北都督，置南中郎将，以所统诸军在汉东江夏者皆以益祜。在军常轻裘缓带，身不被甲，铃阁之下，侍卫者不过十数人，而颇以畋渔废政。尝欲夜出，军司徐胤执棨当营门曰：'将军都督万里，安可轻脱！将军之安危，亦国家之安危也。胤今日若死，此门乃开耳。'祜改容谢之，此后稀出矣。"　　④仲由冠：《左传·哀公十五年》："有使者出，乃入，曰：'大子焉用孔悝？虽杀之，必或继之。'且曰：'大子无勇，若燔台半，必舍孔叔。'大子闻之惧，下石乞、盂黡敌子路。以戈击之，断缨。子路曰：'君子死，冠不免。'结缨而死。"　　⑤郏鄏：《左传·宣公三年》："成王定鼎于郏鄏。"　　⑥"杏花"句：《庄子·渔父》："孔子游乎缁帷之林，休坐乎杏坛之上。弟子读书，孔子弦歌鼓琴。"顾炎武《日知录》卷三一："今之杏坛，乃宋乾兴间四十五代孙道辅增修祖庙，移大殿于后，因以讲堂旧基甃石为坛，环植以杏，取杏坛之名名之耳。"　⑦"海蟾"二句：李白《古朗月行》："小时不识月，呼作白玉盘。又疑瑶台镜，飞在白（一作青）云端。"

横对竖，窄对宽。黑志对弹丸①。朱帘对画栋②，彩槛对雕栏。春既老，夜将阑。百辟③对千官。怀仁称足足，扰义美般般。好马君王曾市骨④，食猪处士仅思肝⑤。世仰双仙，元礼舟中携郭泰⑥；人称连璧，夏侯车上并潘安⑦。

【注释】

①黑志、弹丸：《汉书·贾谊传》："初，文帝以代王入即位，后分代为两国，立皇子武为代王，参为太原王，小子胜则梁王矣。后又徙代王武为淮阳王，而太原王参为代王，尽得故地。居数年，梁王胜死，亡子。谊复上疏曰：陛下即不定制，如今之势，不过一传再传，诸侯犹且人恣而不制，豪植而大强，汉法不得行矣。陛下所以为蕃扞及皇太子之所恃者，唯淮阳、代二国耳。代北边匈奴，与强敌为邻，能自完则足矣。而淮阳比之大诸侯，厪如黑子之著面，适足以饵大国耳，不足以有所禁御。方今制在陛下，制国而令子适足以为饵，岂可谓工哉！"庾信《哀江南赋》："地惟黑子，城犹弹丸。"　②朱帘、画栋：王勃《滕王阁》诗："画栋朝飞南浦云，珠帘暮卷西山雨。"　③百辟：百官。《大盂鼎》："殷正百辟。"也指诸侯。《诗·大雅·烝民》："王命仲山甫，式是百辟。"毛传："百辟，百君。"《三国志·魏志·崔林传》："若朝臣能任仲山甫之重，式是百辟，则孰敢不肃？"　④"好马"句：《战国策·燕策一》：燕昭王收破燕后即位，卑身厚币，以招贤者，欲将报仇。……郭隗先生曰："臣闻古之君人，有以千金求千里马者，三年不能得。涓人言于君曰：'请求之。'君遣之。

三月，得千里马，马已死，买其首五百金，反以报君。君大怒曰：'所求者生马，安事死马而捐五百金？'涓人对曰：'死马且买之五百金，况生马乎？天下必以王为能市马，马今至矣。'于是不能期年，千里之马至者三。今王诚欲致士，先从隗始。隗且见事，况贤于隗者乎？岂远千里哉？"于是昭王为隗筑宫而师之。乐毅自魏往，邹衍自齐往，剧辛自赵往，士争凑燕。　⑤"食猪"句：《后汉书·闵贡传》："太原闵仲叔者，世称节士，虽周党之洁清，自以弗及也。党见其含菽饮水，遗以生蒜，受而不食。建武中，应司徒侯霸之辟。既至，霸不及政事，徒劳苦而已。仲叔恨曰：'始蒙嘉命，且喜且惧；今见明公，喜惧皆去。以仲叔为不足问邪，不当辟也。辟而不问，是失人也。'遂辞出，投劾而去。复以博士征，不至。客居安邑。老病家贫，不能得肉，日买猪肝一片，屠者或不肯与，安邑令闻，敕吏常给焉。仲叔怪而问之，知，乃叹曰：'闵仲叔岂以口腹累安邑邪？'遂去，客沛。以寿终。"　⑥"世仰"二句：《后汉书·郭太传》："郭太字林宗……乃游于洛阳。始见河南尹李膺，膺大奇之，遂相友善，于是名震京师。后归乡里，衣冠诸儒送至河上，车数千两。林宗唯与李膺同舟而济，众宾望之，以为神仙焉。"　⑦"人称"二句：《世说新语·容止》："潘安仁、夏侯湛并有美容，喜同行，时人谓之连璧。"

【评析】

该韵部中，"怀仁称足足，扰义美般般"二句，语出王充《论衡·讲瑞》："《礼记·瑞命篇》云：'雄曰凤，雌曰皇，雄鸣曰即即，雌鸣曰足足。'"段成式《酉阳杂俎》前集卷一六："凤雄鸣节节，雌鸣足足，行鸣曰归嬉，止鸣曰提袄。"又，杨慎《升庵集》卷八一云："薛道衡文：'足足怀仁，般般扰义。'足足，凤也；般般，麟也。"此"足足"二句，《隋书·许善心传》载出自许氏《神雀颂》。"扰义"作驯顺有义解。《尚书·皋陶（yáo）谟》："扰而毅。"

又，附录《训蒙骈句》同韵部如下：

蒲葵扇，竹箨冠。旌旗闪闪，环佩珊珊。烟花潘岳县，夜月严陵滩。衣袂障风金缕细，剑锋横雪玉鞘寒。柳絮因风，数点频黏银阀阅；梨花带雨，一枝斜倚玉栏干。

烧兽炭，烹龙团。孟宗哭竹，燕姞梦兰。松枯遭雨苦，花瘦怕风寒。辨礼阅公辞昌歜，逞威介子斩楼兰。纵侈王孙，长向花前酣美酒；避嫌君子，不从李下整危冠。

挥玉勒，跨金鞍。范增撞斗，贡禹弹冠。琴弦弹别鹤，镜匣掩孤鸾。冰泮楚江舟举易，尘蒙蜀道客行难。大地阳回，淑气催梅传信息；长天昼永，好风敲竹报平安。

其中，"辨礼阅公辞昌歜"句，典出《左传·僖公三十年》："冬，王使周公阅来聘，飨有昌歜、白黑、形盐。辞曰：'国君文足昭也，武可畏也；则有备物之飨，以象其德。荐五味，羞嘉谷，盐虎形，以献其功。吾何以堪之？'"

十五　删

兴对废，附对攀。露草对霜菅（jiān）。歌廉对借寇①，习孔对希颜。山垒垒，水潺潺。奉璧对探镮（huán）②。礼由公旦作③，诗本仲尼删④。驴困客方经灞水，鸡鸣人已出函关⑤。几夜霜飞，已有苍鸿辞北塞；数朝雾暗，岂无玄豹隐南山⑥。

【注释】

①歌廉、借寇：《后汉书·廉范传》："建初中，迁蜀郡太守，其俗尚文辩，好相持短长，范每厉以淳厚，不受偷薄之说。成都民物丰盛，邑宇逼侧，旧制禁民夜作，以防火灾，而更相隐蔽，烧者日属。范乃毁削先令，但严使储水而已。百姓为便，乃歌之曰：'廉叔度，来何暮。不禁火，民安作。平生无襦今五袴。'"《后汉书·寇恂传》："（建武）七年，代朱浮为执金吾。明年，从车驾击隗嚣，而颍川盗贼群起，帝乃引军还，谓恂曰：'颍川迫近京师，当以时定。惟念独卿能平之耳，从九卿复出，以忧国可也。'恂对曰：'颍川剽轻，闻陛下远逾阻险，有事陇、蜀，故狂狡乘间相诖误耳。如闻乘舆南向，贼必惶怖归死。臣愿执锐前驱。'即日车驾南征，恂从至颍川，盗贼悉降，而竟不拜郡。百姓遮道曰：'愿从陛下复借寇君一年。'乃留恂长社，镇抚吏人，受纳余降。"　②探镮：《晋书·羊祜传》："祜年五岁，时令乳母取所弄金环，乳母曰：'汝先无此物。'祜即诣邻人李氏东垣桑树中探得之。主人惊曰：'此吾亡儿所失物也，云何持去？'乳母具言之，李氏悲惋。时人异之，谓李氏子则祜之前身也。"　③"礼由"句：制礼作乐，是指周公根据周王朝统治的需要，经过对商王朝典章制度的增删、修改和补充，形成一系列的"礼乐"制度，对各种政治关系、社会关系进行规范。据说，《周礼》就保存了周公制定的设官分职等制度。"礼乐"制度中的突出方面，是将宗法关系制度化，其核心内容是区分嫡子、庶子的名分和确定嫡长子继承原则。从此以后，宗法制度成为国家权力交接、家族财产继承的依据和基础。这些在西周的文献，如《尚书·周书》和周代青铜器的铭文中都有记载。
④"诗本"句：《史记·孔子世家》："古者诗三千余篇，及至孔子，去其重，取可施于礼义。上采契、后稷，中述殷、周之盛，至幽、厉之缺。始

于衽席，故曰：《关雎》之乱以为《风》始，《鹿鸣》为《小雅》始，《文王》为《大雅》始，《清庙》为《颂》始。三百五篇，孔子皆弦歌之，以求合《韶》《武》《雅》《颂》之音。礼乐自此可得而述，以备王道，成六义。"自此以后，东汉郑玄、班固，三国陆玑延承司马迁之说。唐代孔颖达开始提出质疑。宋代以来，对此问题更是辩论不休。欧阳修、王应麟、顾炎武等持肯定态度，郑樵、朱熹、朱彝尊、赵翼、崔述、方玉润则表示否定或怀疑。　⑤"鸡鸣"句：《史记·孟尝君列传》："（秦昭王）囚孟尝君，谋欲杀之。孟尝君使人抵昭王幸姬求解……夜半至函谷关……关法鸡鸣而出客。孟尝君恐追至，客之居下坐者有能为鸡鸣，而鸡齐鸣，遂发传出。出如食顷，秦追果至关，已后孟尝君出，乃还。"⑥"数朝"二句：刘向《列女传》："答子治陶三年，名誉不兴，家富三倍。其妻数谏不用。居五年，从车百乘归休。宗人击牛而贺之，其妻独抱儿而泣。姑怒曰：'何其不祥也！'妇曰：'夫子能薄而官大，是谓婴害；无功而家昌，是谓积殃。昔楚令尹子文之治国也，家贫国富，君敬民戴，故福结于子孙，名垂于后世。今夫子不然，贪富务大，不顾后害。妾闻南山有玄豹，雾雨七日而不下食者，何也？欲以泽其毛而成文章也，故藏而远害。犬彘不择食以肥其身，坐而须死耳。今夫子治陶，家富国贫，君不敬，民不戴，败亡之征见矣。愿与少子俱脱。'姑怒，遂弃之。处期年，答子之家果以盗诛，唯其母老以免，妇乃与少子归养姑，终卒天年。君子谓答子妻能以义易利，虽违礼求去，终以全身复礼，可谓远识矣。"

犹对尚，侈对悭（qiān）。雾鬓对烟鬟。莺啼对鹊噪，独鹤对双鹇（xián）①。黄牛峡，金马山②。结草对衔环③。昆山惟玉集④，合浦有珠还⑤。阮籍旧能为眼白，老莱新爱着衣斑⑥。栖迟避世人，草衣木食；窈窕倾城女，云鬓花颜⑦。

【注释】

①双鹇：班固《西都赋》："招白鹇，下双鹄。"李善注引《西京杂记》："闽越王献高帝白鹇、黑鹇各一双。"萧颖士《白鹇赋》序："白鹇，羽族之幽奇，素质黑章，爪觜纯丹，体备冠距，颇类夫鸡翟，神貌清闲。"　②"黄牛峡"二句：黄牛峡，即黄牛山，在今湖北宜昌西。金马山，顾祖禹《读史方舆纪要·云南二》：在府东二十五里，西对碧鸡山，相距五十余里，其中即滇池。　③结草、衔环：《左传·宣公十五年》："秋七月，秦桓公伐晋，次于辅氏。壬午，晋侯治兵于稷，以略狄土，立黎侯而还。及雒，魏颗败秦师于辅氏，获杜回，秦之力人也。初，魏武子有嬖妾，无子。武子疾，命颗曰：'必嫁是。'疾病，则曰：'必以为殉。'及卒，颗嫁之，曰：'疾病则乱，吾从其治也。'及辅氏之役，颗见老人结草以亢杜回，杜回踬而颠，故获之。夜梦之曰：'余，而所嫁妇人之父也。尔用先人之治命，余是以报。'"干宝《搜神记》卷二〇："汉时弘农杨宝，年九岁时，至华阴山北，见一黄雀，为鸱枭所搏，坠于树下，为蝼蚁所困。宝见愍之，取归，置巾箱中，食以黄花。百余日，毛羽成，朝去暮还。一夕三更，宝读书未卧，有黄衣童子，向宝再拜曰：'我西王母使者，使蓬莱，不慎为鸱枭所搏，君仁爱见拯，实感盛德。'乃以白环四枚与宝，曰：'令君子孙洁白，位登三事，当如此环。'"　④"昆山"句：昆山，昆仑山，产玉石。《晋书·郤诜传》："累迁雍州刺史。武帝于东堂会送，问诜曰：'卿自以为何如？'诜对曰：'臣举贤良对策，为天下第一，犹桂林之一枝，昆山之片玉。'帝笑。"　⑤"合浦"句：《后汉书·孟尝传》："迁合浦太守。郡不产谷实，而海出珠宝，与交阯比境，常通商贩，贸籴粮食。先时宰守并多贪秽，诡人采求，不知纪极，珠遂渐徙于交阯郡界。于是行旅不至，人物无资，贫者死饿于道。尝到官，革易前

敝，求民病利。曾未逾岁，去珠复还，百姓皆反其业，商货流通，称为神明。"　⑥"老莱"句：《孝子传》："老莱子者，楚人，行年七十，父母俱存，至孝蒸蒸。常着斑兰之衣，为亲取饮上堂，脚跌，恐伤父母之心，因僵仆为婴儿啼。"　⑦"窈窕"二句：《汉书·外戚传·李夫人》："初，夫人兄延年性知音，善歌舞，武帝爱之。每为新声变曲，闻者莫不感动。延年侍上起舞，歌曰：'北方有佳人，绝世而独立。一顾倾人城，再顾倾人国。宁不知倾城与倾国，佳人难再得。'上叹息曰：'善。世岂有此人乎？'平阳主因言延年有女弟，上乃召见之，实妙丽善舞。由是得幸。"

　　姚对宋，柳对颜①。赏善对惩奸。愁中对梦里②，巧慧对痴顽。孔北海，谢东山③。使越对征蛮④。淫声闻濮上⑤，离曲听阳关⑥。骁将袍披仁贵白⑦，小儿衣着老莱斑。茅舍无人，难却尘埃生榻上；竹亭有客，尚留风月在窗间。

【注释】

　　①"姚对宋"二句：分别指唐代名相姚崇、宋璟与书法家柳公权、颜真卿。　②愁中、梦里：《列子·天瑞》："杞国有人忧天地崩坠，身亡所寄，废寝食者。又有忧彼之所忧者，因往晓之，曰：'天，积气耳，亡处亡气，若屈伸呼吸，终日在天中行止，奈何忧崩坠乎？'其人曰：'天果积气，日月星宿不当坠邪？'晓之者曰：'日月星宿，亦积气中之有光耀者，只使坠，亦不能有所中伤。'其人曰：'奈地坏何？'晓者曰：'地，积块耳，充塞四虚，亡处亡块。若躇步跐蹈，终日在地上行止，奈何忧其坏？'其人舍然大喜，晓之者亦舍然大喜。"李公佐《南柯太守传》：吴楚游侠淳于棼，一日沉醉致疾，卧于堂东庑之下，昏梦中被邀入"槐安国"，做了驸马，出任南柯太守。守郡二十年，境内大治，任国宰辅。后

来盛极而衰,战争失利,公主病死,遭谗毁,被囚禁于家,遣送出郭。猛然醒来,竟是醉中一梦。寻访梦中踪迹,发现所谓"槐安国"及其"南柯郡",不过是庭前大槐树下的两个蚁穴而已。　③"孔北海"二句:分别指孔融、谢安。孔融尝于汉献帝时为北海相。《晋书·谢安传》:谢安出仕前曾高卧会稽之东山,悠游山水,吟诗属文,每游赏必携妓女相从。　④使越、征蛮:指秦始皇征越地、戍五岭事。《汉书·地理志》:"粤地,牵牛婺女之分野也。今之苍梧、郁林、合浦、交阯、九真、南海、日南,皆粤分也。其君禹后,帝少康之庶子云。封于会稽。"臣瓒曰:"自交阯至会稽,七八千里,百粤杂处,各有种姓,不得尽云少康之后也。按《世本》越为芈姓,与楚同祖,故《国语》曰芈姓夔、越。然则越非禹后明矣。又芈姓之越,亦勾践之后,不谓南越也。"(按:吕思勉《先秦史》谓:《汉志》所谓其君禹后者,自指封于会稽之越言之,不该百越。臣瓒实误驳。至谓越为芈姓,则《左传·宣公十二年》正义,亦据《外传》而疑越非夏后。)张说《和朱使欣二首》其一:"使越才应有,征蛮力岂无。"　⑤"淫声"句:《史记·乐书》:"而卫灵公之时,将之晋,至于濮水之上舍。夜半时闻鼓琴声,问左右,皆对曰:'不闻。'乃召师涓曰:'吾闻鼓琴音,问左右,皆不闻。其状似鬼神,为我听而写之。'师涓曰:'诺。'因端坐援琴,听而写之。明日,曰:'臣得之矣,然未习也,请宿习之。'灵公曰:'可。'因复宿。明日,报曰:'习矣。'即去之晋,见晋平公。平公置酒于施惠之台。酒酣,灵公曰:'今者来,闻新声,请奏之。'平公曰:'可。'即令师涓坐师旷旁,援琴鼓之。未终,师旷抚而止之曰:'此亡国之声也,不可遂。'平公曰:'何道出?'师旷曰:'师延所作也。与纣为靡靡之乐,武王伐纣,师延东走,自投濮水之中,故闻此声必于濮水之上,先闻此声者国削。'"　⑥"离曲"句:王维《送元二使安西》:"渭城朝雨浥轻尘,客舍青青柳色新。劝君更尽一杯酒,西出阳关无故人。"(按:任半塘

《唐声诗》:"此诗入乐以后,名《渭城曲》。凡称《阳关》者,多数指声,不指曲名。宋人因其唱法有三叠句,甚突出,乃改称《阳关曲》或《阳关三叠》,以夺《渭城曲》原名。") ⑦"骁将"句:《新唐书·薛仁贵传》:"王师攻安市城,高丽莫离支遣将高延寿等率兵二十万拒战,倚山结屯,太宗命诸将分击之。仁贵恃骁悍,欲立奇功,乃着白衣自标显,持戟,腰鞬两弓,呼而驰,所向披靡。军乘之,贼遂奔溃。帝望见,遣使驰问:'先锋白衣者谁?'曰:'薛仁贵。'"后征突厥于天山,仁贵发三矢杀三人,虏皆慑降。军中歌曰:"将军三箭定天山,壮士长歌入汉关。"

【评析】

　　该韵部中,"诗本仲尼删"句所涉"孔子删诗"说,当代学者基本上是否定的,理由有六:其一,《论语》记孔子常言"诗三百",可见三百篇早就是定数,不是孔子删后定的。其二,如果古代真有三千多篇诗,被孔子删去十分之九,那么在先秦古书中一定会提到许多逸诗,但实际上逸诗只有二三十分之一,可见孔子不曾删诗。其三,《史记》上所说孔子删诗只"取可施于礼义"的。现在《诗经》中还保存着的"淫诗",孔子为什么不删削?逸诗见于《仪礼》的,如《肆夏》《新宫》,都被王朝所采用,认为"可施于礼义"的,孔子为什么要删削这些合礼的诗?其四,吴季札到鲁国参观周乐,鲁叔孙穆子让乐工为他唱诗,乐工演奏歌舞的十五国名与风、雅、颂的次序,和今本《诗经》相同,那时候孔子才八岁,不可能删诗。其五,古代外交家常常在宴会上"赋诗言志",有时让乐工歌唱诗句,借以表达他们的意图、态度,所以他们必定有一个基本相同的本子。如果诗真有三千多篇,当时的士大夫和乐工记不了这么多的诗。其六,孔子自己没有说过删诗的话,只说"诵诗三百"。删诗之说,是司马迁说的。我们应该信孔子自己说的话。孔子说:"吾自卫反鲁,然后乐正、雅、颂各得其所。"孔子对《诗经》曾作核定乐谱的工作，他在"正乐"方面是有功绩的。据赵翼《廿二史札记》"《史记》有后人窜入"条的考证，说明《史记》是有后人窜改的地方。关于孔子删诗这一段记载，可能也是后人窜改过的。（参程俊英《诗经漫话》。按：《仪礼·燕礼第六》有云："若以乐纳宾，则宾及庭，奏《肆夏》；宾拜酒，主人答拜，而乐阕。公拜受爵，而奏《肆夏》；公卒爵，主人升，受爵以下，而乐阕。升歌《鹿鸣》、下管《新宫》，笙入三成，遂合乡乐。若舞，则《勺》。"又，《廿二史札记》卷一："《史记·田儋传赞》，忽言蒯通辨士，著书八十一篇，项羽欲封之而不受，此事与儋何涉而赞及之？《司马相如传赞》谓，'相如虽多虚词滥说，然其要归，引之节俭。杨雄以为靡丽之赋，劝百讽一，犹驰骋郑卫之音，曲终而奏雅，不已亏乎。余采其语可论者著于篇'云云。按雄乃哀、平、王莽时人，史迁何由预引其语？此并非少孙所补，而后人窜入者也。《汉书·相如传赞》正同，岂本是班固引雄言作赞，而后人反移作《史记》传赞耶？《外戚世家》叙卫子夫得幸之处，不曰今上而曰武帝，此或是少孙所改耳。"）

又，"小儿衣着老莱斑"句所涉古代孝子，尚有可说者。日本流传过两种古抄本《孝子传》，不属于清代茆泮林搜集的十种《孝子传》中的任何一种。有学者认为，它们可能是唐代初期传入日本的。其中收录的四十五位孝子依次罗列如下，以备参考：舜、董永、邢渠、韩伯瑜、郭巨、原谷、魏阳、三州义士、丁兰、朱明、蔡顺、王巨尉、老莱子、宋胜子、陈寔、阳威、曹娥、毛义、欧尚、仲由、刘敬宣、谢弘微、朱百年、高柴、张敷、孟仁、王祥、姜诗、叔先雄、颜乌、许孜、鲁义士、闵子骞、蒋诩、伯奇、曾参、董黯、申生、申明、禽坚、李善、羊公、东归节女、眉间尺、慈乌。（参赵超《日本流传的两种古代〈孝子传〉》）

又，附录《训蒙骈句》同韵部如下：

> 山叠叠，水潺潺。珠还合浦，玉出昆山。明星千点灿，新月一钩湾。夜饮主宾联蝉座，早朝文武列鸳班。杵臼程婴，义立孤儿存赵祚；沛公项羽，计谋孺子夺秦关。

  蛇报主，雀衔环。虎头燕颔，鹤发龙颜。水流分燕尾，山秀拥螺鬟。梁帝讲经同泰寺，严光垂钓富春山。返哺慈乌，夜月枝头啼哑哑；迁乔好鸟，春风花底语关关。

  铜壶阁，玉门关。闹中取静，忙里偷闲。一川巫峡水，九曲武夷山。端石砚生鸲鹆眼，博山炉起鹧鸪斑。避世道人，饮露餐霞消俗态；倾城美女，凝脂抹粉出娇颜。

其中，"杵臼程婴，义立孤儿存赵祚"二句说的是赵氏孤儿的故事，最早出自《左传·成公五年》："春，原、屏放诸齐。婴曰：'我在，故栾氏不作。我亡，吾二昆其忧哉！且人各有能有不能，舍我何害？'弗听。婴梦天使谓己：'祭余，余福女。'使问诸士贞伯，贞伯曰：'不识也。'既而告其人曰：'神福仁而祸淫，淫而无罚，福也。祭，其得亡乎？'祭之，之明日而亡。"以及《左传·成公八年》："晋赵庄姬为赵婴之亡故，谮之于晋侯，曰：'原、屏将为乱。'栾、郤为征。六月，晋讨赵同、赵括。武从姬氏畜于公宫。以其田与祁奚。韩厥言于晋侯曰：'成季之勋，宣孟之忠，而无后，为善者其惧矣。三代之令王，皆数百年保天之禄。夫岂无辟王，赖前哲以免也。《周书》曰：不敢侮鳏寡。所以明德也。'乃立武，而反其田焉。"《史记·赵世家》所记赵氏被族灭的原因、过程则有所不同："赵盾代成季任国政二年而晋襄公卒，太子夷皋年少。盾为国多难，欲立襄公弟雍。雍时在秦，使使迎之。太子母日夜啼泣，顿首谓赵盾曰：'先君何罪，释其适子而更求君？'赵盾患之，恐其宗与大夫袭诛之，乃遂立太子，是为灵公，发兵距所迎襄公弟于秦者。灵公既立，赵盾益专国政。灵公立十四年，益骄。赵盾骤谏，灵公弗听。及食熊蹯，胹不熟，杀宰人，持其尸出，赵盾见之。灵公由此惧，欲杀盾。盾素仁爱人，尝所食桑下饿人反扞救盾，盾以得亡。未出境，而赵穿弑灵公而立襄公弟黑臀，是为成公。赵盾复反，任国政。君子讥盾'为正卿，亡不出境，反不讨贼',故太史书曰'赵盾弑其君'。晋景公时而赵盾卒,谥为宣孟,子朔嗣。赵朔,晋景公之三年,朔为晋将下军救郑,与楚庄王战河上。朔娶晋成公姊为夫人。晋景公之三年,大夫屠岸贾欲诛赵氏。初,赵盾在时,梦见叔带持要而哭,甚悲;已而笑,拊手且歌。盾卜之,兆绝而后好。赵史援占之,曰:'此梦甚恶,非君之身,乃君之子,然亦君之咎。至孙,赵将世益衰。'屠岸贾者,始有宠于灵公,及至于景公而贾为司寇,将作难,乃治灵公之贼以致赵盾,遍告诸将曰:'盾虽不知,犹为贼首。以臣弑君,子孙在朝,何以惩罪?请诛之。'韩厥曰:'灵公遇贼,赵盾在外,吾先君以为无罪,故不诛。今诸君将诛其后,是非先君之意而今妄诛,妄诛谓之乱。臣有大事而君不闻,是无君也。'屠岸贾不听。韩厥告赵朔趣亡,朔不肯,曰:'子必不绝赵祀,朔死不恨。'韩厥许诺,称疾不出。贾不请而擅与诸将攻赵氏于下宫,杀赵朔、赵同、赵括、赵婴齐,皆灭其族。赵朔妻成公姊,有遗腹,走公宫匿。赵朔客曰公孙杵臼,杵臼谓朔友人程婴曰:'胡不死?'程婴曰:'朔之妇有遗腹,若幸而男,吾奉之;即女也,吾徐死耳。'居无何,而朔妇免身,生男。屠岸贾闻之,索于宫中。夫人置儿绔中,祝曰:'赵宗灭乎,若号;即不灭,若无声。'及索,儿竟无声。已脱,程婴谓公孙杵臼曰:'今一索不得,后必且复索之,奈何?'公孙杵臼曰:'立孤与死孰难?'程婴曰:'死易,立孤难耳。'公孙杵臼曰:'赵氏先君遇子厚,子强为其难者,吾为其易者,请先死。'乃二人谋取他人婴儿负之,衣以文葆,匿山中。程婴出,谬谓诸将军曰:'婴不肖,不能立赵孤。谁能与我千金,吾告赵氏孤处。'诸将皆喜,许之,发师随程婴攻公孙杵臼。杵臼谬曰:'小人哉程婴!昔下宫之难不能死,与我谋匿赵氏孤儿,今又卖我。纵不能立,而忍卖之乎!'抱儿呼曰:'天乎天乎!赵氏孤儿何罪?请活之,独杀杵臼可也。'诸将不许,遂杀杵臼与孤儿。诸将以为赵氏孤儿良已死,皆喜。然赵氏真孤乃反在,程婴卒与俱匿山中。居十五年，晋景公疾，卜之，大业之后不遂者为祟。景公问韩厥，厥知赵孤在，乃曰：'大业之后在晋绝祀者，其赵氏乎？夫自中衍者皆嬴姓也。中衍人面鸟噣，降佐殷帝大戊及周天子，皆有明德。下及幽、厉无道，而叔带去周适晋，事先君文侯，至于成公，世有立功，未尝绝祀。今吾君独灭赵宗，国人哀之，故见龟策。唯君图之。'景公问：'赵尚有后子孙乎？'韩厥具以实告。于是景公乃至韩厥谋立赵孤儿，召而匿之宫中。诸将入问疾，景公因韩厥之众以胁诸将而见赵孤。赵孤名曰武。诸将不得已，乃曰：'昔下宫之难，屠岸贾为之，矫以君命，并命群臣。非然，孰敢作难！微君之疾，群臣因且请立赵后。今君有命，群臣之愿也。'于是召赵武、程婴遍拜诸将，遂反与程婴、赵武攻屠岸贾，灭其族。复与赵武田邑如故。及赵武冠，为成人，程婴乃辞诸大夫，谓赵武曰：'昔下宫之难，皆能死。我非不能死，我思立赵氏之后。今赵武既立，为成人，复故位，我将下报赵宣孟与公孙杵臼。'赵武啼泣顿首固请曰：'武愿苦筋骨以报子至死，而子忍去我死乎！'程婴曰：'不可。彼以我为能成事，故先我死；今我不报，是以我事为不成。'遂自杀。赵武服齐衰三年，为之祭邑，春秋祠之，世世勿绝。"后来，纪君祥《赵氏孤儿》杂剧在此基础上进行改编，将一场历史上本来是非不甚分明的统治阶级内部权力之争，变成了正义与非正义、忠与奸的斗争。

声律启蒙 下卷

一　先

晴对雨，地对天。天地对山川。山川对草木，赤壁对青田。郑䴔（jiárǔ）鼎，武城弦①。木笔对苔钱②。金城三月柳③，玉井九秋莲④。何处春朝风景好，谁家秋夜月华圆。珠缀花梢，千点蔷薇香露；练横树杪（miǎo），几丝杨柳残烟。

【注释】

①武城弦：《论语·阳货》："子之武城，闻弦歌之声。夫子莞尔而笑，曰：'割鸡焉用牛刀？'子游对曰：'昔者偃也闻诸夫子曰：君子学道则爱人，小人学道则易使也。'子曰：'二三子！偃之言是也。前言戏之耳。'"　②木笔、苔钱：木笔，即木兰，又名辛夷。花蕾似毛笔。《九歌·湘夫人》："桂栋分兰橑，辛夷楣兮药房。"卢肇（一作吴融）《木笔花》："软如新竹管初齐，粉腻红轻样可携。谁与诗人偎槛看，好于笺墨并分题。"苔钱，青苔。苔点形圆如钱，故曰苔钱。刘孝威《怨诗》："丹庭斜草径，素壁点苔钱。"　③"金城"句：《世说新语·言语》："桓公北征，经金城，见前为琅邪时种柳，皆已十围，慨然曰：'木犹如此，人何以堪！'攀枝执条，泫然流泪。"　④"玉井"句：韩愈《古意》："太华峰头玉井莲，花开十丈藕如船。"

前对后，后对先。众丑对孤妍。莺簧对蝶板①，虎穴对龙渊②。击石磬（qìng）③，观韦编④。鼠目对鸢肩⑤。春园花柳地，秋沼芰荷天。白羽频挥闲客坐,乌纱半坠醉翁眠⑥。野店几家,羊角⑦风摇沽酒斾(pèi);长川一带,鸭头波⑧泛打鱼船。

【注释】

①莺簧、蝶板:莺簧,黄莺鸣声如笙簧,形容歌声清越婉转。蝶板,又称蝶拍,指檀板,由两片檀木板连结而成,使用时甩动相击,犹如蝶翅扇动,故称。杜诏《万寿长春词》:"金茎珠缀,愧乏三唐应制之篇;蝶拍莺簧,窃拟两宋倚声之作。" ②虎穴、龙渊:《三国志·吴志·吕蒙传》:"少南渡,依姊夫邓当。当为孙策将,数讨山越。蒙年十五六,窃随当击贼,当顾见大惊,呵叱不能禁止。归以告蒙母,母恚欲罚之,蒙曰:'贫贱难可居,脱误有功,富贵可致。旦不探虎穴,安得虎子?'母哀而舍之。"又,《后汉书·班超传》:"超曰:'不入虎穴,不得虎子。当今之计,独有因夜以火攻虏,使彼不知我多少,必大震怖,可殄尽也。灭此虏,则鄯善破胆,功成事立矣。'"《淮南子·墬形训》:"清水有黄金,龙渊有玉英。" ③击石磬:《论语·宪问》:"子击磬于卫,有荷蒉而过孔氏之门者,曰:'有心哉,击磬乎!'既而曰:'鄙哉,硁硁乎!莫己知也,斯已而已矣。深则厉,浅则揭。'子曰:'果哉!末之难矣。'" ④观韦编:《史记·孔子世家》:"孔子晚而喜《易》,序《彖》《系》《象》《说卦》《文言》。读《易》,韦编三绝。曰:'假我数年,若是,我于《易》则彬彬矣。'" ⑤鼠目、鸢肩:《新唐书·李揆传》:"初,苗晋卿数荐元载,揆轻载地寒,谓晋卿曰:'龙章凤姿士不见用,獐头鼠目子乃求官邪?'载闻,衔之。及秉政,奏揆试秘书监,江淮养疾。家百口,贫无禄,丐食取给,牧守稍厌恩,则去之,流落凡十六年。载诛,始拜睦州刺史。入为国子祭酒、礼部尚书。"《后汉书·梁冀传》:"为人鸢肩豺目,洞精矘眄,口吟舌言,裁能书计。少为贵戚,逸游自恣。性嗜酒,能挽满、弹棋、格

五、六博、蹴鞠、意钱之戏,又好臂鹰走狗,骋马斗鸡。初为黄门侍郎,转侍中、虎贲中郎将,越骑、步兵校尉,执金吾。"又,《旧唐书·马周传》:"周有机辩,能敷奏,深识事端,动无不中。太宗尝曰:'我于马周,暂不见则便思之。'中书侍郎岑文本谓所亲曰:'吾见马君论事多矣,援引事类,扬搉古今,举要删芜,会文切理,一字不可加,一字不可减,听之靡靡,令人亡倦。昔苏、张、终、贾,正应此耳。然鸢肩火色,腾上必速,恐不能久耳。'"周四十八岁病卒。 ⑥"白羽"二句:《艺文类聚》卷六七引《语林》:"诸葛武侯与宣皇在渭滨将战,宣皇戎服莅事,使人视武侯,乘素舆,葛巾,毛扇,指麾三军,各随其进止。宣皇闻而叹曰:'可谓名士矣。'"《太平御览》卷七〇引《语林》,小有差异,如"毛扇"作"白羽扇"。又,《晋书·顾荣传》:"属广陵相陈敏反……明年,周玘与荣及甘卓、纪瞻谋起兵攻敏。荣废桥敛舟于南岸,敏率万余人出,不获济,荣麾以羽扇,其众溃散。"《晋书·陈敏传》作"荣以白羽扇麾之,敏众溃散"。《世说新语·任诞》:"阮公邻家妇有美色,当垆酤酒。阮与王安丰常从妇饮酒,阮醉,便眠其妇侧。夫始殊疑之,伺察,终无他意。" ⑦羊角:《庄子·逍遥游》:"有鱼焉,其广数千里,未有知其修者,其名为鲲。有鸟焉,其名为鹏,背若太山,翼若垂天之云,抟扶摇羊角而上者九万里,绝云气,负青天,然后图南,且适南冥也。" ⑧鸭头波:绿波。绿头鸭公鸭的头颈羽毛呈暗绿色,有金属光泽。陆游《自真珠园泛舟至孤山》:"呼船径截鸭头波,岸帻闲登玛瑙坡。"

离对坎,震对乾①。一日对千年。尧天对舜日,蜀水对秦川。苏武节,郑虔毡。润壑对林泉。挥戈能退日②,持管莫窥天③。寒食④芳辰花烂漫,中秋佳节月婵娟。梦里荣华,飘忽枕中之客⑤;壶中日月,安闲市上之仙⑥。

【注释】

①离坎、震乾：八卦中的四种卦名。朱熹曾编有《八卦取象歌》："乾三连，坤六断。震仰盂，艮覆碗。离中虚，坎中满。兑上缺，巽下断。"另有《上下经卦名次序歌》："乾坤屯蒙需讼师，比小畜兮履泰否。同人大有谦豫随，蛊临观兮噬嗑贲。剥复无妄大畜颐，大过坎离三十备。咸恒遁兮及大壮，晋与明夷家人睽。蹇解损益夬姤萃，升困井革鼎震继。艮渐归妹丰旅巽，兑涣节兮中孚至。小过既济兼未济，是为下经三十四。" ②"挥戈"句：《淮南子·览冥训》："鲁阳公与韩构难，战酣日暮，援戈而挥之，日为之反三舍。" ③"持管"句：《庄子·秋水》："公孙龙问于魏牟曰：'龙少学先王之道，长而明仁义之行；合同异，离坚白；然不然，可不可；困百家之知，穷众口之辩，吾自以为至达已。今吾闻庄子之言，汒焉异之。不知论之不及与，知之弗若与？今吾无所开吾喙，敢问其方。'公子牟隐机大息，仰天而笑曰：'子独不闻夫埳井之蛙乎？……且夫知不知是非之竟，而犹欲观于庄子之言，是犹使蚊负山、商蚷驰河也，必不胜任矣。且夫知不知论极妙之言而自适一时之利者，是非坎井之蛙与？且彼方跐黄泉而登大皇，无南无北，奭然四解，沦于不测；无东无西，始于玄冥，反于大通。子乃规规然而求之以察，索之以辩，是直用管窥天，用锥指地也，不亦小乎？子往矣！且子独不闻夫寿陵余子之学行于邯郸与？未得国能，又失其故行矣，直匍匐而归耳。今子不去，将忘子之故，失子之业。'公孙龙口呿而不合，舌举而不下，乃逸而走。" ④寒食：宗懔《荆楚岁时记》："去冬节一百五日，即有疾风甚雨，谓之寒食，禁火三日。" ⑤"梦里"二句：沈既济《枕中记》：开成七年，有卢生名英，字萃之，于邯郸逆旅，遇道者吕翁。生言下甚自叹困穷，翁乃取囊中枕授之，曰："子枕吾此枕，当令子荣显适意！"时主人方蒸黍。

生俯首就之,梦入枕中。遂至其家,数月,娶清河崔氏女为妻,女容甚丽,生资愈厚,生大悦!于是旋举进士,累官舍人,迁节度使,大破戎虏,为相十余年。子五人皆仕宦,孙十余人,其姻媾皆天下望族。年逾八十而卒。及醒,蒸黍尚未熟。怪曰:"岂其梦耶?"翁笑曰:"人生之适,亦如是耳!"生抚然良久,稽首拜谢而去。经此黄粱一梦,卢生大彻大悟,不思上京赴考,反入山修道去也。 ⑥"壶中"二句:《后汉书·费长房传》载,传说东汉费长房为市掾时,市中有老翁卖药,悬一壶于肆头,市罢,跳入壶中。长房于楼上见之,知为非常人。次日复诣翁,翁与俱入壶中,唯见玉堂严丽,旨酒甘肴盈衍其中,共饮毕而出。

【评析】

　　该韵部中,"寒食芳辰花烂漫"句中之"寒食"尚有可说者。寒食的习俗在战国以前就已存在,东汉至南北朝时屡禁不止,宋代以后才逐渐自然地消歇。这种习俗在古代太原郡地区最为盛行,但其分布流传的地区实际上很广泛,而且寒食的期限和时节原来并不统一。寒食之托始于介子焚死,跟五月五日竞渡之托始于屈子沉江是同性质的,都是在一种习俗的真意已不为一般人所理解时对它的起源所作的一种附会的解释。所不同的是屈子沉江确有其事,而介子焚死之事则是为了解释寒食的起源而编造出来的。介子焚死传说在战国时代就已流行,由此可以推知寒食的起源一定非常早。改火无疑是寒食的起因,但它原来应该有哀悼在改火中代表神而死的牺牲者的意义。到了在改火中烧死人牺早已成为历史、改火习俗已在渐趋衰微,一般人对改火和寒食的原来意义都已经不很理解的时候,人们很自然地会产生对寒食的起因,特别是对它所具有的哀悼性质的来源作出他们所能理解的解释的要求。以跟改火有关的古老的旧习俗为背景的介子推被焚死的故事,就是适应这种要求而产生的。(参裘锡圭《寒食与改

火——介子推焚死传说研究》）

又，附录《训蒙骈句》同韵部如下：

清冷节，艳阳天。樽前歌舞，花里管弦。高松栖瑞鹤，病柳咽寒蝉。处处播秧梅坞雨，家家缫蚕竹篱烟。秋色方升，泚水风霜悲唳鹤；春风欲暮，蜀山花木怨啼鹃。

红杏雨，绿杨烟。庭花一梦，禁柳三眠。砚冷冰团结，帘疏月影穿。隐士不荒三径菊，美人常采一溪莲。鏖战将军，一道甲光衔雪亮；凯歌士卒，千群马色截云鲜。

君臣药，子母钱。刻符制鬼，铸鼎升仙。烛奴燃豹髓，剑客舞龙泉。竹笋双生稚犊角，蕨芽实出小儿拳。枕上怀人，梦断还思倾国色；庭前饯客，酒阑更赠绕朝鞭。

其中，"庭前饯客，酒阑更赠绕朝鞭"二句，典出《左传·文公十三年》："晋人患秦之用士会也，夏，六卿相见于诸浮，赵宣子曰：'随会在秦，贾季在狄，难日至矣，若之何？'中行桓子曰：'请复贾季，能外事，且由旧勋。'郤成子曰：'贾季乱，且罪大，不如随会。能贱而有耻，柔而不犯，其知足使也，且无罪。'乃使魏寿余伪以魏叛者，以诱士会。执其帑于晋，使夜逸。请自归于秦，秦伯许之。履士会之足于朝。秦伯师于河西，魏人在东。寿余曰：'请东人之能与夫二三有司言者，吾与之先。'使士会。士会辞，曰：'晋人，虎狼也。若背其言，臣死，妻子为戮，无益于君，不可悔也。'秦伯曰：'若背其言，所不归尔帑者，有如河。'乃行。绕朝赠之以策，曰：'子无谓秦无人，吾谋适不用也。'既济，魏人噪而还。秦人归其帑。其处者为刘氏。"

二　萧

恭对慢，吝对骄。水远对山遥。松轩对竹槛（jiàn），雪赋对风谣。乘五马①，贯双雕②。烛灭对香消。明蟾常彻夜，骤雨不终朝。楼阁天凉风飒飒，关河地隔雨潇潇。几点鹭鸶，日暮常飞红蓼岸；一双鸂鶒（xīchì）③，春朝频泛绿杨桥。

【注释】

①乘五马：《汉官仪》："四马载车，此常礼也。惟太守出则增一马，故称太守曰五马。"《陌上桑》："使君从南来，五马立踟蹰。"《潘子真诗话》：礼，天子六马，左右骖。三公九卿驷马，左骖。汉制，九卿则二千石，亦右骖。太守驷马而已，其加秩中二千石，乃右骖。故以五马为太守美称。 ②贯双雕：《北史·长孙晟传》："尝有二雕飞而争肉，因以箭两只与晟，请射取之。晟驰往，遇雕相攫，遂一发双贯焉。"《新唐书·高骈传》："事朱叔明为司马。有二雕并飞，骈曰：'我且贵，当中之。'一发贯二雕焉。众大惊，号'落雕侍御'。" ③鸂鶒：水鸟名，亦称紫鸳鸯。杜甫《卜居》："无数蜻蜓齐上下，一双鸂鶒对沉浮。"

开对落，暗对昭。赵瑟①对虞韶。轺（yáo）车②对驿骑，锦绣对琼瑶。羞攘臂③，懒折腰④。范甑对颜瓢。寒天鸳帐酒⑤，夜月凤台箫。舞女腰肢杨柳软，佳人颜貌海棠娇。豪客寻春，南陌草青香阵阵；闲人避暑，东堂蕉绿影摇摇。

【注释】

①赵瑟：《史记·廉颇蔺相如列传》："其（指完璧归赵）后秦伐赵，拔石城。明年，复攻赵，杀二万人。秦王使使者告赵王，欲与王为好会于西河外渑池。赵王畏秦，欲毋行。廉颇、蔺相如计曰：'王不行，示赵弱

且怯也。'赵王遂行,相如从。廉颇送至境,与王诀曰:'王行,度道里会遇之礼毕,还,不过三十日。三十日不还,则请立太子为王,以绝秦望。'王许之。遂与秦王会渑池。秦王饮酒酣,曰:'寡人窃闻赵王好音,请奏瑟。'赵王鼓瑟。秦御史前书曰:'某年月日,秦王与赵王会饮,令赵王鼓瑟。'蔺相如前曰:'赵王窃闻秦王善为秦声,请奉盆缶秦王,以相娱乐。'秦王怒,不许。于是相如前进缶,因跪请秦王。秦王不肯击缶。相如曰:'五步之内,相如请得以颈血溅大王矣!'左右欲刃相如,相如张目叱之,左右皆靡。于是秦王不怿,为一击缶。相如顾召赵御史书曰:'某年月日,秦王为赵王击缶。'秦之群臣曰:'请以赵十五城为秦王寿。'蔺相如亦曰:'请以秦之咸阳为赵王寿。'秦王竟酒,终不能加胜于赵。赵亦盛设兵以待秦,秦不敢动。" ②轺车:《说文》:"轺,小车也。"颜师古注引服虔云:"轺,音谣。立乘小车也。"《晋书·舆服志》:"古代之军车也。一马曰轺车,二马曰轺传。汉世贵辎軿而贱轺车,魏晋重轺车而贱辎軿。" ③羞攘臂:《庄子·人间世》:"支离疏者,颐隐于脐,肩高于顶,会撮指天,五管在上,两髀为胁。挫针治繲,足以糊口;鼓筴播精,足以食十人。上征武士,则支离攘臂而游于其间;上有大役,则支离以有常疾不受功;上与病者粟,则受三钟与十束薪。夫支离其形者,犹足以养其身,终其天年,又况支离其德者乎!" ④懒折腰:萧统《陶渊明传》:"以为彭泽令。不以家累自随……会郡遣督邮至,县吏请曰:'应束带见之。'渊明叹曰:'我岂能为五斗米,折腰向乡里小儿!'即日解绶去职,赋《归去来》。" ⑤"寒天"句:苏轼《赵成伯家有妹丽仆忝乡人不肯开樽徒吟春雪谨依元韵以当一笑》自注:"世传陶谷学士买得党太尉家故妓,遇雪,陶取雪水烹团茶,谓妓曰:'党家应不识此。'妓曰:'彼粗人,安有此景,但能于销金暖帐下浅斟低唱吃羊羔儿酒。'陶默然愧其言。"

班对马,董对晁①。夏昼对春宵。雷声对电影,麦穗对禾苗。八千路,廿四桥②。总角对垂髫③。露桃匀嫩脸,风柳舞纤腰。贾谊赋成伤鵩(fú)鸟④,周公诗就托鸱鸮(chīxiāo)⑤。幽寺寻僧,逸兴岂知俄尔尽;长亭送客,离魂不觉黯然消。

【注释】

①班、马、董、晁:分别指班固、司马迁与董仲舒、晁错。 ②廿四桥:杜牧《寄扬州韩绰判官》:"二十四桥明月夜,玉人何处教吹箫。"《梦溪笔谈·补笔谈》卷三:"扬州在唐时最为富盛,旧城南北十五里一百一十步,东西七里三十步,可纪者有二十四桥。"《方舆胜览》卷四四:"扬州二十四桥,隋置,并以城门坊市为名。后韩令坤省筑州城,分布阡陌,别立桥梁。所谓二十四桥者,或存或亡,不可得而考。" ③总角、垂髫:古时童子未冠。《诗·齐风·甫田》:"婉兮娈兮,总角丱兮。未几见兮,突而弁兮。"《三国志·魏志·毛玠传》:"垂髫执简,累勤取官。"潘岳《籍田赋》:"被褐振裾,垂髫总发。"陶渊明《桃花源记》:"黄发垂髫,并怡然自乐。" ④"贾谊"句:《鵩鸟赋》作于汉文帝七年(前173)贾谊谪居长沙时。《史记·屈原贾生列传》揭示其创作动机云:"贾生为长沙王太傅三年,有鸮飞入贾生舍,止于坐隅。楚人命鸮曰服。贾生既已谪居长沙,长沙卑湿,自以为寿不得长,伤悼之,乃为赋以自广。"如果从更为广阔深刻的社会背景来看,这显然是一篇"感鵩献辞"(陶渊明《读史述九章·屈贾》)的寓言赋,呈现出了一代文学之风貌。 ⑤"周公"句:《诗·豳风·鸱鸮》,《毛诗序》曰:"《鸱鸮》,周公救乱也。成王未知周公之志,公乃为诗以遗王,名之曰《鸱鸮》焉。"此周公

向成王表明心迹之说，根据《尚书·金縢》："周公居东二年，则罪人斯得。于后，公乃为诗以贻王，名之曰《鸱鸮》。王亦未敢诮公。"诸家无异辞。然恐于诗义未符，实应为寓言诗。

【评析】

该韵部中，"雷声对电影"句出自："神女向高唐，巫山下夕阳。徘徊作行雨，婉恋逐荆王。电影江前落，雷声峡外长。霭云无处所，台馆晓苍苍。"此诗，《全唐诗》卷六七录作王无竞《巫山》，题注："一作宋之问诗。"卷五二又收作宋之问《内题赋得巫山雨》，题注："一作沈佺期诗，题云《巫山高》。"卷九六又录作沈佺期《巫山高二首》（其二），题注："一作宋之问诗。"卷三七又录此诗中"电影"四句，作王绩《咏巫山》。范摅《云溪友议》卷上云："刘禹锡为夔州刺史，罢郡过巫山神女祠，悉去题诗，仅留四章。其一为王无竞此诗。"陶敏等著《沈佺期宋之问集校注》据谓"知诗为王作"。

又，附录《训蒙骈句》同韵部如下：

红芍药，绿芭蕉。杏花冉冉，枫叶萧萧。云开山见面，雪化竹伸腰。武士战争披铁甲，美人歌舞堕金翘。怀古不忘，岂在汤盘并周鼎；读书最乐，何分曾瑟与颜瓢。

裁兽锦，剪鲛绡。耕云野老，卧雪山寮。珠帘昼半卷，银烛夜高烧。驰骤乌骓能致远，缙蛮黄鸟识迁乔。学士参禅，座内合当留玉带；谪仙爱饮，樽前不惜解金貂。

乘五马，贯双雕。闲看妓舞，细听童谣。庄龟山刻节，渡蚁竹编桥。穿花白蝶双飞急，藏叶黄鹂百啭娇。日丽苑林，点点梅妆宋主额；风扬宫院，纤纤柳舞楚娥腰。

其中，"学士参禅，座内合当留玉带"二句所涉禅门公案，释普济

《五灯会元》卷一六云:"师(佛印)一日与学徒入室次,适东坡居士到面前。师曰:'此间无坐榻,居士来此作甚么?'士曰:'暂借佛印四大为坐榻。'师曰:'山僧有一问,居士若道得即请坐,道不得即输腰下玉带子。'士欣然曰:'便请。'师曰:'居士适来道暂借山僧四大为坐榻,只如山僧四大本空,五阴非有,居士向甚么处坐?'士不能答,遂留玉带,师却赠以云山衲衣。"

三 肴

风对雅,象对爻①。巨蟒对长蛟。天文对地理,蟋蟀对螵蛸(piāoxiāo)②。龙夭矫,虎咆哮。北学对东胶③。筑台须垒土④,成屋必诛茅⑤。潘岳不忘秋兴赋⑥,边韶常被昼眠嘲⑦。抚养群黎,已见国家隆治;滋生万物,方知天地泰交⑧。

【注释】

①象、爻:《易传》:"象也者,像也。"《韩非子·解老》:"人希见生象也,而得死象之骨,案其图以想其生也,故诸人之所以意想者皆谓之'象'也。今道虽不得闻见,圣人执其见功,以处见其形,故曰:'无状之状,无物之象。'"《易传》:"爻也者,效天下之动也。"爻通常不是指阴爻与阳爻之爻象,乃指象与象相交之运动,是效法象与象之间相互作用之运动,爻是言物质内部矛盾运动。 ②螵蛸:《本草纲目》卷三九:"(螳螂)深秋乳子作房,粘着枝上,即螵蛸也。房长寸许,大如拇指,其内重重有隔房。每房有子如蛆卵,至芒种节后一齐出。" ③北学、东

胶：南北朝时，北朝经师《周易》《尚书》《毛诗》《三礼》都用郑玄注，《左传》用服虔注，《公羊传》用何休注，北朝经师墨守东汉旧说，以章句训诂为主，不愿别出新义。代表人物有徐遵明、熊安生等。他们所撰经注，清马国翰《玉函山房辑佚书》有辑本。南朝经师则承袭魏晋学风，除《诗》《三礼》采用郑注外，《周易》用王弼注，《尚书》用伪孔安国传，《左传》用杜预注。讲经兼采众说，也取玄学，不拘家法，随意发挥；又受佛教影响，把讲经记录编为讲疏、讲义，并写出比经注更为详尽的义疏，成为孔颖达等编撰《五经正义》的依据；又就《礼记·中庸》发挥天命心性学说，成为宋代理学的渊源。代表人物有皇侃等，经注流传下来的有皇侃《论语义疏》。许宗彦《记南北学》："经学自东晋后分为南北，自唐以后，则有南学而无北学。"《礼记·王制》："周人养国老于东胶，养庶老于虞庠。"全篇中所谓"辟雍""泮宫"，是天子诸侯之国大学的通称。"上庠""东序""右学""东胶"，是虞夏殷周四代大学的专称。"下庠""西序""左学""虞庠"，是四代小学的特称。　④"筑台"句：《老子》："九层之台，起于累土。"累土，一筐土。　⑤"成屋"句：《楚辞·卜居》："宁诛锄草茅，以力耕乎？"《章句》："刈蒿萱也。"　⑥"潘岳"句：潘岳《秋兴赋序》："晋十有四年，余春秋三十有二，始见二毛，以太尉掾兼虎贲中郎将，寓直于散骑之省。高阁连云，阳景罕曜，珥蝉冕而袭纨绮之士，此焉游处。仆野人也，偃息不过茅屋茂林之下，谈话不过农夫田父之客。摄官承乏，猥厕朝列，夙兴晏寝，匪遑底宁，譬犹池鱼笼鸟，有江湖山薮之思。于是染翰操纸，慨然而赋。于是秋也，故以《秋兴》命篇。"　⑦"边韶"句：《后汉书·边韶传》："曾昼日假卧，弟子私嘲之曰：'边孝先，腹便便。懒读书，但欲眠。'韶潜闻之，应时对曰：'边为姓，孝为字。腹便便，五经笥。但欲眠，思经事。寐与周公通梦，静与孔子同意。师而可嘲，出何典记？'"　⑧"滋生"二句：

《易·泰》："象曰：'天地交泰'。"李鼎祚《集解》引荀爽曰："坤气上升，以成天道；乾气下降，以成地道。天地二气若时不交，则为闭塞；今既相交，乃通泰。"

蛇对虺（huǐ），蜃对蛟①。麟薮（sǒu）对鹊巢②。风声对月色，麦穗对桑苞③。何妥难，子云嘲④。楚甸对商郊。五音惟耳听⑤，万虑在心包⑥。葛被汤征因仇饷⑦，楚遭齐伐责包茅⑧。高矣若天，洵是圣人大道⑨；淡而如水，实为君子神交⑩。

【注释】

①"蛇对虺"二句：《天问》："雄虺九首，倏忽焉在？"《史记·天官书》："海旁蜃气象楼台。"《梦溪笔谈·异事》："登州海中，时有云气，如宫室台观，城堞人物，车马冠盖，历历可见，谓之海市。或曰蛟蜃之气所为，疑不然也。欧阳文忠曾出使河朔，过高唐县，驿舍中夜有鬼神自空中过，车马人畜之声一一可辨，其说甚详，此不具纪。闻本处父老云，二十年前尝昼过县，亦历历见人物。土人亦谓之海市，与登州所见大略相类也。"苏轼《登州海市》："东方云海空复空，群仙出没空明中。荡摇浮世生万象，岂有贝阙藏珠宫。心知所见皆幻影，敢以耳目烦神工。岁寒水冷天地闭，为我起蛰鞭鱼龙。重楼翠阜出霜晓，异事惊倒百岁翁。人间所得容力取，世外无物谁为雄。率然有请不我拒，信我人厄非天穷。潮阳太守南迁归，喜见石廪堆祝融。自言正直动山鬼，岂知造物哀龙钟。信眉一笑岂易得，神之报汝亦已丰。斜阳万里孤鸟没，但见碧海磨青铜。新诗绮语亦安用，相与变灭随东风。"序曰："予闻登州海市旧矣。父老云常出于春夏，今岁晚不复见矣。'予到官五日而去，以不见为恨，祷于海神广德王之庙，明日见焉。乃作此诗。" ②麟薮、鹊巢：《礼记·礼运》："凤

凰麒麟，皆在郊椒。"《注》云："椒，聚草也。"《释文》："椒，泽也。"《诗·召南·鹊巢》："维鹊有巢，维鸠居之。" ③桑苞：《易·否》卦九五爻辞："休否，大人吉。其亡其亡，系于苞桑。"《正义》："其亡其亡，系于苞桑者，在道消之世，居于尊位而遏小人，必近危难，须恒自戒慎其意，常惧其危亡，言丁宁戒慎如此也。系于苞桑者，苞本也，凡物系于桑之苞本，则牢固也。若能其亡其亡，以自戒慎，则有系于苞桑之固，无倾危也。"高亨《周易大传今注》："休犹怵也，恐惧也。否，闭塞也……王引之曰：'其犹将也。'系借为繋。繋，坚固也。苞，茂也。爻辞言：常恐惧否运之来，则能勤勉谨慎，大人如此则吉。曰：'我将亡，我将亡！'则其人及其家国坚固如茂桑矣。" ④"何妥难"二句：《隋书·元善传》："善之通博，在何妥之下，然以风流酝藉，俯仰可观，音韵清朗，听者忘倦，由是为后进所归。妥每怀不平，心欲屈善。因善讲《春秋》，初发题，诸儒毕集。善私谓妥曰：'名望已定，幸无相苦。'妥然之。及就讲肆，妥遂引古今滞义以难，善多不能对。善深衔之，二人由是有隙。"扬雄《解嘲》序："哀帝时，丁、傅、董贤用事，诸附离之者，起家至二千石。时雄方草创《太玄》，有以自守，泊如也。人有嘲雄以'玄之尚白'。雄解之，号曰《解嘲》。" ⑤"五音"句：《传》曰：发为五音。蔡邕曰：通于耳者为五音，乃宫、商、角、徵、羽也。 ⑥"万虑"句：《礼记·大学》："欲正其心者，先诚其意。"孔颖达疏："总包万虑谓之为心，情所忆念谓之意。若欲正其心使无倾邪，必须先至诚，在于忆念也。若能诚实其意，则心不倾邪也。" ⑦"葛被汤征"句：《孟子·滕文公下》："汤居亳，与葛为邻，葛伯放而不祀。汤使人问之曰：'何为不祀？'曰：'无以供牺牲也。'汤使遗之牛羊，葛伯食之，又不以祀。汤又使人问之曰：'何为不祀？'曰：'无以供粢盛也。'汤使亳众往为之耕，老弱馈食。葛伯率其民，要其有酒食黍稻者夺之，不授者杀之。有童子以黍肉饷，杀而夺之。《书》曰：'葛伯仇饷。'此之谓也。为其杀是童子而征之，四海之内皆曰：'非富天下也，为匹夫匹妇复仇也。'" ⑧"楚遭齐伐"句：包茅，祭祀所用菁茅而束之者。《左传·僖公四年》：春，齐侯以诸侯之师侵蔡。蔡溃，遂伐楚。楚子使与师言曰："君处北海，寡人处南海，唯是风马牛不相及也。不虞君之涉吾地也，何故？"管仲对曰："昔召康公命我先君太公曰：'五侯九伯，女实征之，以夹辅周室。'赐我先君履，东至于海，西至于河，南至于穆陵，北至于无棣。尔贡包茅不入，王祭不共，无以缩酒，寡人是征；昭王南征而不复，寡人是问。"对曰："贡之不入，寡君之罪也，敢不共给？昭王之不复，君其问诸水滨。"前言"楚甸"参此。 ⑨"高矣若天"二句：《孟子·尽心上》："公孙丑曰：'道则高矣，美矣，宜若登天然，似不可及也。何不使彼为可几及而日孳孳也？'孟子曰：'大匠不为拙工改废绳墨，羿不为拙射变其彀率。君子引而不发，跃如也。中道而立，能者从之。'" ⑩"淡而如水"二句：《庄子·山木》："夫以利合者，迫穷祸患害相弃也；以天属者，迫穷祸患害相收也。夫相收之与相弃亦远矣。且君子之交淡若水，小人之交甘若醴；君子淡以亲，小人甘以绝。彼无故以合者，则无故以离。"

牛对马，犬对猫。旨酒对嘉肴①。桃红对柳绿，竹叶对松梢。藜杖叟②，布衣樵。北野对东郊。白驹形皎皎③，黄鸟语交交④。花圃春残无客到，柴门夜永有僧敲⑤。墙畔佳人，飘扬竞把秋千舞；楼前公子，笑语争将蹴鞠（cùjū）⑥抛。

【注释】

①旨酒、嘉肴：旨酒，美酒。《说文》："旨，美也。"《礼记·学记》："虽有嘉肴，弗食，不知其旨也。"《诗·小雅·正月》："彼有旨酒，又有

嘉肴。" ②藜杖叟：《拾遗记》卷六："刘向于成帝之末，校书天禄阁，专精覃思。夜有老人，着黄衣，植青藜杖，登阁而进，见向暗中独坐诵书。老父乃吹杖端，烟燃，因以见向，说开辟已前。向因受《五行洪范》之文，恐辞说繁广忘之，乃裂裳及绅，以记其言。至曙而去，向请问姓名。云：'我是太一之精，天帝闻金卯之子有博学者，下而观焉。'乃出怀中竹牒，有天文地图之书，'余略授子焉'。至向子歆，从向受其术，向亦不悟此人焉。" ③"白驹"句：《诗·小雅·白驹》："皎皎白驹，食我场苗。絷之维之，以永今朝。所谓伊人，于焉逍遥。皎皎白驹，食我场藿。絷之维之，以永今夕。所谓伊人，于焉嘉客。皎皎白驹，贲然来思。尔公尔侯，逸豫无期。慎尔优游，勉尔遁思。皎皎白驹，在彼空谷。生刍一束，其人如玉。毋金玉尔音，而有遐心。" ④"黄鸟"句：《诗·秦风·黄鸟》："交交黄鸟，止于棘。谁从穆公，子车奄息。维此奄息，百夫之特。临其穴，惴惴其栗。彼苍者天，歼我良人。如可赎兮，人百其身。交交黄鸟，止于桑。谁从穆公，子车仲行。维此仲行，百夫之防。临其穴，惴惴其栗。彼苍者天，歼我良人。如可赎兮，人百其身。交交黄鸟，止于楚。谁从穆公，子车针虎。维此针虎，百夫之御。临其穴，惴惴其栗。彼苍者天，歼我良人。如可赎兮，人百其身。" ⑤"柴门"句：贾岛《题李凝幽居》："闲居少邻并，草径入荒园。鸟宿池边树，僧敲月下门。过桥分野色，移石动云根。暂去还来此，幽期不负言。"
⑥蹴鞠：《汉书·枚乘传》颜师古注："蹴，足蹴之也；鞠，以韦为之，中实以物；蹴鞠为戏乐也。"

【评析】

该韵部中，"五音惟耳听"句，亦可参杨维德《六壬神定经》卷一所云："夫音声者，中于宫，触于角，祉于徵，章于商，宇于羽。故四声为宫纪,协之五行。则角为木,五常为仁,五事为貌。商为金,五常为义,五事为言。徵为火,五常为礼,五事为视。羽为水,五常为智,五事为听。宫为土,五常为信,五事为思。以君臣民事物言之,宫为君,商为臣,角为民,徵为事,羽为物。五音唱和有衰相焉,故宫为君,君乃臣民事物之体也。是以闻宫声,使人温良而宽大;闻商声,使人方廉而好义;闻角声,使人恻隐而仁爱;闻徵声,使人乐养而好施与;闻羽声,使人恭谨而好礼节。"

又,附录《训蒙骈句》同韵部如下:

闲博弈,喜诙嘲。太公渭水,伊尹莘郊。葵开猩血染,笋出虎皮包。阶下苔生遮蚁穴,溪边柳发蔽莺巢。才子嬉游,顿觉花香随马足;玉人歌舞,不知月影转花梢。

飞羽檄,续鸾胶。林留宿鸟,渊发潜蛟。寻芳来曲径,拾翠到平郊。唱彻不将诗板击,醉来还把酒壶敲。春暖泥融,燕语风光浮草际;夜清云散,鹃啼月色映花梢。

挑野菜,荐山肴。筑台垒上,结屋诛茅。鹤随鸡共立,鸠与鹊争巢。运际君臣鱼得水,交深朋友漆投胶。攻苦书郎,不敢光阴容易掷;耐勤绣女,漫将春色等闲抛。

其中,"交深朋友漆投胶"句,典出《史记·鲁仲连邹阳列传》:"邹阳者,齐人也。游于梁,与故吴人庄忌夫子、淮阴枚生之徒交。上书而介于羊胜、公孙诡之间。胜等嫉邹阳,恶之梁孝王。孝王怒,下之吏,将欲杀之。邹阳客游,以谗见禽,恐死而负累,乃从狱中上书曰:'……昔者司马喜膑脚于宋,卒相中山;范雎折胁折齿于魏,卒为应侯。此二人者,皆信必然之画,捐朋党之私,挟孤独之位,故不能自免于嫉妒之人也。是以申徒狄自沉于河,徐衍负石入海。不容于世,义不苟取,比周于朝,以移主上之心。故百里奚乞食于路,缪公委之以政;宁戚饭牛车下,而桓公任之以国。此二人者，岂借宦于朝，假誉于左右，然后二主用之哉？感于心，合于行，亲于胶漆，昆弟不能离，岂惑于众口哉？故偏听生奸，独任成乱。……'书奏梁孝王，孝王使人出之，卒为上客。"

四　豪

琴对瑟，剑对刀。地迥对天高。峨冠对博带①，紫绶对绯袍②。煎异茗，酌香醪（láo）③。虎兕（sì）对猿猱（náo）④。武夫攻骑射⑤，野妇务蚕缫。秋雨一川淇澳竹⑥，春风两岸武陵桃。螺髻青浓，楼外晚山千仞；鸭头绿腻，溪中春水半篙。

【注释】

①峨冠、博带：《墨子·公孟》："昔者齐桓公高冠博带，金剑木盾，以治其国，其国治。"　②紫绶、绯袍：《汉书·百官公卿表》："相国、丞相，皆秦官，金印紫绶，掌丞天子助理万机。"《旧唐书·舆服志》："上元元年八月又制……文武三品已上服紫，金玉带。四品服深绯，五品服浅绯，并金带。六品服深绿，七品服浅绿，并银带。"钱大昕《十驾斋养新录》卷一〇："唐时臣僚章服不论职事官之崇卑，唯论散官之品秩。"　③醪：《后汉书·樊儵传》："又野王岁献甘醪、膏饧。"李贤注："醪，醇酒，汁滓相将也。"　④虎兕、猿猱：《论语·季氏》："虎兕出于柙，龟玉毁于椟中，是谁之过与？"李白《蜀道难》："黄鹤之飞尚不得过，猿猱欲度愁攀援。"　⑤"武夫"句：《礼记·月令》："孟冬之月……天子乃命将帅讲武，习射御、角力。"　⑥淇澳竹：《诗·卫风·淇澳》："瞻

彼淇奥，绿竹猗猗。"

刑对赏，贬对褒。钺斧对征袍。梧桐对橘柚，枳棘对蓬蒿。雷焕剑①，吕虔刀②。橄榄对葡萄。一椽（chuán）书舍小③，百尺酒楼高。李白能诗时秉笔④，刘伶爱酒每餔（bū）糟⑤。礼别尊卑，拱北众星常灿灿；势分高下，朝东万水自滔滔。

【注释】

①雷焕剑：《晋书·张华传》：雷焕掘丰城狱基得二剑，一与张华，一自佩。华诛，剑遂失。焕卒，子华佩父剑过延平津，忽于腰间跃出坠水。入水求之，见两龙在水。（《方舆胜览》卷一二引） ②吕虔刀：《晋书·王祥传》："初，吕虔有佩刀，工相之，以为必登三公，可服此刀。虔谓祥曰：'苟非其人，刀或为害。卿有公辅之量，故以相与。'祥固辞，强之乃受。祥临薨，以刀授览，曰：'汝后必兴，足称此刀。'览后奕世多贤才，兴于江左矣。" ③"一椽"句：《魏书·任城王传》："今代迁之众，人怀恋本，细累相携，始就洛邑，居无一椽之室，家阙儋石之粮，而使怨苦即戎，泣当白刃，恐非歌舞之师也。" ④"李白"句：杜甫《寄李十二白二十韵》："昔年有狂客，号尔谪仙人。笔落惊风雨，诗成泣鬼神。声名从此大，汨没一朝伸。文彩承殊渥，流转必绝伦。" ⑤"刘伶"句：餔糟，吃酒糟，即但求一醉。《世说新语·文学》注引《名士传》："（刘伶）常乘鹿车，携一壶酒，使人荷锸随之，云：'死便掘地以埋。'土木形骸，遂游一世。"辛弃疾《沁园春》："汝说刘伶，古今达者，醉后何妨死便埋。"又，《晋书·刘伶传》："尝渴甚，求酒于其妻。妻捐酒毁器，涕泣谏曰：'君酒太过，非摄生之道，必宜断之。'伶曰：'善！吾不能自禁，惟当祝鬼神自誓耳。便可具酒肉。'妻从之。伶跪祝曰：

'天生刘伶，以酒为名。一饮一斛，五斗解酲。妇儿之言，慎不可听。'仍引酒御肉，隗然复醉。"刘伶《酒德颂》："先生于是方捧罂承槽，衔杯漱醪，奋髯箕踞，枕曲藉糟，无思无虑，其乐陶陶。兀然而醉，恍尔而醒。"

瓜对果，李对桃。犬子对羊羔。春分对夏至①，谷水②对山涛。双凤翼③，九牛毛④。主逸对臣劳。水流无限阔，山耸有余高。雨打村童新牧笠，尘生边将旧征袍。俊士居官，荣列鹓（yuān）鸿之序⑤；忠臣报国，誓殚犬马之劳⑥。

【注释】

①春分、夏至：二十四节气之二。《淮南子·天文训》首次完整记述二十四节气："两维之间，九十一度十六分度之五而升，日行一度，十五日为一节，以生二十四时之变。斗指子则冬至，音比黄钟。加十五日指癸则小寒，音比应钟。加十五日指丑则大寒，音比无射。加十五日指报德之维，则越阴在地，故曰距日冬至四十六日而立春，阳气冻解，音比南吕。加十五日指寅则雨水，音比夷则。加十五日指甲则雷惊蛰，音比林钟。加十五日指卯中绳，故曰春分则雷行，音比蕤宾。加十五日指乙则清明风至，音比仲吕。加十五日指辰则谷雨，音比姑洗。加十五日指常羊之维则春分尽，故曰有四十六日而立夏，大风济，音比夹钟。加十五日指巳则小满，音比太蔟。加十五日指丙则芒种，音比大吕。加十五日指午则阳气极，故曰有四十六日而夏至，音比黄钟。加十五日指丁则小暑，音比大吕。加十五日指未则大暑，音比太蔟。加十五日指背阳之维则夏分尽，故曰有四十六日而立秋，凉风至，音比夹钟。加十五日指申则处暑，音比姑洗。加十五日指庚则白露降，音比仲吕。加十五日指酉中绳，故曰秋分雷

戒，蛰虫北乡，音比蕤宾。加十五日指辛则寒露，音比林钟。加十五日指戌则霜降，音比夷则。加十五日指蹄通之维则秋分尽，故日有四十六日而立冬，草木毕死，音比南吕。加十五日指亥则小雪，音比无射。加十五日指壬则大雪，音比应钟。加十五日指子。" ②谷水：《管子·度地》："山之沟，一有水一毋水者，命曰谷水。" ③双凤翼：李商隐《无题》："身无彩凤双飞翼，心有灵犀一点通。" ④九牛毛：《晋书·华谭传》："或问谭曰：'谚言人之相去，如九牛毛，宁有此理乎？'谭对曰：'昔许由、巢父让天子之贵，市道小人争半钱之利，此之相去，何啻九牛毛也！'闻者称善。"后世常用作相差甚远的自谦之词。（按：又有"九牛一毛"之语，词义迥异。司马迁《报任安书》："假令仆伏法受诛，若九牛亡一毛，与蝼蚁何异？"抒愤或自贬之词，谓相比之下微不足道。） ⑤"俊士"二句：鹓鸿，即鹓雏与鸿雁。因其飞有序，常以喻朝官班行。庾肩吾《九日侍宴乐游苑应令》："雕材滥杞梓，花绶接鹓鸿。" ⑥"忠臣"二句：《三国志·魏志·华歆传》："臣备位宰相，老病日笃，犬马之命将尽，恐不复奉望銮盖，不敢不竭臣子之怀，唯陛下裁察。"

【评析】

该韵部中，"主逸对臣劳"句之意，冯友兰《新世训——生活方法新论》所云仍颇可参考："上无为而下有为，即所谓'主逸臣劳'。这个逸应该只是'无为'的意思……有一部分底法家，以为当帝王底人，能够用他们所说底这种办法，则即可以终日享乐而治天下。既然什么事都由臣下办了，则为君者，声色游田，皆可随便。他们这种说法，不是为逢迎当时国君的喜好，即是把人与人底关系，把当首领底方法，看得太机械了。把人与人底关系，看得太机械了，是不对底。把当首领底方法，看得太机械了，亦是不对底。所以我们讲当首领底方法，除了说无为一点外，还要再加上三点,即无私,存诚,与居敬。"

又,附录《训蒙骈句》同韵部如下:

偿酒债,纵诗豪。烹茶啜菽,枕曲籍糟。篱芳红木槿,架袅紫葡萄。远障雨余岚气重,半天云净月轮高。蛩入残秋,画阁相偕吹蚓笛;鸡鸣半夜,函关曾度窃狐袍。

春鸟唱,晚蝉嘈。傍帘飞雀,升木教猱。尘氛沾马足,风力鼓鸿毛。上表陈情传李密,投诗免役说任涛。螺髻青浓,野外晚山垂万仞;鸭头绿腻,溪中春水长三篙。

乘宝马,掣金鳌。九宫八卦,三略六韬。笼鹅王逸少,相马孔方皋。窗下援琴弹古调,樽前剪烛读离骚。罢官情闲,陶氏门前栽五柳;除士计妙,齐公庭内赐双桃。

其中,"上表陈情传李密"句,指的是李密的《陈情表》:"臣密言:臣以险衅,夙遭闵凶。生孩六月,慈父见背。行年四岁,舅夺母志。祖母刘愍臣孤弱,躬亲抚养。臣少多疾病,九岁不行;零丁孤苦,至于成立。既无伯叔,终鲜兄弟;门衰祚薄,晚有儿息。外无期功强近之亲,内无应门五尺之僮;茕茕孑立,形影相吊。而刘夙婴疾病,常在床蓐;臣侍汤药,未尝废离。逮奉圣朝,沐浴清化。前太守臣逵,察臣孝廉;后刺史臣荣,举臣秀才。臣以供养无主,辞不赴命。诏书特下,拜臣郎中;寻蒙国恩,除臣洗马。猥以微贱,当侍东宫,非臣陨首所能上报。臣具以表闻,辞不就职。诏书切峻,责臣逋慢。郡县逼迫,催臣上道;州司临门,急于星火。臣欲奉诏奔驰,则刘病日笃;欲苟顺私情,则告诉不许。臣之进退,实为狼狈。伏惟圣朝以孝治天下,凡在故老,犹蒙矜育;况臣孤苦,特为尤甚。且臣少事伪朝,历职郎署,本图宦达,不矜名节。今臣亡国贱俘,至微至陋,过蒙拔擢,宠命优渥,岂敢盘桓,有所希冀?但以刘日薄西山,气息奄奄,人命危浅,朝不虑夕。臣无祖母,无以至今日;祖母无臣,无以终余年。母孙二人，更相为命，是以区区不能废远。臣密今年四十有四，祖母刘今年九十有六，是臣尽节于陛下之日长，报养刘之日短也。乌鸟私情，愿乞终养。臣之辛苦，非独蜀之人士及二州牧伯所见明知；皇天后土，实所共鉴。愿陛下矜愍愚诚，听臣微志；庶刘侥幸，保卒余年。臣生当陨首，死当结草。臣不胜犬马怖惧之情，谨拜表以闻。"（按：此文，清人章懋勋《古文析观解》卷五引苏轼评云："读《出师表》不下泪者，其人必不忠；读《陈情表》不下泪者，其人必不孝；读《祭十二郎文》不下泪者，其人必不友。"苏轼集今不载。）

五　歌

山对水，海对河。雪竹对烟萝。新欢对旧恨，痛饮对高歌。琴再抚①，剑重磨。媚柳对枯荷。荷盘从雨洗，柳线任风搓。饮酒岂知欹醉帽，观棋不觉烂樵柯②。山寺清幽，直踞千层云岭；江楼宏敞，遥临万顷烟波。

【注释】

①琴再抚：《韩非子·十过》："师旷曰：'……今主君德薄，不足听之；听之，将恐有败。'……师旷不得已而鼓之。一奏，而有玄云从西北方起；再奏之，大风至，大雨随之，裂帷幕，破俎豆，隳廊瓦，坐者散走。平公恐惧，伏于廊室之间。晋国大旱，赤地三年。平公之身遂癃病。故曰：'不务听治而好五音不已，则穷身之事也。'"　②"观棋"句：任昉《述异记》卷上："信安郡石室山，晋时王质伐木至，见童子数人棋而歌，质因听之。童子以一物与质，如枣核，质含之，不觉饥。俄顷，童

子谓曰：'何不去？'质起视，斧柯烂尽。既归，无复时人。"（按：《四库全书总目》卷一四二"子部小说家类三"《述异记》提要疑该书为赝作，证据有三：一是"地生毛"条记任昉卒后事，二是本传不载此书，三是内容大抵剽剟诸小说。并以剽窃中唐人书为据，定为中唐前后人伪作。李剑国《唐前志怪小说史》（修订本）则提出，这些论证并不能说服人。认为任昉作《述异记》是可信的，没有充分证据可以推翻旧案。又谓：《梁书》《南史》本传及《隋志》《唐志》不录任氏《述异记》者，盖其书已含于《杂传》之中。宋时《述异记》独传而其余杂传渐亡，故宋代书目始有著录。《崇文总目》小说类著录《述异记》二卷，任昉撰，《中兴馆阁书目》卷帙同，并云："任昉天监三年撰。昉家书三万卷，多异闻，又采于秘书，撰此记。"《郡斋读书志》卷一二亦有相同说法，惟作"天监中"而不云"天监三年"，云："昉家藏书三万卷，天监中采辑前代之事，纂《新述异》，皆时所未闻，将以资后来属文之用，亦博物之意。"）

繁对简，少对多。里咏对途歌①。宜情对旅况，银鹿对铜驼②。刺史鸭③，将军鹅④。玉律对金科⑤。古堤垂亸（duǒ）柳，曲沼长新荷。命驾吕因思叔夜⑥，引车蔺为避廉颇⑦。千尺水帘，今古无人能手卷⑧；一轮月镜，乾坤何匠用功磨⑨。

【注释】

①里咏、途歌：形容社会繁荣昌盛、百姓欢腾欢乐的太平景象。沈约《齐故安陆昭王碑文》："老安少怀，涂歌里咏，莫不欢若亲戚，芬若椒兰。"　②银鹿、铜驼：李肇《唐国史补》卷上："颜鲁公之在蔡州，再从侄岘家僮银鹿始终随之。"后以"银鹿"代称仆人。《晋书·索靖传》："靖有先识远量，知天下将乱，指洛阳宫门铜驼，叹曰：会见汝在荆棘中耳。"　③刺史鸭：辛文房《唐才子传》卷五：（李远）"性简俭，嗜啖兔

鸭。贵客经过，无他赠，厚者绿头一双而已。" ④将军鹅：《晋书·王羲之传》："山阴有一道士，养好鹅，羲之往观焉，意甚悦，固求市之。道士云：'为写《道德经》，当举群相送耳。'羲之欣然写毕，笼鹅而归，甚以为乐。" ⑤玉律、金科：扬雄《剧秦美新》："懿律嘉量，金科玉条。"李善注："金科玉条，谓法令也。言金玉，贵之也。" ⑥"命驾"句：《世说新语·简傲》："嵇康与吕安善，每一相思，千里命驾。安后来，值康不在，喜出户延之，不入，题门上作'凤'字而去。喜不觉，犹以为欣，故作。'凤'字，凡鸟也。"嵇康字叔夜。 ⑦"引车"句：《史记·廉颇蔺相如列传》："（渑池之会）既罢归国，以相如功大，拜为上卿，位在廉颇之右。廉颇曰：'我为赵将，有攻城野战之大功，而蔺相如徒以口舌为劳，而位居我上，且相如素贱人，吾羞，不忍为之下。'宣言曰：'我见相如，必辱之。'相如闻，不肯与会。相如每朝时，常称病，不欲与廉颇争列。已而相如出，望见廉颇，相如引车避匿。于是，舍人相与谏曰：'臣所以去亲戚而事君者，徒慕君之高义也。今君与廉颇同列，廉君宣恶言而君畏匿之，恐惧殊甚，且庸人尚羞之，况于将相乎！臣等不肖，请辞去。'蔺相如固止之，曰：'公之视廉将军孰与秦王？'曰：'不若也。'相如曰：'夫以秦王之威，而相如廷叱之，辱其群臣，相如虽驽，独畏廉将军哉？顾吾念之，强秦之所以不敢加兵于赵者，徒以吾两人在也。今两虎共斗，其势不俱生。吾所以为此者，以先国家之急而后私仇也。'廉颇闻之，肉袒负荆，因宾客至蔺相如门谢罪，曰：'鄙贱之人，不知将军宽之至此也。'卒相与欢，为刎颈之交。" ⑧"千尺"二句：朱熹《题任氏壁》："水濂幽谷我来游，拂面飞泉最醒眸。一片水濂遮洞口，何人卷得上帘钩。"诗下并载友人石鼙和诗："洞口千尺挂飞流，碎玉联珠冷喷漱。万古无人能手卷，紫萝为带月如钩。"俱载万历《新昌县志》卷三。 ⑨"一轮"二句：辛弃疾《太常引》："一轮秋影转金波。

飞镜又重磨。"

霜对露，浪对波。径菊对池荷。酒阑①对歌罢，日暖对风和。梁父咏②，楚狂歌③。放鹤④对观鹅。史才推永叔⑤，刀笔仰萧何⑥。种橘犹嫌千树少⑦，寄梅谁信一枝多。林下风生，黄发村童推牧笠；江头日出，皓眉溪叟晒渔蓑。

【注释】

①酒阑：《史记集解》："阑言希也，谓饮酒者半罢半在，谓之阑。"朱骏声《说文通训定声》："按，皆止遏之意。" ②梁父咏：《三国志·蜀志·诸葛亮传》："诸葛亮字孔明……躬耕陇亩，好为《梁父吟》……时先主屯新野，徐庶见先主，先主器之，谓先主曰：'诸葛孔明，卧龙也，将军岂愿见之乎？'"注引《汉晋春秋》："亮家于南阳之邓县，在襄阳城西二十里，号曰隆中。"（按：《艺文类聚》卷一九所引《梁父吟》云："步出齐城门，遥望荡阴里。里中有三坟，累累正相似。问是谁家冢，田疆古冶子。力能排南山，文能绝地理。一朝被谗言，二桃杀三士。谁能为此谋，国相齐晏子。"所咏"二桃杀三士"事，出自《晏子春秋·内篇谏下二》："公孙接、田开疆、古冶子事景公，以勇力搏虎闻。晏子过而趋，三子者不起。晏子入见公，曰：'……此危国之器也，不若去之。'公曰：'三子者，搏之恐不得，刺之恐不中也。'晏子曰：'此皆力攻勍敌之人也，无长幼之礼。'因请公使人少馈之二桃，曰：'三子何不功而食桃？'"于是三士皆论功争桃，最后皆反其桃，挈领而死。《梁父吟》盖讥晏子不能驱驾智勇，而以权术杀士，虽难辨其是否真武侯作，然从容宽大之气，颇可玩味。) ③楚狂歌：《论语·微子》："楚狂接舆歌而过孔子曰：'凤兮凤兮，何德之衰！往者不可谏，来者犹可追。已而已而，今之从政者殆而！'"邢昺疏："接舆，楚人，姓陆名通，字接舆也。昭王时，政令无常，乃披发佯狂不仕，时人谓之楚狂

也。" ④放鹤：苏轼《放鹤亭记》："熙宁十年秋，彭城大水，云龙山人张君之草堂，水及其半扉。明年春，水落，迁于故居之东，东山之麓。升高而望，得异境焉，作亭于其上。彭城之山，冈岭四合，隐然如大环，独缺其西一面，而山人之亭，适当其缺。春夏之交，草木际天，秋冬雪月，千里一色。风雨晦明之间，俯仰百变。山人有二鹤，甚驯而善飞。旦则望西山之缺而放焉，纵其所如，或立于陂田，或翔于云表，暮则傃东山而归，故名之曰放鹤亭。" ⑤"史才"句：欧阳修字永叔，著有《新五代史》，又与宋祁合修《新唐书》，皆在二十四"正史"之列，享誉甚高。《旧唐书·刘知几传》："礼部尚书郑惟忠尝问子玄曰：'自古已来，文士多而史才少，何也？'对曰：'史才须有三长，世无其人，故史才少也。三长，谓才也，学也，识也。夫有学而无才，亦犹有良田百顷，黄金满籯，而使愚者营生，终不能致于货殖者矣。如有才而无学，亦犹思兼匠石，巧若公输，而家无楩柟斧斤，终不果成其宫室者矣。犹须好是正直，善恶必书，使骄主贼臣，所以知惧，此则为虎傅翼，善无可加，所向无敌者矣。脱苟非其才，不可叨居史任。自夐古已来，能应斯目者，罕见其人。'时人以为知言。" ⑥"刀笔"句：刀笔吏，掌文案的小吏。《战国策·秦策五》："司空马曰：'臣少为秦刀笔，以官长而守小官，未尝为兵首。'"《汉书·张汤传》："汤乃为书谢曰：'汤无尺寸之功，起刀笔吏，陛下幸致位三公，无以塞责。'"又，深谙法律规则，文锋犀利，用笔如刀的讼师幕僚，人们往往也称作"刀笔吏"。"仰"，当即针对萧何制《律》而言。 ⑦"种橘"句：《三国志·吴志·孙休传》注引《襄阳记》："（李）衡每欲治家，妻辄不听，后密遣客十人于武陵龙阳氾洲上作宅，种甘橘千株。临死，敕儿曰：'汝母恶我治家，故穷如是。然吾州里有千头木奴，不责汝衣食，岁上一匹绢，亦可足用耳。'衡亡后二十余日，儿以白母，母曰：'此当是种甘橘也，汝家失十户客来七八年，必汝父遣为宅。汝父恒称太史公言：江陵千树橘，当封君家。吾答曰：且人患无德义，不患不富，若贵而能贫，方好耳，用此何为！'吴末，衡甘橘成，岁得绢数千匹，家道殷足。"

【评析】

该韵部中，"刺史鸭"句典源所出之《唐才子传》一说，当系采自《类说》卷三二引《语林》："李远为杭州刺史，嗜啖绿头鸭，贵客经过，无他馈饷，相厚者乃绿头鸭一对而已。"此说佚文，今本《唐语林》不载。梁超然《〈唐才子传〉晚唐诗人传笺证》谓："未详所本。《南部新书》谓陆龟蒙善养鸭。道光《苏州府志》卷七谓震泽县有'鸭漪亭'，'相传陆龟蒙养鸭于此，故名。'《北梦琐言》又记有李群玉性喜食鹅事。或系辛氏误听传闻，而记于李远名下。"

又，附录《训蒙骈句》同韵部如下：

雷霹雳，雨滂沱。穿苔竹笋，缠树藤萝。两山排翠闼，一水带青罗。蛛网挂檐惊过雀，萤灯照户误飞蛾。雨过池塘，到处青蛙鸣碧草；晴看陂泽，有时白鸟浴红荷。

歌婉转，语婆娑。乾坤转毂，日月飞梭。村童携草笠，溪叟晒渔蓑。须贾赠袍怜范叔，相如引驾避廉颇。野寺日高，无事老僧眠正稳；池亭月上，遣怀骚客咏偏多。

裁细葛，剪香罗。闲中啸傲，醉里吟哦。野云归晚岫，江月滚秋波。山岭云横庄凤髻，沙堤雨滴露蜂窝。樵子采鲜，树拥松鳞如欲活；渔郎照影，江浮菱镜不须磨。

其中，"须贾赠袍怜范叔"句，典出《史记·范雎传》："范雎既相秦，秦号曰张禄，而魏不知，以为范雎已死久矣。魏闻秦且东伐韩、魏，魏使须贾于秦。范雎闻之，为微行，敝衣闲步之邸，见须贾。须贾见之而惊，曰：'范叔固无恙乎！'范雎曰：'然。'须贾笑曰：'范叔有说于秦邪？'曰：'不也。雎前日得过于魏相，故亡逃至此，安敢说乎！'须贾曰：'今叔何事？'范雎曰：'臣为人庸赁。'须贾意哀之，留与坐饮食，曰：'范叔一寒如此哉！'乃取其一绨袍以赐之。须贾因问曰：'秦相张君，公知之乎？吾闻幸于王，天下之事，皆决于相君，今吾事之去留在张君。孺子岂有客习于相君者哉？'范雎曰：'主人翁习知之。唯雎亦得谒，雎请为君见于张君。'须贾曰：'吾马病，车轴折，非大车驷马，吾固不出。'范雎曰：'愿为君借大车驷马于主人翁。'范雎归，取大车驷马，为须贾御之，入秦相府。府中望见，有识者皆避匿。须贾怪之。至相舍门，谓须贾曰：'待我，我为君先入通于相君。'须贾待门下，持车良久，问门下曰：'范叔不出，何也？'门下曰：'无范叔。'须贾曰：'乡者与我载而入者。'门下曰：'乃吾相张君也。'须贾大惊，自知见卖，乃肉袒膝行，因门下人谢罪。于是范雎盛帷帐，侍者甚众，见之。须贾顿首言死罪，曰：'贾不意君能自致于青云之上，贾不敢复读天下之书，不敢复与天下之事。贾有汤镬之罪，请自屏于胡貉之地，唯君死生之！'范雎曰：'汝罪有几？'曰：'擢贾之发以续贾之罪，尚未足。'范雎曰：'汝罪有三耳。昔者楚昭王时，而申包胥为楚却吴军，楚王封之以荆五千户，包胥辞不受，为丘墓之寄于荆也。今雎之先人丘墓亦在魏，公前以雎为有外心于齐，而恶雎于魏齐，公之罪一也。当魏齐辱我于厕中，公不止，罪二也。更醉而溺我，公其何忍乎？罪三矣。然公之所以得无死者，以绨袍恋恋，有故人之意，故释公。'乃谢罢。"

六　麻

松对柏，缕对麻。蚁阵对蜂衙①。赪（chēng）鳞对白鹭，冻雀对昏鸦。白堕酒②，碧沉茶③。品笛对吹笳（jiā）。秋凉梧堕叶，春暖杏开花。雨长苔痕侵壁砌，月移梅影上窗纱。飒飒秋风，度城头之筚篥（bìlì）④；迟迟晚照，动江上之琵琶。

【注释】

①蚁阵、蜂衙：马致远《陈抟高卧》第三折："鸡虫得失何须计，鹏鷃逍遥各自知。看蚁阵蜂衙，龙争虎斗，燕去鸿来，兔走乌飞。浮生似争穴聚蚁，光阴似过隙白驹，世人似舞瓮醯鸡。便博得一阶半职，何足算，不堪题。" ②白堕酒：杨衒之《洛阳伽蓝记》卷四："河东人刘白堕善能酿酒。季夏六月，时暑赫晞，以罂贮酒，暴于日中，经一旬，其酒不动。饮之香美，醉而经月不醒。京师朝贵多出郡登藩，远相饷馈，逾于千里。以其远至，号曰'鹤觞'，亦名'骑驴酒'。永熙年中，南青州刺史毛鸿宾赍酒之藩，路逢贼盗，饮之即醉，皆被擒获，因复命'擒奸酒'。游侠语曰：'不畏张弓拔刀，唯畏白堕春醪。'" ③碧沉茶：曹邺《故人寄茶》："碧沉霞脚碎，香泛乳花轻。六腑睡神去，数朝诗思清。" ④筚篥：即觱篥。《乐府杂录》：筚篥者，本龟兹国乐也。亦名悲篥，有类于笳。白居易《小童薛阳陶吹觱篥歌（和浙西李大夫作）》："剪削干芦插寒竹，九孔漏声五音足。近来吹者谁得名，关璀老死李衮生。衮今又老谁其嗣，薛氏乐童年十二。指点之下师授声，含嚼之间天与气。润州城高霜月明，吟霜思月欲发声。山头江底何悄悄，猿声不啼鱼龙听。翕然声作疑管裂，诎然声尽疑刀截。有时婉软无筋骨，有时顿挫生棱节。急声圆转促不断，轹轹辚辚似珠贯。缓声展引长有条，有条直直如笔描。下声乍坠石沉重，高声忽举云飘萧。明旦公堂陈宴席，主人命乐娱宾客。碎丝细竹徒纷纷，宫调一声雄出群。众音覙缕不落道，有如部伍随将军。嗟尔阳陶方稚齿，下手发声已如此。若教头白吹不休，但恐声名压关李。"

优对劣，凸对㟏（wā）①。翠竹对黄花。松杉对杞梓，菽（shū）麦对桑麻。山不断，水无涯。煮酒对烹茶。鱼游池面水，鹭立崖头沙。百亩风翻陶令秫（shú）②，一畦雨熟邵平瓜③。闲捧竹根，饮李白一壶之酒；偶擎桐叶，啜卢仝（tóng）七碗之茶④。

【注释】

①㟏：左思《吴都赋》："㟏隆异等。" ②"百亩"句：萧统《陶渊明传》："性嗜酒，而家贫不能恒得。亲旧知其如此，或置酒招之。造饮辄尽，期在必醉……为彭泽令……公田悉令吏种秫，曰：'吾常得醉于酒，足矣。'"《说文》："秫，稷之黏者也。"段注："秫为黏稷，而不黏者亦通呼为秫。它谷之黏者亦假借通称为秫。" ③"一畦"句：《史记·萧相国世家》："召平者，故秦东陵侯。秦破，为布衣，贫，种瓜于长安城东，瓜美，故世俗谓之'东陵瓜'，从召平以为名也。"阮籍《咏怀》八十二首其六："昔闻东陵瓜，近在青门外。" ④"偶擎"二句：卢仝《走笔谢孟谏议新茶》："日高丈五睡正浓，军将打门惊周公。口云谏议送书信，白绢斜封三道印。开缄宛见谏议面，手阅月团三百片。闻道新年入山里，蛰虫惊动春风起。天子须尝阳羡茶，百草不敢先开花。仁风暗结珠琲瓃，先春抽出黄金芽。摘鲜焙芳旋封裹，至精至好且不奢。至尊之余合王公，何事便到山人家。柴门反关无俗客，纱帽笼头自煎吃。碧云引风吹不断，白花浮光凝碗面。一碗喉吻润，两碗破孤闷。三碗搜枯肠，唯有文字五千卷。四碗发轻汗，平生不平事，尽向毛孔散。五碗肌骨清，六碗通仙灵。七碗吃不得也，唯觉两腋习习清风生。蓬莱山，在何处。玉川子，乘此清风欲归去。山上群仙司下土，地位清高隔风雨。安得知百万亿苍生命，堕在巅崖受辛苦。便为谏议问苍生，到头还得苏息否。"

吴对楚，蜀对巴。落日对流霞。酒钱对诗债①，柏叶对松花。驰驿骑，泛仙槎（chá）②。碧玉对丹砂。设桥偏送笋③，开道竟还瓜④。楚国大夫沉汨水⑤，洛阳才子谪长沙。书箧琴囊，乃士流⑥活计；药炉茶鼎，实闲客生涯。

【注释】

①酒钱、诗债：秦观《拟白乐天》："北里酒钱烦屡索，南州诗债懒频酬。"（按：此诗亦载王铚《续树萱录》，《容斋随笔》卷一六定为少游作。）②泛仙槎：《博物志》卷三："旧说天河与海通。近世有人居海渚者，年年八月有浮槎去来不失期。人有奇志，立飞阁于槎上，多赍粮，乘槎而去。十余日中犹观星月日辰，自后茫茫忽忽，亦不觉昼夜。去十余日，奄至一处，有城郭状，屋舍甚严。遥望宫中多织女，见一丈夫牵牛渚次饮之。牵牛人乃惊问曰：'何由至此？'此人具说来意，并问此是何处。答曰：'君还至蜀郡访严君平则知之。'竟不上岸，因还如期。后至蜀，问君平，曰：'某年月日有客星犯牵牛宿。'计年月，正是此人到天河时也。"③"设桥"句：《南史·范元琰传》："家贫，唯以园蔬为业。尝出行，见人盗其菘，元琰遽退走。母问其故，具以实答。母问盗者为谁，答曰：'向所以退，畏其愧耻，今启其名，愿不泄也。'于是母子秘之。或有涉沟盗其笋者，元琰因伐木为桥以度之，自是盗者大惭，一乡无复草窃。"④"开道"句：《晋书·桑虞传》："虞有园在宅北数里，瓜果初熟，有人逾垣盗之。虞以园援多棘刺，恐偷见人惊走而致伤损，乃使奴为之开道。及偷负瓜将出，见道通利，知虞使除之，乃送所盗瓜，叩头请罪。虞乃欢然，尽以瓜与之。"⑤"楚国"句：《史记·屈原贾生列传》："屈原至于江滨，被发行吟泽畔，颜色憔悴，形容枯槁。渔父见而

问之曰：'子非三闾大夫欤？何故而至此？'屈原曰：'举世混浊而我独清，众人皆醉而我独醒，是以见放。'渔父曰：'夫圣人者，不凝滞于物而能与世推移。举世混浊，何不随其流而扬其波？众人皆醉，何不铺其糟而啜其醨？何故怀瑾握瑜而自令见放为？'屈原曰：'吾闻之，新沐者必弹冠，新浴者必振衣，人又谁能以身之察察，受物之汶汶者乎！宁赴常流而葬乎江鱼腹中耳，又安能以皓皓之白而蒙世俗之温蠖乎！'乃作《怀沙》之赋……于是怀石遂自沉汨罗以死。" ⑥士流：出身士族的人。《旧唐书·李义府传》："（孔）志约等遂立格云：'皇朝得五品官者，皆升士流。'于是兵卒以军功致五品者，尽入书限，更名为《姓氏录》。由是缙绅士大夫多耻被甄叙，皆号此书为'勋格'。义府仍奏收天下《氏族志》本焚之。"（按：吕思勉《隋唐五代史》认为，这一做法不太成功，未能扭转民间习惯。）

【评析】

该韵部中，"泛仙槎"句所出之典另有相类似者，如博望侯张骞"博望槎"典。《荆楚岁时记》：汉武帝令张骞使大夏，寻河源，乘槎经月而至一处，见城郭和州府，室内有一女织，又见一丈夫牵牛饮河。骞问曰："此星何处？"答曰："可问严君平。"织女取搘机石与骞而还。后至蜀，问君平，曰："某年某月客星犯牛女。"搘机石为东方朔所识。

又，附录《训蒙骈句》同韵部如下：

梁上燕，井中蛙。守株待兔，打草惊蛇。断猿号绝壑，归雁落平沙。檐前蛛网开三面，户外蜂房列两衙。夹道古槐，剩放午阴遮客路；穿篱新笋，乱分春意撩人家。

茶绽蕊，草萌芽。傍花随柳，沉李浮瓜。山人牧芋栗，野老种桑麻。舴艋渔郎歌欸乃，秋千绣女笑喧哗。春去如何，已见飞残堤柳絮；夜来多少，不知开遍海棠花。

黏角黍，饭胡麻。披风戴月，饮露餐霞。时酌新丰酒，初尝阳羡茶。珠履三千光错落，金钗十二影欹斜。诸葛行军，落落轮前挥羽扇；昭君出塞，匆匆马上拨琵琶。

其中，"金钗十二影欹斜"句，语出白居易《酬思黯戏赠同用狂字》："钟乳三千两，金钗十二行。妒他心似火，欺我鬓如霜。（思黯自夸前后服钟乳三千两，甚得力，而歌舞之妓颇多。来诗谑予羸老，故戏答之。）慰老资歌笑，销愁仰酒浆。眼看狂不得，狂得且须狂。"

七　阳

高对下，短对长。柳影对花香。词人对赋客，五帝对三王①。深院落，小池塘。晚眺对晨妆。绛霄唐帝殿，绿野晋公堂②。寒集谢庄衣上雪③，秋添潘岳鬓边霜。人浴兰汤，事不忘于端午④；客斟菊酒，兴常记于重阳⑤。

【注释】

①五帝、三王：《汉书·武帝纪》："劝善刑暴，五帝三王所由昌也。"颜师古注："五帝，伏羲、神农、黄帝、尧、舜也。三王，夏、殷、周也。"五帝多指黄帝、颛顼、帝喾、唐尧、虞舜，三王则为夏禹、商汤、周文王。　②"绛霄"二句：唐帝，谓后唐开国皇帝李存勖。裴度封晋国公。　③"寒集"句：《宋书·符瑞志》："大明五年正月戊午元日，花雪降殿庭。时右卫将军谢庄下殿，雪集衣，还白，上以为瑞，于是公卿并

作花雪诗。" ④"人浴"二句:《九歌·云中君》:"浴兰汤兮沐芳,华采衣兮若英。"《章句》:"言己将修飨祭,以事云神,乃使灵巫先浴兰汤,沐香芷,衣五采华衣,饰以杜若之英,以自洁清也。" ⑤"客斟"二句:《西京杂记》卷三:"九月九日,佩茱萸,食蓬饵,饮菊花酒,令人长寿。菊花舒时,并采茎叶,杂黍米酿之,至来年九月九日始熟就饮焉,故谓之菊花酒。"吴均《续齐谐记》:"汝南桓景随费长房游学累年。长房谓曰:'九月九日,汝家中当有灾,宜急去,令家人各作绛囊,盛茱萸以系臂,登高饮菊花酒,此祸可除。'景如言,齐家登山,夕还,见鸡犬牛羊一时暴死。长房闻之,曰:'此可代也。'今世人九日登高饮酒,妇人带茱萸囊,盖始于此。"

尧对舜,禹对汤。晋宋对隋唐。奇花对异草,夏日对秋霜。八叉手①,九回肠②。地久对天长③。一堤杨柳绿④,三径菊花黄。闻鼓塞兵方战斗,听钟宫女正梳妆⑤。春饮方归,纱帽半淹邻舍酒;早朝初退,衮衣微惹御炉香⑥。

【注释】

①八叉手:《北梦琐言》卷四:"(温庭筠)才思艳丽,工为小赋,每入试,押官韵作赋,凡八叉手而八韵成。"《唐摭言》卷一三:"烛下未尝起草,但笼袖凭几,每赋一韵一吟而已,故场中号为温八吟。"方回《八月二十四日宾旸华父同登秀亭》:"我有平生八叉手,兴来举酒尚洋洋。"

②九回肠:司马迁《报任安书》:"且负下未易居,下流多谤议。仆以口语遇遭此祸,重为乡里所笑,以污辱先人,亦何面目复上父母之丘墓乎?虽累百世,垢弥甚耳!是以肠一日而九回,居则忽忽若有所亡,出则不知其所往。每念斯耻,汗未尝不发背沾衣也!" ③地久、天长:《老

子》:"天长地久。天地所以能长且久者,以其不自生,故能长生。是以圣人后其身而身先,外其身而身存。非以其无私邪,故能成其私。" ④"一堤"句:《宋史·苏轼传》:"轼见茅山一河专受江潮,盐桥一河专受湖水,遂浚二河以通漕。复造堰闸,以为湖水蓄泄之限,江湖不复入市。以余力复完六井,又取葑田积湖中,南北径三十里,为长堤以通行者。……堤成,植芙蓉、杨柳其上,望之如画图,杭人名为苏公堤。" ⑤"听钟"句:《南齐书·后妃传》:"上数游幸诸苑囿,载宫人从后车。宫内深隐,不闻端门鼓漏声,置钟于景阳楼上,宫人闻钟声,早起装饰。至今此钟唯应五鼓及三鼓也。" ⑥"早朝"二句:贾至《早朝大明宫呈两省僚友》:"剑佩声随玉墀步,衣冠身惹御炉香。"

荀对孟,老对庄。弹柳对垂杨。仙宫对梵宇,小阁对长廊。风月窟,水云乡①。蟋蟀对螳螂。暖烟香霭霭,寒烛影煌煌。伍子欲酬渔父剑,韩生尝窃贾公香②。三月韶光,常忆花明柳媚;一年好景,难忘橘绿橙黄③。

【注释】

①水云乡:苏轼《南歌子》:"一时分散水云乡,惟有落花芳草、断人肠。"傅注:"江南地卑湿而多沮泽,故谓之水云乡,亦谓之水国。" ②"韩生"句:《晋书·贾充传》:"时西域有贡奇香,一著人则经月不歇,帝甚贵之,惟以赐充及大司马陈骞。其女密盗以遗寿,充僚属与寿燕处,闻其芬馥,称之于充。自是充意知女与寿通,而其门阁严峻,不知所由得入。乃夜中阳惊,托言有盗,因使循墙以观其变。左右白曰:'无余异,惟东北角如狐狸行处。'充乃考问女之左右,具以状对。充秘之,遂以女妻寿。" ③"一年"二句:苏轼《赠刘景文》:"一年好景君须记,

最是橙黄橘绿时。"

【评析】

该韵部中,"伍子欲酬渔父剑"句,典出《吴越春秋·王僚使公子光传》:伍员(yún)"与胜行去,追者在后,几不得脱。至江,江中有渔父乘船从下方溯水而上。子胥呼之,谓曰:'渔父渡我!'如是者再。渔父欲渡之,适会旁有人窥之,因而歌曰:'日月昭昭乎侵已驰,与子期乎芦之漪。'子胥即止芦之漪。渔父又歌曰:'日已夕兮,余心忧悲;月已驰兮,何不渡为?事寝急兮当奈何!'子胥入船。渔父知其意也,乃渡之千浔之津。子胥既渡,渔父乃视之,有其饥色。乃谓曰:'子俟我此树下,为子取饷。'渔父去后,子胥疑之,乃潜身于深苇之中。有顷父来,持麦饭鲍鱼羹盎浆,求之树下,不见,因歌而呼之,曰:'芦中人!芦中人!岂非穷士乎?'如是者再,子胥乃出芦中而应。渔父曰:'吾见子有饥色,为子取饷,子何嫌哉?'子胥曰:'性命属天,今属丈人,岂敢有嫌哉!'二人饮食毕,欲去。胥乃解百金之剑以与渔者,曰:'此吾前君之剑,中有七星,价值百金,以此相答。'渔父曰:'吾闻楚之法令,得伍胥者,赐粟五万石,爵执圭,岂图取百金之剑乎?'遂辞不受。"

又,附录《训蒙骈句》同韵部如下:

黄金殿,白玉堂。朱楼绣阁,画栋雕梁。玉琴横净几,珍簟展方床。梅碧正迎江岸雨,橘黄须藉洞庭霜。刈麦山人,紧束黄云青满担;插秧野老,细分春雨绿成行。

开祖帐,踞胡床。弹丝品竹,劝酒称觞。樵歌来绿野,渔笛起沧浪。唤雨班鸠喉舌冷,宿花蛱蝶梦魂香。天诏初传,仙女锦衣持虎节;大兵来出,将军绣衮压龙骧。

麟应瑞,凤呈祥。蝠争昼夜,燕渺炎凉。夜月梧桐院,春风桃李墙。淼淼溪流分燕尾，迢迢山路绕羊肠。唐穆性贪，库内青钱化作蝶；初平术妙，山中白石变成羊。

其中，"开祖帐"句可稍作疏解。古代出行时祭祀路神曰祖，后因称饯行的宴席曰祖席，亦称祖饯、祖筵。《汉书》颜师古注："祖者，送行之祭，因飨饮也。昔黄帝之子累祖好远游，而死于道，故后人以为行神也。"

八　庚

深对浅，重对轻。有影对无声。蜂腰①对蝶翅，宿醉对余酲（chéng）。天北缺②，日东生。独卧对同行。寒冰三尺厚，秋月十分明。万卷书容闲客览，一樽酒待故人倾。心侈唐玄，厌看霓裳之曲③；意骄陈主，饱闻玉树之赓。

【注释】

①蜂腰：是沈约所提出的诗歌声律"八病"之一。八病为：平头、上尾、蜂腰、鹤膝、大韵、小韵、旁纽、正纽。日释空海《文镜秘府论·文笔十病得失》："蜂腰：第一句中第二字、第五字不得同声。诗得者：'惆怅崔亭伯'；失者：'闻君爱我甘'。"　②天北缺：《淮南子·天文训》："昔者共工与颛顼争为帝，怒而触不周之山，天柱折，地维绝。天倾西北，故日月星辰移焉；地不满东南，故水潦尘埃归焉。"　③"心侈"二句：《梦溪笔谈》卷五："《霓裳羽衣曲》，刘禹锡诗云：'三乡陌上望仙山，归作霓裳羽衣曲。'又王建云：'听风听水作霓裳。'白乐天

诗注云：'开元中，西凉府节度杨敬述造。'郑嵎《津阳门诗》注云：'叶法善尝引上入月宫，闻仙乐。及上归，但记其半，遂于笛中写之。会西凉府都督杨敬述进《婆罗门曲》，与其声调相符，遂以月中所闻为散序，用敬述所进为腔，而名《霓裳羽衣曲》。'诸说各不同。今蒲中逍遥楼楣上有唐人横书，类梵字，相传是《霓裳》谱，字训不通，莫知是非。或谓今燕部有《献仙音曲》，乃其遗声。然《霓裳》本谓之道调法曲，今《献仙音》乃小石调耳，未知孰是。""厌看"是因马嵬之变，杨贵妃缢死。（按：陈寅恪《元白诗笺证稿》谓："今日本乐曲有所谓《青海波》者，据云即《霓裳》散序之遗音，未知然否也。"）

　　虚对实，送对迎。后甲对先庚①。鼓琴对舍瑟②，搏虎对骑鲸③。金匼（kē）匝，玉瑽琤（chēngcōng）④。玉宇对金茎⑤。花间双粉蝶，柳内几黄莺。贫里每甘藜藿（líhuò）味⑥，醉中厌听管弦声⑦。肠断秋闺，凉吹已侵重被冷；梦惊晓枕，残蟾犹照半窗明。

【注释】

　　①后甲、先庚：《易·蛊》："先甲三日，后甲三日。"每旬十日，用甲、乙、丙、丁、戊、己、庚、辛、壬、癸来记。先甲三日即辛日，后甲三日即丁日。即在辛日或丁日，渡大河有利。《易·巽》："先庚三日，后庚三日。"先庚三日即丁日，后庚三日即癸日，从丁日到癸日即七日，是吉日。　②鼓琴、舍瑟：《列子·汤问》："伯牙善鼓琴，钟子期善听。伯牙鼓琴，志在登高山，钟子期曰：'善哉，峨峨兮若泰山。'志在流水，钟子期曰：'善哉，洋洋兮若江河。'伯牙所念，钟子期必得之。"《论语·先进》：子路、曾皙、冉有、公西华侍坐。子曰："以吾一日长乎尔，毋吾以也。居则曰：'不吾知也！'如或知尔，则何以哉？"……"点！尔

何如?"鼓瑟希,铿尔,舍瑟而作,对曰:"异乎三子者之撰。"子曰:"何伤乎?亦各言其志也。"曰:"莫春者,春服既成,冠者五六人,童子六七人,浴乎沂,风乎舞雩,咏而归。"夫子喟然叹曰:"吾与点也!"　③骑鲸:扬雄《羽猎赋》:"乘巨鳞,骑京鱼。"后因以喻隐遁或游仙。　④"金匼匝"二句:杜甫《送蔡希曾都尉还陇右因寄高三十五书记》:"马头金匼匝,驼背锦模糊。"仇注:"《韵会》:'匼匝,周绕貌。'此言金络马头,其状密匼也。"刘禹锡《牛相公见示新什谨依本韵次用以抒下情》:"玉柱琤玑韵,金觥電凸棱。"　⑤玉宇、金茎:苏轼《水调歌头》:"我欲乘风归去,又恐琼楼玉宇,高处不胜寒。"班固《西都赋》:"抗仙掌以承露,擢双立之金茎。"　⑥"贫里"句:欧阳修《送秘书丞宋君归太学序》:"陋巷之士,甘藜藿而修仁义,毁誉不干其守,饥寒不累其心,此众人以为难,而君子以为易。"《文选》卷三四曹植《七启》:"予甘藜藿,未暇此食也。"刘良注:"藜藿,贱菜,布衣之所食。"(按:"七"作为一种文体,源远流长。《文选》的文体分类为三十七体,其中有"七"一体。实"七"体并非始自《文选》,而是古已有之。这种文体,在唐代以后作品渐少,但亦不乏佳作。洪迈《容斋随笔》卷七即云:"枚乘作《七发》,创意造端,丽旨腴词,上薄骚些,盖文章领袖,故为可喜。其后继之者,如傅毅《七激》、张衡《七辩》、崔骃《七依》、马融《七广》、曹植《七启》、王粲《七释》、张协《七命》之类,规仿太切,了无新意。傅玄又集之以为《七林》,使人读未终篇,往往弃诸几格。柳子厚《晋问》,乃用其体,而超然别立新机杼,激越清壮,汉、晋之间,诸文士之弊,于是一洗矣。"吴讷《文章辨体序说》亦云:"自柳子后,作者鲜闻。迨元桑伯长之《七观》,洪武宋(濂)、王(袆)二老之《志释》《文训》,其富丽固无计干前人;至其论议,又岂《七发》之可比焉。")　⑦"醉中"句:周邦彦《满庭芳》:"且莫思身外,长近尊前。憔悴江南倦客,不堪听、急管繁弦。歌筵畔,先安簟枕,容我醉时眠。"

　　渔对猎,钓对耕。玉振对金声①。雉城对雁塞②,柳袅对葵倾。

吹玉笛，弄银笙。阮杖对桓筝③。墨呼松处士，纸号楮（chǔ）先生④。露浥好花潘岳县⑤，风搓细柳亚夫营⑥。抚动琴弦，遽觉座中风雨至；哦成诗句，应知窗外鬼神惊⑦。

【注释】

①玉振、金声：《孟子·万章下》："孔子之谓集大成。集大成也者，金声而玉振之也。金声也者，始条理也；玉振之也者，终条理也。始条理者，智之事也；终条理者，圣之事也。" ②雉城、雁塞：《左传·隐公元年》："都城过百雉，国之害也。"杜预注："方丈曰堵，三堵曰雉。一雉之墙，长三丈，高一丈。"《初学记》卷三〇引《梁州记》："梁州县界有雁塞山，传云此山有大池水，雁栖集之，故因名曰雁塞。"后泛指北方边塞。《荆州记》："雁塞北接梁州汶阳郡。其间东西岭，属天无际，云飞风骞，望涯回翼。唯一处为下，朔雁达塞，矫翮裁度，故名雁塞，同于雁门也。" ③阮杖、桓筝：《晋书·阮修传》："（阮宣子）常步行，以百钱挂杖头，至酒店便独酣畅。"《晋书·桓伊传》："帝召伊饮宴，安侍坐。帝命伊吹笛，伊……云：'臣于筝分乃不及笛，然自足以韵合歌管，请以筝歌。'……伊便抚筝而歌《怨诗》曰：'为君既不易，为臣良独难。忠信事不显，乃有见疑患……'声节慷慨，俯仰可观。安泣下沾襟，乃越席而就之，捋其须曰：'使君于此不凡！'帝甚有愧色。"后谢安仍罢相。

④"墨呼"二句：《初学记》卷二一引曹植《乐府》："墨出青松烟，笔出狡兔翰。"韩愈《毛颖传》："颖与绛人陈玄、弘农陶泓及会稽楮先生友善，相推致，其出处必偕。" ⑤"露浥"句：《白帖》："潘岳为河阳令，多植桃李，人号曰'花县'。" ⑥"风搓"句：《汉书·周亚夫传》："文帝后六年，匈奴大入边。以宗正刘礼为将军军霸上，祝兹侯徐厉为将军军棘门，以河内守亚夫为将军军细柳，以备胡。上自劳军，至霸

上及棘门军,直驰入,将以下骑出入送迎。已而之细柳军,军士吏披甲,锐兵刃,彀弓弩,持满。天子先驱至,不得入。先驱曰:'天子且至!'军门都尉曰:'军中闻将军之令,不闻天子之诏。'有顷,上至,又不得入。于是上使使持节诏将军曰:'吾欲劳军。'亚夫乃传言开壁门。壁门士请车骑曰:'将军约,军中不得驱驰。'于是天子乃按辔徐行。至中营,将军亚夫揖,曰:'介胄之士不拜,请以军礼见。'天子为动,改容式车,使人称谢:'皇帝敬劳将军。'成礼而去。既出军门,群臣皆惊。文帝曰:'嗟乎,此真将军矣!乡者霸上、棘门如儿戏耳,其将固可袭而虏也。至于亚夫,可得而犯邪!'称善者久之。"　⑦"哦成"二句:孟启《本事诗·高逸第三》:"李太白初自蜀至京师,舍于逆旅。贺监知章闻其名,首访之。既奇其姿,复请所为文。出《蜀道难》以示之。读未竟,称叹者数四,号为'谪仙',解金龟换酒,与倾尽醉。期不间日。由是称誉光赫。贺又见其《乌栖曲》,叹赏苦吟曰:'此诗可以泣鬼神矣。'故杜子美赠诗及焉。"

【评析】

　　该韵部中,"蜂腰对蝶翅"句之"蜂腰"尚有可说者。《文镜秘府论》对"蜂腰"所作的说明,刘大白《旧诗新话》认为有问题:"因为如果第二字不得与第五字同声,那么,仄声可以用上、去、入不同声的字来避免这病,平声却无从避免,而平平仄仄平的句子,便不能有了。"近人多从《蔡宽夫诗话》之说,谓五字中首尾皆浊音而中间置一清音"仄仄平仄仄"为蜂腰。(按:书法也有八病,即败笔,以接近这类书写点画的实物形态定目,分别为:牛头、鼠尾、蜂腰、鹤膝、竹节、棱角、折木、柴担。)

　　又,"搏虎对骑鲸"句之"骑鲸"亦有可说者。杜甫《送孔巢父谢病归游江东兼呈李白》"南寻禹穴见李白"句一作"若逢李白骑鲸鱼"(据

《杜诗详注》卷一,仇注并云此异文为"非"),后由李白捉月溺死之传说,又常用"骑鲸"以喻李白之死。周必大《二老堂诗话》引梅圣俞诗:"采石月下逢谪仙,夜披锦袍坐钓船。醉中爱月江底悬,以手弄月身翻然。不应暴落饥蛟涎,便当骑鲸上青天。"盖即信此而为之说。

又,附录《训蒙骈句》同韵部如下:

霞散绮,雪飞琼。虹消雨霁,斗转星横。月移花改影,风动竹生声。岭外云霞花下月,湖边烟雨柳梢晴。旸谷日华,仪凤羽毛新灿烂;洞庭浪暖,化龙头角独峥嵘。

占凤偶,结鸥盟。开笯放鹤,跨海斩鲸。刘伶成酒癖,李白擅才名。月明何处衣砧响,风细谁家玉笛横。援笔祢衡,江夏裁成鹦鹉赋;吹箫弄玉,笛楼巧作凤凰声。

炊麦饭,忆莼羹。搜肠茗叶,适口香秔。啼鸟惊春梦,鸣鸡促晓行。孟尝门下三千客,小范胸中百万兵。韦固良缘,旅舍殷勤逢月老;裴航佳偶,蓝桥邂逅遇云英。

其中,"韦固良缘,旅舍殷勤逢月老"二句,详参李复言《续幽怪录·定婚店》:"韦固,少未娶,旅次宋城,遇老人倚囊而坐,向月检书,因问之,答曰:'此幽明之书。'固曰:'然则君何主?'曰:'主天下之婚姻耳。'因问囊中赤绳子,曰:'此以系夫妻之足。虽仇家异域,绳一系之,终不可易。君妻乃此店北卖菜陈妪女尔。'后十四年,参相州军事,刺史王泰妻以女,年十六七。女曰:'妾郡守之犹子也,父卒于宋城任,时方襁褓,乳母鬻蔬以给朝夕。'宋城宰闻之,名其店曰'定婚店'。"

九 青

红对紫,白对青。渔火对禅灯。唐诗对汉史,释典对仙经。龟曳尾①，鹤梳翎（líng）。月榭对风亭。一轮秋夜月，几点晓天星。晋士只知山简醉②，楚人谁识屈原醒。绣倦佳人，慵把鸳鸯文作枕；吮毫画者，思将孔雀写为屏③。

【注释】

①龟曳尾：《庄子·秋水》："庄子钓于濮水，楚王使大夫二人往先焉。曰：'愿以竟内累矣！'庄子持竿不顾，曰：'吾闻楚有神龟，死已三千岁矣，王以巾笥而藏之庙堂之上。此龟者，宁其死为留骨而贵乎？宁其生而曳尾于涂中乎？'二大夫曰：'宁生而曳尾涂中。'庄子曰：'往矣，吾将曳尾于涂中。'" ②"晋士"句：《世说新语·任诞》："山季伦为荆州，时出酣畅。人为之歌曰：'山公时一醉，径造高阳池。日莫倒载归，酩酊无所知。复能乘骏马，倒着白接䍦。举手问葛强，何如并州儿？'高阳池在襄阳。强是其爱将，并州人也。" ③"吮毫"二句：《旧唐书·后妃传》："（窦）毅闻之，谓长公主曰：'此女（指窦后）才貌如此，不可妄以许人，当为求贤夫。'乃于门屏画二孔雀，诸公子有求婚者，辄与两箭射之，潜约中目者许之。前后数十辈莫能中，高祖后至，两发各中一目。毅大悦，遂归于我帝。"

行对坐，醉对醒。佩紫对纡青①。棋枰对笔架，雨雪对雷霆。狂蛱（jiá）蝶，小蜻蜓。水岸对沙汀。天台（tāi）孙绰赋，剑阁孟阳铭②。传信子卿千里雁，照书车胤一囊萤。冉冉白云，夜半高遮千里月；澄澄碧水，宵中寒映一天星。

【注释】

①佩紫、纡青：《隋书·卢思道传》："或有艺能，不耻不仁，不畏不

义,靡愧友朋,莫惭妻子。外呈厚貌,内蕴百心,繇是则纡青佩紫,牧州典郡,冠帻劫人,厚自封殖。妍歌妙舞,列鼎撞钟,耳倦丝桐,口饫珍旨。虽素论以为非,而时宰之不责,末俗蚩蚩,如此之敝。" ②"剑阁"句:《晋书·张载传》:"张载字孟阳,安平人也。父收,蜀郡太守。载性闲雅,博学有文章。太康初,至蜀省父,道经剑阁。载以蜀人恃险好乱,因著铭以作诫曰……益州刺史张敏见而奇之,乃表上其文,武帝遣使镌之于剑阁山焉。"

书对史,传对经。鹦鹉对鹡鸰(jílíng)①。黄茅对白荻,绿草对青萍。风绕铎,雨淋铃。水阁对山亭。渚莲千朵白,岸柳两行青。汉代宫中生秀柞(zuò)②,尧时阶畔长祥蓂(míng)③。一枰决胜,棋子分黑白;半幅通灵,画色间丹青④。

【注释】

①鹡鸰:又作"脊令"。《诗·小雅·常棣》:"脊令在原,兄弟急难。"脊令为水鸟,在原谓失其常处。 ②"汉代"句:《汉书·武帝纪》:"(后元二年)二月,行幸盩厔五柞宫。"张晏注:"有五柞树,因以名宫也。"《西京杂记》卷三:"五柞宫有五柞树,皆连三抱上枝,荫覆数十亩。" ③"尧时"句:《竹书纪年》卷上:"又有草荚阶而生,月朔始生一荚,月半而生十五荚。十六日以后,日落一荚,及晦而尽。月小则一荚焦而不落,名曰蓂荚,一曰历荚。" ④"半幅"二句:《世说新语·巧艺》注引《续晋阳秋》:"(顾)恺之尤好丹青,妙绝于时。曾以一厨画寄桓玄,皆其绝者,深所珍惜,悉糊题其前。桓乃发厨后取之,好加理复。恺之见封题如初,而画并不存,直云:'妙画通灵,变化而去,如人之登仙矣。'"

【评析】

该韵部中，"雨淋铃"句涉典，可参王灼《碧鸡漫志》卷五所云："《明皇杂录》及《杨妃外传》云：'帝幸蜀，初入斜谷，霖雨弥旬，栈道中闻铃声，帝方悼念贵妃，采其声为《雨淋铃》曲以寄恨。时梨园弟子，惟张野狐一人善筚篥，因吹之，遂传于世。'予考史及诸家说，明皇自陈仓入散关，出河池，初不由斜谷路。今剑州梓桐县地名上亭，有古今诗刻，记明皇闻铃之地，庶几是也。……《杨妃外传》又载上皇还京后，复幸华清，从官嫔御多非旧人。于望京楼下，命张野狐奏《雨淋铃》曲，上四顾凄然。……张祜诗云：'雨淋铃夜却归秦。'……张徽即张野狐也。或谓祜诗言上皇出蜀时曲，与《明皇杂录》《杨妃外传》不同。祜意明皇入蜀时作此曲，至雨淋铃夜却又归秦，犹是张野狐向来新曲，非异说也。"

又，附录《训蒙骈句》同韵部如下：

宣紫诏，拜黄庭。凫飞北阙，鸿抟南溟。蟠桃千岁熟，丹桂九秋馨。曳杖寻僧来古寺，提壶饯客到长亭。水面游鱼，冲散浮萍千点绿；岗头过马，踏开芳草一痕青。

观稷稼，验尧蓂。庄周梦蝶，车胤囊萤。水浪风翻白，山薛雨掠青。汉水雨余龟曳尾，华山月冷鹤梳翎。鲁阳倒戈，薄暮指回三舍日；渔父泛棹，清霄摇动一湖星。

千顷稻，一池萍。露冻石乳，风撞花铃。山随帆影转，水被石机停。云迷石洞花眉碧，日晒金城柳眼青。唤友黄鹂，声逐暖风飘院落；失群乌雁，影随寒月下江汀。

其中，"车胤囊萤"句，典出《晋书·车胤传》："胤恭勤不倦，博学多通。家贫不常得油，夏月则练囊盛数十萤火以照书，以夜继日焉。"

十 蒸

新对旧,降对升。白犬对苍鹰①。葛巾对藜杖,涧水对池冰。张兔网,挂鱼罾(zēng)。燕雀②对鹏鲲。炉中煎药火,窗下读书灯。织锦逐梭成舞凤,画屏误笔作飞蝇③。宴客刘公,座上满斟三雅爵④;迎仙汉帝,宫中高插九光灯⑤。

【注释】

①白犬、苍鹰:《晋书·王敦传》:"初,敦始病,梦白犬自天而下啮之,又见习协乘辂车导从,瞋目令左右执之。俄而敦死,时年五十九。"《史记·酷吏列传》:"(郅)都迁为中尉。丞相条侯至贵倨也,而都揖丞相。是时民朴,畏罪自重,而都独先严酷,致行法不避贵戚,列侯宗室见都侧目而视,号曰'苍鹰'。" ②燕雀:《史记·陈涉世家》:"陈涉少时,尝与人佣耕,辍耕之垄上,怅恨久之,曰:'苟富贵,无相忘!'佣者笑而应曰:'若为佣耕,何富贵也?'陈涉太息曰:'嗟乎,燕雀安知鸿鹄之志哉!'" ③"画屏"句:张彦远《历代名画记》卷四:"曹不兴,吴兴人也。孙权使画屏风,误落笔点素,因就成蝇状,权疑其真,以手弹之,时称吴有八绝。(张勃《吴录》云:八绝者,菇城郑妪善相,刘敦善星象,吴范善候风气,赵达善算,严武善棋,宋寿善占梦,皇象善书,曹不兴善画,是八绝也。)" ④"宴客"二句:曹丕《典论·酒海》:刘表跨有南土,子弟骄贵并好酒,为三爵,大曰伯雅,次曰中雅,小曰季雅。伯雅受七升,中雅受六升,季雅受五升。 ⑤"迎仙"二句:《汉武

帝内传》："帝于是登延灵之台，盛斋存道。其四方之事权，委于冢宰焉。到七月七日，乃修除宫掖，设坐大殿。以紫罗荐地，燔百和之香，张云锦之帏，燃九光之灯，列玉门之枣，酌蒲萄之醴。宫监香果，为天宫之馔。帝乃盛服，立于阶下。敕端门之内，不得有妄窥者。内外寂谧，以候云驾。"

儒对士，佛对僧。面友对心朋①。春残对夏老，夜寝对晨兴。千里马，九霄鹏。霞蔚对云蒸。寒堆阴岭雪②，春泮（pàn）水池冰③。亚父愤生撞玉斗④，周公誓死作金縢（téng）⑤。将军元晖，莫怪人讥为饿虎；侍中卢昶（chǎng），难逃世号作饥鹰⑥。

【注释】

①面友、心朋：扬雄《法言·学行》："朋而不心，面朋也；友而不心，面友也。" ②"寒堆"句：祖咏《终南望余雪》："终南阴岭秀，积雪浮云端。林表明霁色，城中增暮寒。" ③"春泮"句：泮水，古代学宫南面的水池。《诗·鲁颂·泮水》："思乐泮水，薄采其芹。"郑笺："泮之言半也。半水者，盖东西门以南通水，北无也。"陆德明《释文》："泮，半也。半有水半无水也。"谢灵运《折杨柳行》："未觉泮春冰，已复谢秋节。" ④"亚父"句：《史记·项羽本纪》："沛公已去，间至军中，张良入谢，曰：'沛公不胜杯杓，不能辞。谨使臣良奉白璧一双，再拜献大王足下；玉斗一双，再拜奉大将军足下。'项王曰：'沛公安在？'良曰：'闻大王有意督过之，脱身独去，已至军矣。'项王则受璧，置之坐上。亚父受玉斗，置之地，拔剑撞而破之，曰：'唉！竖子不足与谋。夺项王天下者，必沛公也，吾属今为之虏矣！'" ⑤"周公"句：《尚书·金縢》写武王灭商后二年，患重病，周公祈求先王在天之灵，请代

武王去死，祝告的册书收藏在用金丝束着的匮中。武王死后，成王幼，周公代政，管、蔡流言惑众，成王怀疑周公，上帝以"大雷电以风"示警，成王打开金縢之匮，了解到周公的忠诚之心，消除了疑虑，天也为之变化，由大灾变成大熟。（按：据李民《〈尚书·金縢〉的制作时代及其史料价值》，该篇疑窦颇多，制作完成的最后时间当为战国之时。）　⑥"将军"四句：《魏书·昭成子孙传》："（元晖）再迁侍中，领右卫将军。虽无补益，深被亲宠。凡在禁中要密之事，晖别奉旨藏之于柜，唯晖入乃开，其余侍中、黄门莫有知者。侍中卢昶亦蒙恩眄，故时人号曰'饿虎将军，饥鹰侍中'。"

　　规对矩，墨对绳。独步①对同登。吟哦对讽咏，访友对寻僧。风绕屋，水襄陵②。紫鹄对苍鹰。鸟寒惊夜月，鱼暖上春冰③。扬子口中飞白凤④，何郎鼻上集青蝇⑤。巨鲤跃池，翻几重之密藻；颠猿饮涧，挂百尺之垂藤⑥。

【注释】

　　①独步：《后汉书·戴良传》："良才既高达，而议论尚奇，多骇流俗。同郡谢季孝问曰：'子自视天下孰可为比？'良曰：'我若仲尼长东鲁，大禹出西羌，独步天下，谁与为偶！'"　②水襄陵：《尚书·尧典》："汤汤洪水方割，荡荡怀山襄陵。浩浩滔天，下民其咨。"蔡《传》："怀，包其四面也；襄，驾出其上也。"　③"鱼暖"句：《礼记·月令》："孟春之月……东风解冻，蛰虫始振，鱼上冰，獭祭鱼，鸿雁来。"　④"扬子"句：《西京杂记》卷二："扬雄读书，有人语之曰：'无为自苦，玄故难传。'忽然不见。雄著《太玄经》，梦吐凤凰，集《玄》之上，顷而灭。"

　　⑤"何郎"句：《三国志·魏志·方技传》："十二月二十八日，吏部尚书何晏请之，邓飏在晏许。晏谓辂曰：'闻君蓍爻神妙，试为作一卦，知

位当至三公不?'又问:'连梦见青蝇数十头,来在鼻上,驱之不肯去,有何意故?'辂曰:'夫飞鸮,天下贱鸟,……今君侯位重山岳,势若雷电,而怀德者鲜,畏威者众,殆非小心翼翼多福之仁。又鼻者艮,此天中之山,高而不危,所以长守贵也。今青蝇臭恶,而集之焉。位峻者颠,轻豪者亡,不可不思害盈之数,盛衰之期。……'……辂还邑舍,具以此言语舅氏,舅氏责辂言太切至。辂曰:'与死人语,何所畏邪?'舅大怒,谓辂狂悖。岁朝,西北大风,尘埃蔽天,十余日,闻晏、飏皆诛,然后舅氏乃服。"又,《诗·小雅·青蝇》:"营营青蝇,止于樊。岂弟君子,无信谗言。营营青蝇,止于棘。谗人罔极,交乱四国。"孔颖达疏:"言彼营营然往来者,青蝇之虫也。此虫污白使黑,污黑使白,乃变乱白黑,不可近之,当去止于藩篱之上,无令在宫室之内也。以兴彼往来者,谗佞之人也。谗人喻善使恶,喻恶使善,以变乱善恶,不可亲之,当弃于荒野之外,无令在朝廷之上也。谗人为害如此,故乐易之君子,谓当今之王者,无得信受此谗人之言也。" ⑥"颠猿"二句:许浑《岁暮自广江至新兴往复中题峡山寺四首》其二:"鹭巢行卧柳,猿饮倒垂藤。"(按:此首,《全唐诗》卷七二三误收作李洞诗。)

【评析】

该韵部中,"白犬对苍鹰"句之"白犬"尚有可说者。葛洪《抱朴子·仙药》:"欲求芝草,入名山,必以三月九月,此山开出神药之月也……出三奇吉门到山,须六阴之日,明堂之时,带灵宝符,牵白犬,抱白鸡,以白盐一斗,及开山符檄,著大石上,执吴唐草一把以入山,山神喜,必得芝也。"白犬为方士寻仙求仙药时所携之畜,后因用作咏道术之士的典故。又,陈元龙《格致镜原》卷七一:"《本草经》:'芍药一名白犬,生山谷及中岳。'昔有猎者,见白犬入地中,掘得一草根携归植之。

明年开花，乃芍药也。故谓芍药为白犬。"

又，"寒堆阴岭雪"句语源亦有可说者。唐代科举考试按六韵十二句五言排律，祖诗若以形制论，显然不合规矩；若以试题论，则其意已"尽"（计有功《唐诗纪事》卷二〇），如作者自己所言。当然，试帖诗也出现过令人叹为观止的"绝调"（徐增《而庵说唐诗》），如天宝十年进士钱起的一首《省试湘灵鼓瑟》："善鼓云和瑟，常闻帝子灵。冯夷空自舞，楚客不堪听。苦调凄金石，清音入杳冥。苍梧来怨慕，白芷动芳馨。流水传湘浦，悲风过洞庭。曲终人不见，江上数峰青。"又，这种五言六韵的规制，后来发生了改变。如清人黄崇兰《国朝贡举考略》卷二即云："乾隆二十二年丁丑科会试。是科闱中裁去表判，增用五言八韵律诗一首，永著为令。中式二百四十二人。"金武祥《粟香随笔》卷八亦谓："其后，定二场，经文之外，试以排律一首是准。御史袁芳松奏。定二场，排律一首移置头场制艺后是准。御史觉罗包彦学奏。"

又，附录《训蒙骈句》同韵部如下：

霜凛冽，日炎蒸。金乌西坠，玉兔东升。潭清潦水尽，山紫碎花凝。林泉偶座堪留客，竹院相逢却话僧。苏轼神驰，祛橐附床投黠鼠；王思心急，停毫拔剑追飞蝇。

裁蜀锦，织吴绫。儒传一贯，释悟三乘。月殿凌空入，云梯遂步登。鹏达云程天万里，龙翻禹穴浪千层。鹓列鹭班，袭袭仙台朝玉辇；龙蟠虎踞，巍巍帝阙起金陵。

酤酒帜，读书灯。菖蒲九节，莪术三稜。烦蒸如坐甑，极冷似怀冰。西堂梦草谢灵运，远地思莼张季鹰。山妇供厨，旋斫生柴炊野菜；舟翁泛艇，轻摇画桨采河菱。

其中，"释悟三乘"句中"乘"，又称"兰乘"，喻此法之济度众生，如人乘舟车以行也。乘分大小，小乘中又分为声闻、缘觉二乘。二者之别，一以闻佛法音而入道，悟诸谛而得道；一以观因缘生法而入道，悟十二因缘而得道。佛典中往往单称二乘，即指此二者。因六度而得道，则为菩萨乘，又名大乘。

十一　尤

荣对辱，喜对忧。夜宴对春游。燕关对楚水，蜀犬对吴牛①。茶敌睡，酒消愁。青眼对白头②。马迁修史记，孔子作春秋。适兴子猷常泛棹③，思归王粲强登楼④。窗下佳人，妆罢重将金插鬓；筵前舞妓，曲终还要锦缠头⑤。

【注释】

①蜀犬、吴牛：柳宗元《答韦中立论师道书》："屈子赋曰：'邑犬群吠，吠所怪也。'仆往闻庸、蜀之南，恒雨少日，日出则犬吠，余以为过言。前六七年，仆来南。二年冬，幸大雪，逾岭，被南越中数州。数州之犬，皆苍黄吠噬狂走者累日，至无雪乃已，然后始信前所闻者。"《风俗通义》："吴牛望见月则喘，使之苦于日，见月怖而喘焉。"《世说新语·言语》刘孝标注："今之水牛，唯生江淮间，故谓之吴牛也。南土多暑，而此牛畏热，见月疑是日，所以见月则喘。"　②白头：《世说新语·仇隙》："孙秀既恨石崇不与绿珠，又憾潘岳昔遇之不以礼。后秀为中书令，岳省内见之，因唤曰：'孙令，忆畴昔周旋不？'秀曰：'中心藏之，何日忘之？'岳于是始知必不免。后收石崇、欧阳坚石，同日收岳。石先送市，亦不相知。潘后至，石谓潘曰：'安仁，卿亦复尔邪？'潘曰：'可谓白首

同所归。'潘《金谷集》诗云：'投分寄石友，白首同所归。'乃成其谶。"　③"适兴"句：《世说新语·任诞》："王子猷居山阴，夜大雪，眠觉，开室，命酌酒，四望皎然。因起彷徨，咏左思《招隐诗》，忽忆戴安道。时戴在剡，即便夜乘小船就之。经宿方至，造门不前而返。人问其故。王曰：'吾本乘兴而行，兴尽而返，何必见戴？'"　④"思归"句：《文选》卷一一《登楼赋》李善注："盛弘之《荆州记》曰：'当阳县城楼，王仲宣登之而作赋。'"刘良注："仲宣避难荆州，依刘表，遂登江陵城楼，因怀旧而有此作，述其进退危惧之状。"　⑤缠头：杜甫《即事》："笑时花近眼，舞罢锦缠头。"《太平御览》卷八一五引《唐书》："旧俗，赏歌舞人，以锦彩置之头上，谓之缠头。"

　　唇对齿，角对头。策马对骑牛①。毫尖对笔底，绮阁对雕楼。杨柳岸②，荻芦洲。语燕对啼鸠。客乘金络（luò）马，人泛木兰舟。绿野耕夫春举耜③，碧池渔父晚垂钩。波浪千层，喜见蛟龙得水；云霄万里，惊看雕鹗横秋。

【注释】

　　①策马、骑牛：《论语·雍也》："孟之反不伐。奔而殿，将入门，策其马，曰：'非敢后也，马不进也。'"《景德传灯录》卷九："（大安）造于百丈，礼而问曰：'学人欲求识佛，何者即是？'百丈曰：'大似骑牛觅牛。'师曰：'识后如何？'百丈曰：'如人骑牛至家。'师曰：'未审始终如何保任？'百丈曰：'如牧牛人，执杖视之，不令犯人苗稼。'师自兹领旨，更不驰求。"　②杨柳岸：白居易《隋堤柳》："大业年中炀天子，种柳成行夹流水。西自黄河东至淮，绿影一千三百里。"柳永《雨霖铃》："今宵酒醒何处，杨柳岸、晓风残月。"　③"绿野"句：《孟子·万章

上》:"伊尹耕于有莘之野,而乐尧舜之道焉。"

庵对寺,殿对楼。酒艇对渔舟。金龙对彩凤,豶豕(fénshǐ)对童牛①。王郎帽②,苏子裘。四季对三秋。峰峦扶地秀③,江汉接天流。一湾绿水渔村小,万里青山佛寺幽。龙马呈河,羲皇阐微而画卦;神龟出洛,禹王取法以陈畴④。

【注释】

①豶豕、童牛:《易·大畜》:"六四,童牛之牿,元吉;六五,豶豕之牙,吉。"俞正燮《癸巳存稿》谓豶豕是幼猪。 ②王郎帽:《晋书·王濛传》:"美姿容,尝览镜自照,称其父字曰:'王文开生如此儿邪!'居贫,帽败,自入市买之,姬悦其貌,遗以新帽,时人以为达。" ③"峰峦"句:贯休《怀武夷红石子二首》其一:"乳香诸洞滴,地秀众峰朝。" ④"龙马"四句:《尚书·顾命》:"河图在东序。"孔颖达疏引郑玄曰:"《春秋纬》云:'河以通乾,出天苞;洛以流坤,吐地符;河龙图发,洛龟书成。《河图》有九篇,《洛书》有六篇。'"《尚书·洪范》:"箕子乃言曰:'我闻在昔,鲧堙洪水,汩陈其五行。帝乃震怒,不畀洪范九畴,彝伦攸斁。鲧则殛死,禹乃嗣兴,天乃锡禹洪范九畴,彝伦攸叙。'"孔传:"天与禹,洛出书,神龟负文而出,列于背,有数至于九,禹遂因而第之,以成九类常道,所以次叙。"汉世以《河图》为八卦、《洛书》为《洪范·九畴》之说虽盛,却不见所据,也与宋儒所传以白黑点为《河图》《洛书》不同。

【评析】

该韵部中,"波浪千层,喜见蛟龙得水;云霄万里,惊看雕鹗横秋"

四句,语出杜甫《奉赠严八阁老》:"蛟龙得云雨,雕鹗在秋天。"仇注所云可参:《新唐书》:韦思谦为御史大夫,见王公未尝屈礼,曰:"耳目官固当特立,雕鹗鹰鹯,岂众禽之偶。"……《挥麈录》:"蛟龙得云雨,雕鹗在秋天"一联,已见《晋书》载记,昔人不以蹈袭为非。

又,附录《训蒙骈句》同韵部如下:

凌烟阁,得月楼。筑台拜将,投笔封侯。碧苔生陋巷,红叶出御沟。天际虹梁和雨断,江边渔网带烟收。唱晓灵鸡,两翅拍斜茅店月;排云孤鹤,一声唳落海天秋。

青兜铠,白狐裘。焚琴煮鹤,卖剑买牛。疾风吹雨脚,新月挂云头。月落洲留沙上雁,云飞水宿浪中鸥。庠序闲人,茗碗香炉对古史;江湖散客,笔床茶灶载扁舟。

鸳鸯浦,鹦鹉洲。天寒鸦聚,水暖鱼游。张良诚事汉,王粲原依刘。对雪佳人吹凤管,御寒公子拥狐裘。春宴佳宾,雅酌琼浆宽酒量;夜吟骚客,闲收花露润诗喉。

其中,"焚琴煮鹤"可参胡仔《苕溪渔隐丛话》前集卷二二引《西清诗话》:"《义山杂纂》品目数十,盖以文滑稽者。其一曰杀风景,谓清泉濯足,花上晒裈,背山起楼,烧琴煮鹤,对花啜茶,松下喝道。'""卖剑买牛"可参《汉书·龚遂传》:"遂见齐俗奢侈,好末技,不田作,乃躬率以俭约,劝民务农桑,令口种一树榆,百本薤、五十本葱、一畦韭,家二母彘、五鸡。民有带持刀剑者,使卖剑买牛,卖刀买犊,曰:'何为带牛佩犊!'春夏不得不趋田亩,秋冬课收敛,益畜果实菱芡。劳来循行,郡中皆有畜积,吏民皆富实。狱讼止息。"

十二　侵

眉对目,口对心。锦瑟对瑶琴。晓耕对寒钓,晚笛对秋砧

(zhēn)。松郁郁，竹森森。闵损对曾参①。秦王亲击缶（fǒu），虞帝自挥琴。三献卞和尝泣玉②，四知杨震固辞金③。寂寂秋朝，庭叶因霜摧嫩色；沉沉春夜，砌花随月转清阴。

【注释】

①闵损、曾参：《史记·仲尼弟子列传》："闵损字子骞。少孔子十五岁。孔子曰：'孝哉闵子骞！人不间于其父母昆弟之言。'不仕大夫，不食污君之禄。'如有复我者，必在汶上矣。'……曾参，南武城人，字子舆。少孔子四十六岁。孔子以为能通孝道，故授之业。作《孝经》。死于鲁。" ②"三献"句：《韩非子·和氏》："楚人和氏得玉璞楚山中，奉而献之厉王。厉王使玉人相之，玉人曰：'石也。'王以和为诳，而刖其左足。及厉王薨，武王即位。和又奉其璞而献之武王。武王使玉人相之，又曰：'石也。'王又以和为诳，而刖其右足。武王薨，文王即位。和乃抱其璞而哭于楚山之下，三日三夜，泣尽而继之以血。王闻之，使人问其故，曰：'天下之刖者多矣，子奚哭之悲也？'和曰：'吾非悲刖也，悲夫宝玉而题之以石，贞士而名之以诳，此吾所以悲也。'王乃使玉人理其璞而得宝焉，遂命曰'和氏之璧'。" ③"四知"句：《后汉书·杨震传》："当之郡，道经昌邑，故所举荆州茂才王密为昌邑令，谒见，至夜怀金十斤以遗震。震曰：'故人知君，君不知故人，何也？'密曰：'暮夜无知者。'震曰：'天知，神知，我知，子知，何谓无知？'密愧而出。"

前对后，古对今。野兽对山禽。犍（jiān）①牛对牝（pìn）马，水浅对山深。曾点瑟，戴逵琴②。璞玉对浑金③。艳红花弄色，浓绿柳敷阴。不雨汤王方剪爪④，有风楚子正披襟⑤。书生惜壮岁韶华，寸阴尺璧⑥；游子爱良宵光景，一刻千金⑦。

【注释】

①犙：《说文》："牻牛也。"即阉割过的牛。　②戴逵琴：《晋书·戴逵传》："太宰、武陵王晞闻其善鼓琴，使人召之。逵对使者破琴曰：'戴安道不为王门伶人。'晞怒，乃使引其兄述。述闻命欣然，拥琴而往。"　③璞玉、浑金：《世说新语·赏誉》："王戎目山巨源：'如璞玉浑金，人皆钦其宝，莫知名其器。'"　④"不雨"句：《尚书大传》卷二："汤伐桀之后，大旱七年。史卜曰：'当以人为祷。'汤乃剪发断爪，自以为牲，而祷于桑林之社；而雨大至，方数千里。"　⑤"有风"句：宋玉《风赋》："楚襄王游于兰台之宫，宋玉、景差侍，有风飒然而至。王乃披襟而当之曰：'快哉此风！寡人所与庶人共者邪？'"　⑥"书生"二句：《淮南子·原道训》："夫日回而月周，时不与人游。故圣人不贵尺之璧，而重寸之阴，时难得而易失也。"　⑦"游子"二句：苏轼《春宵》："春宵一刻值千金，花有清香月有阴。"

丝对竹，剑对琴。素志对丹心。千愁对一醉，虎啸对龙吟。子罕玉①，不疑金②。往古对来今。天寒邹吹律③，岁旱傅为霖④。渠说子规为帝魄，侬知孔雀是家禽⑤。屈子沉江，处处舟中争系粽；牛郎渡渚，家家台上竞穿针⑥。

【注释】

①子罕玉：《左传·襄公十五年》："宋人或得玉，献诸子罕。子罕弗受。献玉者曰：'以示玉人，玉人以为宝也，故敢献之。'子罕曰：'我以

不贪为宝，尔以玉为宝。若以与我，皆丧宝也，不若人有其宝。'稽首而告曰：'小人怀璧，不可以越乡，纳此以请死也。'子罕置诸其里，使玉人为之攻之，富而后使复其所。"　②不疑金：《汉书·直不疑传》："其同舍有告归，误持其同舍郎金去。已而同舍郎觉，亡意不疑，不疑谢有之，买金偿。后告归者至而归金，亡金郎大惭，以此称为长者。稍迁至中大夫。朝，廷见，人或毁不疑曰：'不疑状貌甚美，然特毋奈其善盗嫂何也！'不疑闻，曰：'我乃无兄。'然终不自明也。"　③"天寒"句：《列子·汤问》张湛注："北方有地，美而寒，不生五谷。邹子吹律暖之，而禾黍滋也。"　④"岁旱"句：《尚书·说命》："高宗梦得说，使百工营求诸野，得诸傅岩，作《说命》三篇。……命之曰：'朝夕纳诲，以辅台德。若金，用汝作砺；若济巨川，用汝作舟楫；若岁大旱，用汝作霖雨。'"　⑤"侬知"句：《世说新语·言语》："梁国杨氏子，九岁，甚聪惠。孔君平诣其父，父不在，乃呼儿出，为设果。果有杨梅，孔指以示儿曰：'此是君家果。'儿应声答曰：'未闻孔雀是夫子家禽。'"　⑥"牛郎"二句：《开元天宝遗事》："宫中以锦结成楼殿，高百尺，上可以胜数十人，陈以瓜果酒炙，设坐具，以祀牛、女二星。嫔妃各以九孔针、五色线向月穿之，过者为得巧之候。动清商之曲，宴乐达旦，士民之家皆效之。"孟元老《东京梦华录》卷八："至初六日、七日晚，贵家多结彩楼于庭，谓之'乞巧楼'，铺陈磨喝乐、花瓜酒炙、笔砚针线。或儿童裁诗，女郎呈巧，焚香列拜，谓之乞巧。妇女望月穿针，或以小蜘蛛安合子内，次日看之，若网圆正，谓之得巧。"

【评析】

　　该韵部中，"屈子沉江，处处舟中争系粽"二句，可参吴均《续齐谐记》所记："屈原五月五日投汨罗水，楚人哀之。至此日，以竹筒子贮米,投水以祭之。汉建武中,长沙区曲忽见一士人,自云三闾大夫,谓曲曰:'闻君当见祭,甚善。常年为蛟龙所窃,今若有惠,当以楝叶塞其上,以彩丝缠之,此二物蛟龙所惮。'曲依其言。今五月五日作粽,并带楝叶、五花丝,遗风也。"又,元稹《表夏十首》其十所云亦可参:"灵均死波后,是节常浴兰。彩缕碧筠粽,香粳白玉团。逝者良自苦,今人反为欢。哀哉徇名士,没命求所难。"

又,附录《训蒙骈句》同韵部如下:

青萍剑,绿绮琴。书天木笔,刺水秧针。卞和三献玉,杨震四知金。墙内杏花红出色,门前桑柘绿成阴。元亮归来,新竹旧松多逸趣;子期去后,高山流水少知音。

松郁郁,竹森森。孤峰绝壑,远水遥岑。桓伊三弄笛,虞舜五弦琴。淑气渐催莺出谷,夕阳忙促鸟投林。武将承恩,面带霜威辞凤阙;使臣奉诏,口传天语到鸡林。

回俗驾,涤尘襟。鱼穿荷影,雉伏桑阴。月寒花溅泪,风冽鸟惊心。咏絮才姬挥妙笔,寄衣戍妇捣寒砧。雍伯成婚,一函尽献园中璧;秋胡戏妇,两袖轻携桑下金。

其中,"秋胡戏妇,两袖轻携桑下金"二句,典出刘向《列女传》卷五《鲁秋洁妇》:"洁妇者,鲁秋胡子妻也。既纳之五日,去而官于陈,五年乃归。未至家,见路傍妇人采桑,秋胡子悦之,下车谓曰:'若曝采桑,吾行道远,愿托桑荫下餐,下赍休焉。'妇人采桑不辍。秋胡子谓曰:'力田不如逢丰年,力桑不如见国卿。吾有金,愿以与夫人。'妇人曰:'嘻!夫采桑力作,纺绩织纴,以供衣食,奉二亲,养夫子。吾不愿金,所愿卿无有外意,妾亦无淫泆之志,收子之赍与笥金。'秋胡子遂去。至家,奉金遗母,使人唤妇至,乃向采桑者也。秋胡子惭。妇曰:'子束发修身,辞亲往仕,五年乃还,当所悦驰骤,扬尘疾至。今也乃悦路傍妇人，下子之装，以金予之，是忘母也。忘母不孝，好色淫泆，是污行也，污行不义。夫事亲不孝，则事君不忠；处家不义，则治官不理。孝义并亡，必不遂矣。妾不忍见，子改娶矣，妾亦不嫁。'遂去而东走，投河而死。君子曰：'洁妇精于善。夫不孝莫大于不爱其亲而爱其人，秋胡子有之矣。'君子曰：'见善如不及，见不善如探汤。'秋胡子妇之谓也。《诗》云：'惟是褊心，是以为刺。'此之谓也。颂曰：秋胡西仕，五年乃归。遇妻不识，心有淫思。妻执无二，归而相知。耻夫无义，遂东赴河。"

十三 覃

千对百，两对三。地北对天南。佛堂对仙洞，道院对禅庵。山泼黛，水浮蓝。雪岭对云潭。凤飞方翙（huì）翙①，虎视已眈眈②。窗下书生时讽咏，筵前酒客日醺酣。白草③满郊，秋日牧征人之马；绿桑盈亩，春时供农妇之蚕。

【注释】

①"凤飞"句：《诗·大雅·卷阿》："凤凰于飞，翙翙其羽。" ②"虎视"句：《易·颐》："虎视眈眈，其欲逐逐。" ③白草：《汉书·西域传》颜师古注："白草，似莠而细，无芒，其干熟时正白色，牛马所嗜也。"

将对欲，可对堪。德被对恩覃①。权衡对尺度，雪寺对云庵。安邑枣②，洞庭柑。不愧对无惭。魏征能直谏③，王衍善清谈④。紫梨摘去从山北⑤，丹荔传来自海南。攘鸡非君子所为，但当月一⑥；

养狙是山公之智，止用朝三⑦。

【注释】

①恩覃：《旧唐书·王承宗传》："顺阳和而布泽，因雷雨以覃恩。"②安邑枣：《史记·货殖列传》："安邑千树枣，燕秦千树栗。"③"魏征"句：《旧唐书·魏征传》："征状貌不逾中人，而素有胆智，每犯颜进谏，虽逢王赫斯怒，神色不移。"④"王衍"句：《世说新语·容止》："王夷甫容貌整丽，妙于谈玄，恒捉白玉柄麈尾，与手都无分别。"刘峻《广绝交论》："雌黄出其唇吻。"李善注引《晋阳秋》："（王衍）能言。于意有不安者，辄更易之，时号'口中雌黄'。"（按：《晋书·桓温传》云：温自江陵北伐，"过淮、泗，践北境，与诸僚属登平乘楼眺瞩中原，慨然曰：'遂使神州陆沉，百年丘墟，王夷甫诸人不得不任其责。'"《晋书·王衍传》亦云：王衍崇尚玄虚清谈，不论世事，导致国破身亡，临死叹曰："呜呼！吾曹虽不如古人，向若不祖尚浮虚，戮力以匡天下，犹可不至今日。"均可参。）⑤"紫梨"句：《汉武洞冥记》："涂山之背，梨大如升，或云斗。紫色，千年一花，亦曰紫轻梨。"⑥"攘鸡"二句：《孟子·滕文公下》：戴盈之曰："什一，去关市之征，今兹未能，请轻之，以待来年，然后已，何如？"孟子曰："今有人日攘其邻之鸡者，或告之曰：'是非君子之道。'曰：'请损之，月攘一鸡，以待来年，然后已。'如知其非义，斯速已矣，何待来年？"⑦"养狙"二句：《庄子·齐物论》："劳神明为一而不知其同也，谓之'朝三'。何谓'朝三'？狙公赋芧，曰：'朝三而暮四。'众狙皆怒。曰：'然则朝四而暮三。'众狙皆悦。名实未亏而喜怒为用，亦因是也。"

中对外，北对南。贝母对宜男。修池对浚（jùn）井①，谏苦对言甘②。千取百③，二为三④。魏尚对周堪⑤。海门翻夕浪，山市拥晴岚。新缔直投公子纻（zhù）⑥，旧交犹脱馆人骖⑦。文达淹通，已叹冰兮寒过水⑧；永和博雅，可知青者胜于蓝⑨。

【注释】

①浚井：《列女传·有虞二妃》："象复与父母谋使舜浚井。舜乃告二女，二女曰：'俞，往哉！'舜往浚井，格其出入，从掩，舜潜出。"《天问》洪兴祖补注引古本《列女传》："复使浚井。舜告二女。二女曰：'时亦唯其戕汝，时其掩汝，汝去裳，衣龙工往。'舜往浚井，格其入出，从掩，舜潜出。"《史记·五帝本纪》："后瞽叟又使舜穿井，舜穿井为匿空旁出。舜既入深，瞽叟与象共下土实井，舜从匿空出，去。"（各本所记此事有异同，可见具有神话意味的具体叙说往往有所差异，这是口头叙说富于变异性的表现。） ②谏苦、言甘：《史记·商君列传》："商君曰：'语有之矣，貌言华也，至言实也，苦言药也，甘言疾也。'" ③千取百：《孟子·梁惠王上》："孟子见梁惠王。王曰：'叟，不远千里而来，亦将有以利吾国乎？'孟子对曰：'王何必曰利？亦有仁义而已矣。王曰何以利吾国，大夫曰何以利吾家，士庶人曰何以利吾身，上下交征利，而国危矣。万乘之国，弑其君者，必千乘之家；千乘之国，弑其君者，必百乘之家。万取千焉，千取百焉，不为不多矣。苟为后义而先利，不夺不餍，未有仁而遗其亲者也，未有义而后其君者也。王亦曰仁义而已矣，何必曰利？'" ④二为三：《庄子·齐物论》："天地与我并生，而万物与我为一。既已为一矣，且得有言乎？既已谓之一矣，且得无言乎？一与言为二，二与一为三；自此以往，巧历不能得，而况其凡乎？故自无适有，以至于三；而况自有适有乎？无适焉，因是已。" ⑤魏尚、周堪：西汉著名的武将、文臣。 ⑥"新缔"句：《左传·襄公二十九年》："（季札）聘于郑，见子产，如旧相识，与之缟带，子产献纻衣焉。"杜预注："吴地贵缟，郑地贵纻；

故各献己所贵,示损己而不为彼货利。" ⑦"旧交"句:《礼记·檀弓上》:"孔子之卫,遇旧馆人之丧,入而哭之哀。出,使子贡说骖而赙之。子贡曰:'于门人之丧,未有所说骖,说骖于旧馆,无乃已重乎?'夫子曰:'予乡者入而哭之,遇于一哀而出涕,予恶夫涕之无从也。小子行之!'" ⑧"文达"二句:《新唐书·盖文达传》:"刺史窦抗集诸生讲论,于是,刘焯、刘轨思、孔颖达并以耆儒开门授业,是日悉至,而文达依经辩举,皆诸儒意所未叩,一坐厌叹。抗奇之,问:'安所从学?'焯曰:'若人歧嶷,出自天然,以多问寡,则焯为之师。'抗曰:'冰生于水而寒于水,其谓此邪?'" ⑨"永和"二句:《魏书·李谧传》:"李谧,字永和……初师事小学博士孔璠。数年后,璠还就谧请业。同门生为之语曰:'青成蓝,蓝谢青,师何常,在明经。'"

【评析】

该韵部中,"修池对浚井"之"浚井"尚有可说者。舜的父母和弟弟象曾三次设计谋害舜,舜在两位妻子的帮助下,"变形为能够适应新环境新情况的动物"(袁珂《关于舜象斗争神话的演变》),才化险为夷。此处所记"浚井"为其中之一。另两次,分别为《天问》洪兴祖补注引《列女传》:"瞽叟与象谋杀舜,使涂廪。舜告二女。二女曰:'时惟其戕汝,鹊汝裳,衣鸟工往。'舜既治廪,捐阶,瞽叟焚廪,舜往飞出。"以及《列女传·有虞二妃》所记:"瞽叟又速舜饮酒,醉,将杀之。舜告二女,二女乃与舜药,浴汪,遂往。舜终日饮酒不醉。"录以备参。

又,附录《训蒙骈句》同韵部如下:

锄嫩笋,切香柑。阳奇阴耦,朝四暮三。冬冰铺冷沼,秋月浸寒潭。雁逐夕阳投塞北,鸿拖秋色下江南。海水将潮,花底黄蜂衙已罢;山云欲雨,阶前白蚁战方酣。

听蜀鸟,养吴蚕。谢安高卧,王衍清谈。春暖群芳丽,秋清万象涵。庞德遗安来陇上,曹彬示病下江南。风起寒江,密雪乱堆渔父笠;月斜古路,闲云深护老僧庵。

花侍女,草宜男。龙车凤辇,鹤驾鸾骖。风筛淇澳竹,霜熟洞庭柑。苑上王孙游未返,花前公子醉方酣。野店行人,霜高睡短鸡偏促;穷途过客,雪滑泥长马不堪。

其中,"庞德遗安来陇上"典出《后汉书·庞公传》:"(刘表)问曰:'先生若居畎亩,而不肯官禄,后世何以遗子孙乎?'庞公曰:'世人皆遗之以危,今独遗之以安,虽所遗不同,未为无所遗也。'""曹彬示病下江南"典出《宋史·曹彬传》:"城垂克,彬忽称疾不视事,诸将皆来问疾。彬曰:'余之疾非药石所能愈,惟须诸公诚心自誓,以克城之日,不妄杀一人,则自愈矣。'诸将许诺,共焚香为誓。明日,稍愈。"

十四　盐

悲对乐,爱对嫌。玉兔对银蟾。醉侯对诗史①,眼底对眉尖。风习习②,雨绵绵。李苦对瓜甜。画堂施锦帐,酒市舞青帘。横槊赋诗传孟德③,引壶酌酒尚陶潜。两曜(yào)迭明,日东生而月西出;五行式序,水下润而火上炎④。

【注释】

①醉侯、诗史:分别指刘伶、杜甫。皮日休《夏景冲淡偶然作二首》其二:"他年谒帝言何事,请赠刘伶作醉侯。"孟启《本事诗·高逸第三》

云:"杜逢禄山之难,流离陇蜀,毕陈于诗,推见至隐,殆无遗事,故当时号为'诗史'。"(按:元稹《代曲江老人百韵(年十六时作)》云:"李杜诗篇敌,苏张笔力匀。"这个论断,是在唐人尚未公认李白、杜甫之伟大文学成就的时候提出来的,堪称现存唐人文献中并尊李、杜的第一人。直至元和十年,韩愈才在《调张籍》中提出影响更大的推尊李杜之论:"李杜文章在,光焰万丈长。"不过,元稹在此前两年的元和八年还写过一篇《唐故工部员外郎杜君墓系铭》,这是唐代唯一一篇从理论上系统阐发杜诗集大成意义的重要文献,而且还再次论证了李、杜"诗篇敌",即所谓的"差肩"之说。当然,也正是因为《墓系铭》开篇即云"予读诗至杜子美,而知小大之有所总萃焉",中篇更云"至于子美,盖所谓上薄风雅,下该沈、宋,古傍苏、李,气吞曹、刘,掩颜、谢之孤高,杂徐、庾之流丽,尽得古今之体势,而兼昔人之所独专矣",反而给人带来了错觉,使得包括《旧唐书》编纂者在内的众多后来者,因此而误将元稹当作"李杜优劣论"的始作俑者,甚至予以批判。) ②风习习:《九思·伤时》:"风习习兮和暖,百草萌兮华荣。" ③"横槊"句:元稹《唐故工部员外郎杜君墓系铭》:"建安之后,天下文士遭罹兵战,曹氏父子鞍马间为文,往往横槊赋诗,故其遒壮、抑扬、冤哀、悲离之作,尤极于古。" ④"五行"二句:《尚书·洪范》:"五行:一曰水,二曰火,三曰木,四曰金,五曰土。水曰润下,火曰炎上,木曰曲直,金曰从革,土爰稼穑。润下作咸,炎上作苦,曲直作酸,从革作辛,稼穑作甘。"

如对似,减对添。绣幕对朱帘。探珠对献玉,鹭立对鱼潜。玉屑饭①,水晶盐②。手剑对腰镰。燕巢依邃阁,蛛网挂虚檐。夺槊(shuò)至三唐敬德③,弈棋第一晋王恬。南浦客归,湛湛春波千顷净;西楼人悄,弯弯夜月一钩纤。

【注释】

①玉屑饭:《酉阳杂俎》前集卷一:"太和中,郑仁本表弟,不记姓

名,尝与一王秀才游嵩山,扪萝越涧,境极幽夐,遂迷归路。将暮,不知所之。徙倚间,忽觉丛中鼾睡声,披榛窥之,见一人布衣甚洁白,枕一幞(fú)物,方眠熟。即呼之,曰:'某偶入此径迷路,君知向官道否?'其人举首略视,不应,复寝。又再三呼之,乃起坐,顾曰:'来此。'二人因就之,且问其所自。其人笑曰:'君知月乃七宝合成乎?月势如丸,其影,日烁其凸处也。常有八万二千户修之,予即一数。'因开幞,有斤凿数事,玉屑饭两裹,授与二人,曰:'分食此,虽不足长生,可一生无疾耳。'乃起,与二人指一支径:'但由此,自合官道矣。'言已,不见。"

②水晶盐:李白《题东溪公幽居》:"客到但知留一醉,盘中只有水晶盐。"沈自南《艺林汇考》卷二:"梁天监中,天竺王屈多献方物,云其国恒水甘美,下有真盐,色正白如水晶。《金楼子》云:'胡中有盐,莹如水晶,谓之玉华盐。'《酉阳杂俎》云:'白盐崖有盐如水晶,名为君王盐。'段公路《北户录》云:'盐有如水精状者。'《一统志》:'撒马儿罕土产水晶盐,坚明如水晶,琢为盘,以水湿之,可和肉食。'然则只以此味按酒,亦自不俭。" ③"夺槊"句:《旧唐书·尉迟敬德传》:"敬德善解避槊,每单骑入贼阵,贼槊攒刺,终不能伤,又能夺取贼槊,还以刺之。是日,出入重围,往返无碍。齐王元吉亦善马槊,闻而轻之,欲亲自试,命去槊刃以竿相刺。敬德曰:'纵使加刃,终不能伤,请勿除之,敬德槊谨当却刃。'元吉竟不能中。太宗问曰:'夺槊、避槊,何者难易?'对曰:'夺槊难。'乃命敬德夺元吉槊。元吉执槊跃马,志在刺之,敬德俄顷三夺其槊。元吉素骁勇,虽相叹异,甚以为耻。"

逢对遇,仰对瞻。市井对闾阎①。投簪②对结绶(shòu),握发③对掀髯。张绣幕,卷珠帘。石碏(què)④对江淹。宵征方肃肃⑤,夜饮已厌厌⑥。心褊小人长戚戚⑦,礼多君子屡谦谦⑧。美刺殊文，备三百五篇诗咏⑨；吉凶异画，变六十四卦爻占⑩。

【注释】

①闾阎：古指里巷之门。班固《西都赋》："内则街衢洞达，闾阎且千。"　②投簪：弃官。孔稚珪《北山移文》："昔闻投簪逸海岸，今见解兰缚尘缨。"　③握发：《史记·鲁周公世家》："我一沐三握（一作捉）发，一饭三吐哺，起以待士，犹恐失天下之贤人。"　④石碏：《左传·隐公三年》："州吁未能和其民，厚问定君于石子。石子曰：'王觐为可。'曰：'何以得觐？'曰：'陈桓公方有宠于王。陈、卫方睦，若朝陈使请，必可得也。'厚从州吁如陈。石碏使告于陈曰：'卫国褊小，老夫耄矣，无能为也。此二人者，实弑寡君，敢即图之。'陈人执之，而请莅于卫。九月，卫人使右宰丑莅杀州吁于濮。石碏使其宰獳羊肩莅杀石厚于陈。"　⑤"宵征"句：《诗·召南·小星》："肃肃宵征，夙夜在公，寔命不同。"　⑥"夜饮"句：《诗·小雅·湛露》："厌厌夜饮，不醉无归。"　⑦"心褊"句：《论语·述而》："君子坦荡荡，小人长戚戚。"　⑧"礼多"句：《易·谦》："'谦谦君子'，卑以自牧也。"　⑨"美刺"二句：《毛诗序》："上以风化下，下以风刺上，主文而谲谏，言之者无罪，闻之者足以戒，故曰风。……雅者，正也，言王政之所由废兴也。……颂者，美盛德之形容，以其成功告于神明者也。"　⑩"吉凶"二句：《易·系辞上》："圣人设卦观象，系辞焉而明吉凶。刚柔相推而生变化。是故吉凶者，失得之象也；悔吝者，忧虞之象也；变化者，进退之象也；刚柔者，昼夜之象也；六爻之动，三极之道也。是故君子所居而安者，易之序也；所乐而玩者，爻之辞也。是故君子居则观其象而玩其辞，动则观其变而玩其占。是以自天佑之，吉无不利。"

【评析】

　　该韵部中,"美刺殊文,备三百五篇诗咏"二句有可说处。将其意为《毛诗序》所释者,朱熹尝对之有过批评:"大率古人作诗与今人作诗一般,其间自有感悟道情,吟咏情性,几时尽是讥刺他人?只缘《序》者立例篇篇要作美刺说,将诗人意思尽穿凿坏了。且如今人见人才做事,便作一诗歌美之,或讥刺之,是什么道理。"(《朱子语类》卷八〇)又,其《诗序辨说》亦云:"不知其时者,必强以为某王某公之时;不知其人者,必强以为某甲某乙之事。于是傅会书史,依托名谥,凿空妄语,以诳后人。……又其为说,必使诗无一篇不为美刺时君国政而作,固已不切于情性之自然,而又拘于时世之先后。其或书传所载,当此一时,偶无贤君美谥,则虽有辞之美者,亦例以为陈古而刺今。是使读者疑于当时之人绝无善则称君,过则称己之意,而一不得志,则扼腕切齿,嬉笑冷语,以忿其上者,所在而成群。是其轻躁险薄,尤有害于温柔敦厚之教,故予不可不辨。"

　　又,附录《训蒙骈句》同韵部如下:

　　风料峭,雨廉纤。夜愁种种,春思厌厌。水痕霜后没,山色雨中添。姑去尽留云母粉,客来只醉水晶盐。月转书楼,莲漏数声催晓箭;风生绣阁,檀香一缕透香帘。

　　蜗篆壁,雀驯檐。一端绵绮,三尺素缣。骄阳红烁石,密雪白堆盐。清霜冷透鸳鸯瓦,落月斜穿翡翠帘。舞剑孙娘,佩声袅袅知腰软;辨琴蔡女,弦韵悠悠觉指纤。

　　摇画扇,卷珠帘。九重蜡炬,万轴牙签。落花狂蝶绕,飞絮游蜂黏。看经老子头科秃,刺绣佳人指露尖。秋老风寒,乱飘红叶落山路;夜深雪急,故伴绿梅穿户檐。

其中,"舞剑孙娘,佩声袅袅知腰软"二句,源出杜甫《观公孙大娘弟子舞剑器行》,序云:"大历二年十月十九日,夔府别驾元持宅,见临颍李十二娘舞剑器。壮其蔚跂,问其所师。曰:'余公孙大娘弟子也。'开元三载,余尚童稚,记于郾城观公孙氏舞剑器浑脱,浏漓顿挫,独出冠时。自高头宜春梨园二伎坊内人洎外供奉,晓是舞者,圣文神武皇帝初,公孙一人而已。玉貌锦衣,况余白首,今兹弟子,亦匪盛颜。既辨其由来,知波澜莫二。抚事慷慨,聊为《剑器行》。昔者吴人张旭,善草书书帖,数常于邺县见公孙大娘舞西河剑器,自此草书长进。豪荡感激,即公孙可知矣。"诗曰:"昔有佳人公孙氏,一舞剑器动四方。观者如山色沮丧,天地为之久低昂。㸌如羿射九日落,矫如群帝骖龙翔。来如雷霆收震怒,罢如江海凝清光。绛唇珠袖两寂寞,晚有弟子传芬芳。临颍美人在白帝,妙舞此曲神扬扬。与余问答既有以,感时抚事增惋伤。先帝侍女八千人,公孙剑器初第一。五十年间似反掌,风尘倾动昏王室。梨园子弟散如烟,女乐余姿映寒日。金粟堆前木已拱,瞿唐石城草萧瑟。玳筵急管曲复终,乐极哀来月东出。老夫不知其所往,足茧荒山转愁疾。"

十五　咸

清对浊,苦对咸。一启对三缄①。烟蓑对雨笠,月榜对风帆。莺睍睆(xiànhuǎn)②,燕呢喃。柳杞对松杉。情深悲素扇③,泪痛湿青衫。汉室既能分四姓④,周朝何用叛三监⑤。破的而探牛心,豪矜王济⑥;竖竿以挂犊鼻,贫笑阮咸⑦。

【注释】

①三缄：《说苑·敬慎》："孔子之周，观于太庙，右陛之前，有金人焉，三缄其口，而铭其背曰：古之慎言之也。"《黄帝六铭》："我，古之慎言人也。戒之哉！无多言，多言多败。无多事，多事多患。" ②莺睍睆：《诗·邶风·凯风》："睍睆黄鸟，载好其音。"《毛传》："睍睆，好貌。"朱熹《集传》："睍睆，清和圆转之意。"余冠英注："睍睆，黄鸟鸣声。又作'间关'。" ③"情深"句：班婕妤《怨歌行》："新裂齐纨素，皎洁如霜雪。裁为合欢扇，团团似明月。出入君怀袖，动摇微风发。常恐秋节至，凉飙夺炎热。弃捐箧笥中，恩情中道绝。" ④"汉室"句：六朝氏族，以郡望分甲乙丙丁四等为贵族，谓之四姓。柳芳《氏族论》："郡姓者，以中国士人差第阀阅为之判。制：凡三世有三公者曰膏梁，有令仆者曰华腴。尚书领护而上者为甲姓，九卿若方伯为乙姓，散骑常侍、太中大夫者为丙姓，吏部正员郎为丁姓。"当然，学界对其说法多有怀疑。又，永平九年，明帝为外戚樊、郭、阴、马四姓小侯开立学校。因外戚四姓不是列侯，故称"小侯"。 ⑤"周朝"句：《书序》曰：武王崩，三监及淮夷叛。《汉书·地理志》云：周既灭，殷分其畿内为三国，邶以封纣子武庚，鄘，管叔尹之，卫，蔡叔尹之，以监殷民，谓之三监。先儒多同此说。惟郑玄以三监为管、蔡、霍，独为异耳。引之谨案：监殷之人，其说有二。或以为管叔、蔡叔而无霍叔。……司马迁传古文《尚书》，伏生传今文，而皆不谓武庚之外更有三监，则郑氏之说疏矣。

⑥"破的"二句：《世说新语·汰侈》："王恺有牛，名'八百里驳'，常莹其蹄角。王武子语君夫：'我射不如卿，今指赌卿牛，以千万对之。'君夫既恃手快，且谓骏物无有杀理，便相然可。令武子先射，武子一起便破的，却据胡床，叱左右：'速探牛心来！'须臾，炙至，一脔便去。"

⑦"竖竿"二句：《世说新语·任诞》："阮仲容、步兵居道南，诸阮居道北。北阮皆富，南阮贫。七月七日，北阮盛晒衣，皆纱罗锦绮。仲容以竿挂大布犊鼻裈于中庭。人或怪之，答曰：'未能免俗，聊复尔耳。'"

　　能对否，圣对贤。卫瓘（guàn）对浑瑊（jiān）①。雀罗对鱼网②，翠巘对苍岩。红罗帐，白布衫。笔格③对书函。蕊香蜂竞采，泥软燕争衔。凶孽誓清闻祖逖（tì）④，王家能乂有巫咸⑤。溪叟新居，渔舍清幽临水岸；山僧久隐，梵宫寂寞倚云岩。

【注释】

　　①卫瓘、浑瑊：分别为晋、唐名将。浑瑊尝随李光弼、郭子仪征讨安史叛军及抗御吐蕃，屡立战功，官至左金吾卫大将军。朱泚称帝，与李晟等并力平判。后又与马燧平李怀光。卒谥忠武。　②雀罗、鱼网：《史记·汲郑列传》："始翟公为廷尉，宾客阗门；及废，门外可设雀罗。"《诗·邶风·新台》："鱼网之设，鸿则离之。"　③笔格：笔架。吴均《笔格赋》："幽山之桂树，恒萦风而抱雾……剪其片条，为此笔格。"　④"凶孽"句：《世说新语·赏誉》刘孝标注引《晋阳秋》："逖与司空刘琨俱以雄豪著名。年二十四，与琨同辟司州主簿，情好绸缪，共被而寝。中夜闻鸡鸣，俱起曰：'此非恶声也。'每语世事，则中宵起坐，相谓曰：'若四海鼎沸，豪杰共起，吾与足下相避中原耳！'……逖既有豪才，常慷慨以中原为己任，乃说中宗雪复神州之计，拜为豫州刺史，使自招募。逖遂率部曲百余家，北度江，誓曰：'祖逖若不清中原而复济此者，有如大江！'攻城略地，招怀义士，屡摧石虎，虎不敢复窥河南，石勒为逖母墓置守吏。刘琨与亲旧书曰：'吾枕戈待旦，志枭逆虏，常恐祖生先吾著鞭耳。'"　⑤"王家"句：《尚书·君奭》："巫咸乂王家。"

冠对带，帽对衫。议鲠①对言谗。行舟对御马，俗弊对民岩②。鼠且硕③，兔多毚（chán）④。史册对书缄。塞城闻奏角，江浦认归帆。河水一源形弥弥⑤，泰山万仞势岩岩⑥。郑为武公，赋缁衣而美德；周因巷伯，歌贝锦以伤谗⑦。

【注释】

①议鲠：《后汉书·任隗传》："独与司徒袁安同心毕力，持重处正，鲠言直议，无所回隐。" ②俗弊、民岩：《荀子·儒效》："不学问，无正义，以富利为隆，是俗人者也。"《尚书·召诰》："王不敢后，用顾畏于民岩。" ③鼠且硕：《毛诗序》："《硕鼠》，刺重敛也。国人刺其君重敛蚕食于民，不修其政，贪而畏人，若大鼠也。" ④毚：《诗·小雅·巧言》："跃跃毚兔，遇犬获之。"《传》："毚兔，狡兔也。"扬雄《法言·问明》："不慕由，即夷矣，何毚欲之有？" ⑤"河水"句：《诗·邶风·新台》："新台有洒，河水弥弥。" ⑥"泰山"句：《诗·鲁颂·閟宫》："泰山岩岩，鲁邦所詹。" ⑦"郑为"四句：《礼记·缁衣》："子曰：'好贤如《缁衣》，恶恶如《巷伯》，则爵不渎而民作愿，刑不试而民咸服。'"《毛诗序》："缁衣，美武公也。父子并为周司徒，善于其职，国人宜之。故美其德以明有国善善之功焉。"《笺》："父谓武公父桓公也。"《毛诗序》："《巷伯》，刺幽王也。寺人伤于谗，故作是诗也。"《笺》："巷伯，奄官。寺人，内小臣也。奄官上士四人，掌王后之命，于宫中为近，故谓之'巷伯'，与寺人之官相近。谗人谮寺人，寺人又伤其将及巷伯，故以名篇。"其中，"萋兮斐兮，成是贝锦。"《笺》："喻谗人集己过以成于罪，犹女工之集采色以成锦文。"

【评析】

该韵部中,对于"王家能乂有巫咸"句,王引之《经义述闻》卷四所辨可参:"巫咸",《今文尚书》盖作"巫戊"。后人但知古文之作"咸",而不知今文之作"戊",故改戊为"咸"耳。如《汉书》多用今文,其中《古今人表》,今本作"咸",即是如此。

又,附录《训蒙骈句》同韵部如下:

红罗帐,黑石函。琴横徽轸,乐奏英咸。花香蜂竞采,泥暖燕争衔。塞上寒霜迟寄袄,江头斜日促归帆。陇上梅开,寄赠故人犹可折;阶前草长,丁宁童子不须芟。

飘舞袖,脱征衫。风清月白,河淡海咸。断碑凝土蚀,古镜被尘缄。凛凛清霜寒橘柚,蒙蒙细雨暗松杉。供韭林宗,夜向灯前冒雨剪;思莼张翰,归来江上挂风帆。

樊迟圃,傅说岩。一川花柳,千里松杉。云峰形突兀,石壁势岩巉。野店黄鸡声喔喔,屋梁紫燕语喃喃。炉上酒香,对月几回频举盏;案前书满,临风一笑却开缄。

其中,"樊迟圃"句,典出《论语·子路》:"樊迟请学稼。子曰:'吾不如老农。'请学为圃。曰:'吾不如老圃。'樊迟出。子曰:'小人哉,樊须也!上好礼,则民莫敢不敬;上好义,则民莫敢不服;上好信,则民莫敢不用情。夫如是,则四方之民襁负其子而至矣,焉用稼?'"又,"供韭林宗,夜向灯前冒雨剪"二句所述故事,尝为南羲采写入其《龟谿诗话》卷二〇:"韭,一名'丰本',又曰'翠发'。刘彦冲《园蔬》诗:'一畦春雨足,翠发剪还生。'郭林宗有友人冒雨夜至,林宗剪韭作炊食之。杜诗'夜雨剪春韭'使此也。杜诗又曰:'自锄稀菜甲,小摘为情亲。'亦林宗之谓也。"

笠翁对韵 上卷

一 东

天对地,雨对风。大陆对长空。山花对海树,赤日对苍穹。雷隐隐,雾蒙蒙。日下对天中①。风高秋月白,雨霁晚霞红。牛女二星②河左右,参商③两曜(yào)斗西东。十月塞边,飒飒寒霜惊戍旅;三冬江上,漫漫朔雪冷渔翁④。

【注释】

①日下、天中:日下又指帝都。《世说新语·夙惠》:"晋明帝数岁,坐元帝膝上。有人从长安来,元帝问洛下消息,潸然流涕。明帝问:'何以致泣?'具以东渡意告之。因问明帝:'汝意谓长安何如日远?'答曰:'日远。不闻人从日边来,居然可知。'元帝异之。明日,集群臣宴会,告以此意,更重问之。乃答曰:'日近。'元帝失色,曰:'尔何故异昨日之言邪?'答曰:'举目见日,不见长安。'"《晋书·天文志》:"北斗七星在太微北,七政之枢机,阴阳之元本也。故运乎天中,而临制四方,以建四时,而均五行也。" ②牛女二星:牛郎、织女二星。 ③参商:二星名。《左传·昭公元年》:"昔高辛氏有二子,伯曰阏伯,季曰实沈,居于旷林,不相能也,日寻干戈,以相征讨。后帝不臧,迁阏伯于商丘,主辰。商人是因,故辰为商星。迁实沈于大夏,主参,唐人是因,以服事夏、商。"(按:二十八宿,自西向东依次排列,分别为:东宫苍龙七宿——角、亢、氐、房、心、尾、箕,北宫玄武七宿——斗、牛、女、虚、危、室、壁,西宫白虎七宿——奎、娄、胃、昴、毕、觜、参,南宫朱雀七宿——井、鬼、柳、星、张、翼、轸。) ④"三冬"二句:柳宗元《江雪》:"孤舟蓑笠翁,独钓寒江雪。"

河对汉,绿对红。雨伯对雷公①。烟楼对雪洞②,月殿对天宫。云叆叇（àidài）③,日曈曚（tóngméng）④。蜡屐⑤对渔篷。过天星似箭,吐魄月如弓。驿旅客逢梅子雨,池亭人挹藕花风。茅店村前,皓月坠林鸡唱韵;板桥路上,青霜锁道马行踪⑥。

【注释】

①雨伯、雷公:雪洞屈原《远游》:"左雨师使径侍兮,右雷公以为卫。" ②烟楼:李峤《奉和幸韦嗣立山庄侍宴应制》:"石磴平黄陆,烟楼半紫虚。"英榮《登丛台有感》:"传闻宫苑似蓬莱,丛台高耸云霄外。天桥接汉若长虹,雪洞迷离如银海。" ③叆叇:刘禹锡《和汴州令狐相公到镇改月偶书所怀二十二韵》:"衣风飘叆叇,烛泪滴巉岩。" ④曈曚:梅尧臣《历阳过杜挺之遂约同入汴》:"汀沙沮洳潮新落,山日曈曚雾始开。" ⑤蜡屐:《世说新语·方正》:"祖士少好财,阮遥集好屐,并恒自经营,同是一累,而未判其得失。人有诣祖,见料视财物,客至,屏当未尽,余两小簏著背后,倾身障之,意未能平。或有诣阮,见自吹火蜡屐,因叹曰:'未知一生当著几量屐。'神色闲畅。于是胜负始分。" ⑥"茅店"四句:温庭筠《商山早行》:"鸡声茅店月,人迹板桥霜。"

山对海,华对嵩。四岳对三公①。宫花对禁柳,塞雁对江龙。清暑殿,广寒宫。拾翠对题红②。庄周梦化蝶③,吕望兆飞熊。北牖当风停夏扇,南檐曝日省冬烘④。鹤舞楼头,玉笛弄残仙子月⑤;凤翔台上,紫箫吹断美人风。

【注释】

①四岳、三公：通常称东泰山、西华山、南衡山、北恒山为四岳。《史记·五帝本纪》则云："尧曰：嗟，四岳！"《史记集解》引郑玄曰："四岳，四时官，主方岳之事。"《国语·周语下》韦昭注："四岳，官名，主四岳之祭，为诸侯伯……言共工从孙为四岳之官，掌帅诸侯，助禹治水也。"又，三公，在周朝为太师、太傅、太保；秦朝为丞相、太尉、御史大夫；西汉为大司马、大司徒、大司空；东汉为太尉、司徒、司空。《晋书·天文志》谓为星名："三公，北三星曰九卿内坐，主治万事。"（按：顾颉刚《九州之戎与戎禹》认为，四岳为陇山地区萃聚相近之四山，因名为"四岳"。居于四岳之地的姜氏之戎，或以四岳之神为其祖先，于是借地名为人名，其族遂为四岳之族。） ②题红：《云溪友议》卷一〇载，唐宣宗时，卢渥赴京应试，偶临御沟，拾得红叶，叶上题诗云："流水何太急，深宫尽日闲。殷勤谢红叶，好去到人间。"后宣宗放出一些宫女，许从百官司吏。渥得一人，即红叶题诗者。又，《青琐高议》前集卷五载，唐僖宗时，于祐于御沟中拾一叶，上有诗。祐亦题诗于叶，置沟上流，宫人韩夫人拾之。后值帝放宫女，韩氏嫁祐成礼，各于笥中取红叶相示曰：可谢媒矣。又，《本事诗》载，玄宗时，顾况于苑中得一大梧叶，上题诗云："一入深宫里，年年不见春。聊题一片叶，寄与有情人。"况亦于叶上题诗和之。又，王铚《补侍儿小名录》言，唐德宗时，贾全虚在御沟见一花流至，旁有数叶，上题诗句与《本事诗》稍仿佛。全虚悲思其人，不觉下泪。事闻于德宗，得知为王才人养女凤儿所题。德宗因以凤儿赐全虚。（按：值得注意的是，《云溪友议》所记唐诗故事，核以史实，多有错误。前人努力考证澄清，以还历史真相，但也难以作出全部解释。有学者因而提出，有必要从唐诗民间传播的角度重新认识这部著作：这位唐末越州处士，虽自称曾游历山水，交结名流，但其本人并没有诗

歌存世，文学交游圈很窄，对本朝故事的掌握和辨识能力很差，所以，留下的只能算是唐诗民间传播的特殊文本。详参陈尚君《范摅〈云溪友议〉：唐诗民间传播的特殊记录》。）　③"庄周"句：《庄子·齐物论》："昔者庄周梦为胡蝶，栩栩然胡蝶也，自喻适志与！不知周也。俄然觉，则蘧蘧然周也。不知周之梦为胡蝶与，胡蝶之梦为周与？周与胡蝶，则必有分矣。此之谓物化。"　④"北牖"二句：《论衡·逢遇》："作无益之能，纳无补之说，以夏进炉，以冬奏扇，为所不欲得之事，献所不欲闻之语，其不遇祸幸矣，何福祐之有乎？"（按：冬烘又有引申义，如《唐摭言》卷八即云："郑侍郎薰主文，误谓颜标乃鲁公之后。时徐方未宁，志在激劝忠烈，即以标为状元。谢恩日，从容问及庙院。标曰：'标寒进也，未尝有庙院。'薰始大悟，塞默而已。寻为无名子所嘲曰：'主司头脑太冬烘，错认颜标作鲁公。'"）　⑤"鹤舞"二句：李白《与史郎中钦听黄鹤楼上吹笛》："黄鹤楼中吹玉笛，江城五月落梅花。"（按：《梅花落》，属《横吹曲辞·汉横吹曲》，见《乐府诗集》卷二四。《梅花落》本笛中曲。唐《大角曲》中也有《大单于》《小单于》《大梅花》《小梅花》等曲。又，白居易《杨柳枝词八首》其一："六幺水调家家唱，白雪梅花处处吹。"）

【评析】

该韵部中，"牛女二星河左右"句尚有可说者。日本学者出石诚彦《牵牛织女传说的考察》一文所论可参：在现存的古文献形成之时，银河和汉水就用同一名称来称呼了。二十八星宿的说法是在周朝初期形成的，当时牵牛织女的故事已经家喻户晓，故虽然距离黄道稍远，但还是列入二十八星宿之中。在战国时期经过重新整理，以黄道附近一个星代替牵牛星，改称原来的牵牛星为"河鼓"或"右牵牛"。牵牛织女相会的传说发源于周，兴盛于汉代。织女和牵牛两星在一年的周期运动中有变化，最接近的时间在七月初，所以形成唯七月初七相会一次的情节。

明人兰茂所撰《声律发蒙》，与前述祝明《声律发蒙》实有不同。民国初年，剑川赵藩将之刊入《云南丛书》，此书序中有云："《声律发蒙》，为塾师课童蒙之本，所在皆有其书。南海谭叔裕言曾见有元人板本，与今坊本相同，则其由来已久。余见乌程孙端人学使所刊嵩明兰止庵茂本，其用韵以东钟山寒合部，似遵《洪武正韵》，殆于元人旧帙有所增损也。此外又见有所谓对类对歌者、蒙习对歌者、启蒙韵学者，或题为汤若士显祖，为李九我廷机，为昆明程云九振鹏，章句繁简略殊，属辞无不沿袭，则又辗转增损，意或坊肆为之而托名诸人也与。"此处指称《声律发蒙》与祝氏之书不无渊源，又推测：有些类似的书籍，很可能是"坊肆为之而托名诸人"。（按：晚明的出版文化，特别是评点之学，有一个非常显著的特点，即经常假托文化名流为评点者，以扩大销路，获取经济利益。以《草堂诗余》为例，其著者，如杨慎评点者，有嘉靖末朱墨套印本、万历四十八年金陵朱之蕃刻词坛合璧本；沈际飞评点者，有明末童涌泉刻本、翁少麓刊本、万贤楼自刻本等；李廷机评点者，有万历十六年书林詹圣学刻本、万历二十三年书林郑世豪宗文书舍刻本、万历间李良年东壁轩刻本、天启五年周文耀朱墨套印本；董其昌评点者，有万历三十年乔山书舍刻本；李攀龙评点者，有万历四十三年书林自新斋余文杰刻本、万历四十七年师俭堂萧少衢依京板刻本等等。现在看来，多半是出于伪托。其中，状元杨慎由于在词学创作和研究方面的成就，其被冒名，原是意料之中。即如《百琲明珠》一书，二十世纪三十年代被赵尊岳辑入《明词汇刊》的本子，很可能并非杨慎原本，张仲谋曾从著录、篇幅、选目、评点四个方面提出质疑，其言可从。题为杨慎批点的《草堂诗余》，也是这种情形。至于其作伪的手段，也和当时类似的作伪一样，是从其他有关著作中抄撮而成，以构成评点。这一点，通过比较评点本评语与《词品》中的相近内容，完全可见出，即其作者确实是杨慎，但却并不是杨慎实有其书，而是出自书商的造作。（参张宏生《杨慎词学与〈草堂诗余〉》）现在看来，可以稍作补充的是，晚明书商的托名造作，即便在一朝时段之内也可以说是渊源有自，并且造作范围早就已经包括了另外的书籍类型，如同样足以射利的童蒙读本。而如果历史地看，大致类似的情况其实远在唐代就已经出现过,《新唐书·白居易传》有云:"居易于文章精切,然最工诗。初,颇以规讽得失,及其多,更下偶俗好,至数千篇,当时士人争传。鸡林行贾售其国相,率篇易一金,甚伪者,相辄能辩之。"致有"鸡林之价"之典。如民国初熊颖湄《声律指南》"十五咸"韵部中亦云:"诗句溢鸡林之价,才思超凡。"还可以特别补充提出的是,李渔曾为阻止他人盗印自己的作品而布告曰:"是集中所载诸新式,听人效而行之;惟笺帖之体裁,则令奚奴自制自售,以代笔耕,不许他人翻梓。已经传札布告,诚之于初矣。倘仍有垄断之豪,或照式刊行,或增减一地,或稍变其形,即以他人之功冒为己有,食其利而抹煞其名者,此即中山狼之流亚也。当随所在之官司而控告焉,伏望主持公道。至于倚富恃强,翻刻湖上笠翁之书者,六合以内,不知凡几。我耕彼食,情何以堪?誓当决一死战,布告当事,即以是集为先声。总之天地生人,各赋以心,即宜各生其智,我未尝塞彼心胸,使之勿生智巧,彼焉能夺吾生计,使不得自食其力哉!"(文载《闲情偶寄·器玩》)今《声律发蒙》习见常用之本为《丛书集成续编》本(第九册)。

鉴于兰氏《声律发蒙》并非根据平水韵编排,本书《笠翁对韵》部分以下的附录,只是稍依韵部而行,冀收参读之效。其"一 东钟"韵部如下:

> 天对日,雨对风。九夏对三冬。祥云对瑞雪,滴露对垂虹。杨柳池塘风淡淡,梨花院落月溶溶。天高地迥,水阔山重。云深雾暝,露重霜浓。月楼三弄角,烟寺五更钟。画阁晴春帘卷翠,玉堂清夜烛摇红。诗酒琴棋功名外,清闲富贵;风花雪月笑谈间,散淡疏慵。

> 碧天云,沧海月。玉井冰,瑶池雪。心地圆明,性天澄澈。树正影无偏,源清流自洁。睡爱珊瑚枕面凹,醉嫌琥珀杯心凸。星拱北,斗柄东。探虎穴,步蟾宫。日乌月兔,风虎云龙。皓齿歌金缕,红妆捧玉钟。风弄竹声金琐碎,月移花影玉玲珑。天水相涵,单舸撑来明镜里;云山掩映,群鸦飞入画图中。

其中,"月楼三弄角"句之"三弄角",可参杜佑《通典》卷一四九:

"行军在外,月出日入,挝鼓千槌。三百三十三槌为一通。鼓音止,角音劫,吹十二声为一叠。角音止,鼓音动。如此三角三鼓,而昏时毕之。"又,其中"天水相涵,单舸撑来明镜里;云山掩映,群鸦飞入画图中"曾长期被用作号称昆明"嵩明胜景"之一的海潮寺的廊柱楹联。

二 冬

晨对午,夏对冬。下舂对高舂①。青春对白昼,古柏对苍松。垂钓客,荷锄翁②。仙鹤对神龙。凤冠珠闪烁,螭(chī)带玉玲珑。三元及第才千顷③,一品当朝禄万钟。花萼楼间,仙李盘根调国脉④;沉香亭畔,娇杨擅宠起边风⑤。

【注释】

①高舂:傍晚时分。《淮南子·天文训》:"(日)至于渊虞,是谓高舂;至于连石,是谓下舂。"高诱注:"高舂……民碓舂时也。" ②"垂钓客"二句:《后汉书·逸民列传》:"严光字子陵……少有高名,与光武同游学。及光武即位,光乃变名姓隐身不见。帝思其贤……除为谏议大夫,不屈,乃耕于富春山,后人名其钓处为严陵濑。"荷锄翁,当谓陶渊明:"晨兴理荒秽,带月荷锄归。"(《归园田居》五首其三) ③"三元"句:科举考试中乡试、会试、殿试的第一名分别为解元、会元、状元。连中三元者,赵翼《赠三元钱湘舲棨》诗"累朝如君十一个"自注,谓唐张又新、崔元翰,宋孙何、王曾、宋庠、杨寘、王岩叟、冯京,金孟宗献,元王宗哲,明商辂也。清朝钱棨后又有陈继昌,自宋至今计十三

人。　④"花萼楼"二句：指尊奉老子之举。杜甫《冬日洛城北谒玄元皇帝庙》："仙李盘根大，（老子生而能言，指李树为姓。唐以李氏出自老君，追崇为祖。）猗兰奕叶光。世家遗旧史，（开元中，奉敕升老子、庄子为列传首，在伯夷之上。）道德付今王。（明皇亲注《道德经》，令举子习之。减《尚书》《论语》，而考试《老子》。）画手看前辈，吴生（吴道子，阳翟人）远擅场。森罗移地轴，妙绝动宫墙。五圣（天宝八年，明皇以符瑞相继，上高祖、太宗、高宗、中宗、睿宗谥号，又画像于老君庙壁。）联龙衮，千官列雁行。"（按：李德裕《次柳氏旧闻》所记录以备参："兴庆宫，上潜龙之地，圣历初五王宅也。上性友爱，及即位，立楼于宫之西南垣，署曰'花萼相辉'，朝退亟与诸王游，或置酒为乐。时天下无事，号太平者垂五十年。"）
⑤"沉香亭"二句：谓红颜祸水。李濬《松窗杂录》："开元中，禁中初重木芍药，即今牡丹也。得四本红、紫、浅红、通白者，上因移植于兴庆池东沉香亭前。会花方繁开，上乘月夜召太真妃以步辇从。诏特选梨园弟子中尤者，得乐十六色。李龟年以歌擅一时之名，手捧檀板，押众乐前将欲歌之。上曰：'赏名花，对妃子，焉用旧乐词为？'遂命龟年持金花笺宣赐翰林学士李白，进《清平调》词三章。白欣承诏旨，犹苦宿酲未解，因援笔赋之。"其三云："名花倾国两相欢，长得君王带笑看。解释春风无限恨，沉香亭北倚阑干。"

　　清对淡，薄对浓。暮鼓对晨钟。山茶对石菊，烟锁对云封。金菡萏（hàndàn），玉芙蓉。绿绮对青锋。早汤先宿酒，晚食继朝饔（yōng）①。唐库金钱能化蝶②，延津宝剑会成龙。巫峡浪传，云雨荒唐神女庙③；岱宗遥望，儿孙罗列丈人峰④。

【注释】

　　①"晚食"句：《孟子·滕文公上》："贤者与民并耕而食，饔飧而

治。"赵歧注:"饔飧,熟食也,朝曰饔,夕曰飧。" ②"唐库"句:苏鹗《杜阳杂编》卷中:"穆宗皇帝殿前种千叶牡丹,花始开,香气袭人,一朵千叶,大而且红。上每睹芳盛,叹曰:'人间未有。'自是,宫中每夜即有黄白蛱蝶万数飞集于花间,辉光照耀,达晓方去。宫人竞以罗巾扑之,无有获者。上令张网于空中,遂得数百,于殿内纵嫔御追捉以为娱乐。迟明视之,则皆金玉也。其状工巧,无以为比,而内人争用绛缕绊其脚,以为首饰。夜则光起妆奁中,其后开宝厨,睹金钱玉屑之内将有化为蝶者,宫中方觉焉。" ③"巫峡"二句:宋玉《高唐赋》:"昔者楚襄王与宋玉游于云梦之台,望高唐之观,其上独有云气,崒兮直上,忽兮改容,须臾之间,变化无穷。王问玉:'此何气也?'玉对曰:'所谓朝云者也。'王曰:'何谓朝云?'玉曰:'昔者先王尝游高唐,怠而昼寝,梦见一妇人,曰:"妾巫山之女也,为高唐之客。闻君游高唐,愿荐枕席。"王因幸之。去而辞曰:"妾在巫山之阳,高丘之阻。旦为朝云,暮为行雨。朝朝暮暮,阳台之下。"旦朝视之,如言。故为立庙,号曰朝云。'" ④"岱宗"二句:杜甫《望岳》:"西岳崚嶒竦处尊,诸峰罗立如儿孙。"

繁对简,叠对重。意懒对心慵。仙翁对释伴,道范对儒宗。花灼灼,草茸茸。浪蝶对狂蜂。数竿君子竹①,五树大夫松②。高皇灭项凭三杰③,虞帝承尧殛(jí)四凶④。内苑佳人,满地风光愁不尽;边关过客,连天烟草憾无穷。

【注释】

①君子竹:《世说新语·任诞》:"王子猷尝暂寄人空宅住,便令种竹。或问:'暂住何烦尔?'王啸咏良久,直指竹曰:'何可一日无此君!'" ②大夫松:《史记·秦始皇本纪》:"二十八年,始皇东行郡县,

上邹峄山。立石，与鲁诸儒生议，刻石颂秦德，议封禅望祭山川之事。乃遂上泰山，立石，封，祠祀。下，风雨暴至，休于树下，因封其树为五大夫。"　③"高皇"句：《汉书·高祖纪》："夫运筹帷幄之中，决胜千里之外，吾不如子房；镇国家，抚百姓，给饷馈，不绝粮道，吾不如萧何；连百万之众，战必胜，攻必取，吾不如韩信。三者，皆人杰，吾能用之，此吾所以取天下者也。"　④"虞帝"句：《尚书·舜典》："流共工于幽州，放驩兜于崇山，窜三苗于三危，殛鲧于羽山，四罪而天下咸服。"《左传·文公十八年》所记有所不同："舜臣尧，宾于四门，流四凶族浑敦、穷奇、梼杌、饕餮，投诸四裔，以御魑魅。是以尧崩而天下如一，同心戴舜以为天子，以其举十六相，去四凶也。"

【评析】

该韵部中，"三元及第才千顷"句，赵翼诗所记尚有可说处。据梁章钜《称谓录》，清朝以前的这十一人中，张又新当时实称为"张三头"，谓进士状头、宏词敕头、京兆解头。王岩叟以明经科乡举、省试、廷对皆第一，此为明经，非进士科。又，赵翼《陔余丛考》卷二八"三元"条云："《鸡窗剩言》记黄观洪武甲子南京解元，辛未会试第一，廷对《御戎策》，太祖擢置状元，后殉建文之难。亦见傅维麟《明书·忠节传》。则洪武中已有一人，不独商文毅也。"自是知唐迄清连中三元者应为十四人。

又，"一品当朝禄万钟"句言及古代职官制度，兹简介如次：品即品级，是官吏的级别，分流内、流外各九品。一品之内，又有上下阶之分。品阶制度初建于秦代，到汉代已经比较严谨，用若干石来表示官职的高低，最高的三公为一万石，最低的只有十一斛，总分二十二级。魏晋时期，官分九品，品内再分为上中下、正从等阶。这种九品官制为后代所沿用，只是具体的品内等级划分方法略有不同。如唐代文武均分二十九阶；宋代则文分二十九阶，武分三十一阶；明清文武官员总分九品，每品有正、从之分，总十八阶。流外九品，也称未入流，指国子典馆、儒学正、教谕、训导长官、司吏目、府检校、县典吏等胥吏的品阶。

又，据韩建立《也谈〈笠翁对韵〉的出韵现象》，《笠翁对韵》存在出韵二十四例，除一例外，均发生在邻韵；另有错韵一例（"六鱼·其三"，"欹对正，密对疏。囊橐对苞苴。罗浮对壶峤，水曲对山纡。骖鹤驾，侍鸾舆。桀溺对长沮"中"沮"字，本属平水韵上声六语或去声六御）。《笠翁对韵》的出韵，"是李渔有意识地选择邻韵通押的结果"。具体说来，《笠翁对韵》中的出韵情况包括：

其一，东韵与冬韵相混。（1）东韵中混入冬韵的字。"茅店村前，皓月坠林鸡唱韵；板桥路上，青霜锁道马行踪。"（一东·其二）"踪"字，本属平水韵二冬，却用在一东中。（2）冬韵中混入东韵的字。"垂钓客，荷锄翁。仙鹤对神龙。"（二冬·其一）"凤冠珠闪烁，螭带玉玲珑。"（二冬·其一）"花萼楼间，仙李盘根调国脉；沉香亭畔，娇杨擅宠起边风。"（二冬·其一）"内苑佳人，满地风花愁不尽；边关过客，连天烟草憾无穷。"（二冬·其三）"翁""珑""风""穷"四字，均本属平水韵一东，却用在二冬中。又，"沉香亭畔，娇杨擅宠起边风"中"风"字，《李渔全集》校记曰："疑当作'烽'。"烽，属于二冬韵。

其二，支韵与微韵相混。主要是微韵中混入支韵的字。"黄盖能成赤壁捷，陈平善解白登危。"（五微·其一）"占鸿渐，叶凤飞。虎榜对龙旗。"（五微·其二）"灞上军营，亚父愤心撞玉斗；长安酒市，谪仙狂兴典银龟。"（五微·其三）"危""龟"二字，均本属平水韵四支，却用在五微中。

其三，鱼韵与虞韵相混。（1）鱼韵中混入虞韵的字。"羹对饭，柳对榆。短袖对长裾。"（六鱼·其一）"参虽鲁，回不愚。"（六鱼·其二）"罗浮对壶峤，水曲对山纡。"（六鱼·其三）"榆""愚""纡"三字，均本属平水韵七虞，却用在六鱼中。（2）虞韵中混入鱼韵的字。"花肥春雨润，竹瘦晚风疏。"（七虞·其一）"罗对绮，茗对蔬。柏秀对松枯。"（七虞·其二）"苍头犀角带，绿鬓象牙梳。"（七虞·其二）"祖钱三杯，老去常斟花下酒；荒田五亩，归来独荷月中锄。"（七虞·其三）"疏""蔬""梳""锄"四字，均本属平水韵六鱼，却用在七虞中。

其四，齐韵与支韵相混。主要是齐韵中混入支韵的字。"珊瑚对玛瑙，琥珀对玻璃。"（八齐·其二）"璃"字，本属平水韵四支，却用在八齐中。又，"珊瑚"，《李渔全集》本作"砗磲"。

其五，佳韵与灰韵相混。（1）佳韵中混入灰韵的字。"门对户，陌对街。枝叶对根荄。"（九佳·其一）"陈俎豆，戏堆埋。皎皎对皑皑。"（九佳·其二）"荄""皑"二字，均本属平水韵十灰，却用在九佳中。（2）灰韵中混入佳韵的字。"青龙壶老杖，白燕玉人钗。"（十灰·其一）"钗"字，本属平水韵九佳，却用在十灰中。

其六，寒韵与删韵相混。（1）寒韵中混入删韵的字。"至圣不凡，嬉戏六龄陈俎豆；老莱大孝，承欢七秩舞斑斓。"（十四寒·其三）"斓"字，本属平水韵十五删，却用在十四寒中。（2）删韵中混入寒韵的字。"裙袅袅，佩珊珊。守塞对当关。"（十五删·其一）"珊"字，本属平水韵十四寒，却用在十五删中。

其七，肴韵与豪韵相混。主要是肴韵中混入豪韵的字。"雉方乳，鹊始巢。猛虎对神獒。"（三肴·其一）"祭遵甘布被，张禄恋绨袍。"（三肴·其二）"鲛绡帐，兽锦袍。露叶对风梢。"（三肴·其三）"獒""袍""梢"三字，均本属平水韵四豪，却用在三肴中。

又，诗文中对偶词句的意义相同或相类，谓之"合掌"。如谢榛《四溟诗话》卷一云:"耿沣《赠田家翁》诗:'蚕屋朝寒闭,田家昼雨闲。'此写出村居景象。但上句拙,'朝''昼'二字合掌。"《笠翁对韵》此韵部中,"意懒对心慵""浪蝶对狂蜂"二句,严格来讲,就有犯合掌大忌之嫌。

三　江

奇对偶,只对双。大海对长江。金盘对玉盏,宝烛对银釭。朱漆槛,碧纱窗。舞调对歌腔。兴汉推马武,谏夏著龙逢。四收列国群王伏①,三筑高城众敌降②。跨凤登台,潇洒仙姬秦弄玉;斩蛇当道,英雄天子汉刘邦。

【注释】

①"四收"句:宋初大将曹彬、潘美等先后攻灭后蜀、南汉、南唐、北汉,结束了五代十国的分裂局面。　②"三筑"句:《旧唐书·张仁愿传》:"时突厥默啜尽众西击突骑施娑葛,仁愿请乘虚夺取漠南之地,于河北筑三受降城,首尾相应,以绝其南寇之路。太子少师唐休璟以为两汉已来,皆北守黄河,今于寇境筑城,恐劳人费功,终为贼虏所有,建议以为不便。仁愿固请不已,中宗竟从之。仁愿表留年满镇兵以助其功。时咸阳兵二百余人逃归,仁愿尽擒之,一时斩于城下,军中股慄,役者尽力,六旬而三城俱就。以拂云祠为中城,与东、西两城相去各四百余里,皆据津济,遥相应接,北拓地三百余里,于牛头朝那山北置烽候一千八百所。自是突厥不得度山放牧,朔方无复寇掠,减镇兵数万人。"

颜对貌，像对庞。步辇对徒杠①。停针②对搁笔，意懒对心降。灯闪闪，月幢幢。揽辔对飞艭（shuāng）③。柳堤驰骏马，花院吠村尨。酒量微酣琼杏颊，香尘浅印玉莲躞④。诗写丹枫，韩女幽怀流御水；泪弹斑竹，舜妃遗恨积湘江。

【注释】

①步辇、徒杠：步辇省称"辇"。宫苑内一种用人荷行的代步工具，以一方平板，旁设两根抬杆组成。皇帝、皇后等乘之。始于汉代，历代相因，但不限于宫廷所用。《史记·刘敬叔孙通列传》："于是皇帝辇出房，百官执职传警，引诸侯王以下至吏六百石以次奉贺。"《索隐》引《舆服志》："殷周以辇载军器，职载刍豢，至秦始去其轮而舆为尊。"《孟子·离娄下》："岁十一月，徒杠成。"可供徒步行走的小桥。　②停针：张籍《吴楚歌词》："庭前春鸟啄林声，红夹罗襦缝未成。今朝社日停针线，起向朱樱树下行。"古时乡俗，通常在立春、立秋后第五个戊日祭土地神，称社日。　③艭：船名。袁宏道《和小修》："露梢千缕扑斜窗，黄笙藤枕梦吴艭。"　④足躞：《拾遗记》卷九："（石）崇常择美容姿相类者十人，装饰衣服大小一等，使忽视不相分别，常侍于侧。使翔风调玉以付工人，为倒龙之佩，萦金为凤冠之钗，言刻玉为倒龙之势，铸金钗象凤凰之冠。结袖绕楹而舞，昼夜相接，谓之'恒舞'。欲有所召，不呼姓名，悉听佩声，视钗色：玉声轻者居前，金色艳者居后，以为行次而进也。使数十人各含异香，行而语笑，则口气从风而飏。又屑沉水之香如尘末，布象床上，使所爱者践之，无迹者赐以真珠百琲，有迹者节其饮食，令身轻弱。故闺中相戏曰：'尔非细骨轻躯，那得百琲真珠！'"

【评析】

该韵部中，"斩蛇当道，英雄天子汉刘邦"二句，源出《史记·高祖本纪》:"高祖以亭长为县送徒骊山,徒多道亡。自度比至皆亡之,到丰西泽中,止饮,夜乃解纵所送徒。曰:'公等皆去,吾亦从此逝矣!'徒中壮士愿从者十余人。高祖被酒,夜径泽中,令一人行前。行前者还报曰:'前有大蛇当径,愿还。'高祖醉,曰:'壮士行,何畏!'乃前,拔剑击斩蛇。蛇遂分为两,径开。行数里,醉,因卧。后人来至蛇所,有一老妪夜哭。人问何哭,妪曰:'人杀吾子,故哭之。'人曰:'妪子何为见杀?'妪曰:'吾子,白帝子也,化为蛇,当道,今为赤帝子斩之,故哭。'人乃以妪为不诚,欲告之,妪因忽不见。后人至,高祖觉。后人告高祖,高祖乃心独喜,自负。诸从者日益畏之。"后人附会为汉代秦兴之兆。

四　支

泉对石,干对枝。吹竹对弹丝①。山亭对水榭,鹦鹉对鸬鹚(cí)。五色笔②,十香词③。泼墨对传卮④。神奇韩干画⑤,雄浑李陵诗⑥。几处花街新夺锦⑦,有人香径淡凝脂。万里烽烟,战士边头争保塞;一犁膏雨,农夫村外尽乘时。

【注释】

①吹竹、弹丝:江总《宴乐修堂应令》:"弹丝命琴瑟,吹竹动笙簧。"　②五色笔:《南史·江淹传》:"淹少以文章显,晚节才思微退,云为宣城太守时罢归,始泊禅灵寺渚,夜梦一人自称张景阳,谓曰:'前以一匹锦相寄,今可见还。'淹探怀中得数尺与之,此人大恚曰:'那得

割截都尽。'顾见丘迟谓曰：'余此数尺既无所用，以遗君。'自尔淹文章踬矣。又尝宿于冶亭，梦一丈夫自称郭璞，谓淹曰：'吾有笔在卿处多年，可以见还。'淹乃探怀中得五色笔一以授之。尔后为诗绝无美句，时人谓之才尽。"（按：《梁书·江淹传》云："明帝即位，为车骑临海王长史。俄除廷尉卿，加给事中，迁冠军长史，加辅国将军。出为宣城太守，将军如故。在郡四年，还为黄门侍郎、领步兵校尉，寻为秘书监。"则淹才当尽于南齐明帝年间。） ③十香词：《辽史·后妃传》："太康初，宫婢单登、教坊朱顶鹤诬后与（赵）惟一私，枢密使耶律乙辛以闻。诏乙辛与张孝杰劾状，因而实之。族诛惟一，赐后自尽，归其尸于家。乾统初，追谥宣懿皇后，合葬庆陵。"王鼎《焚椒录》载此事始末甚详。《十香词》作为证明萧皇后私通的重要证据，单注所谓"宋国忒里蹇所作"当然不可靠。据载《十香词》文本由耶律乙辛交出，文笔的妍丽生动也与其《奏懿德皇后私伶官疏》相同，因此缪荃孙编《辽文存》把它放在了乙辛的名下。（按：王士禛《居易录》卷二六："《契丹国志·后妃传·道宗萧皇后本传》云：性恬寡欲，鲁王宗元之乱，道宗同猎，未知音耗。后勒兵镇帖中外，甚有声称。崩，葬祖州云云而已。《焚椒录》所纪耶律乙辛、张孝杰辈谗构赐死之事，绝无一字及之。又《录》称后为南院枢密使惠之少女，而《志》云赠同平章事显然之女。《志》言勒兵似娴武略者，而《录》言幼能诵诗，旁及经子。《录》中所载《射虎》《应制》诸诗及《回心院词》皆极工，而无一语及武事。且《本纪》道宗在位四十七年，改元者三：清宁、咸雍、寿昌，初无太康之号。而《录》载乙辛密奏太康元年十月据宫婢单登及教坊朱顶鹤陈首云云。已上皆抵牾不合，不可解也。按《辽史·宣懿皇后传》虽略，而与《焚椒录》所纪同，盖《契丹志》之疏耳。《志》唯载天祚文妃善歌诗，其《咏史》云：'丞相朝来剑佩鸣，千官侧目寂无声。养成外患嗟何及，祸尽忠臣罚不明。亲戚并连藩翰地，私门潜蓄爪牙兵。可怜昔代秦天子，犹向宫中望太平。'按史亦载此诗，是骚体非律。"《四库全书总目》卷五二《焚椒录》提要："今考叶隆礼《契丹国志》皆杂采宋人史传而作，故苏天爵《三史质疑》讥其未见国史，传闻失实。又沈括《梦溪笔谈》称：'辽人书禁甚严，传至中国者，法皆死。'是书事涉宫闱，在当日益不敢宣布，宋人自无由而知。士禛以史证隆礼之疏，诚为确论。或执《契丹国志》以疑此书，则误矣。"可录以备参。）　④泼墨、传卮：《宣和画谱》卷一〇："王洽，不知何许人。善能泼墨成画，时人皆号为王泼墨。性嗜酒疏逸，多放傲于江湖间。每欲作图画之时，必待沈酣之后，解衣盘礴，吟啸鼓跃，先以墨泼图障之上，乃因似其形象，或为山，或为石，或为林，或为泉者，自然天成，倏若造化。已而云霞卷舒，烟雨惨淡，不见其墨污之迹，非画史之笔墨所能到也。宋白喜题品，尝题洽所画山水诗，其首章云：'叠巘层峦一泼开，细情高兴互相催。'此则知洽泼墨之画为臻妙也。"传卮，即传杯。古人饮酒共用一杯，诸客宴饮中传递酒杯劝酒。司空曙《云阳馆与韩绅宿别》："更有明朝恨，离杯惜共传。"　⑤"神奇"句：《宣和画谱》卷一三："天宝初，明皇召干入为供奉。时陈闳乃以画马荣遇一时，上令师之。干不奉诏。他日问干，干曰：'臣自有师。今陛下内厩马，皆臣之师也。'明皇于是益奇之。……忽一夕，有人朱衣玄冠扣干门者，称：'我鬼使也。闻君善图良马，欲赐一匹。'干立画焚之。他日有送百缣来致谢，而卒莫知其所从来，是其所谓鬼使者也。建中初，有人牵一马访医者，毛色骨相，医所未尝见。忽值干，干惊曰：'真是吾家之所画马。'遂摩挲久之，怪其笔意冥会如此。俄顷若蹶，因损前足。干异之，于是归以视所画马本，则脚有一点墨缺，乃悟其画亦神矣。米芾《画史》载，嘉祐中有使江南者，渡采石牛渚矶，风大作不可渡，于是祷中元水府祠。是夕梦神，告留马当相济。既寤，遂献所藏干马，已而风止乃渡。至今典庙中。"　⑥"雄浑"句：《文选》卷二九题李陵《与苏武》："良时不再至，离别在须臾。屏营衢路侧，执手野踟蹰。仰视浮云驰，奄忽互相逾。风波一失所，各在天一隅。长当从此别，且复立斯须。欲因晨风发，送子以贱躯。""嘉会难再遇，三载为千秋。临河濯长缨，念子怅悠悠。远望悲风至，对酒不能酬。行人怀往路,何以慰我愁。独有盈觞酒,与子结绸缪。""携手上河梁,游子暮何之。徘徊蹊路侧,恨恨不得辞。行人难久留,各言长相思。安知非日月,弦望自有时。努力崇明德,皓首以为期。" ⑦夺锦:《新唐书·宋之问传》:"武后游洛南龙门,诏从臣赋诗,左史东方虬诗先成,后赐锦袍,之问俄顷献,后览之嗟赏,更夺袍以赐。"(按:《唐诗纪事》卷三记有宋之问另一夺锦事:"中宗正月晦日幸昆明池赋诗,群臣应制百余篇。帐殿前结彩楼,命昭容选一首为新翻御制曲。从臣悉集其下,须臾纸落如飞,各认其名而怀之。既进,唯沈、宋二诗不下。又移时,一纸飞坠,竞取而观,乃沈诗也。及闻其评曰:'二诗功力悉敌,沈诗落句云:微臣雕巧质,羞睹豫章才。盖词气已竭。宋诗云:不愁明月尽,自有夜珠来。犹陟健举。'沈乃服,不敢复争。")

菹(zū)对醢(hǎi)①,赋对诗。点漆对描脂②。璠(fán)簪对珠履③,剑客对琴师。沽酒价,买山资④。国色对仙姿。晚霞明似锦,春雨细如丝⑤。柳绊长堤千万树,花横野寺两三枝。紫盖黄旗,天象预占江左地⑥;青袍白马,童谣终应寿阳儿⑦。

【注释】

①菹、醢:《离骚》:"后辛之菹醢兮,殷宗用而不长。"王逸注:"藏菜曰菹,肉酱曰醢。"五臣云:"菹醢,肉酱也。" ②点漆、描脂:《世说新语·容止》:"王右军见杜弘治,叹曰:'面如凝脂,眼如点漆,此神仙中人!'时人有称王长史形者,蔡公曰:'恨诸人不见杜弘治耳!'" ③璠簪、珠履:璠,美玉。《史记·春申君列传》:"赵平原君使人于春申君,春申君舍之于上舍。赵使欲夸楚,为玳瑁簪,刀剑室以珠玉饰之,请命春申君客。春申君客三千余人,其上客皆蹑珠履以见赵使,赵使大惭。" ④买山资:《世说新语·排调》:"支道林因人就深公买印山,深

公答曰：'未闻巢、由买山而隐。'" ⑤"春雨"句：邵雍《春雨吟》："春雨细如丝，如丝霡霂时。如何一霶霈，万物尽熙熙。" ⑥"紫盖"二句：《三国志·吴志·吴主传》"以太常顾雍为丞相"裴注引《吴书》："以尚书令陈化为太常……为郎中令使魏。魏文帝因酒酣，嘲问曰：'吴、魏峙立，谁将平一海内者乎？'化对曰：'《易》称帝出乎震。加闻先哲知命旧说，紫盖黄旗，运在东南。'" ⑦"青袍"二句：《南史·侯景传》："先是，大同中童谣曰：'青丝白马寿阳来。'景涡阳之败，求锦，朝廷所给青布，及是皆用为袍，采色尚青。景乘白马，青丝为辔，欲以应谣。"（按：《梁书》本传载童谣于传末，"大同中"作"普通中"。又，《隋书·五行志》："大同中童谣曰，青丝白马寿阳来。其后侯景破丹阳，乘白马，以青丝为羁勒。"）

笺对赞，缶对卮。萤照对蚕丝。轻裾对长袖①，瑞草对灵芝。流涕策②，断肠诗③。喉舌对腰肢。云中熊虎将④，天上凤麟儿⑤。禹庙千年垂橘柚⑥，尧阶三尺覆茅茨⑦。湘竹含烟，腰下轻纱笼玳瑁（dàimào）；海棠经雨，脸边清泪湿胭脂⑧。

【注释】

①轻裾、长袖：韩愈《送李愿归盘谷序》："曲眉丰颊，清声而便体，秀外而惠中，飘轻裾，翳长袖，粉白黛绿者，列屋而闲居，妒宠而负恃，争妍而取怜。" ②流涕策：贾谊《陈政事疏》："臣窃惟事势，可为痛哭者一，可为流涕者二，可为长太息者六。" ③断肠诗：朱淑真有《断肠词》，宋代未见流传。诗集《断肠集》，辑者魏仲恭于南宋孝宗淳熙九年（1182）序云："比往武陵，见旅邸中好事者往往传诵朱淑真词，每窃听之，清新婉丽，蓄思含情，能道人意中事，岂泛泛者所能及，未尝不一唱

而三叹也。早岁不幸，父母失审，不能择伉俪，乃嫁为市井民家妻，一生抑郁不得志，故诗中多有忧愁怨恨之语，每临风对月，触目伤怀，皆寓于诗，以写其胸中不平之气，竟无知音，悒悒抱恨而终。……乃名其诗为《断肠集》。"（按：朱淑真的一首《清平乐·夏日游湖》，表明其曾经跟命运进行过事实上的抗争："恼烟撩露。留我须臾住。携手藕花湖上路。一霎黄梅细雨。 娇痴不怕人猜。和衣睡倒人怀。最是分携时候，归来懒傍妆台。"） ④"云中"句：《三国志·吴志·周瑜传》："瑜上疏曰：'刘备以枭雄之姿，而有关羽、张飞熊虎之将，必非久屈为人用者。'" ⑤"天上"句：《陈书·徐陵传》："母臧氏，尝梦五色云化而为凤，集左肩上，已而诞陵焉。时宝志上人者，世称其有道。陵年数岁，家人携以候之。宝志手摩其顶，曰：'天上石麒麟也。'" ⑥"禹庙"句：杜甫《禹庙》："禹庙空山里，秋风落日斜。荒庭垂橘柚，古屋画龙蛇。" ⑦"尧阶"句：《韩非子·五蠹》："尧之王天下也，茅茨不剪，采椽不斫。" ⑧"海棠"二句：宋祁《锦缠道》："睹园林、万花如绣。海棠经雨胭脂透。柳展宫眉，翠拂行人首。"

争对让，望对思。野葛对山栀。仙风对道骨①，天造对人为。专诸剑②，博浪椎（chuí）③。经纬对干支④。位尊民物主⑤，德重帝王师。望切不妨人去远，心忙无奈马行迟。金屋闭来，赋乞茂陵题柱笔⑥；玉楼成后，记须昌谷负囊词⑦。

【注释】

①仙风、道骨：李白《大鹏赋序》："余昔于江陵见天台司马子微，谓余有仙风道骨，可与神游八极之表，因著《大鹏遇希有鸟赋》以自广。" ②专诸剑：《史记·刺客列传》："四月丙子，光伏甲士于窟室中，

而具酒请王僚。王僚使兵陈自宫至光之家，门户阶陛左右，皆王僚之亲戚也。夹立侍，皆持长铍。酒既酣，公子光详为足疾，入窟室中，使专诸置匕首鱼炙之腹中而进之，既至王前，专诸擘鱼，因以匕首刺王僚，王僚立死。左右亦杀专诸，王人扰乱。公子光出其伏甲以攻王僚之徒，尽灭之，遂自立为王，是为阖闾。" ③博浪椎：《史记·留侯世家》："良年少，未宦事韩。韩破，良家僮三百人，弟死不葬，悉以家财求客刺秦王，为韩报仇，以大父、父五世相韩故。……得力士，为铁椎重百二十斤。秦皇帝东游，良与客狙击秦皇帝博浪沙中，误中副车。秦皇帝大怒，大索天下，求贼甚急，为张良故也。良乃更名姓，亡匿下邳。" ④干支：中国古代的干支纪年法，是以甲、乙、丙、丁、戊、己、庚、辛、壬、癸十天干与子、丑、寅、卯、辰、巳、午、未、申、酉、戌、亥十二地支按照顺序组合起来，每配完六十次就循环一周。与鼠、牛、虎、兔、龙、蛇、马、羊、猴、鸡、狗、猪十二生肖结合，可以区别同一生肖的不同年份。
⑤ "位尊" 句：《尚书·多方》："天惟时求民主，乃大降显休命于成汤。"
⑥ "金屋" 二句：汉武帝年少时，曾对长公主刘嫖（piāo）说："若得阿娇作妇，当作金屋贮之也。"武帝即位，刘嫖之女阿娇被立为皇后，擅宠骄贵，十余年而无子。闻卫子夫颇得宠幸，几死者数焉。武帝怒，废之，罢退居长门宫，而立卫子夫为皇后。司马相如《长门赋序》："孝武皇帝陈皇后，时得幸，颇妒，别在长门宫，愁闷悲思。闻蜀郡成都司马相如天下工为文，奉黄金百斤，为相如、文君取酒，因于解悲愁之辞。而相如为文以悟主上，陈皇后复得亲幸。"《华阳国志》卷三："城北十里有升仙桥，有送客观。司马相如初入长安，题市门曰：'不乘赤车驷马，不过汝下也！'"司马相如病免，家居茂陵。（按：一般认为，《长门赋》的赋文，没有证据表明不是司马相如所作，赋文是"侵、冬以及谈、真韵部的通押，这种押韵特点只能在西汉来自蜀郡赋家的作品中见到"［简宗梧《〈长门赋〉辨证》］。而序文

则显系后人伪托,主要依据在于:司马相如卒于汉武帝之前,不可能知道武帝的谥号"孝武";序末复幸事与《汉书》所载不合。) ⑦"玉楼"二句:李商隐《李贺小传》:"每旦日出与诸公游,未尝得题然后为诗,如他人思量牵合以及程限为意。恒从小奚奴,骑距驢,背一古破锦囊,遇有所得,即书投囊中。及暮归,太夫人使婢受囊出之,见所书多,辄曰:'是儿要当呕出心乃已耳!'上灯,与食,长吉从婢取书,研墨叠纸足成之,投他囊中。……长吉将死时,忽昼见一绯衣人,驾赤虬,持一版,书若太古篆或霹雳石文者,云:'当召长吉。'长吉了不能读,欻下榻叩头言:'阿姆老且病,贺不愿去。'绯衣人笑曰:'帝成白玉楼,立召君为记。天上差乐,不苦也。'长吉独泣,边人尽见之。少之,长吉气绝。"

【评析】

该韵部中,"雄浑李陵诗"句中"李陵诗"存在真伪问题。刘勰在其《文心雕龙·明诗》中早就说过:"汉初四言,韦孟首唱,匡谏之义,继轨周人。孝武爱文,柏梁列韵;严马之徒,属辞无方。至成帝品录,三百余篇,朝章国采,亦云周备。而辞人遗翰,莫见五言,所以李陵、班婕妤见疑于后代也。按《召南·行露》,始肇半章;孺子《沧浪》,亦有全曲;《暇豫》优歌,远见春秋;《邪径》童谣,近在成世;阅时取证,则五言久矣。又古诗佳丽,或称枚叔,其《孤竹》一篇,则傅毅之词。比采而推,两汉之作乎?观其结体散文,直而不野,婉转附物,怊怅切情,实五言之冠冕也。"驳斥怀疑,针锋相对。章培恒先生也认为《与苏武》诗并非伪作,并择要辨析了"五四"以来学者的怀疑证据。详参其《关于李陵〈与苏武诗〉及〈答苏武书〉的真伪问题》。

又,附录《声律发蒙》"二 支思"韵部如下:

经对史,赋对诗。礼义对文辞。聪明联睿智,孝友对仁慈。苏武不降心似铁,潘安未老鬓如丝。芳春永夏,美景良时。鸾胶凤友,燕子莺儿。游蜂粘柳絮,戏蝶绕花枝。兰苑春风香旖旎,竹轩秋月影参差。花馆嘲风,展放愁眉开笑口;梅窗映雪,频呵冻手捻吟髭。

览圣经,观贤传。入金门,朝玉殿。去佞除奸,褒贤赏善。龙墀拜宠恩,凤阁陪佳宴。禄俸难酬父母恩,功名务遂男儿愿。闲评论,细寻思。堪笑乐,莫嗟咨。香焚宝鼎,酒泛瑶卮。笔扫龙蛇字,胸藏锦绣词。烟锁柳眉颦浅黛,露垂花脸婉凝脂。骥困盐车,逢伯乐方能识也;鲋潜辙水,遇庄周未必怜之。

其中,"鲋潜辙水,遇庄周未必怜之"二句,典出《庄子·外物》:"庄周家贫,故往贷粟于监河侯。监河侯曰:'诺!我将得邑金,将贷子三百金,可乎?'庄周忿然作色曰:'周昨来,有中道而呼。周顾视,车辙中有鲋(fù)鱼焉。'周问之曰:'鲋鱼来,子何为者耶?'对曰:'我东海之波臣也。君岂有斗升之水而活我哉?'周曰:'诺!我且南游吴、越之王,激西江之水而迎子,可乎?'鲋鱼忿然作色曰:'吾失吾常与,我无所处。吾得斗升之水然活耳。君乃言此,曾不如早索我于枯鱼之肆!'"

五 微

贤对圣,是对非。觉奥对参微。鱼书①对雁字,草舍对柴扉。鸡晓唱,雉朝飞②。红瘦对绿肥③。举杯邀月饮,骑马踏花归。黄盖能成赤壁捷④,陈平善解白登危⑤。太白书堂,瀑泉垂地三千丈⑥;孔明祠庙,老柏参天四十围⑦。

【注释】

①鱼书:《饮马长城窟行》:"客从远方来,遗我双鲤鱼。呼儿烹鲤鱼,中有尺素书。" ②雉朝飞:《诗·小雅·小弁》:"雉之朝雊,尚求其雌。"蔡邕《琴操》:"《雉朝飞操》者,齐独沐子所作也。独沐子年七十,无妻,出薪于野,见飞雉雄雌相随,感之,抚琴而歌曰:雉朝飞,鸣相和,雌雄群游于山阿。我独何命兮未有家,时将暮兮可奈何,嗟嗟暮兮可奈何。" ③红瘦、绿肥:李清照《如梦令》:"昨夜雨疏风骤。浓睡不消残酒。试问卷帘人,却道海棠依旧。知否?知否?应是绿肥红瘦。" ④"黄盖"句:《三国志·吴志·黄盖传》:"建安中,随周瑜拒曹公于赤壁,建策火攻。"《周瑜传》:"瑜部将黄盖曰:'今寇众我寡,难与持久。然观操军船舰,首尾相接,可烧而走也。'乃取蒙冲斗舰数十艘,实以薪草,膏油灌其中。裹以帷幕,上建牙旗,先书报曹公,欺以欲降。又豫备走舸,各系大船后,因引次俱前。曹公军吏士皆延颈观望,指言盖降。盖放诸船,同时发火。时风盛猛,悉延烧岸上营落。顷之,烟炎张天,人马烧溺死者甚众,军遂败退,还保南郡。" ⑤"陈平"句:《史记·韩信传》:"高皇帝居晋阳,使人视冒顿,还报曰:'可击。'上遂至平城。上出白登,匈奴骑围上,上乃使人厚遗阏氏。阏氏乃说冒顿曰:'今得汉地,犹不能居;且两主不相厄。'居七日,胡骑稍引去。时天大雾,汉使人往来,胡不觉。护军中尉陈平言上曰:'胡者全兵,请令强弩傅两矢外乡,徐行出围。'入平城,汉救兵亦到,胡骑遂解去。汉亦罢兵归。" ⑥"太白"二句:李白《望庐山瀑布二首》其二:"飞流直下三千尺,疑是银河落九天。" ⑦"孔明"二句:杜甫《古柏行》:"孔明庙前有老柏,柯如青铜根如石。霜皮溜雨四十围,黛色参天二千尺。"

戈对甲，幄对帏。荡荡对巍巍。严滩对邵圃，靖菊对夷薇。占鸿渐①，卜凤飞②。虎榜③对龙旗。心中罗锦绣，口内吐珠玑。宽宏豁达高皇量④，叱咤喑哑霸王威⑤。灭项兴刘，狡兔尽时走狗死⑥；连吴拒魏，貔貅（píxiū）⑦屯处卧龙归。

【注释】

①占鸿渐：《易·渐》："鸿渐于磐，饮食衎衎，吉。" ②卜凤飞：《左传·庄公二十二年》：初，懿氏卜妻敬仲，其妻占之，曰："吉，是谓'凤凰于飞，和鸣锵锵。有妫之后，将育于姜。五世其昌，并于正卿。八世之后，莫之与京。'" ③虎榜：《新唐书·欧阳詹传》："举进士，与韩愈、李观、李绛、崔群、王涯、冯宿、庾承宣联第，皆天下选，时称'龙虎榜'。" ④"宽宏"句：潘岳《西征赋》："观夫汉高之兴也，非徒聪明神武、豁达大度而已也；乃实慎终追旧，笃诚款爱；泽靡不渐，恩无不逮。" ⑤"叱咤"句：《史记·淮阴侯列传》："项王喑噁叱咤，千人皆废。" ⑥"灭项"二句：《史记·淮阴侯列传》：信持其首，谒高祖于陈。上令武士缚信，载后车。信曰："果若人言：'狡兔死，良狗烹；高鸟尽，良弓藏；敌国破，谋臣亡。'天下已定，我固当烹！"上曰："人告公反。"遂械系信。至雒阳，赦信罪，以为淮阴侯。 ⑦貔貅：古籍中的猛兽名，比喻勇猛的军士。《礼记·曲礼》："前有挚兽，则载貔貅。"《晋书·熊远传》："命貔貅之士，鸣檄前驱。"

衰对盛，密对稀。祭服对朝衣。鸡窗对雁塔①，秋榜对春闱。乌衣巷②，燕子矶。久别对初归。天姿真窈窕，圣德实光辉。蟠桃紫阙来金母③，岭荔红尘进玉妃。灞上军营，亚父丹心撞玉斗；长安酒市,谪(zhé)仙狂兴换银龟。

【注释】

①雁塔:《唐国史补》卷下:"(进士)既捷,列书其姓名于慈恩寺塔,谓之题名会。"《唐摭言·慈恩寺题名游赏赋咏杂记》:"神龙已来杏园宴后,皆于慈恩寺塔下题名,同年中推一善书者纪之。" ②乌衣巷:刘禹锡《乌衣巷》:"朱雀桥边野草花,乌衣巷口夕阳斜。旧时王谢堂前燕,飞入寻常百姓家。" ③"蟠桃"句:《汉武帝内传》:"又命侍女索桃,须臾,以鎏盛桃七枚,大如鸭子,形(圆)色青,以呈王母。母以四枚与帝,自食三桃。桃之甘美,口有盈味。帝食辄录核。母曰:'何谓?'帝曰:'欲种之耳。'母曰:'此桃三千岁一生实耳,中夏地薄,种之不生如何!'帝乃止。"

【评析】

该韵部中,"灭项兴刘,狡兔尽时走狗死"二句中兔死狗烹之语,《史记·越王勾践世家》中也有相类似的记载,兹一并附录如次:"范蠡遂去,自齐遗大夫种书曰:'蜚鸟尽,良弓藏;狡兔死,走狗烹。越王为人长颈鸟喙,可与共患难,不可与共乐。子何不去?'种见书,称病不朝。人或谗种且作乱,越王乃赐种剑曰:'子教寡人伐吴七术,寡人用其三而败吴,其四在子,子为我从先王试之。'种遂自杀。"

又,"蟠桃紫阙来金母"句典源所出之《汉武帝内传》,明清以来,其作者或作者时代问题众说纷纭,主要有这样几种:班固说,葛洪说,王灵期等上清派人士说,原始作者为周义山之门徒、后经楼观派道士加工与增饰说,东汉人作,六朝文士作,唐人作等。目前,"六朝人作"的提法已经基本上为学界所接受。不过,据日本学者小南一郎《中国的神话传说与古小说》等的研究，其中葛洪造作《汉武帝内传》的可能性极小。

又，附录《声律发蒙》"三　齐微"韵部如下：

宽对窄，显对微。远近对高低。珠宫联贝阙，柳岸对桃溪。芳草平铺调马地，绿杨低罩养鱼池。黄花烂漫，红叶芳菲。烟霞隐隐，雾雨霏霏。窗前飞野马，瓮里出醯（xī）鸡。说破春愁双紫燕，唤回午梦一黄鹂。路有他歧，可以南而可以北；水无定性，决诸东而决诸西。

品鸾箫，敲象板。玛瑙盘，玻璃盏。罢酒停歌，挥毫授简。神鬼助吟魂，龙蛇惊醉眼。罗绮香飘紫陌春，管弦声断青楼晚。花间饮，月下归。朱户掩，翠帘垂。银釭闪闪，玉漏迟迟。清霜芦雁宿，细雨竹鸡啼。天上月悬千古镜，池中星照一盘棋。知足称贤，疏广上书言老矣；折腰受辱，陶潜解印赋归兮。

其中，"窗前飞野马，瓮里出醯鸡"二句，源出罗隐《南园题》："搏击路终迷，南园且灌畦。敢言逃俗态，自是乐幽栖。叶长春松阔，科圆早薤齐。雨沾虚槛冷，雪压远山低。竹好还成径，桃夭亦有蹊。小窗奔野马，闲瓮养醯鸡。水石心逾切，烟霄分已暌。病怜王猛奔（běn），愚笑隗嚣泥。泽国潮平岸，江村柳覆堤。到头乘兴是，谁手好提携。"

六　鱼

羹对饭，柳对榆。短袖对长裾。鸡冠对凤尾，芍药对芙蕖。周有若①，汉相如。王屋对匡庐②。月明山寺远，风细水亭虚。壮士腰间三尺剑，男儿腹内五车书③。疏影暗香，和靖孤山梅蕊放④；轻阴清昼，渊明旧宅柳条舒⑤。

【注释】

①周有若：《史记·仲尼弟子列传》："有若少孔子十三岁。有若曰：'礼之用，和为贵，先王之道斯为美。小大由之，有所不行；知和而和，不以礼节之，亦不可行也。''信近于义，言可复也；恭近于礼，远耻辱也；因不失其亲，亦可宗也。'孔子既没，弟子思慕，有若状似孔子，弟子相与共立为师，师之如夫子时也。"　②匡庐：庐山。《后汉书·郡国志》："寻阳南有九江，东合为大江。"刘昭注引《庐山记略》："有匡俗先生者，出殷周之际，隐遁潜居其下，受道于仙人而共岭，时谓所止为仙人之庐而命焉。"　③五车书：《庄子·天下》："惠施多方，其书五车。"（按：《汉志》所录《惠子》仅有一篇，是其书已亡。）　④"疏影"二句：《宋史·隐逸传》："林逋字君复，杭州钱塘人……初放游江淮间，久之归杭州，结庐西湖之孤山，二十年足不及城市……既卒，州为上闻。仁宗嗟悼，赐谥和靖先生。"　⑤"轻阴"二句：陶渊明《五柳先生传》："先生不知何许人也，亦不详其姓字，宅边有五柳树，因以为号焉。"

　　吾对汝，尔对余。选授对升除。书箧对药柜，耒耜对耰(yōu)①锄。参虽鲁，回不愚②。阀阅③对阎闾。诸侯千乘国，命妇七香车④。穿云采药闻仙犬⑤，踏雪寻梅策蹇驴。玉兔金乌，二气精灵为日月；洛龟河马，五行生克⑥在图书。

【注释】

①耰：《汉书·吾丘寿王传》："民以耰锄箠梃相挞击，犯法滋众，盗贼不胜。"颜师古注："耰，摩田之器也。"　②"参虽鲁"二句：《论语·先进》："柴也愚，参也鲁。"《论语·为政》："吾与回言终日，不违如

愚。退而省其私，亦足以发，回也不愚。"　③阀阅：《史记·高祖功臣侯者年表》："古者人臣功有五品，以德立宗庙定社稷曰勋，以言曰劳，用力曰功，明其等曰伐，积日曰阅。"　④七香车：《古文苑》卷一〇曹操《与太尉杨彪书》："今赠足下锦裘二领……钱六十万，画轮四望通幰七香车一乘。"章樵注："以七种香木为车。"　⑤"穿云"句：《幽明录》："汉明帝永平五年，剡县刘晨、阮肇共入天台山取谷皮。迷不得返，经十三日，粮乏尽，饥馁殆死。遥望山上有一桃树，大有子实，而绝岩邃涧，永无登路。攀缘藤葛，乃得至上。各啖数枚，而饥止体充。复下山，持杯取水，欲盥漱，见芜菁叶从山腹流出，甚鲜新，复一杯流出，有胡麻糁。相谓曰：'此必去人径不远。'便共没水，逆流行二三里，得度山。出一大溪边，有二女子，姿质妙绝。见二人持杯出，便笑曰：'刘、阮二郎捉向所失流杯来。'晨、肇既不识之，缘二女便呼其姓，如似有旧，乃相见忻喜。问：'来何晚邪？'因邀还家，其家铜瓦屋，南壁及东壁下各有一大床，皆施绛罗帐，帐角悬铃，金银交错。床头各有十侍婢，敕云：'刘、阮二郎经涉山岨，向虽得琼实，犹尚虚弊，可速作食。'食胡麻饭、山羊脯、牛肉，甚甘美。食毕行酒。有一群女来，各持三五桃子，笑而言：'贺汝婿来。'酒酣作乐。刘、阮忻怖交并。至暮，令各就一帐宿，女往就之。言声清婉，令人忘忧。至十日后，欲求还去。女云：'君已来是，宿福所牵，何复欲还耶？'遂停半年。气候草木是春时，百鸟啼鸣，更怀悲思，求归甚苦。女曰：'罪牵君，当可如何！'遂呼前来女子，有三四十人，集会奏乐，共送刘、阮，指示还路。既出，亲旧零落，邑屋改异，无相识。问讯得七世孙，传闻上世入山，迷不得归。至晋太元八年，忽复去，不知所。"　⑥五行生克：五行相克之说，见于《白虎通义》："五行所以相害者，天地之性，众胜寡，故水胜火也。精胜坚，故火胜金，刚胜柔，故金胜木，专胜散，故木胜土，实胜虚，故土胜水也。"即水克火，火克金，金克木，木克土，土克水。五行相克之关系，被邹衍推演为五德终始说。五行相生之说，始见于董仲舒《春秋繁露·五行相生篇》："天地之气合而为一，分为阴阳，判为四时，列为五行，行者行也，其行不同，故谓之五行。五行者，五官也，比相生而间相胜也……东方者，木……木生火，南方者，火……火生土。中央者，土……土生金。西方者，金……金生水。北方者，水……水生木。"五行何以相生，《五行大义》引《白虎通》云："木生火者，木性温暖伏其中，钻灼而出，故生火。火生土者，火热故能焚木，木焚而成灰，灰即土也，故火生土。土生金者，金居石依山津润而生，聚土成山，山必生石，故土生金。金生水者，少阴之气温润流泽，销金亦为水。所以山云而从润，故金生水，水生木者，因水润而能生，故水生木也。"所谓比相生而间相胜，就是将五行按东方木，南方火，中央土，西方金，北方水，排成一圈。则沿圆周，行与行是相生关系，而隔一个就为相胜关系。

欹对正，密对疏。囊橐（tuó）对苞苴（jū）[1]。罗浮[2]对壶峤，水曲对山纡。骖鹤驾，侍鸾舆。桀溺对长沮[3]。搏虎卞庄子[4]，当熊冯婕妤[5]。南阳高士吟梁父，西蜀才人赋子虚[6]。三径风光，白石黄花供杖履；五湖烟景，青山绿水在樵渔。

【注释】

①囊橐、苞苴：《诗·大雅·公刘》："乃裹糇粮，于橐于囊。"《庄子·列御寇》："小夫之知，不离苞苴竿牍。" ②罗浮：山名，在广东境内。相传晋代葛洪于此得仙术。被称为道教第七洞天，第三十四福地。罗浮山为浮山与罗山之合体。《茅君内传》："罗山绝顶曰飞云峰，夜半见日……其下与浮山相接处，有石如梁曰铁桥。浮山绝顶曰蓬莱峰，在铁

之西。" ③桀溺、长沮：《论语·微子》："长沮、桀溺耦而耕，孔子过之，使子路问津焉。" ④"搏虎"句：卞庄子，又作管庄子。《战国策·秦策二》："王不闻夫管与之说乎？有两虎诤人而斗者，管庄子将刺之，管与止之曰：'虎者，戾虫；人者，甘饵也。今两虎诤人而斗，小者必死，大者必伤。子待伤虎而刺之，则是一举而兼两虎也。无刺一虎之劳，而有刺两虎之名。'" ⑤"当熊"句：《汉书·外戚传》："建昭中，上幸虎圈斗兽，后宫皆坐。熊佚出圈，攀槛欲上殿。左右贵人傅昭仪等皆惊走，冯婕妤直前当熊而立，左右格杀熊。上问：'人情惊惧，何故前当熊？'婕妤对曰：'猛兽得人而止，妾恐熊至御坐，故以身当之。'元帝嗟叹，以此倍敬重焉。" ⑥"西蜀"句：《史记·司马相如列传》："居久之，蜀人杨得意为狗监，侍上。上读《子虚赋》而善之，曰：'朕独不得与此人同时哉！'得意曰：'臣邑人司马相如自言为此赋。'上惊，乃召问相如。相如曰：'有是。然此乃诸侯之事，未足观也。请为天子游猎赋，赋成奏之。'上许，令尚书给笔札。相如以'子虚'，虚言也，为楚称；'乌有先生'者，乌有此事也，为齐难；'无是公'者，无是人也，明天子之义。故空藉此三人为辞，以推天子诸侯之苑囿。其卒章归之于节俭，因以风谏。奏之天子，天子大说。"

【评析】

该韵部中，"疏影暗香，和靖孤山梅蕊放"二句所涉人事，沈括《梦溪笔谈》卷一〇所记可为补充："林逋隐居杭州孤山，常畜两鹤，纵之则飞入云霄，盘旋久之，复入笼中。逋常泛小艇，游西湖诸寺。有客至逋所居，则一童子出应门，延客坐，为开笼纵鹤。良久，逋必棹小船而归。盖尝以鹤飞为验也。"

又，附录《声律发蒙》"四 车鱼"韵部如下：

清对浊，智对愚。达士对名儒。公羊对司马，五羖对三闾。舌底谈锋今古事，胸中学海圣贤书。看花驻马，踏雪骑驴。守株待兔，缘木求鱼。莼鲈思故里，花坞爱吾庐。治国有材详对策，资身无术滥吹竽。望气登楼，雷焕得双龙之剑；负材题柱，相如乘驷马之车。

　　刎颈交，望年友。试春茶，尝社酒。玉骨冰肌，锦心绣口。春田举桔槔，晚塞鸣刁斗。王公堂下植三槐，陶令门前栽五柳。金孔雀，玉蟾蜍。摇麈尾，卷虾须。峨冠博带，广袖长裾。醉凭青玉案，闲卧碧纱橱。三径黄花霜傅粉，一庭芳草露垂珠。渭水持竿，龟卜暗符熊罴兆；丰城埋剑，龙光直射斗牛墟。

其中，"资身无术滥吹竽"句，典出《韩非子·内储说上》："齐宣王使人吹竽，必三百人。南郭处士请为王吹竽，宣王说之，廪食以数百人。宣王死，湣王立，好一一听之，处士逃。""一曰：韩昭侯曰：'吹竽者众，吾无以知其善者。'田严对曰：'一一而听之。'"

七　虞

　　红对白，有对无。布谷对提壶①。毛锥对羽扇，天阙对皇都。谢蝴蝶②，郑鹧鸪③。蹈海对归湖④。花肥春雨润，竹瘦晚风疏。麦饭豆糜终创汉⑤，莼羹鲈脍竟归吴⑥。琴调轻弹，杨柳月中潜去听⑦；酒旗斜挂，杏花村里共来沽。

【注释】

　　①提壶：鸟名。《九华山志》："提壶，芦状，类燕子，色错黄褐。春

日则叫曰：'提壶芦，沽美酒。'人多见之。"刘禹锡《和苏郎中寻丰安里旧居寄主客张郎中》："池看科斗成文字，鸟听提壶忆献酬。"　②谢蝴蝶：谢逸好作蝴蝶诗，惜仅留下佳句，如："狂随柳絮有时见，舞入梨花何处寻""江天春晚暖风细，相逐卖花人过桥"。　③郑鹧鸪：郑谷作《鹧鸪》诗甚佳，如《侯家鹧鸪》："江天梅雨湿江蓠，到处烟香是此时。苦竹岭无归去日，海棠花落旧栖枝。春宵思极兰灯暗，晓月啼多锦幕垂。唯有佳人忆南国，殷勤为尔唱愁词。"《鹧鸪》："暖戏平芜锦翼齐，品流应得近山鸡。雨昏青草湖边过，花落黄陵庙里啼。游子乍闻征袖湿，佳人才唱翠眉低。相呼相唤湘江浦，苦竹丛深春日西。"　④蹈海、归湖：《战国策·赵策三》："彼秦者，弃礼义而上首功之国也。权使其士，虏使其民。彼将肆然而为帝，过而遂正于天下，则连有赴东海而死矣。吾不忍为之民也！"《史记·越王勾践世家》：范蠡助勾践灭吴后，认为大名之下，难以久居，且勾践为人，可与同忧患，难于共安乐。于是装其珍宝珠玉，浮海而去，自称鸱夷子皮。后定居于陶，经商致富，自谓陶朱公。　⑤"麦饭"句：《后汉书·冯异传》："及王郎起，光武自蓟东南驰，晨夜草舍，至饶阳无蒌亭，时天寒烈，众皆饥疲，异上豆粥。明旦，光武谓诸将曰：'昨得公孙豆粥，饥寒俱解。'及至南宫，遇大风雨，光武引车入道傍空舍，异抱薪，邓禹爇（ruò）火，光武对灶燎衣。异复进麦饭、菟（tú）肩。"　⑥"菰羹"句：《世说新语·识鉴》："张季鹰辟齐王东曹掾，在洛，见秋风起，因思吴中菰菜羹、鲈鱼脍，曰：'人生贵得适意尔，何能羁宦数千里以要名爵！'遂命驾便归。"（按：张翰《秋风歌》："秋风起兮佳景时，吴江水兮鲈正肥。三千里兮家未归，恨难得兮仰天悲。"）　⑦"琴调"二句：《后汉书·蔡邕传》："初，邕在陈留也，其邻人有以酒食召邕者，比往而酒以酣焉。客有弹琴于屏，邕至门试潜听之，曰：'僖！以乐召我而有杀心，何也？'遂反。将命者告主人曰：'蔡君向来，至门而去。'邕素为邦乡所宗,主人遽自追而问其故,邕具以告,莫不怃然。弹琴者曰:'我向鼓弦,见螳螂方向鸣蝉,蝉将去而未飞,螳螂为之一前一却。吾心耸然,惟恐螳螂之失之也,此岂为杀心而形于声者乎?'邕莞然而笑曰:'此足以当之矣。'"

罗对绮,茗对蔬。柏秀对松枯。中元对上巳(sì)①,返璧对还珠。云梦泽,洞庭湖。玉烛对冰壶②。苍头犀角带,绿鬓象牙梳。松阴白鹤声相应③,镜里青鸾影不孤④。竹户半开,对牖(yǒu)不知人在否⑤;柴关深闭,停车还有客来无⑥。

【注释】

①中元、上巳:农历七月十五日为中元节。上巳,指农历三月的第一个巳日。作为节日,在汉代以前定为三月上旬的巳日,后来固定在三月初三日。《晋书·礼志》:"汉仪,季春上巳,官及百姓皆禊于东流水上,洗濯祓除,去宿垢。而自魏以后,但用三日,不以上巳也。"(按:正月十五日上元节,十月十五日下元节。又,古代术数家以六十甲子配九宫,一百八十年为一周始,故第一甲子为上元,第二甲子为中元,第三甲子为下元,合称三元。又,光绪二十四年[1898],陈衍提出古近体诗演变所经历的三个历史阶段,即开元、元和、元祐"三元":"盖余谓诗莫盛于三元,上元开元、中元元和、下元元祐也。"载于其《石遗室诗话》卷一。) ②玉烛、冰壶:《尔雅·释天》:"四时和谓之玉烛。"鲍照《代白头吟》:"直如朱丝绳,清如玉壶冰。" ③"松阴"句:《易·中孚》:"鸣鹤在阴,其子和之。" ④"镜里"句:《异苑》卷三:"罽宾国王买得一鸾,欲其鸣,不可致。饰金繁,餐珍羞,对之愈戚,三年不鸣。夫人曰:'尝闻鸾见其类则鸣,何不悬镜照之。'王从其言,鸾睹影悲鸣,冲霄一奋而绝。" ⑤"竹户"二句:《说郛》卷六一引郑缉之

《永嘉郡记》:"乐城张荐者,隐居颐志。家有苦竹数十顷,在竹中为屋,常居其中。王右军闻而造之,荐逃避竹中,不与相见。郡号为竹中高士。" ⑥"柴关"二句:《后汉书·杨震传》:"会三年春,东巡岱宗。樊丰等因乘舆在外,竞修第宅。震部掾高舒,召大匠令史考校之,得丰等所诈下诏书,具奏,须行还上之。丰等闻,惶怖。会太史言星变逆行,遂共谮震云:'自赵腾死后,深用怨怼。且邓氏故吏,有恚恨之心。'及车驾行还,便时太学,夜遣使者策收震太尉印绶,于是柴门绝宾客。"(按:王鸣盛《十七史商榷》卷三七:此柴门与杜诗"柴门不正逐江开""相送柴门月色新"之柴门不同,彼谓以茅柴横木为门,此则当为杜塞之意。)

宾对主,婢对奴。宝鸭对金凫。升堂对入室①,鼓瑟对投壶②。觇(chān)合璧,颂联珠③。提瓮④对当垆。仰高红日近,望远白云孤⑤。歆向秘书窥二酉,机云芳誉动三吴⑥。祖饯三杯,老去常斟花下酒;荒田五亩,归来独荷月中锄。

【注释】

①升堂、入室:《论语·先进》:"由也,升堂矣,未入于室也。"②投壶:古代宴会礼制之一,亦为娱乐活动之一。其制设壶一,宾主依次投矢其中,负者饮酒。 ③"觇合璧"二句:《汉书·律历志上》:"日月如合璧,五星如连珠。"颜师古注引孟康曰:"谓太初上元甲子夜半朔旦冬至时,七曜皆会聚斗,牵牛分度,夜尽如合璧连珠也。" ④提瓮:《后汉书·列女传》:"勃海鲍宣妻者,桓氏之女也,字少君。宣尝就少君父学,父奇其清苦,故以女妻之,装送资贿甚盛。宣不悦,谓妻曰:'少君生富骄,习美饰,而吾实贫贱,不敢当礼。'妻曰:'大人以先生修德守约,故使贱妾侍执巾栉。既奉承君子,唯命是从。'宣笑曰:'能如是,

是吾志也。'妻乃悉归侍御服饰，更着短布裳，与宣共挽鹿车归乡里。拜姑礼毕，提瓮出汲。修行妇道，乡邦称之。"　⑤"望远"句：刘肃《大唐新语》卷六："（狄）仁杰赴任，于并州登太行，南望白云孤飞，谓左右曰：'吾亲所居，近此云下。'悲泣伫立久之，候云移乃行。"　⑥"歆向"二句：二酉，指湖南沅陵县西北大酉、小酉二山。《太平御览》卷四九引《荆州记》："小酉山上石穴中有书千卷。相传秦人于此而学，因留之。"后称藏书名二酉。歆、向、机、云，分别指刘向、刘歆父子与陆机、陆云兄弟。

君对父，魏对吴。北岳对西湖。菜蔬对茶荈（chuǎn）①，苣藤（shèng）②对菖蒲。梅花数③，竹叶符④。廷议对山呼。两都班固赋，八阵孔明图⑤。田庆紫荆堂下茂⑥，王裒青柏墓前枯⑦。出塞中郎，羝（dī）有乳时归汉室；质秦太子，马生角日返燕都⑧。

【注释】

①茶荈：《尔雅·释木》："槚（jiǎ），苦荼。"郭璞注："树小如栀子，冬生叶，可煮作羹饮。今呼早采者为荼，晚取者为茗，一名荈，蜀人谓之苦荼。"　②苣藤：胡麻，亦作"巨胜"。曹唐《小游仙诗九十八》其四十："白羊成队难收拾，吃尽溪头巨胜花。"　③梅花数：古占法，相传为邵雍所作。因时因地，以心运易，预测之法，其为繁杂。要言之，系以先天八卦之数理与阴阳五行之义理相结合，并参照其时其地之偶然事象，综合推算吉凶。（据有的学者考证，《梅花易数》并非邵雍所撰。）④竹叶符：即竹使符。《史记·孝文本纪》："（文帝二年）九月，初与郡守为铜虎符、竹使符。"《集解》："应劭曰：'铜虎符第一至第五，国家当发兵遣使者，至郡合符，符合乃听受之。竹使符皆以竹箭五枚，长五寸，

镌刻篆书，第一至第五。'张晏曰：'符以代古之珪璋，从简易也。'"《索隐》："《汉旧仪》：铜虎符发兵，长六寸。竹使符出入征发。《说文》云：分符而合之。小颜云：'右留京师，左与之。'《古今注》云：'铜虎符银错书之。'张晏云：'铜取其同心也。'"　⑤"八阵"句：《三国志·蜀志·诸葛亮传》："亮性长于巧思，损益连弩，木牛流马，皆出其意；推演兵法，作八阵图，咸得其要云。"（按：《文选》卷四一陈琳《为曹洪与魏文帝书》："摅八阵之列，骋奔牛之权。"李善注："杂兵书曰，八阵：一曰方阵，二曰圆阵，三曰牡阵，四曰牝阵，五曰冲阵，六曰轮阵，七曰浮沮阵，八曰雁行阵。"）　⑥"田庆"句：《续齐谐记》："京兆田真兄弟三人，共议分财，生赀皆平均。惟堂前一株紫荆树，共议欲破三片。明日就截之，其树即枯死，状如火然。真往见之，大惊，谓诸弟曰：'树本同株，闻将分斫，所以憔悴。是人不如木也！'因悲不自胜，不复解树，树应声荣茂。兄弟相感，合财宝，遂为孝门。"　⑦"王裒"句：《搜神记》卷一一："王裒，字伟元，城阳营陵人也。父仪，为文帝所杀。裒庐于墓侧，旦夕常至墓所拜跪，攀柏悲号，涕泣着树，树为之枯。"　⑧"质秦"二句：《史记·刺客列传》司马贞《索隐》："燕丹求归，秦王曰：'乌头白，马生角，乃许耳。'丹乃仰天叹，乌头即白，马亦生角。《风俗通》及《论衡》皆有此说。"

【评析】

该韵部中，"蹈海对归湖"句之"归湖"所涉吴亡后西施去向，向有三说：被杀（赵晔《吴越春秋》），回会稽（宋之问《浣纱篇》），随范蠡入太湖（袁康《越绝书》）。罗大经《鹤林玉露》卷一〇于第三说有云："范蠡霸越之后，脱屣富贵，扁舟五湖，可谓一尘不染矣。然犹挟西施以行。蠡非悦其色也，盖惧其复以蛊吴者蛊越，则越不可保矣。"可参。

又，附录《声律发蒙》"五　模糊"韵部如下：

多对少，有对无。浅淡对萧疏。金猊联铁马，绿蚁对青蚨。满地落花红不扫，沿阶芳草绿休锄。闲中景物，静里工夫。围棋看画，舞剑投壶。翠袖擎鹦鹉，朱唇唱鹧鸪。两岸绿杨丝袅娜，一汀红蓼锦模糊。天上长虹，仿佛青袍缠锦带；云边新月，蓬松乌髻插银梳。

大夫松，君子竹。北苑茶，东篱菊。李白桃红，橙黄橘绿。春风透酒楼，夜雨围棋屋。花径泥香燕子忙，莲塘水暖鸳鸯浴。三都赋，八阵图。新礼乐，旧规模。九畴八卦，二典三谟。霜晨闻画角，雪夜拥红炉。晓雨桑中鸣布谷，春风花里叫鹈鹕。茅屋朱门两树花，一般开谢；秦宫汉苑千年草，几度荣枯。

其中，"秦宫汉苑千年草，几度荣枯"二句之"秦宫"，当指阿房宫。此前，杜牧《阿房宫赋》有云："楚人一炬，可怜焦土。"脍炙人口，然恐非属事实。查《史记》中共有五篇七处记载涉及项羽屠咸阳、火烧秦宫室事，但都没有提到阿房宫。又，班固《汉书·五行志》："复起阿房，未成而亡。"程大昌《雍录》："其曰'上可坐万人，下可建立五丈旗'者，乃其立模，期使及此。"据知，阿房宫的确是"终始皇之世未尝讫役"。

八　齐

鸾对凤，犬对鸡。塞北对关西。长生对益智①，老幼对旄（mào）倪②。颁竹策③，剪桐圭④。剥枣对蒸藜⑤。绵腰如弱柳，嫩手似柔荑⑥。狡兔能穿三穴隐，鹪鹩（jiāoliáo）权借一枝栖⑦。甪（lù）里先生，策杖垂绅扶少主⑧；於陵仲子，辟纑（lú）织履赖贤妻⑨。

【注释】

①长生、益智：《艺文类聚》卷八七引《三十六国春秋》："（晋）安帝元年，卢循为广州刺史。循遗裕益智粽，裕乃答以续命汤。" ②旄倪：旄，通"耄"，老人；倪，小儿。《孟子·梁惠王下》："王速出令，反其旄倪，止其重器，谋于燕众，置君而后去之，则犹可及止也。" ③颁竹策：《隋书·杨素传》："及平齐之役，素请率父麾下先驱。帝从之，赐以竹策，曰：'朕方欲大相驱策，故用此物赐卿。'"《左传·僖公二十八年》："王命尹氏及王子虎、内史叔兴父策命晋侯为侯伯，……晋侯三辞，从命，曰：'重耳敢再拜稽首，奉扬天子之丕显休命。'受策以出。出入三觐。" ④剪桐圭：《吕氏春秋·重言》："（周）成王与唐叔虞燕居，援桐叶以为珪，而授唐叔虞曰：'余以此封汝。'叔虞喜，以告周公。周公以请曰：'天子其封虞邪？'成王曰：'余一人与虞戏也。'周公对曰：'臣闻之，天子无戏言。天子言，则史书之，工诵之，士称之。'于是遂封叔虞于晋。" ⑤剥枣、蒸藜：《诗·豳风·七月》："八月剥枣，十月获稻。"《孔子家语·七十二弟子解》："（曾）参后母遇之无恩，而供养不衰。及其妻以藜烝不熟，因出之。" ⑥"嫩手"句：《诗·卫风·硕人》："手如柔荑，肤如凝脂。" ⑦"鹪鹩"句：《庄子·逍遥游》："鹪鹩巢于深林，不过一枝；偃鼠饮河，不过满腹。" ⑧"甪里"二句：秦末有唐秉（东园公）、吴实（绮里季）、崔广（夏黄公）、周术（甪里先生）四位"博士"隐士，史称"商山四皓"。《史记·留侯世家》："上欲废太子，立戚夫人子赵王如意。大臣多谏争，未能得坚决者也。吕后恐，不知所为。人或谓吕后曰：'留侯善画计策，上信用之。'吕后乃使建成侯吕泽劫留侯，曰：'君常为上谋臣，今上欲易太子，君安得高枕而

卧乎？'留侯曰：'始上数在困急之中，幸用臣策。今天下安定，以爱欲易太子，骨肉之间，虽臣等百余人何益。'吕泽强要曰：'为我画计。'留侯曰：'此难以口舌争也。顾上有不能致者，天下有四人。四人者年老矣，皆以为上慢侮人，故逃匿山中，义不为汉臣。然上高此四人。今公诚能无爱金玉璧帛，令太子为书，卑辞安车，因使辩士固请，宜来。来，以为客，时时从入朝，令上见之，则必异而问之。问之，上知此四人贤，则一助也。'于是吕后令吕泽使人奉太子书，卑辞厚礼，迎此四人……汉十二年，上从击破布军归，疾益甚，愈欲易太子。留侯谏，不听，因疾不视事。叔孙太傅称说引古今，以死争太子。上详许之，犹欲易之。及燕，置酒，太子侍。四人从太子，年皆八十有余，须眉皓白，衣冠甚伟。上怪之，问曰：'彼何为者？'四人前对，各言名姓，曰东园公、甪里先生、绮里季、夏黄公。上乃大惊，曰：'吾求公数岁，公辟逃我，今公何自从吾儿游乎？'四人皆曰：'陛下轻士善骂，臣等义不受辱，故恐而亡匿。窃闻太子为人仁孝，恭敬爱士，天下莫不延颈欲为太子死者，故臣等来耳。'上曰：'烦公幸卒调护太子。'四人为寿已毕，趋去。上目送之，召戚夫人指示四人者曰：'我欲易之，彼四人辅之，羽翼已成，难动矣。吕后真而主矣。'……竟不易太子者，留侯本招此四人之力也。"　⑨"於陵"二句：《孟子·滕文公下》：匡章曰："陈仲子岂不诚廉士哉？居於陵，三日不食，耳无闻，目无见也。井上有李，螬食实者过半矣，匍匐往，将食之；三咽，然后耳有闻，目有见。"孟子曰："于齐国之士，吾必以仲子为巨擘焉。虽然，仲子恶能廉？充仲子之操，则蚓而后可者也。夫蚓，上食槁壤，下饮黄泉。仲子所居之室，伯夷之所筑与？抑亦盗跖之所筑与？所食之粟，伯夷之所树与？抑亦盗跖之所树与？是未可知也。"曰："是何伤哉？彼身织屦，妻辟纑，以易之也。"曰："仲子，齐之世家也。兄戴，盖禄万钟；以兄之禄为不义之禄而不食也，以兄之室为不义之室而不居也，辟兄离母，处于於陵。他日归，则有馈其兄生鹅者，已频顣曰：'恶用是鶃鶃者为哉？'他日，其母杀是鹅也，与之食之。其兄自外至，曰：'是鶃鶃之肉也。'出而哇之。以母则不食，以妻则食之；以兄之室则弗居，以於陵则居之，是尚为能充其类也乎？若仲子者，蚓而后充其操者也。"

鸣对吠，泛对栖。燕语对莺啼。珊瑚对玛瑙，琥珀对玻璃。绛县老①，伯州犁②。测蠡（lí）对燃犀③。榆槐堪作荫，桃李自成蹊④。投巫救女西门豹⑤，赁浣逢妻百里奚⑥。阙里门墙，陋巷规模原不陋⑦；隋堤基址，迷楼踪迹已全迷⑧。

【注释】

①绛县老：《左传·襄公三十年》："二月癸未，晋悼夫人食舆人之城杞者。绛县人或年长矣，无子，而往与于食。有与疑年，使之年。曰：'臣小人也，不知纪年。臣生之岁，正月甲子朔，四百有四十五甲子矣，其季于今三之一也。'吏走问诸朝，师旷曰：'鲁叔仲惠伯会郤成子于承匡之岁也。是岁也，狄伐鲁。叔孙庄叔于是乎败狄于咸，获长狄侨如及虺也、豹也，而皆以名其子。七十三年矣。'" ②伯州犁：《左传·襄公二十六年》："楚子、秦人侵吴，及雩娄，闻吴有备而还。遂侵郑。五月，至于城麇。郑皇颉戍之，出，与楚师战，败。穿封戌囚皇颉，公子围与之争之，正于伯州犁。伯州犁曰：'请问于囚。'乃立囚。伯州犁曰：'所争，君子也，其何不知？'上其手，曰：'夫子为王子围，寡君之贵介弟也。'下其手，曰：'此子为穿封戌，方城外之县尹也。谁获子？'囚曰：'颉遇王子，弱焉。'戌怒，抽戈逐王子围，弗及。楚人以皇颉归。" ③测蠡、燃犀：东方朔《答客难》："语曰'以管窥天，以蠡测海，以筳

撞钟',岂能通其条贯,考其文理,发其音声哉!"《异苑》卷七:"晋温峤至牛渚矶,闻水底有音乐之声,水深不可测。传言下多怪物,乃燃犀角而照之。须臾,水族覆火,奇形异状。" ④"桃李"句:《史记·李将军列传》:"传曰:'其身正,不令而行;其身不正,虽令不从。'其李将军之谓也……谚曰:'桃李不言,下自成蹊。'"《索隐》:"按姚氏云:桃李本不能言,但以华实感物,故人不期而往,其下自成蹊径也。"

⑤"投巫"句:《史记·滑稽列传》:魏文侯时,西门豹为邺令。豹往到邺,会长老,问之民所疾苦。长老曰:"苦为河伯娶妇,以故贫。"豹问其故,对曰:"邺三老、廷掾尝岁赋敛百姓,收取其钱得数百万,用其二三十万为河伯娶妇,与祝巫共分其余钱持归。当其时,巫行视小家女好者,云是当为河伯妇,即娉取。洗沐之,为治新缯绮縠衣,闲居斋戒;为治斋宫河上,张缇绛帷,女居其中。为具牛酒饭食,行十余日。共粉饰之,如嫁女床席,令女居其上,浮之河中。始浮,行数十里乃没。其人家有好女者,恐大巫祝为河伯取之,以故多持女远逃亡。以故城中益空无人,又因贫,所从来久远矣。民人俗语曰'即不为河伯娶妇,水来漂没,溺其人民'云。"西门豹曰:"至为河伯娶妇时,愿三老、巫祝、父老送女河上,幸来告语之,吾亦往送女。"皆曰:"诺。"至其时,西门豹往会之河上。三老、官属、豪长者、里父老皆会,以人民往观之者三二千人。其巫,老女子也,已年七十。从弟子女十人所,皆衣缯单衣,立大巫后。西门豹曰:"呼河伯妇来,视其好丑。"即将女出帷中,来至前。豹视之,顾谓三老、巫祝、父老曰:"是女子不好,烦大巫妪为入报河伯,得更求好女,后日送之。"即使吏卒共抱大巫妪投之河中。有顷,曰:"巫妪何久也?弟子趣之!"复以弟子一人投河中。有顷,曰:"弟子何久也?复使一人趣之!"复投一弟子河中。凡投三弟子。西门豹曰:"巫妪弟子是女子也,不能白事,烦三老为入白之。"复投三老河中。西门豹簪笔磬

折,乡河立待良久。长老、吏旁观者皆惊恐。西门豹顾曰:"巫妪、三老不来还,奈之何?"欲复使廷掾与豪长者一人入趣之。皆叩头,叩头且破,额血流地,色如死灰。西门豹曰:"诺,且留待之须臾。"须臾,豹曰:"廷掾起矣。状河伯留客之久,若皆罢去归矣。"邺吏民大惊恐,从是以后,不敢复言为河伯娶妇。 ⑥"赁浣"句:《太平御览》卷五七二引《风俗通》:"百里奚为秦相,堂上乐作,所赁浣妇自言知音。呼之,援琴抚弦而歌曰:'百里奚,初娶我时五羊皮,临当别行烹牝鸡,今适富贵忘我为。'因寻问之,乃其妻。" ⑦"阙里"二句:《水经注·泗水》:"孔庙东南五百步,有双石阙。"故名阙里。《史记·鲁周公世家》:"炀公筑茅阙门。"盖阙门之下,其里即名阙里,而夫子之宅在焉。《论语·子罕》:"子欲居九夷。或曰:'陋,如之何?'子曰:'君子居之,何陋之有?'" ⑧"迷楼"句:《迷楼记》:(隋)炀帝晚年,尤沉迷女色。他日,顾诏近侍曰:"人主享天下之富,亦欲极当年之乐,自快其意。今天下安富,外内无事,此吾得以遂其乐也。今宫殿虽壮丽显敞,苦无曲房小室,幽轩短槛,若得此,则吾期老于其中世。"近侍高昌奏曰:"臣有友项昇,浙人也,自言能构宫室。"翌日诏而问之,昇曰:"臣乞先进图本。"后数日进图。帝览大悦,即日诏有司供具材木。凡役夫数万,经岁而成。楼阁高下,轩窗掩映。幽房曲室,玉栏朱楯,互相连属,回环四合,曲屋自通。千门万牖,上下金碧。金虬伏于栋下,玉兽蹲于户傍。壁砌生光,琐窗射日,工巧之极,自古无有也。费用金玉,帑库为之一虚。人误入者,虽终日不能出。帝幸之大喜,顾左右曰:"使真仙游其中,亦当自迷也。可目之曰'迷楼'。"

越对赵,楚对齐。柳岸对桃蹊。纱窗对绣户,画楼对香闺。修月斧,上天梯①。蝃蝀(dìdōng)②对虹霓。行乐游春圃,工谀病夏畦③。李广不封空射虎④，魏明得立为存麑（ní）⑤。按辔徐行，细柳功成劳王敬；闻声稍卧，临泾名震止儿啼⑥。

【注释】

①上天梯：王逸《九思·伤时》："缘天梯兮北上，登太一兮玉台。" ②蝃蝀：《诗·鄘风·蝃蝀》："蝃蝀在东，莫之敢指。"毛传："蝃蝀，虹也。" ③"工谀"句：《孟子·滕文公下》："胁肩谄笑，病于夏畦。" ④"李广"句：《史记·李将军列传》："广家与故颍阴侯孙屏野居蓝田南山中射猎……广出猎，见草中石，以为虎而射之，中石没镞，视之石也。因复更射之，终不能复入石矣。广所居郡闻有虎，尝自射之。及居右北平射虎，虎腾伤广，广亦竟射杀之。""诸广之军吏及士卒或取封侯。广尝与望气王朔燕语，曰：'自汉击匈奴而广未尝不在其中，而诸部校尉以下，才能不及中人，然以击胡军功取侯者数十人，而广不为后人，然无尺寸之功以得封邑者，何也？岂吾相不当侯邪？且固命也？'" ⑤"魏明"句：麑，幼鹿。《三国志·魏志·明帝纪》注引《魏末传》曰："帝常从文帝猎，见子母鹿。文帝射杀鹿母，使帝射鹿子，帝不从，曰：'陛下已杀其母，臣不忍复杀其子。'因涕泣。文帝即放弓箭，以此深奇之，而树立之意定。" ⑥"闻声"二句：《旧唐书·郝玼传》："贞元中，为临泾镇将，勇敢无敌，声振虏庭。玼以临泾地居险要，当虏要冲，白其帅曰：'临泾草木丰茂，宜畜牧，西蕃入寇，每屯其地，请完垒益军以折虏之入寇。'前帅不从。及段佐节制泾原，深然其策。元和三年，佐请筑临泾城，朝廷从之，仍以为行凉州，诏玼为刺史以戍之。自此西蕃入寇，不过临泾。玼出自行间，前无坚敌。在边三十年，每战得蕃俘，必刳剔而归其尸，蕃人畏之如神。赞普下令国人曰：'有生得郝玼者，赏之以等身金。'蕃中儿啼者，呼玼名以怖之。"

【评析】

　　该韵部中，"隋堤基址，迷楼踪迹已全迷"二句典出《迷楼记》，此处尚有可说者。该书旧题唐韩偓撰。鲁迅《唐宋传奇集·稗边小缀》认为：此书与《隋炀帝海山记》《开河记》"特里巷稍知文字者所为，真所谓街谈巷议。然得冯犹龙掇以入《隋炀艳史》，遂弥复纷传于世"。又，《集外集拾遗·破〈唐人说荟〉》谓：《唐人说荟》编者"乱题撰人"，"《迷楼记》……不知撰人，或是宋人所作，他却道韩偓"。

九　佳

　　门对户，陌对街。枝叶对根荄。斗鸡对挥麈（zhǔ），凤髻对鸾钗。登楚岫，渡秦淮。子犯①对夫差。石鼎龙头缩②，银筝雁翅排。百年诗礼延余庆③，万里风云入壮怀。能辨名伦，死矣野哉悲季路；不由径窦，生乎愚也有高柴④。

【注释】

　　①子犯：《左传·僖公二十三年》：（重耳）"过卫，卫文公不礼焉。出于五鹿，乞食于野人，野人与之块，公子怒，欲鞭之。子犯曰：'天赐也。'稽首，受而载之。"　②"石鼎"句：韩愈《石鼎联句诗序》："元和七年十二月四日，衡山道士轩辕弥明自衡下来。旧与刘师服进士衡湘中相识，将过太白，知师服在京，夜抵其居宿。有校书郎侯喜，新有能诗声，夜与刘说诗。弥明在其侧，貌极丑，白须黑面，长颈而高结喉，中又

作楚语。喜视之若无人。弥明忽轩衣张眉,指炉中石鼎谓喜曰:'子云能诗,能与我赋此乎?'刘往见衡湘间,人说云年九十余矣,解捕逐鬼物,拘囚蛟螭虎豹,不知其实能否也。见其老,颇貌敬之,不知其有文也。闻此说大喜,即援笔题其首两句,次传于喜,喜踊跃即缀其下云云。道士哑然笑曰:'子诗如是而已乎?'即袖手竦肩倚北墙坐,谓刘曰:'吾不解世俗书,子为我书。'因高吟曰:'龙头缩菌蠢,豕腹涨彭亨。'初不似经意,诗旨有似讥喜,二子相顾惭骇。欲以多穷之,即又为而传之喜,喜思益苦,务欲压道士,每营度欲出口吻,声鸣益悲,操笔欲书,将下复止,竟亦不能奇也。毕,即传道士,道士高踞大唱曰:'刘把笔,吾诗云云。'其不用意而功益奇,不可附说,语皆侵刘、侯。喜益忌之。刘与侯皆已赋十余韵,弥明应之如响,皆颖脱含讥讽。夜尽三更,二子思竭不能续,因起谢曰:'尊师非世人也,某伏矣,愿为弟子,不敢更论诗。'道士奋曰:'不然,章不可以不成也。'又谓刘曰:'把笔来,吾与汝就之!'即又唱出四十字为八句,书讫,使读,读毕,谓二子曰:'章不已就乎?'二子齐应曰:'就矣。'道士曰:'此皆不足与语,此宁为文邪?吾就子所能而作耳,非吾之所学于师而能者也。吾所能者子皆不足以闻也,独文乎哉?吾语亦不当闻也,吾闭口矣。'二子大惧,皆起立床下,拜曰:'不敢他有问也,愿闻一言而已。先生称吾不解人间书,敢问解何书?请闻此而已。'道士寂然若无闻也,累问不应,二子不自得,即退就座。道士倚墙睡,鼻息如雷鸣,二子恒然失色不敢喘。斯须,曙鼓冬冬,二子亦困,遂坐睡。及觉,日已上,惊顾觅道士不见,即问童奴,奴曰:'天且明,道士起,出门,若将便旋然,奴怪久不返,即出到门觅,无有也。'二子惊惋,自责若有失者。间遂诣余言,余不能识其何道士也。尝闻有隐君子弥明,岂其人耶?" ③"百年"句:王之道《哀周然明》:"三荐渠能老一儒,班超投笔好从吾。功名到手身先死,诗礼传家道不孤。千里新封从焉鼗,百年余庆萃鹓雏。西风哀挽桐川上,傥有青乌致奠无。" ④"能辨"四句:《论语·子路》:"子路曰:'卫君待子而为政,子将奚先?'子曰:'必也正名乎!'子路曰:'有是哉,子之迂也!奚其正?'子曰:'野哉,由也!君子于其所不知,盖阙如也。名不正,则言不顺;言不顺,则事不成;事不成,则礼乐不兴;礼乐不兴,则刑罚不中;刑罚不中,则民无所措手足。故君子名之必可言也,言之必可行也。君子于其言,无所苟而已矣。'"《孔子家语》:"季羔为卫之士师,刖人之足。俄而,卫有蒯聩之乱,季羔逃之,走郭门。刖者守门焉,谓季羔曰:'彼有缺。'季羔曰:'君子不踰。'又曰:'彼有窦。'季羔曰:'君子不隧。'又曰:'于此有室。'季羔乃入焉。"

冠对履,袜对鞋。海角对天涯。鸡人对虎旅①,六市对三街。陈俎豆,戏堆埋。皎皎对皑皑。贤相聚东阁,良朋集小斋②。梦里山川书越绝③,枕边风月记齐谐④。三径萧疏,彭泽高风怡五柳;六朝华贵,琅琊佳气种三槐⑤。

【注释】

①鸡人、虎旅:《周礼·春官·鸡人》:"掌共鸡牲,辨其物。"苏轼《东坡志林》卷二:"《汉官仪》:宫中不畜鸡,汝南出长鸣鸡,卫士候朱雀门外,专传鸡鸣。"张衡《西京赋》:"陈虎旅于飞廉,正垒壁乎上兰。"李善注:"《周礼》:'虎贲,下大夫;旅贲氏,中士也。'"李商隐《马嵬二首》其二:"空闻虎旅鸣宵柝,无复鸡人报晓筹。" ②"良朋"句:《温公家范》:"唐河东节度使柳公绰,在公卿间最名有家法。中门东有小斋,自非朝谒之日,每平旦辄出至小斋。诸子仲郢等,皆束带晨省于中门之北。公绰决私事,接宾客,与弟公权及群从弟再食,自旦至暮,不离小

斋。烛至，则以次命子弟一人执经史立烛前，躬读一过毕，乃讲议居官治家之法，或论文，或听琴。至人定钟然后归寝，诸子复昏定于中门之北。凡二十余年，未尝一日变易。"　③"梦里"句：袁康、吴平共著《越绝书》，广采传闻异说，详细记述吴越两国史地山川，及伍子胥、范蠡（字少伯）、文种等人活动。在中国地方志初期发展史上，与《吴越春秋》《华阳国志》齐名。　④"枕边"句：《庄子·逍遥游》："齐谐者，志怪者也。"成玄英疏："姓齐，名谐，人姓名也；亦言书名也，齐国有此俳谐之书也。"　⑤"六朝"二句：《宋史·王旦传》："父祐，尚书兵部侍郎，以文章显于汉、周之际，事太祖、太宗为名臣。尝谕杜重威使无反汉，拒卢多逊害赵普之谋，以百口明符彦卿无罪，世多称其阴德。祐手植三槐于庭，曰：'吾之后世，必有为三公者，此其所以志也。'"

勤对俭，巧对乖。水榭对山斋。冰桃对雪藕，漏箭对更牌①。寒翠袖②，贵荆钗。慷慨对诙谐。竹径风声籁，花蹊月影筛。携囊佳韵随时贮，荷锄沉酣到处埋。江海孤踪，雪浪风涛惊旅梦；乡关万里，烟峦云树切归怀③。

【注释】

①漏箭、更牌：漏，漏刻。是古代中国最重要的计时仪器之一。漏指漏壶，刻指箭刻。箭是标有时间刻度的标尺，它是根据漏壶或箭壶中的水量的变化来度量时间的。南宋颜颐仲曾编撰《铜壶漏箭制度》一书。更牌，古代中国计时的符牌。因夜间使用的是自昏后至次晨旦前的时段均分为五等分的五更制计时法，因而称为更筹，也称为更签。以竹、木制成，上刻更、点（每更均分为五点），按时由专人递送到有关重要场所。《陈书·世祖本纪》："每鸡人伺漏传更签于殿中，乃敕送者，必投签于阶石

之上，令铿然有声，云吾虽眠亦令警觉也。" ②寒翠袖：杜甫《佳人》："天寒翠袖薄，日暮倚修竹。" ③"乡关"二句：崔颢《黄鹤楼》："日暮乡关何处是，烟波江上使人愁。"

杞对梓（zǐ），桧（guì）对楷（jiē）。水际对山崖。舞裙对歌袖，玉陛对瑶阶。风入袂，月盈怀①。虎咒对狼豺。马融堂上帐②，羊侃水中斋③。北面黉（hóng）宫宜拾芥④，东巡岱畤定燔（fán）柴⑤。锦缆春江，横笛洞箫通碧落；华灯夜月，遗簪堕翠遍香街。

【注释】

①月盈怀：《世说新语·容止》："时人目'夏侯太初朗朗如日月之入怀，李安国颓唐如玉山之将崩'。" ②"马融"句：《后汉书·马融传》："融才高博洽，为世通儒，教养诸生常有千数。涿郡卢植、北海郑玄，皆其徒也。善鼓琴，好吹笛，达生任性，不拘儒者之节。居宇器服，多存侈饰。常坐高堂，施绛纱帐，前授生徒，后列女乐。弟子以次相传，鲜有入其室者。" ③"羊侃"句：《梁书·羊侃传》："侃性豪侈……初赴衡州，于两艅艎起三间通梁水斋，饰以珠玉，加之锦绣，盛设帷屏，陈列女乐，乘潮解缆，临波置酒，缘塘傍水，观者填咽。" ④"北面"句：黉宫，泛指古代官学。洪希文《踏莎行》："郡国兴贤，黉宫课试。书生事业从今始。"《汉书·夏侯胜传》："胜每讲授，常谓诸生曰：'士病不明经术，经术苟明，其取青紫如俯拾地芥耳。学经不明，不如归耕。'" ⑤"东巡"句：畤，古代特指祭祀天地五帝的地方。颜师古注："名其祭处曰畤也。"《说文》："畤，天地五帝所基址祭地，从田，寺声。石扶风有五畤，好畤、鄜畤皆黄帝时祭。或曰秦文公主也。"《礼记·祭法》："燔柴于泰坛，祭天也。"

【评析】

该韵部中，"马融堂上帐"句尚有可说者。关于"绛帐"，杭世骏《订讹类编》卷二尝辨云："《坚瓠集》：汉马融讲授，前列生徒，后蓄女伎，因施绛纱帐。又，苻秦韦逞之母文宣君，年八十，奉命传《周官》学，施绛纱帐。皆所以限隔男女也。今词家例以绛帐归师道，何其谬也。"可参。

又，附录《声律发蒙》"六　皆来"韵部（在平水韵中，"皆""来"本分属"九佳""十灰"二部）如下：

　　山对水，济对淮。赤壁对朱崖。钱塘对剑阁，铁瓮对铜台。遣使催花游上苑，求仙采药到蓬莱。笙歌舞榭，灯火书斋。风檐霜瓦，月殿云阶。好花脂粉态，乔木栋梁材。柳絮随风沾绿草，花钿经雨贴苍苔。落叶声干，都被晚风收拾去；疏影梅瘦，却教明月送将来。

　　雀舌茶，鸡心枣。举子槐，王孙草。银箭催更，铜壶报晓。白日等闲过，青春容易老。韦贤务教不储金，子罕守廉何用宝。诗遣兴，酒开怀。歌韵转，笑颜开。梅须柳眼，杏脸桃腮。赏花排绮宴，斗草赌金钗。棋为手寒呵子落，衣缘肌瘦缩纱裁。松老菊黄，陶令辞官归故里；水流花谢，刘郎觅路到天台。

其中，"求仙采药到蓬莱"句，典出《史记·封禅书》："自威、宣、燕昭使人入海求蓬莱、方丈、瀛州。此三神山者，其传在勃海中，去人不远，患且至，则船风引而去。盖尝有至者，诸仙人及不死之药皆在焉。其物禽兽尽白，而黄金、银为宫阙，未至，望之如云；及到，三神山反居水下。临之，风辄引去，终莫能至云。世主莫不甘心焉。及至秦始皇并天下，至海上，则方士言之不可胜数。始皇自以为至海上而恐不及矣，使人乃赍童男女入海求之，船交海中，皆以风为解，曰未能至，望见之焉。其明年，始皇复游海上，至琅琊，过恒山，从上党归。后三年，游碣石，考入海方士，从上郡归。后五年，始皇南至湘山，遂登会稽，并海上，冀遇海中三神山之奇药。不得，还至沙丘崩。"

十　灰

春对夏，喜对哀。大手对长才①。风清对月朗，地阔对天开。游阆苑，醉蓬莱。七政对三台②。青龙壶老杖③，白燕玉人钗。香风十里望仙阁④，明月一天思子台⑤。玉橘冰桃，王母几因求道降；莲舟藜杖，真人原为读书来。

【注释】

①大手、长才：僧鸾《赠李粲秀才》："飒风驱雷暂不停，始向场中称大手。"杜甫《述古三首》其三："经纶中兴业，何代无长才。"　②七政、三台：七政，即日、月及金、木、水、火、土五星。《尚书·舜典》："在璇玑玉衡，以齐七政。"《尚书大传》则以春、秋、冬、夏、天文、地理、人道为七政。《太平御览》卷一一七引许慎《五经异义》："天子有三台：灵台以观天文，时台以观四时施化，囿台以观鸟兽鱼鳖。"　③"青龙"句：《后汉书·费长房传》："长房遂欲求道，而顾家人为忧。翁乃断一青竹，度与长房身齐，使悬之舍后。家人见之，即长房形也，以为缢死，大小惊号，遂殡葬之。长房立其傍，而莫之见也。于是遂随从入深山……长房辞归，翁与一竹杖，曰：'骑此，任所之，则自至矣。既至，可以杖投葛陂中也。'……长房乘杖，须臾来归。自谓去家适经旬日，而

已十余年矣。即以杖投陂，顾视则龙也。家人谓其久死，不信之。长房曰：'往日所葬，但竹杖耳。'乃发冢剖棺，杖犹存焉。" ④"香风"句：《南史·后妃传》："至德二年，乃于光昭殿前起临春、结绮、望仙三阁，高数十丈，并数十间。其窗牖、壁带、县楣、栏槛之类，皆以沉檀香为之，又饰以金玉，间以珠翠，外施珠帘。内有宝床宝帐，其服玩之属，瑰丽皆近古未有。每微风暂至，香闻数里，朝日初照，光映后庭。其下积石为山，引水为池，植以奇树，杂以花药。后主自居临春阁，张贵妃居结绮阁，龚、孔二贵嫔居望仙阁，并复道交相往来。" ⑤"明月"句：《汉书·武五子传》："孝武皇帝六男。卫皇后生戾太子。……武帝末，卫后宠衰，江充用事。充与太子及卫氏有隙，恐上晏驾后为太子所诛，会巫蛊事起，充因此为奸。……吏围捕太子，太子自度不得脱，即入室距户自经。……久之，巫蛊事多不信。上知太子惶恐无他意，而车千秋复讼太子冤，上遂擢千秋为丞相，而族灭江充家，焚苏文于横桥上，及泉鸠里加兵刃于太子者，初为北地太守，后族。上怜太子无辜，乃作思子宫，为归来望思之台于湖。天下闻而悲之。"

朝对暮，去对来。庶矣对康哉①。马肝对鸡肋，杏眼对桃腮。佳兴适，好怀开。朔雪对春雷。云移鸤（zhī）鹊观②，日晒凤凰台③。河边淑气迎芳草，林下轻风待落梅④。柳媚花明，燕语莺声浑是笑；松号柏舞，猿啼鹤唳总成哀。

【注释】

①庶矣、康哉：《论语·子路》："子适卫，冉有仆。子曰：'庶矣哉！'冉有曰：'既庶矣，又何加焉？'曰：'富之。'曰：'既富矣，又何加焉？'曰：'教之。'"《尚书·益稷》："（虞舜）乃赓载歌曰：'元首明

哉,股肱良哉,庶事康哉!'" ②鹓鹊观:司马相如《上林赋》:"蹶石阙,历封峦,过鹓鹊,望露寒。"李善注引张揖曰:"此四观,武帝建元中作,在云阳甘泉宫外。" ③凤凰台:或即金陵凤凰台。李白《登金陵凤凰台》:"凤凰台上凤凰游,凤去台空江自流。"王琦注引《江南通志》:"凤凰台,在江宁府城内之西南隅,犹有陂陀,尚可登览。宋元嘉十六年,有三鸟翔集山间,文彩五色,状如孔雀,音声谐和,众鸟群附,时人谓之凤凰。起台于山,谓之凤凰台。" ④"河边"二句:出自孙逖《和左司张员外自洛使入京中路先赴长安逢立春日赠韦侍御等诸公二首》其二:"忽睹云间数雁回,更逢山上正花开。河边淑气迎芳草,林下轻风待落梅。秋宪府中高唱入,春卿署里和歌来。共言东阁招贤地,自有西征谢傅才。"

忠对信,博对该。忖度(duó)对疑猜。香消对烛暗,鹊喜对蛩哀。金花报①,玉镜台②。倒斝(jiǎ)对衔杯。岩巅横老树,石磴覆苍苔。雪满山中高士卧,月明林下美人来③。绿柳沿堤,皆因苏子来时种;碧桃满观,尽是刘郎去后栽④。

【注释】

①金花报:刘昌诗《芦蒲笔记》卷五:"唐进士登第者,主文以黄花笺,书其姓名,花押其下,使人持以报之,谓之'榜帖',当时称为'金花帖子'。国初尚循其制。予家藏王扶、龚识二帖拓本。帖皆长五寸许,其阔半之。龚识又有大护帖,复书姓名于帖面。考《登科记》,盖太宗端拱元年程宿榜,扶第二人,识第十四,其下花押二:一翰林学士尚书礼部侍郎知贡举宋白,一职方员外郎知制诰权知贡举李沆。后临轩唱名,此制遂废。周益公家亦有咸平二年盛京所得者。其他不特未之见,久而湮没,

知之者亦鲜矣。尝观《开元遗事》载：新进士及第，必以泥金帖子附家书，谓之'喜信'。是又足以见昔人之风范也。" ②玉镜台：《世说新语·假谲》："温公丧妇，从姑刘氏家值乱离散，唯有一女，甚有姿慧。姑以属公觅婚。公密有自婚意，答云：'佳婿难得，但如峤比云何？'姑云：'丧败之余，乞粗存活，便足慰吾余年，何敢希汝比？'却后少日，公报姑云：'已觅得婚处，门地粗可，婿身名宦，尽不减峤。'因下玉镜台一枚。姑大喜。既婚，交礼，女以手披纱扇，抚掌大笑曰：'我固疑是老奴，果如所卜。'玉镜台，是公为刘越石长史北征刘聪所得。" ③"雪满"二句：出自高启《梅花九首》其一："琼姿只合在瑶台，谁向江南处处栽。雪满山中高士卧，月明林下美人来。寒依疏影萧萧竹，春掩残香漠漠苔。自去何郎无好咏，东风愁寂几回开。"《龙城录》：隋开皇中，赵师雄游罗浮。一日天寒日暮，于松林间酒肆旁舍，见美人淡妆素服出迎。师雄与语，言极清丽，芳香袭人，因与之叩酒家门共饮。少顷，一绿衣童来，笑歌戏舞。师雄醉寝，但觉风寒相袭。久之，东方已白。起视，乃在大梅花树下，上有翠羽啾嘈相顾，但惆怅而已。 ④"碧桃"二句：刘禹锡《再游玄都观绝句》序云："余贞元二十年为屯田员外郎，时此观未有花。是岁出牧连州，寻贬朗州司马。居十年，召至京师，人人皆言有道士手植仙桃，满观如红霞。遂有前篇以志一时之事。旋又出牧。今十有四年，复为主客郎中，重游玄都，荡然无复一树，唯菟葵燕麦动摇于春风耳。因再题二十八字以俟后游。时大和二年三月。"诗云："百亩庭中半是苔，桃花净尽菜花开。种桃道士归何处，前度刘郎今又来。"序中所谓"前篇"，即《游玄都观》："紫陌红尘拂面来，无人不道看花回。玄都观里桃千树，尽是刘郎去后栽。"

【评析】

　　该韵部中，"马肝对鸡肋"句，"马肝"典出《史记·辕固生传》：

"于是景帝曰：食肉不食马肝，不为不知味；言学者无言汤武受命，不为愚。"《正义》引《论衡》曰："气热而毒盛，故食马肝杀人。又盛夏马行多渴死，杀气为毒也。"《汉书·儒林传》同文颜师古注："马肝有毒，食之戛杀人，幸得无食。言汤武为杀，是背经义，故以为喻也。"王先谦补注引刘敞曰："知味者不必须食马肝，言学者不必须论汤武，此欲令学者皆置之耳。""鸡肋"典出《三国志·魏志·武帝纪》注："《九州春秋》曰：'时王欲还，出令曰：鸡肋。官属不知所谓，主簿杨修……曰：夫鸡肋，弃之如可惜，食之无所得，以比汉中，知王欲还也。'"

又，"金花报"句之出典，尚有以下两则材料可补充：其一，赵彦卫《云麓漫钞》卷二："国初循唐制，进士登第者，主文以黄花笺，长五寸许，阔半之，书其姓名，花押其下，护以大帖，又书姓名于帖面，而谓之'榜帖'，当时称为'金花帖子'。后临轩唱名，兹制遂废。"其二，洪迈《容斋续笔》卷一三："唐进士登科，有金花帖子，相传已久，而世不多见。予家藏咸平元年孙仅榜盛京所得小录，犹用唐制，以素绫为轴，贴以金花，先列主司四人衔，曰：翰林学士给事中杨，兵部郎中知制诰李，右司谏直史馆梁，秘书丞直史馆朱，皆押字。次书四人甲子，年若干，某月某日生，祖讳某，父讳某，私忌某日。然后书状元孙仅，其所纪与今正同。别用高四寸绫，阔二寸，书'盛京'二字，四主司花书于下，粘于卷首。其规范如此，不知以何年而废也。"

十一　真

莲对菊，凤对麟。浊富对清贫①。渔庄对佛舍，松盖对花茵。萝月叟，葛天民②。国宝对家珍。草迎金埒（liè）马，花醉玉楼人③。巢燕三春尝唤友④，塞鸿八月始来宾。古往今来，谁见泰山曾作砺⑤；天长地久，人传沧海几扬尘⑥。

【注释】

①浊富、清贫：姚崇《冰壶诫》："与其浊富，宁比清贫。"　②葛天民：《吕氏春秋·古乐》："昔葛天氏之乐，三人操牛尾，投足以歌八阕：一曰《载民》，二曰《玄鸟》，三曰《逐草木》，四曰《奋五谷》，五曰《敬天常》，六曰《达帝功》，七曰《依地德》，八曰《总禽兽之极》。"高诱《吕氏春秋训解》："葛天氏，三皇时君号也。"　③"草迎"二句：埒，《说文》："卑垣也。"释普济《五灯会元》卷一九"中仁禅师"："上堂：九十春光已过半，养花天气正融和，海棠枝上莺声好，道与时流见得么？然虽如是，且透声透色一句作么生道？金勒马嘶芳草地，玉楼人醉杏花天。"　④"巢燕"句：《诗·小雅·伐木》："嘤其鸣矣，求其友声。"　⑤"古往"二句：《史记·高祖功臣侯者年表序》："封爵之誓曰：'使河如带，泰山若厉。国以永宁，爰及苗裔。'"　⑥"天长"二句：《神仙传》卷三："麻姑自说云：'接待以来，已见东海三为桑田。向到蓬莱，又水浅于往日，会时略半耳，岂将复为陵陆乎？'（王）远叹曰：'圣人皆言，海中行复扬尘也。'"（按：余嘉锡《四库提要辨证》卷一九："疑葛洪之原书《神仙传》已亡，今本皆出于后人所掇拾。"）

兄对弟，吏对民。父子对君臣。勾丁对甫甲①，赴卯对同寅②。折桂客，簪花人。四皓对三仁③。王乔云外舄④，郭泰雨中巾⑤。人交好友求三益⑥，士有贤妻备五伦⑦。文教南宣，武帝平蛮开百越；义旗西指，韩侯扶汉卷三秦。

【注释】

①勾丁、甫甲：《史记·平津侯主父列传》："丁男被甲，丁女转输，苦不聊生。"　②赴卯、同寅：赴卯即应卯，古时军营官厅，吏员差役须卯时（凌晨五时至七时）上班，听候点名，不到者要受处罚。《尚书·皋陶谟》："同寅协恭和衷哉。"《传》："使同敬合恭而和善。"后指同朝或同官署任职的官吏。　③三仁：《论语·微子》："微子去之，箕子为之奴，比干谏而死。孔子曰：'殷有三仁焉。'"　④"王乔"句：《后汉书·方术列传》："王乔者，河东人也。显宗世，为叶令。乔有神术，每月朔望，常自县诣台朝。帝怪其来数，而不见车骑，密令太史伺望之。言其临至，辄有双凫从东南飞来。于是候凫至，举罗张之，但得一只舄焉。乃诏上方珍视，则四年中所赐尚书官属履也。"　⑤"郭泰"句：《后汉书·郭太传》："尝于陈梁间行遇雨，巾一角垫，时人乃故折巾一角，以为'林宗巾'。其见慕皆如此。"　⑥三益：《论语·季氏》："孔子曰：'益者三友，损者三友。友直，友谅，友多闻，益矣。友便辟，友善柔，友便佞，损矣。'"　⑦五伦：即五常，是中国传统社会五种基本的人伦关系，君臣、父子、夫妇、长幼、朋友，为儒家所推崇。《孟子·滕文公上》："使契为司徒，教以人伦：父子有亲，君臣有义，夫妇有别，长幼有序，朋友有信。"

申对夭①，偘对誾（yín）②。阿魏对茵陈③。楚兰对湘芷，碧柳对青筠。花馥馥，叶蓁蓁④。粉颈对朱唇。曹公奸似鬼，尧帝智如神⑤。南阮才郎差北富，东邻丑女效西颦⑥。色艳北堂，草号忘忧忧甚事；香浓南国，花名含笑笑何人⑦。

【注释】

①申夭：《论语·述而》："子之燕居，申申如也，夭夭如也。"申申，

整饬貌；夭夭，和舒貌。　②侃訚：《论语·乡党》："朝，与下大夫言，侃侃如也；与上大夫言，訚訚如也。君在，踧踖如也，与与如也。"訚，《说文》："和悦而诤也。"　③阿魏、茵陈：阿魏树长八九尺，皮色青黄，枝叶如盖，臭气逼人。不会开花结果，断其枝，收集流出来的汁液熬作膏，叫阿魏。其味极臭。治心腹冷痛、疟疾、泻痢、结核、痞劳、瘴气。茵陈，是可以入药的幼嫩青蒿，即菊科多年生草本茵陈蒿或滨蒿的干燥地上部分。具有清湿热、退黄疸作用，所谓"三月茵陈能治病，四月青蒿当柴烧"，为治疗黄疸之要药。　④"花馥馥"二句：陆机《文赋》："播芳蕤之馥馥，发青条之森森。"《诗·周南·桃夭》："桃之夭夭，其叶蓁蓁。"　⑤"尧帝"句：《史记·五帝本纪》："帝尧者，放勋。其仁如天，其知如神。就之如日，望之如云。富而不骄，贵而不舒。黄收纯衣，彤车乘白马。能明驯德，以亲九族。九族既睦，便章百姓。百姓昭明，合和万国。"　⑥"东邻"句：《庄子·天运》："西施病心而矉其里。其里之丑人见而美之，归亦捧心而矉其里。其里之富人见之，坚闭门而不出，贫人见之，挈妻子而去之走。彼知美矉而不知矉之所以美。"　⑦"色艳"四句：丁谓《山居》（留化已南，山多凌零藿香，芬芳袭人，动或数里）："峒口清香漱海滨，四时芬馥四时春。山多绿桂怜同气，谷有幽兰让后尘。草解忘忧忧底事，花能含笑笑何人（海南有含笑花）。争如彼美钦天圹，长荐芳香奉百神。"（吕祖谦《宋文鉴》卷二四）

【评析】

该韵部中，"草迎金埒马，花醉玉楼人"二句，出自孟浩然（一作张子容）《长安早春》："关戍（一作开国）惟东井（一作汉），城池起北辰。咸歌太平日，共乐建寅春。雪尽青山树，冰开黑水滨。草迎金埒马，花伴玉楼人。鸿渐看无数，莺歌听欲频。何当遂荣（一作桂枝）擢，归及柳条新。"（按：《文苑英华》卷一八一、《唐诗纪事》卷二三均记作张子容诗。）

又，附录《声律发蒙》"七　真文"韵部如下：

寒对暑，夜对晨。白昼对黄昏。雕栏联玉砌，画阁对朱门。霜惨猿声悲夜月，风高雁阵贴秋云。痴仙癖鬼，酒圣诗神。孤舟适楚，匹马经秦。一春花过眼，千里客消魂。解剑当渔杨柳岸，停骖问酒杏花村。窗外梧桐，夜雨滴醒鸳枕梦；路傍桃李，春风吹逐马蹄尘。

嵩山高，蜀水濁。子母瓜，君臣药。潘令闲居，温公独乐。歌吟白玉堂，谈笑清油幕。明月清风庾亮楼，落霞秋水滕王阁。云霄志，雨露恩。豺狼道，鸟兽群。花王报信，梅子生仁。露桃红泪滴，烟柳翠眉颦。点点飞花沾翠袖，茸茸芳草衬朱轮。蝶怨蜂愁，红雨苍苔怜暮景；莺悲燕恼，绿杨青柳送残春。

其中，"匹马经秦"句，典出郦道元《水经注》卷一三引干宝《搜神记》："昔秦人筑城于武州塞内以备胡，城将成而崩者数矣。有马驰走一地，周旋反覆，父老异之，因依以筑城，城乃不崩，遂名之为马邑。"

十二　文

忧对喜，戚对欣。二典^①对三坟。佛经对仙语，夏耨（nòu）对春耘。烹旱韭，剪春芹。暮雨对朝云。竹间斜白接，花下醉红裙。掌握灵符五岳箓（lù）^②，腰悬宝剑七星纹。金锁未开，上相趋听宫漏永^③；珠帘半卷，群僚仰对御炉熏。

【注释】

①二典：孔颖达疏："今《尧典》《舜典》，是二帝'二典'。"《宋

史·太祖纪》："晚好读书，尝读'二典'，叹曰：'尧、舜之罪四凶，止从投窜，何近代法网之密乎！'"　②"掌握"句：符箓，道教方术之一，是道士用来沟通人神的秘宝。符，是道教发明的一种介于字画之间的神秘奇特的符号。道士用来召神请仙，驱鬼避邪。箓，是写着所请神仙名字及所求之事的文书，实际上是写给神仙的邀请书。　③"金锁"二句：元稹诗题可参："为乐天自勘诗集，因思顷年城南醉归，马上递唱艳曲，十余里不绝。长庆初，俱以制诰侍宿南郊斋宫，夜后偶吟数十篇，两掖诸公泊翰林学士三十余人惊起就听，逮至卒吏莫不众观，群公直至侍从行礼之时，不复聚寐。予与乐天吟哦，竟亦不绝，因书于乐天卷后。越中冬夜风雨，不觉将晓，诸门互启关锁，即事成篇。"

词对赋，懒对勤。类聚对群分。鸾箫对凤笛，带草对香芸①。燕许笔，韩柳文②。旧话对新闻。赫赫周南仲，翩翩晋右军。六国说成苏子贵，两京收复郭公勋③。汉阙陈书，侃侃忠言推贾谊；唐廷对策，岩岩直谏有刘蕡。

【注释】

①带草、香芸：严有翼《艺苑雌黄》引《三齐记略》云："不其城东有萱山，郑玄删注诗、书，栖于此，山上有古井，不竭，傍生细草，如薤草，长尺余，坚韧异常，土人谓之康成书带。"《初学记》卷一二引《典略》："芸台香，辟纸鱼蠹，故藏书台称芸台。"亦以之称富于藏书的秘书省。　②"燕许笔"二句：《新唐书·苏颋传》："自景龙后，与张说以文章显，称望略等，故时号燕许大手笔。"又，韩愈、柳宗元与欧阳修、苏洵、苏轼、苏辙、曾巩、王安石为主持唐宋古文运动的中心人物。从明初朱右选编《八先生文集》，到明中叶茅坤辑成《唐宋八大家文钞》，"唐

宋八大家"之名遂广为流传。 ③"赫赫"四句：《诗·小雅·出车》："王命南仲，往城于方。"郑《笺》："王使南仲为将率，往筑城于朔方。"朱熹《集传》："南仲，此时大将也。"右军，指王羲之，他曾为右军将军。论者称其笔势，以为"飘若浮云，矫若惊龙"（《晋书·王羲之传》）。郭公，郭子仪。

言对笑，绩对勋。鹿豕对羊羵（fén）①。星冠对月扇，把袂对书裙②。汤事葛，说兴殷。萝月对松云。西池青鸟使，北塞黑鸦军③。文武成康为一代④，魏吴蜀汉定三分。桂苑秋宵，明月三杯邀曲客；松亭夏日，薰风一曲奏桐君。

【注释】

①羊羵：《国语·鲁语下》："季桓子穿井，获如土缶，其中有羊焉。使问之仲尼曰：'吾穿井而获狗，何也？'对曰：'以丘之所闻，羊也。丘闻之：木石之怪曰夔、魍魉，水之怪曰龙、罔象，土之怪曰羵羊。'"
②书裙：《宋书·羊欣传》："欣少靖默，无竞于人，美言笑，善容止。泛览经籍，尤长隶书。不疑初为乌程令，欣时年十二，时王献之为吴兴太守，甚知爱之。献之尝夏月入县，欣著新绢裙昼寝，献之书裙数幅而去。欣本工书，因此弥善。" ③"北塞"句：《新五代史·唐本纪》："克用少骁勇，军中号曰'李鸦儿'。其一目眇，及其贵也，又号'独眼龙'，其威名盖于代北。"据传，李克用所率军队皆着黑盔黑甲，骁勇善战。
④"文武"句：《尚书·君牙》："惟予小子嗣守文武成康遗绪，亦惟先正之臣，克左右乱四方。"

【评析】

该韵部中，"唐廷对策，岩岩直谏有刘蕡"二句典出《旧唐书·刘蕡传》，有刘氏《对贤良方正直言极谏策》所言可参："褐衣小臣蕢，沐浴斋戒，伏于彤庭之下，谨顿首上言皇帝陛下。臣诚不佞，有匡国致君之术，无位而不得行；有犯颜敢谏之心，无路而不得达。但怀愤抑郁，思有时而一发耳。常欲与庶人议于道，商旅谤于市，得通上听，一悟主心，虽被妖言之罪，无所悔焉。况逢陛下以至德嗣兴，以大明垂照，询求过阙，咨访谟猷，下制中外，举能直言极谏者。臣既辱斯举，专承大问，敢不悉意以言。至于上之所忌，时之所禁，权幸之所讳恶，有司之所与夺，臣愚不识。伏惟陛下少加优容，不使圣朝有谠直而受戮者，乃天下之幸也，非臣之所望也。谨昧死以对。"

十三　元

卑对长，季对昆。永巷对长门。山亭对水阁，旅舍对军屯。扬子渡，谢公墩（dūn）①。德重对年尊。承乾对出震，习坎对重坤②。志士报君思犬马，仁王养老察鸡豚③。远水平沙，有客泛舟桃叶渡④；斜风细雨，何人携榼杏花村。

【注释】

①谢公墩：吴敬梓《金陵景物图诗·谢公墩》诗序："金陵有两谢公墩，其一在冶城北与永庆寺南者，乃谢太傅所眺。李白登谢公墩诗序云：'此墩即太傅与王右军同登，超然有高世之志者也。'其一在旧内东长安门外铜井庵傍，所谓半山里者。半山寺旧名康乐坊，因康乐孙灵运。今以坊及墩观之，或康乐子孙之所居也。王介甫诗'今日此墩应属我，不应

墩姓尚从公',东坡讥之。考介甫所居即康乐坊,然则我名公字,我屋公墩之句,乃误以康乐为太傅也。其图灌木蓊翳,左则永庆寺之浮屠,矗于林表,盖太白所咏之谢公墩也。"又,陈文述《谢公墩》诗序:"在冶城北二里。谢安与王羲之共登,悠然远想,有高世之志。羲之谓曰'四郊多垒,宜思自效,而虚谈废务,浮文妨要,恐非当今所宜'即此。明初筑城,分其半以为城基。自王安石作诗有'我屋公墩'之句,于是城东又有一谢公墩。以图经考之,安石所争,当是城东筑以象会稽东山之土山也。"(《秣陵集》) ②"承乾"二句:乾、震、坎、坤是八卦中的四个卦名,又是两卦重叠变换所得六十四卦中的四卦,承乾、出震、习坎、重坤正反映出这四卦的卦象特征。如《易·坎》:"《象》曰:习坎,重险也。"高亨注:"本卦乃二坎相重,是为'习坎'。习,重也;坎,险也。故曰:'习坎,重险也。'" ③"仁王"句:《孟子·梁惠王上》:"五亩之宅,树之以桑,五十者可以衣帛矣。鸡豚狗彘之畜,无失其时,七十者可以食肉矣。百亩之田,勿夺其时,数口之家可以无饥矣。谨庠序之教,申之以孝悌之义,颁白者不负戴于道路矣。七十者衣帛食肉,黎民不饥不寒,然而不王者,未之有也。" ④桃叶渡:《古今乐录》:"晋王献之爱妾名桃叶,其妹曰桃根。献之尝临渡歌以送之。后人因名渡曰桃叶。"《隋书·五行志》:"陈时,江南盛歌王献之《桃叶》之词曰:'桃叶复桃叶,渡江不用楫。但度无所苦,我自迎接汝。'"(按:曹道衡《乐府诗选》所云可参:"此曲据《古今乐录》及《隋书·五行志》,都认为是东晋王献之作。但从诗的内容看,似为民间情歌,未必是王献之作。")

君对相,祖对孙。夕照对朝曛。兰台对桂殿①,海岛对山村。碑堕泪,赋招魂②。报怨对怀恩。陵埋金吐气③,田种玉生根④。相府珠帘垂白昼⑤,边城画角动黄昏。枫叶半山,秋去烟霞堪倚杖;

梨花满地，夜来风雨不开门⑥。

【注释】

①兰台、桂殿：兰台为汉代宫内藏书之处，以御史中丞掌之，后世因称御史台为"兰台"。又，班固曾为"兰台令史"，受诏撰史，所以也称史官为"兰台"。唐高宗龙朔二年，改秘书省称兰台，秘书郎则曰"兰台郎"。桂殿，指月宫。李弥逊《花心动》："桂殿影寒，蓬山波阔，未似彩衣庭户。"　②赋招魂：《招魂》，《楚辞》篇名。可能是屈原招楚王亡魂，或宋玉招屈原亡魂，或屈原自招其魂之作。（按：宋玉招魂之说，系据王逸《楚辞章句》："《招魂》者，宋玉之所作也……宋玉怜哀屈原，忠而斥弃，愁满山泽，魂魄放佚，厥命将落。故作《招魂》，欲以复其精神，延其年寿，外陈四方之恶，内崇楚国之美，以讽谏怀王，冀其觉悟而还之也。"）　③"陵埋"句：今之江苏南京，楚威王尝埋金于钟山，以镇其王气，故称金陵。秦始皇为泄其王气，凿钟阜，改名秣陵。孙吴自京口迁于此地以为都，曰建业。晋元帝南迁，亦都之，因避讳改建康。明初都之，谓南京。　④"田种"句：《搜神记》卷一一："杨公伯雍，雒阳县人也。本以侩卖为业。性笃孝。父母亡，葬无终山，遂家焉。山高八十里，上无水，公汲水，作义浆于坂头，行者皆饮之。三年，有一人就饮，以一斗石子与之，使至高平好地有石处种之，云：'玉当生其中。'杨公未娶，又语云：'汝后当得好妇。'语毕不见。乃种其石。数岁，时时往视，见玉子生石上，人莫知也。有徐氏者，右北平著姓，女甚有行，时人求，多不许。公乃试求徐氏，徐氏笑以为狂，因戏云：'得白璧一双来，当听为婚。'公至所种玉田中，得白璧五双，以聘。徐氏大惊，遂以女妻公。天子闻而异之，拜为大夫。乃于种玉处，四角作大石柱，各一丈，中央一顷地，名曰'玉田'。"　⑤"相府"句：《南史·顾觊之传》："为山阴令。山阴剧邑三万户，前后官长昼

夜不得休，事犹不举。觊之御繁以约，县用无事。昼日垂帘，门阶闲寂，自宋世为山阴，务简而事理，莫能尚也。" ⑥"梨花"二句：刘方平《春怨》："寂寞空庭春欲晓，梨花满地不开门。"

【评析】

该韵部中，"兰台对桂殿"句尚有可说者。楚有"兰台之宫"，设于何时，现已难考。以宋玉《风赋》观之，"兰台之宫"在顷襄王时仍存。《文心雕龙·时序》："唯齐楚两国，颇有文学。齐开庄衢之第，楚广兰台之宫，孟轲宾馆，荀卿宰邑。故稷下扇其清风，兰陵郁其茂俗。邹子以谈天飞誉，邹奭以雕龙驰响，屈平联藻于日月，宋玉交彩于风云。"又，桂殿也是寺观殿宇的美称。庾信《奉和同泰寺浮屠》："天香下桂殿，仙梵入伊笙。"还指后妃所住之深宫。骆宾王《上吏部侍郎帝京篇》："桂殿阴岑对玉楼，椒房窈窕连金屋。"

十四 寒

家对国，治对安。地主对天官①。坎男对离女②，周诰对殷盘③。三三暖，九九寒。杜撰对包弹④。古壁蛩声匝，闲亭鹤影单。燕出帘边春寂寂，莺闻枕上漏珊珊。池柳烟飘，日夕郎归青锁闼(tà)⑤；砌花雨过，月明人倚玉栏干。

【注释】

①地主、天官：《史记·封禅书》："八神：一曰天主，祠天齐。天齐

渊水，居临菑南郊山下者。二曰地主，祠太山梁父。盖天好阴，祠之必于高山之下，小山之上，命曰'畤'；地贵阳，祭之必于泽中圜丘云。"三曰兵主，四曰阴主，五曰阳主，六曰月主，七曰日主，八曰四时主。　②坎男、离女：《周易·说卦》："乾，天也，故称乎父。坤，地也，故称乎母。震一索而得男，故谓之长男。巽一索而得女，故谓之长女。坎再索而得男，故谓之中男。离再索而得女，故谓之中女。艮三索而得男，故谓之少男。兑三索而得女，故谓之少女。"正如有父母则可以生育子女一样，有天地然后万物方能生长。　③周诰、殷盘：周诰是指《尚书·周书》中的《大诰》《康诰》《酒诰》《召诰》《洛诰》等篇。殷盘是指《尚书·商书》中的《盘庚》上、中、下三篇。韩愈《进学解》："《周诰》《殷盘》，佶屈聱牙。《春秋》谨严，《左氏》浮夸。《易》奇而法，《诗》正而葩。"　④杜撰、包弹：《朱子语类》卷八〇："《小序》大无义理，皆是后人杜撰，先后增益凑合而成；多就《诗》中采摭言语，更不能发明《诗》之大旨。"包弹，亦作"褒弹"，偏义复词，批评。李商隐《杂纂》"不建时宜"条："筵上包弹品味。"刘克庄《溪庵》："包弹靡靡萧萧制，指摘深深款款诗。"　⑤"日夕"句：夕郎，汉代黄门侍郎之别称。《汉宫仪》："黄门郎日暮入，对青琐门拜，名曰夕郎。"

　　肥对瘦，窄对宽。黄犬对青鸾。指环对腰带，洗钵对投竿①。诛佞（nìng）剑②，进贤冠③。画栋对雕栏。双垂白玉箸④，九转紫金丹⑤。陕右棠高怀召伯⑥，河阳花满忆潘安。陌上芳春，弱柳当风披彩线；池中清晓，碧荷承露捧珠盘。

【注释】

　　①洗钵、投竿：瞿汝稷《指月录》卷一一："僧问师：'学人乍入丛

林，乞师指示。'师云：'吃粥了也未？'云：'吃粥了也。'师云：'洗钵盂去。'其僧因此大悟。"禅宗认为，"平常心是道心"，在平常心外再无道心，在平常生活外再无须有什么特殊的生活。如有此觉悟，内在的平常心即可成为超越的道心。《庄子·外物》："任公子为大钩巨缁，五十犗以为饵，蹲乎会稽，投竿东海，旦旦而钓，期年不得鱼。已而大鱼食之，牵巨钩陷没而下，鹜扬而奋鬐，白波若山，海水震荡，声侔鬼神，惮赫千里。任公子得若鱼，离而腊之，自制河以东，苍梧已北，莫不厌若鱼者。"

②诛佞剑：《汉书·朱云传》："至成帝时，丞相故安昌侯张禹以帝师位特进，甚尊重。云上书求见，公卿在前。云曰：'今朝廷大臣上不能匡主，下亡以益民，皆尸位素餐。……臣愿赐尚方斩马剑，断佞臣一人以厉其余。'上问：'谁也？'对曰：'安昌侯张禹。'上大怒，曰：'小臣居下讪上，廷辱师傅，罪死不赦。'御史将云下，云攀殿槛，槛折。云呼曰：'臣得下从龙逄、比干游于地下，足矣！未知圣朝何如耳？'御史遂将云去。于是左将军辛庆忌免冠解印绶，叩头殿下曰：'此臣素著狂直于世。使其言是，不可诛；其言非，固当容之。臣敢以死争。'庆忌叩头流血。上意解，然后得已。及后当治槛，上曰：'勿易！因而辑之，以旌直臣。'"　③进贤冠：《后汉书·舆服志》："进贤冠，文儒者之服也。前高七寸，后高三寸。"以梁多少别贵贱。自博士以至私学弟子皆一梁，是凡学者皆服之。魏晋六朝，承用不改。杜甫《丹青引赠曹将军霸》："良相头上进贤冠，猛将腰间大羽箭。"　④"双垂"句：陶宗仪《南村辍耕录》卷二三："王忽坐逝，而鼻垂双涕尺余，人皆叹骇。关来吊唁，询其由，或对云：'此释家所谓坐化也。'复问鼻悬何物，又对云：'此玉箸也。'"又，《白孔六帖》卷七："王昭君之泪如玉箸。"沈义父《乐府指迷》："炼句下语，最是紧要。如说桃，不可直说破桃，须用红雨、刘郎等字……玉箸双垂，便是泪了，不必更说泪。"　⑤"九转"句：古代方

士所服之经九次火炼的丹药。《抱朴子·金丹》："一转之丹服之三年得仙，二转之丹服之二年得仙，三转之丹服之一年得仙，四转之丹服之半年得仙，五转之丹服之百日得仙，六转之丹服之四十日得仙，七转之丹服之三十日得仙，八转之丹服之十日得仙，九转之丹服之三日得仙。"杜甫《将赴成都草堂途中有作先寄严郑公》五首其四："生理只凭黄阁老，衰颜欲付紫金丹。"仇注引《云笈七签》："合丹法：火至七十日，药成，五色飞华，紫云乱映，名曰紫金；其盖上紫霜，名曰神丹。" ⑥"陕右"句：《诗·召南·甘棠》："蔽芾甘棠，勿剪勿伐，召伯所茇。蔽芾甘棠，勿剪勿败，召伯所憩。蔽芾甘棠，勿剪勿拜，召伯所说。"

行对卧，听对看。鹿洞①对鱼滩。蛟腾对豹变②，虎踞对龙蟠。风凛凛，雪漫漫。手辣对心酸。莺莺对燕燕，小小对端端③。蓝水远从千涧落，玉山高并两峰寒④。至圣不凡，嬉戏六龄陈俎豆⑤；老莱大孝，承欢七秩舞斑斓。

【注释】

①鹿洞：白鹿洞。韩补《紫阳山赋》："既表章乎鹿洞，宜敷锡乎枌榆。" ②蛟腾、豹变：王勃《滕王阁序》："腾蛟起凤，孟学士之词宗；紫电清霜，王将军之武库。"《易·革》："上六，君子豹变，小人革面。"《尚氏学》："君子豹变者，谓革命后佐命之勋，皆得封拜而有茅土，尊显富贵，易世成名，故曰'豹变'。" ③"莺莺"二句：苏轼《张子野年八十五尚闻买妾述古令作诗》："诗人老去莺莺在，公子归来燕燕忙。"分用崔莺莺、赵飞燕事。又，苏小小、李端端，分别指南齐钱塘、唐代扬州名妓。 ④"蓝水"二句：引自杜甫《九日蓝田崔氏庄》："老去悲秋强自宽，兴来今日尽君欢。羞将短发还吹帽，笑倩旁人为正冠。蓝水远从千

涧落，玉山高并两峰寒。明年此会知谁健，醉把茱萸子细看。" ⑤ "至圣"二句：《史记·孔子世家》："孔子为儿嬉戏，常陈俎豆，设礼容。"

【评析】

该韵部中，"至圣不凡，嬉戏六龄陈俎豆"二句所述之事，还有另外一个也许是更为著名、也更为接近事实的版本。刘向《列女传》卷一《母仪·邹孟轲母传》："邹孟轲之母也，号孟母。其舍近墓。孟子之少也，嬉游为墓间之事，踊跃筑埋。孟母曰：'此非吾所以居处子也。'乃去，舍市傍。其嬉戏为贾人衒卖之事。孟母又曰：'此非吾所以居处子也。'复徙舍学宫之傍。其嬉游乃设俎豆，揖让进退。孟母曰：'真可以居吾子矣。'遂居之。"

又，附录《声律发蒙》"八　山寒"韵部如下：

如对似，易对难。饱暖对饥寒。入官联出仕，皓齿对朱颜。三百围棋消昼永，十千美酒醉春闲。烟霞郑谷，云水严滩。鹏飞北海，豹隐南山。汉武藏娇屋，韩侯拜将坛。龙钟吕望闲持钓，矍铄文渊老据鞍。苏子泛舟，见白鹤东来赤壁；老聃避世，驾青牛西出函关。

琥珀杯，珊瑚枕。翡翠绫，鸳鸯锦。布谷催耕，醍醐劝饮。雨霁客频来，月明人未寝。凤楼春暖日迟迟，鸳瓦晓寒霜凛凛。鱼拨剌，鸟绵蛮。山巀嶭，水潺湲。深沉院宇，绕曲栏杆。春浓花富贵，岁晚竹平安。雁影横斜秋渐老，蛩声断续夜将阑。筵前银烛交光，三杯竹叶；楼外玉绳低转，一曲幽兰。

其中，"矍铄文渊老据鞍"句，典出《后汉书·马援传》："（建武）二十四年，武威军刘尚击武陵五溪蛮夷，深入，军没，援因复请行。时年六十二，帝愍其老，未许之。援自请曰：'臣尚能披甲上马。'帝令试之。援据鞍顾眄，以示可用。帝笑曰：'矍铄哉是翁也！'遂遣援率中郎马武、耿舒、刘匡、孙永等,将十二郡募士及弛刑四万余人征五溪。援夜与送者诀,谓友人谒者杜愔曰:'吾受厚恩,年迫余日索,常恐不得死国事。今获所愿,甘心瞑目,但畏长者家儿或在左右,或与从事,殊难得调,介介独恶是耳。'"

又,附录《声律发蒙》"九 桓欢"韵部如下:

香对味,苦对酸。聚会对悲欢。忠臣联孝子,武士对文官。满腹诗书吟胆壮,一襟风月酒肠宽。竹间笑傲,松下盘桓。酒斟玉斝,香霭雕盘。雨余风淡淡,云散月团团。堂上卷帘观紫燕,殿前悬镜舞青鸾。红蓼花开,水鸟藏身偎绣毯;黄梅子落,山禽偷眼避金丸。

月笼纱,云出岫。夜沉沉,更漏漏。山色青浓,波纹绿绉。灯火照黄昏,琴棋消白昼。杨柳梳风翡翠长,海棠经雨胭脂透。披法服,戴儒冠。正风俗,排异端。鲸波汹涌,鹫岭巑岏。云开观叠嶂,雨过听鸣湍。松根入地如钉钉,塔顶侵云似钻钻。地广人稠,闻四境鸡鸣犬吠;山奇水胜,壮千年虎踞龙蟠。

其中,"殿前悬镜舞青鸾"句之"青鸾",《山海经·西山经》曰:"西南三百里,曰女床之山,其阳多赤铜,其阴多石涅,其兽多虎、豹、犀、兕。有鸟焉,其状如翟而五彩文,名曰鸾鸟,见则天下安宁。"又,"山奇水胜,壮千年虎踞龙蟠"二句,可参《太平御览》卷一五六引《吴录》:"刘备曾使诸葛亮至京,因睹秣陵山阜,乃叹曰:'钟山龙盘,石头虎踞,此帝王之宅也。'"

十五 删

林对坞,岭对峦。昼永对春闲。谋深对望重,任大对投艰^①。裙袅袅,佩珊珊。守塞对当关。密云千里合,新月一钩弯。叔宝君臣皆纵逸，重华父母是嚚（yín）顽②。名动帝畿，西蜀三苏来日下；壮游京洛，东吴二陆起云间③。

【注释】

①任大、投艰：赋予重大艰难之任。《尚书·大诰》："予造天役，遗大投艰于朕身。" ②"重华"句：《书·舜典》："曰若稽古：帝舜曰重华，协于帝。"《书·尧典》："帝曰：'俞！予闻，如何？'岳曰：'瞽子，父顽，母嚚，象傲，克谐。以孝烝烝，乂不格奸。'帝曰：'我其试哉！女于时，观厥刑于二女。'厘降二女于妫汭，嫔于虞。"《左传·僖公二十四年》："心不则德义之经为顽，口不道忠信之言为嚚。" ③"云间"句：陆机、陆云，吴郡吴县华亭人。《吴地记》："华亭县在郡东一百六十里，地名云间，水名谷水。天宝五年置。盖晋元假陆逊宅，造池亭华丽，故名。"《世说新语·排调》："荀鸣鹤、陆士龙二人未相识，俱会张茂先坐。张令其语。以其并有大才，可勿作常语。陆举手曰：'云间陆士龙。'荀答曰：'日下荀鸣鹤。'"

临对仿，吝对悭。讨逆对平蛮。忠肝对义胆，雾鬓对云鬟。埋笔冢①，烂柯山。月貌对天颜。龙潜终得跃②，鸟倦亦知还。陇树飞来鹦鹉绿，湘筠啼处鹧鸪斑。秋露横江，苏子月明游赤壁；冻云迷岭，韩公雪拥过蓝关。

【注释】

①埋笔冢：《唐国史补》卷中："长沙僧怀素好草书，自言得草圣三昧，弃笔堆积埋于山下，号曰笔冢。"又，张怀瓘《书断·僧智永》："积

年学书,后秃笔头十瓮,每瓮皆数石……后取笔头瘗之,号为退笔冢。"

②"龙潜"句:《易·乾》:"初九,潜龙勿用……九四,或跃在渊。"

【评析】

该韵部中,"冻云迷岭,韩公雪拥过蓝关"二句所涉韩愈诗事另有可说者。据党芳莉《八仙信仰与传说研究》,与张果老一样,韩湘子的原型也是实有其人,即韩愈的侄孙韩湘。然而,与张果老自神其说、生前就有意为神仙不同,韩湘子加入八仙,则是在他逝去多年后,人们由其叔祖韩愈的那首《左迁至蓝关示侄孙湘》附会而来。韩湘子的传说,首次记载于比韩湘小十岁的段成式的志怪小说集《酉阳杂俎》前集卷一九:"韩愈侍郎有疏从子侄自江淮来,年甚少,韩令学院中伴子弟,子弟悉为凌辱。韩知之,遂为街西假僧院令读书。经旬,寺主纲复诉其狂率。韩遽令归,且责曰:'市肆贱类营衣食,尚有一事长处。汝所为如此,竟作何物?'侄拜谢,徐曰:'某有一艺,恨叔不知。'因指阶前牡丹曰:'叔要此花青、紫、黄、赤,唯命也。'韩大奇之,遂给所须,试之。乃坚箔曲,尽遮牡丹丛,不令人窥。掘棵四面,深及其根,宽容人坐。唯赍紫矿、轻粉、朱红,旦暮治其根。凡七日,乃填坑,白其叔曰:'恨较迟一月。'时冬初也,牡丹本紫,及花发,色白红历绿。每朵有一联诗,字色紫分明,乃是韩出官时诗一韵,曰'云横秦岭家何在,雪拥蓝关马不前'十四字,韩大惊异。侄且辞归江淮,竟不愿仕。"(按:赵翼《陔余丛考》卷三四云:"世俗相传所谓'八仙'者,曰汉钟离、张果老、韩湘子、铁拐李、曹国舅、吕洞宾,又女仙二人,蓝采和、何仙姑。按《太平广记》《神仙通鉴》等书,胪列仙迹,纤悉不遗,并无所谓'八仙'者。胡应麟谓大概起于元世,王重阳教盛行,以钟离为正阳,洞宾为纯阳,何仙姑为纯阳弟子,因而辗转附会,成此名目云。今戏有《八仙庆寿》,尚是元人旧本,则八仙之说之出于元人,当不诬也。"当然,也有学者认为,《八仙庆寿》未必是元人的作品。)

笠翁对韵 下卷

一　先

寒对暑，日对年。蹴鞠对秋千。丹山对碧水，淡雨对轻烟。歌宛转，貌婵娟。雪赋对云笺①。荒芦栖南雁，疏柳噪秋蝉。洗耳尚逢高士笑②，折腰肯受小儿怜。郭泰泛舟，折角半垂梅子雨；山涛骑马，接篱倒着杏花天。

【注释】

①云笺：《酉阳杂俎》续集卷三："每令侍婢主尺牍，往来复章未常自札，受意而已。词旨重轻，正合（韦）陟意，而书体遒利，皆有楷法，陟唯署名。尝自谓所书'陟'字如五朵云，当时人多仿效，谓之郇公五云体。尝以五彩纸为缄题，其侈纵自奉，皆此类也。"　②"洗耳"句：皇甫谧《高士传》卷一："巢父者，尧时隐人也。山居不营世利，年老以树为巢，而寝其上，故时人号曰巢父。尧之让许由也，由以告巢父，巢父曰：'汝何不隐汝形，藏汝光，若非吾友也！'击其膺而下之，由怅然不自得。乃过清泠之水，洗其耳，拭其目，曰：'向闻贪言，负吾之友矣！'遂去，终身不相见。"《高士传·许由传》："尧让天下于许由……许由曰：'子治天下，天下既已治也，而我犹代子，吾将为名乎？名者，实之宾也，吾将为宾乎？鹪鹩巢于深林，不过一枝。偃鼠饮河，不过满腹。归休乎君，予无所用天下为。庖人虽不治庖，尸祝不越樽俎而代之矣！'不受而逃去。……遁耕于中岳颍水之阳，箕山之下，终身无经天下色。尧又召为九州长，由不欲闻之，洗耳于颍水滨。时其友巢父牵犊欲饮之，见由洗

耳，问其故。对曰：'尧欲召我为九州长，恶闻其声，是故洗耳。'巢父曰：'子若处高岸深谷，人道不通，谁能见子？子故浮游，欲闻求其名誉，污吾犊口。'牵犊上流饮之。"

轻对重，肥对坚①。碧玉对青钱②。郊寒对岛瘦③，酒圣对诗仙。依玉树④，步金莲⑤。凿井对耕田。杜甫清宵立⑥，边韶白昼眠。豪饮客吞波底月，酣游人醉水中天。斗草青郊，几行宝马嘶金勒；看花紫陌，千里香车拥翠钿（diàn）。

【注释】

①肥、坚：晁错《论贵粟疏》："千里游遨，冠盖相望，乘坚策肥，履丝曳缟。"　②碧玉、青钱：《乐府诗集》卷四五载有不书名氏《碧玉歌三首》，其二云："碧玉小家女，不敢攀贵德。感君千金意，惭无倾城色。"（按：《乐苑》："《碧玉歌》者，宋汝南王所作也。碧玉，汝南王妾名，以宠爱之甚，所以歌之。"宋无汝南王，后人以为当是东晋汝南王司马义；另外，此诗作者还有孙绰、梁明帝之说。）《旧唐书·张荐传》：荐祖张鷟"凡应八举，皆登甲科。再授长安尉，迁鸿胪丞。凡四参选，判策为铨府之最。员外郎员半千谓人曰：'张子之文如青钱，万简万中，未闻退时。'时流重之，目为'青钱学士'。"　③郊寒、岛瘦：苏轼《祭柳子玉文》："元轻白俗，郊寒岛瘦。"　④依玉树：《世说新语·容止》："魏明帝使后弟毛曾与夏侯玄共坐，时人谓之'蒹葭倚玉树'。"（按：此处蒹葭喻微贱。《韩诗外传》卷二："闵子曰：'吾出蒹葭之中，入夫子之门。'"）　⑤步金莲：《南史·齐东昏侯纪》："又凿金为莲华以帖地，令潘妃行其上，曰：'此步步生莲华也。'涂壁皆以麝香，锦幔珠帘，穷极绮丽。"　⑥"杜甫"句：杜甫《恨别》："思家步月清宵立，忆弟看云白日眠。"

吟对咏，授对传①。乐矣对凄然。风鹏②对雪雁，董杏对周莲③。春九十，岁三千④。钟鼓对管弦。入山逢宰相，无事即神仙。霞映武陵桃淡淡，烟荒隋堤柳绵绵。七碗月团，啜罢清风生腋下；三杯云液⑤，饮余红雨晕腮边。

【注释】

①传：传注类文献，是把古代语言译成当时语言、解释古书的书。在体裁和形式上，最主要的约有十种：传、说、故、训、记、注、解、笺、章句、集解。其中，"传"即传述，内容包括论述本事、证发经意，或阐明经中大义，或依经文逐字逐句解释，或不依经文别自为说。　②风鹏：《庄子·逍遥游》："谐之言曰：'鹏之徙于南冥也，水击三千里，抟扶摇而上者九万里，去以六月息者也。'野马也，尘埃也，生物之以息相吹也。天之苍苍，其正色邪？其远而无所至极邪？其视下也，亦若是则已矣。且夫水之积也不厚，则其负大舟也无力。覆杯水于坳堂之上，则芥为之舟；置杯焉则胶，水浅而舟大也。风之积也不厚，则其负大翼也无力。故九万里，则风斯在下矣，而后乃今培风；背负青天而莫之夭阏者，而后乃今将图南。"　③董杏、周莲：《神仙传》卷一〇："又君异居山间，为人治病，不取钱物。使重病愈者，使栽杏五株，轻者一株。如此数年，计得十万余株，郁然成林。"周敦颐《爱莲说》："水陆草木之花，可爱者甚蕃。晋陶渊明独爱菊；自李唐来，世人盛爱牡丹。予独爱莲之出淤泥而不染，濯清涟而不妖，中通外直，不蔓不枝，香远益清，亭亭净植，可远观而不可亵玩焉。予谓菊，花之隐逸者也；牡丹，花之富贵者也；莲，花之君子者也。噫！菊之爱，陶后鲜有闻；莲之爱，同予者何人？牡丹之爱，宜乎众矣。"　④岁三千：《汉武故事》："东都献短人名巨灵，见朔曰：

'王母种桃三千年一实，此儿已三偷之。'" ⑤云液：白居易《对酒闲吟赠同老者》："云液洒六腑，阳和生四肢。"

中对外，后对先。树下对花前。玉柱对金屋，叠嶂对平川。孙子策①，祖生鞭。盛席对华筵（yán）。解醉知茶力，消愁识酒权。彩剪荷开冻沼②，锦妆凫雁泛温泉③。帝女衔石，海中遗魄为精卫④；蜀王叫月，枝上游魂化杜鹃。

【注释】

①孙子策：《孙子兵法》十三篇。 ②"彩剪"句：《资治通鉴·隋纪四》："（大业元年）五月，筑西苑，周二百里；其内为海，周十余里；为方丈、蓬莱、瀛洲诸山，高出水百余尺，台观殿阁，罗络山上，向背如神。北有龙鳞渠，萦纡注海内。缘渠作十六院，门皆临渠，每院以四品夫人主之，堂殿楼观，穷极华丽。宫树秋冬凋落，则剪彩为华叶，缀于枝条，色渝则易以新者，常如阳春。沼内亦剪彩为荷芰菱芡，乘舆游幸，则去冰而布之。十六院竞以肴馐精丽相高，求市恩宠。上好以月夜从宫女数千骑游西苑，作《清夜游曲》，于马上奏之。" ③"锦妆"句：《开元天宝遗事》："奉御汤中，以文瑶密石，中央有玉莲汤泉，涌以成池。又缝锦绣为凫雁于水中。帝与贵妃，施钗镂小舟，戏玩于其间。宫中退水出于金沟，其中珠缨宝络，流出街渠，贫民日有所得焉。" ④"帝女"二句：《山海经·北山经》："又北二百里，曰发鸠之山，其上多柘木。有鸟焉，其状如乌，文首、白喙、赤足，名曰'精卫'，其鸣自詨。是炎帝之少女，名曰女娃。女娃游于东海，溺而不返，故为精卫。常衔西山之木石，以堙于东海。"

【评析】

　　该韵部中,"孙子策"句还应包括孙武以其兵法付诸实践事,即《史记·孙子吴起列传》所谓"小试勒兵",录以备参:"孙子武者,齐人也。以兵法见于吴王阖庐。阖庐曰:'子之十三篇,吾尽观之矣,可以小试勒兵乎?'对曰:'可。'阖庐曰:'可试以妇人乎?'曰:'可。'于是许之,出宫中美女,得百八十人。孙子分为二队,以王之宠姬二人各为队长,皆令持戟。令之曰:'汝知而心与左右手背乎?'妇人曰:'知之。'孙子曰:'前,则视心;左,视左手;右,视右手;后,即视背。'妇人曰:'诺。'约束既布,乃设斧钺,即三令五申之。于是鼓之右,妇人大笑。孙子曰:'约束不明,申令不熟,将之罪也。'复三令五申而鼓之左,妇人复大笑。孙子曰:'约束不明,申令不熟,将之罪也;既已明而不如法者,吏士之罪也。'……遂斩队长二人以徇。用其次为队长,于是复鼓之。妇人左右前后跪起,皆中规矩绳墨,无敢出声。"

　　又,附录《声律发蒙》"十　先天"韵部如下:

　　　　轻对重,后对先。海岳对山川。黄童联白叟,绣佛对金仙。锦带绣衣军十万,玉簪朱履客三千。蚊雷不雨,萤火无烟。清歌妙舞,断简残编。桂残天雨粟,苔活地流钱。两堤杨柳垂金缕,满地梅花落玉钿。春雨一犁,两角黄牛三亩地;仁风千里,四蹄骢马五更天。

　　　　煮酒炉,调羹鼎。陆羽茶,何郎饼。鹊语朝晴,猿啼夜冷。风竹弄清音,月梅横瘦影。芳春歌馆笛悠悠,寒夜书窗灯炯炯。人面果,佛头莲。有声画,无眼禅。茶烹雀舌,香喷龙涎。柳亭莺恰恰,花槛蝶翩翩。天若有情天易老,月如无恨月常圆。茅屋帘低,羊角风摇沽酒斾;藕花池小,鸭头波泛打鱼船。

　　其中,"天若有情天亦老,月如无恨月常圆"二句,语出司马光《温公续诗话》:"李长吉歌'天若有情天亦老',人以为奇绝无对。曼卿对'月如无恨月常圆',人以为勍敌。"(按:傅干《注坡词》卷一"不应有恨,何事长向别时圆"句下注云:"唐诗:月如无恨月长圆。"据知,石延年对句似亦有所本。然石氏诗集失传无考,"月如无恨月常圆"句亦不见于《全唐诗》,即知延年并未直接承袭唐人句。吴北江斥延年对句"义蕴甚浅",实不若俞平伯《唐宋词简释》所言为当:"石延年行辈甚先,东坡可能借用石句而变化出之。")

二　萧

琴对管,斧对瓢。水怪对花妖①。秋声对春色,白缣(jiān)对红绡(xiāo)。臣五代,事三朝。斗柄对弓腰②。醉客歌金缕③,佳人品玉箫。风定落花闲不扫,霜余残叶湿难烧。千载兴周,尚父一竿投渭水;百年霸越,钱王万弩射江潮④。

【注释】

①花妖:袁郊《甘泽谣》:"素娥者,武三思之姬人也……相州凤阳门宋媪女,善弹五弦,世之殊色。三思乃以帛三百段往聘焉。素娥既至,三思大悦,遂盛宴以出素娥。公卿大夫毕集,唯纳言狄仁杰称病不来。三思怒,于座中有言。宴罢,有告仁杰者。明日,谒谢三思曰:'某昨日宿疾暴作,不果应召。然不睹丽人,亦分也。他后或有良宴,敢不先期到门。'素娥闻之,谓三思曰:'梁公强毅之士,非款狎之人……请不召梁公也。'……后数日,复宴。客未来,梁公果先至。三思特延梁公坐于内寝,徐徐饮酒,待诸宾客。请先出素娥,略观其艺,遂停杯设榻召之。有顷,苍头出曰:'素娥藏匿,不知所在。'三思自入召之,皆不见。忽于

堂奥隙中闻兰麝芬馥，乃附耳而听，则素娥语音也，细于属丝，才能认辨，曰：'请公不召梁公，今固召之，某不复生也。'三思问其由，曰：'某非他怪，乃花月之妖，上帝遣来，亦以多言荡公之心，将兴李氏。今梁公乃时之正人，某固不敢见……'言讫，更问亦不应也。"　②斗柄、弓腰：北斗七星在古人的联想中，天枢、天璇、天玑、天权组成为斗身，曰魁；玉衡、开阳、摇光组成为斗柄，曰杓。《鹖冠子·环流》："斗柄东指，天下皆春；斗柄南指，天下皆夏；斗柄西指，天下皆秋；斗柄北指，天下皆冬。"《酉阳杂俎》前集卷一四："元和初，有一士人，失姓字，因醉卧厅中。及醒，见古屏上妇人等悉于床前踏歌。歌曰：'长安女儿踏春阳，无处春阳不断肠。舞袖弓腰浑忘却，蛾眉空带九秋霜。'其中双鬟者问曰：'如何是弓腰？'歌者笑曰：'汝不见我作弓腰乎？'乃反首，髻及地，腰势如规焉。士人惊惧，因叱之。忽然上屏，亦无其他。"　③"醉客"句：杜牧《杜秋娘诗》："秋持玉斝醉，与唱金缕衣。"自注："'劝君莫惜金缕衣，劝君须惜少年时。花开堪折直须折，莫待无花空折枝。'李锜长唱此词"。　④射江潮：据说五代"杭州连岁潮头直打罗刹石，吴越钱尚父俾张弓弩，候潮至，逆而射之，由是渐退。罗刹石化而为陆地，遂列廪庾焉。"（翟均廉《海塘录》卷九）（按：《海塘录》引倪璠《神州古史考》："罗刹石似岑石之类，钱唐之沙碛也。若云江沙没涨，沙既或坍或涨，石亦时见时隐。今自唐以后不复再出，疑钱王筑塘，罗刹之地遂经湮塞。今者不复知其所在矣。"而苏轼《八月十五日看潮》所云不同："安得夫差水犀手，三千强弩射潮低。"赵鼎《望海湖·八月十五日钱塘观潮》即据苏诗以为夫差事："儿戏笑夫差。谩水犀强弩，一战鱼虾。"）

荣对悴，夕对朝。露地对云霄。商彝对周鼎，殷頀（hù）对虞韶①。樊素口，小蛮腰②。六诏对三苗③。朝天车奕奕，出塞马萧萧。公子幽兰重泛舸，王孙芳草正联镳（biāo）。潘岳高怀，曾向秋天吟蟋蟀④；王维清兴，尝于雪夜画芭蕉⑤。

【注释】

①殷濩、虞韶：《周礼·春官·大司乐》："以乐舞教国子，舞《云门》《大卷》《大咸》《大磬》《大夏》《大濩》《大武》。"郑玄注："《大濩》，汤乐也。"《庄子·天下》："黄帝有《咸池》，尧有《大章》，舜有《大韶》，禹有《大夏》，汤有《大濩》，文王有《辟雍》之乐，武王、周公作《武》。"《尚书·益稷》："箫韶九成，凤凰来仪。"孔传："备乐九奏而致凤凰。"《论语·述而》："子在齐闻《韶》，三月不知肉味，曰：'不图为乐之至于斯也！'" ②"樊素口"二句：《本事诗·事感》："白尚书姬人樊素善歌，妓人小蛮善舞。尝为诗曰：'樱桃樊素口，杨柳小蛮腰。'年既高迈，而小蛮方丰艳，因为《杨柳》词以托意，曰：'一树春风万万枝，嫩于金色软于丝。永丰坊里东南角，尽日无人属阿谁。'" ③六诏、三苗：唐代位于今云南及四川西南乌蛮六部落的总称，即越析诏、浪穹诏、邆赕诏、施浪诏、蒙嶲诏、蒙舍诏。"诏"即王或首领，其帅有六，故称"六诏"。开元末，蒙舍诏吞并其他五部，因其地居五部之南，史称南诏。《战国策·魏策一》："昔者，三苗之居，左彭蠡之波，右洞庭之水，文山在其南，而衡山在其北。" ④"潘岳"二句：潘岳《秋兴赋》："熠耀粲于阶闼兮，蟋蟀鸣乎轩屏。" ⑤"王维"二句：王维画《袁安卧雪图》，其中有"雪里芭蕉"。

耕对读，牧对樵。琥珀对琼瑶。兔毫对鸿爪①，桂楫对兰桡（ráo）②。鱼潜藻，鹿藏蕉③。水远对山遥。湘灵能鼓瑟④，嬴女解吹箫。雪点寒梅横小院，风吹弱柳覆平桥。月牖通宵，绛蜡罢时光不减；风帘当昼，雕盘停后篆难消。

【注释】

①鸿爪：苏轼《和子由渑池怀旧》："人生到处知何似，应似飞鸿踏雪泥。泥上偶然留指爪，鸿飞那复计东西。" ②桂棹、兰桡：苏轼《赤壁赋》："桂棹兮兰桨，击空明兮泝流光。渺渺兮予怀，望美人兮天一方。" ③鹿藏蕉：《列子·周穆王》："郑人有薪于野者，遇骇鹿，御而击之，毙之。恐人见之也，遽而藏诸隍中，覆之以蕉，不胜其喜。俄而遗其所藏之处，遂以为梦焉。顺途而咏其事，傍人有闻者，用其言而取之。既归，告其室人曰：向薪者梦得鹿而不知其处，吾今得之，彼直真梦者矣。" ④"湘灵"句：《水经注·湘水》：舜出巡，娥皇、女英从征，溺于湘江，神游洞庭之渊，出入潇湘之浦，故民尊为湘水之神，立祠于水侧。屈原《远游》："使湘灵鼓瑟兮，令海若舞冯夷。"

【评析】

该韵部中，"王维清兴，尝于雪夜画芭蕉"二句所涉"雪里芭蕉"，是中国绘画美学史上的一桩公案。如沈括《梦溪笔谈》卷一七："书画之妙，当以神会，难可以形器求也。世之观画者，多能指摘其间形象、位置、彩色瑕疵而已，至于奥理冥造者，罕见其人。如彦远《画评》言：'王维画物，多不问四时，如画花，往往以桃、杏、芙蓉、莲花同画一景。'予家所藏摩诘画《袁安卧雪图》，有雪中芭蕉，此乃得心应手，意到便成，故造理入神，迥得天意。此难可与俗人论也。"又，谢肇淛《文海披沙》卷三："作画如作诗文，少不检点，便有纰谬。如王摩诘'雪中芭蕉'，虽闽广有之，然右丞关中极寒之地，岂容有此耶！画昭君而有帷帽，画二疏而有芒屩，画陶母剪发而手戴金钏，画汉祖过沛而有僧，画斗牛而尾举，画飞雁而头足俱展，画掷骰呼六而张口，皆为识者指摘，终为白玉之瑕。"所论均可参。

又，附录《声律发蒙》"十一　箫豪"韵部如下：

弦对管，武对韶。俊杰对英豪。荼蘼对芍药，橄榄对葡萄。花馆春残无客到，柴门夜静有僧敲。鸡鸣月店，马渡霜桥。云容黯黯，雪意萧萧。绿垂彭泽柳，红绽武陵桃。月地露凉萤焰小，霜天风紧雁行高。野草闲花，九陌尘埃春富贵；碧梧翠竹，一窗风雨夜萧条。

酒一杯，歌三叠。玉玎珰，金踥躞。镜展菱花，杯倾竹叶。槐高咽早蝉，菊老飞残蝶。倦客愁多雪上头，佳人睡起霞生颊。悲范甑，乐颜瓢。公孙被，范叔袍。文魔贾岛，酒困山涛。寒斟鸳帐酒，夜品凤台箫。海棠雨后滴红泪，杨柳风前舞翠腰。暖日烘霞，散一天之锦绣；严风弄雪，铺万里之琼瑶。

其中，"文魔贾岛"句，可参何光远《鉴戒录》卷八："忽一日于驴上吟得：'鸟宿池中树，僧敲月下门。'初欲著'推'字，或欲著'敲'字，炼之未定。遂于驴上作'推'字手势，又作'敲'字手势，不觉行半坊。观者讶之，岛似不见。时韩吏部愈权京尹，意气清严，威振紫陌。经第三对呵唱，岛但手势未已。俄为官者推下驴，拥至尹前，岛方觉悟。顾问欲责之。岛其对：'偶得一联，吟安一字未定，神游诗府，致冲大官，非敢取尤，希垂至鉴。'韩立马良久思之，谓岛曰：'作敲字佳矣。'遂与岛并辔语笑，同入府署，共论诗道，数日不厌。"（按：贾岛早年出家为僧，号无本。胡仔《苕溪渔隐丛话》前集卷一九引《刘公嘉话》谓为其"初赴举京师"时事。）

三　肴

诗对礼，卦对爻^①。燕引对莺调。晨钟对暮鼓，野馔（zhuàn）

对山肴。雉方乳，鹊始巢②。猛虎对神獒。疏星浮荇叶，皓月上松梢。为邦自古推瑚琏（liǎn）③，从政于今愧斗筲（shāo）④。管鲍相知，能交忘形胶漆友；蔺廉有隙，终为刎颈死生交。

【注释】

①卦、爻：《周易》中组成各卦的长短符号，谓之"爻"，"–"叫阳爻，用"九"表示；"– –"叫阴爻，用"六"表示。每三爻组成一卦，共可组成八卦，两卦变换相重可得六十四卦。每卦所表示的象征意义，谓之"象"。总论一卦之象的叫"卦象"，又叫"大象"；只论一爻之象的叫"爻象"，又叫"小象"。 ②"雉方乳"二句：《礼记·月令》："季冬之月……雁北乡，鹊始巢，雉雊鸡乳。"《后汉书·鲁恭传》："建初七年，郡国螟伤稼，犬牙缘界，不入中牟。河南尹袁安闻之，疑其不实，使仁恕掾肥亲往廉之。恭随行阡陌，俱坐桑下，有雉过，止其傍。傍有童儿，亲曰：'儿何不捕之？'儿言：'雉方将雏。'亲瞿然而起，与恭诀曰：'所以来者，欲察君之政迹耳。今虫不犯境，此一异也；化及鸟兽，此二异也；竖子有仁心，此三异也。久留，徒扰贤者耳。'还府，具以状白安。" ③"为邦"句：《论语·公冶长》："子贡问曰：'赐也何如？'子曰：'女，器也。'曰：'何器也？'曰：'瑚琏也。'"瑚琏，贵重祭器。 ④"从政"句：《论语·子路》："曰：'今之从政者何如？'子曰：'噫，斗筲之人，何足算也！'"斗筲，两种较小的量器。

歌对舞，笑对嘲。耳语对神交①。焉乌对亥豕②，獭（tǎ）髓对鸾胶。宜久敬，莫轻抛。一气对同胞。祭遵甘布被③，张禄念绨袍。花径风来逢客访，柴扉月到有僧敲。夜雨园中，一颗不雕王子奈（nài）④；秋风江上，三重曾卷杜公茅⑤。

【注释】

①神交：班固《答宾戏》："昔咎繇谟虞，箕子访周，言通帝王，谋合神圣；殷说梦发于傅岩，周望兆动于渭滨，齐宁激声于康衢，汉良受书于邳垠，皆俟命而神交，匪词言之所信，故能建必然之策，展无穷之勋也。" ②焉乌、亥豕：形近而易讹。《事物异名录·书讹》引董逌《除正字谢启》："乌焉混淆，鱼鲁杂糅。"宋祁《代人乞出表》："辨色立朝，足居多于跛倚；书思记命，目不辨于焉乌。"《吕氏春秋·察传》："子夏之晋，过卫，有读史记者曰：'晋师三豕涉河。'子夏曰：'非也，是己亥也。夫己与三相近，豕与亥相似。'至于晋而问之，则曰'晋师己亥涉河'也。" ③"祭遵"句：《后汉书·祭遵传》："遵为人廉约小心，克己奉公，赏赐辄尽与士卒，家无私财，身衣韦绔，布被，夫人裳不加缘，帝以是重焉。" ④"夜雨"二句：《晋书·王祥传》："性至孝。早丧亲，继母朱氏不慈，数谮之，由是失爱于父。每使扫除牛下，祥愈恭谨。父母有疾，衣不解带，汤药必亲尝。母常欲生鱼，时天寒冰冻，祥解衣将剖冰求之，冰忽自解，双鲤跃出，持之而归。母又思黄雀炙，复有黄雀数十飞入其幕，复以供母。乡里惊叹，以为孝感所致焉。有丹柰结实，母命守之，每风雨，祥辄抱树而泣。其笃孝纯至如此。" ⑤"秋风"二句：杜甫《茅屋为秋风所破歌》："八月秋高风怒号，卷我屋上三重茅。"

衙对舍，廪对庖。玉磬对金铙（náo）①。竹林对梅岭，起凤对腾蛟。鲛绡②帐，兽锦袍。露果对风梢。扬州输橘柚，荆土贡菁茅③。断蛇埋地称孙叔④，渡蚁作桥识宋郊。好梦难成，蛩响阶前偏唧唧；良朋远到，鸡声窗外正嘐（jiāo）嘐⑤。

【注释】

①玉磬、金铙：《礼记·明堂位》："拊搏、玉磬、揩击、大琴、大瑟、中琴、小瑟，四代之乐器也。"《周礼·地官·鼓人》："以金铙止鼓。"郑玄注："铙如铃，无舌，有秉，执而鸣之，以止击鼓。" ②鲛绡：《述异记》卷上："南海出鲛绡纱，泉先潜织，一名龙纱，其价百余金，以为服，入水不濡。" ③"扬州"二句：《尚书·禹贡》："淮海惟扬州……厥贡惟金三品，瑶、琨、筱、簜，齿、革、羽、毛惟木。岛夷卉服。厥篚织贝；厥包橘、柚，锡贡。沿于江海，达于淮泗。荆及衡阳惟荆州……厥贡羽、毛、齿、革惟金三品，杶、干、栝、柏、砺、砥、砮、丹，惟箘、簵、楛，三邦底贡厥名。包匦菁茅；厥篚玄、纁、玑组；九江纳锡大龟。浮于江沱潜汉，逾于洛，至于南河。" ④"断蛇"句：《列女传》："（孙）叔敖为婴儿之时，出游，见两头蛇，杀而埋之。归见其母而泣焉。母问其故，对曰：'吾闻见两头蛇者死，今者出游见之。'其母曰：'蛇今安在？'对曰：'吾恐他人复见之，杀而埋之矣。'其母曰：'汝不死矣。夫有阴德者，阳报之。'" ⑤嘐嘐：鸟鸣声。

【评析】

该韵部中，"竹林对梅岭"之"梅岭"另有可说处。如彭乘《墨客挥犀》卷四所云："大庾岭上有佛祠，岭外往来题壁者鳞比。有妇人题云：'妾幼年侍父任英州司寇，既代归，父以大庾本曰梅岭之号，今荡然无一株，遂市三十本，植于道之左右。因留诗于寺壁，今随夫任端溪，复至此寺，诗已为朽墁者所覆，即命墨于故处。'诗曰：'英江今日掌刑回，上得梅山不见梅。辍俸买栽三十树，清香留与雪中开。'好事者因此夹道植梅多矣。"

又,"渡蚁作桥识宋郊"句,可参李元纲《厚德录》卷一:"二宋卯角之年,同于黉舍肄业,有胡僧见而谓曰:'小宋他日当魁天下,大宋亦不失甲科。'后十余年,春试罢,复过僧于廛邸。僧执大宋手而惊曰:'公风神顿异昔时,若能活数百万命者。'大宋笑曰:'贫儒何力及是?'僧曰:'不然。肖翘之物皆命也,公试思之。'大宋俯思良久,乃笑而言曰:'旬日前,所居堂下有蚁穴,为暴雨所侵,群蚁缭绕穴傍,吾乃戏编竹为桥以渡之,由是蚁命获全,得非此乎?'曰:'是也。小宋今岁固当首捷,然公终不出小宋下。'二宋私相语曰:'妄也,一岁固无两魁。'比唱第,小宋果中首选。章宪太后当朝,谓不可以弟先兄,乃以大宋为第一,小宋为第十。始信僧言不妄。"宋郊,字伯庠,入仕后改名庠,更字公序。祖籍开封雍丘(今河南杞县),后徙安州安陆(今属湖北)。(按:关于"二宋",《香港华字日报》丙午年五月十五[1906年7月6日]"谈薮"栏目中署"水仙庵杂记"之"兄弟异志"条所云可参:"宋郊为相,俭约自奉。弟祁为学士,游宴奢豪,以十重锦帐覆屋,为长夜之饮。郊使人谓曰:'寄语学士,记当日读书山中,夜半啜冷粥时否?'祁答之曰:'传语相公,试问当日夜半啜冷粥是为甚的?'"又,同条另有云:"曹丕篡汉,陈思王植变服而哭。司马炎篡魏,阳亭侯顺叹曰:'事乖唐虞,而假于禅名。'遂悲泣,废黜而卒。王荆公行新法,弟平甫颇不直之。一日,公见吕惠卿,平甫于内吹笙。公使人谓曰:'请学士放郑声。'平甫使人答曰:'请相公远佞人。'……文信国忠义照天壤,而其弟文溪不死犹可也,从而仕元,无耻甚矣。当时讥以诗云:'江南见说好溪山,兄说难时弟也难。可惜梅花各心事,南枝花暖北枝寒'。同气之异,其相判有如此。"又按:其实,文天祥对弟文璧降元所抱持的心态,已在《批付男陞子》书中披露无遗:"吾以备位将相,义不得不殉国。汝生父(指文璧)与汝叔姑,全身以全宗祀。惟忠惟孝,各行其志矣。")

四　豪

茭对茨,荻对蒿。山麓对江皋。莺簧对蝶板,麦浪对松涛。骐骐足①，凤凰毛②。美誉对嘉褒。文人窥蠹简，学士书兔毫。马援南征载薏苡（yìyǐ）③，张骞西使进葡萄④。辩口悬河，万语千言常亹（wěi）亹⑤；词源倒峡，连篇累牍自滔滔。

【注释】

①骐骐足：《诗·周南·麟之趾》："麟之趾，振振公子，于嗟麟兮。" ②凤凰毛：《世说新语·容止》："王敬伦风姿似父。作侍中，加授桓公公服，从大门入。桓公望之曰：'大奴固自有凤毛。'" ③"马援"句：《后汉书·马援传》："初，援在交趾，常饵薏苡实，用能轻身省欲，以胜瘴气。南方薏苡实大，援欲以为种，军还，载之一车。时人以为南土珍怪，权贵皆望之。援时方有宠，故莫以闻。及卒后，有上书谮之者，以为前所载还，皆明珠文犀。"薏苡实，即薏米。 ④"张骞"句：《汉书·西域传》："汉使采蒲陶、目宿种归。天子以天马多，又外国使来众，益种蒲陶、目宿离宫馆旁，极望焉。" ⑤亹亹：宋玉《九辩》："时亹亹而过中兮，蹇淹留而无成。"王逸注："时已过半，日进往也。"五臣注："亹亹，行貌。"

梅对杏，李对桃。棫（yù）朴①对旌旄。酒仙②对诗史，德泽对恩膏。悬一榻，梦三刀③。拙逸对贵劳。玉堂花烛绕，金殿月轮高。孤山看鹤盘云下，蜀道闻猿向月号。万事从人，有花有酒应自乐；百年皆客，一丘一壑尽吾豪。

【注释】

①棫朴：《诗·大雅·棫朴》："芃芃棫朴，薪之槱之。济济辟王，左

右趣之。"《毛传》："栩，白桵也。朴，枹木也。" ②酒仙：《新唐书·李白传》：李白、贺知章、李适之、汝阳王李琎、崔宗之、苏晋、张旭、焦遂为"酒八仙人"。杜甫《饮中八仙歌》："知章骑马似乘船，眼花落井水底眠。汝阳三斗始朝天，道逢麴车口流涎，恨不移封向酒泉。左相日兴费万钱，饮如长鲸吸百川，衔杯乐圣称避贤。宗之潇洒美少年，举觞白眼望青天，皎如玉树临风前。苏晋长斋绣佛前，醉中往往爱逃禅。李白一斗诗百篇，长安市上酒家眠。天子呼来不上船，自称臣是酒中仙。张旭三杯草圣传，脱帽露顶王公前，挥毫落纸如云烟。焦遂五斗方卓然，高谈雄辩惊四筵。" ③梦三刀：《晋书·王濬传》："濬夜梦悬三刀于卧屋梁上，须臾又益一刀，濬惊觉，意甚恶之。主簿李毅再拜贺曰：'三刀为州字，又益一者，明府其临益州乎？'及贼张弘杀益州刺史皇甫晏，果迁濬为益州刺史。"

台对省，署对曹。分袂对同袍①。鸣琴对击剑，返辙对回艚（cáo）②。良借箸（zhù），操捉刀③。香茗对醇醪。滴泉归海大，篑土积山高④。石室客来煎雀舌，画堂宾至饮羊羔。被谪贾生，湘水凄凉吟鵩鸟；遭谗屈子，江潭憔悴著离骚。

【注释】

①同袍：《诗·秦风·无衣》："岂曰无衣，与子同袍。" ②艚：漕运用的船。也泛指船。《宋书·垣护之传》："玄谟败退，不暇报护之。护之闻知，而虏悉已牵玄谟水军大艚，连以铁锁三重断河，欲以绝护之还路。河水迅急，护之中流而下，每至铁锁，以长柯斧断之，虏不能禁。" ③操捉刀：《世说新语·容止》："魏武将见匈奴使，自以形陋，不足雄远国，使崔季珪代，帝自捉刀立床头。既毕，令间谍问曰：'魏王何如？'

匈奴使答曰：'魏王雅量非常，然床头捉刀人，此乃真英雄也。'魏武闻之，追杀此使。" ④"滴泉"二句：李斯《谏逐客书》："是以太山不让土壤，故能成其大；河海不择细流，故能成其深；王者不却众庶，故能明其德。"

【评析】

该韵部中，"良借箸"句，典出《史记·留侯世家》："汉三年，项羽急围汉王荥阳，汉王恐忧，与郦食其谋桡楚权。食其曰：'昔汤伐桀，封其后于杞。武王伐纣，封其后于宋。今秦失德弃义，侵伐诸侯社稷，灭六国之后，使无立锥之地。陛下诚能复立六国后世，毕已受印，此其君臣百姓必皆戴陛下之德，莫不乡风慕义，愿为臣妾。德义已行，陛下南乡称霸，楚必敛衽而朝。'汉王曰：'善。趣刻印，先生因行佩之矣。'食其未行，张良从外来谒。汉王方食，曰：'子房前！客有为我计桡楚权者。'具以郦生语告于子房，曰：'何如？'良曰：'谁为陛下画此计者？陛下事去矣。'汉王曰：'何哉？'张良对曰：'臣请藉前箸为大王筹之。'……汉王辍食吐哺，骂曰：'竖儒，几败而公事！'令趣销印。"此处张良列出的是不可复立六国后代的八条理由。

五　歌

微对巨，少对多。直干对平柯。蜂媒对蝶使①，雨笠对烟蓑。眉淡扫，面微酡（tuó）②。妙舞对清歌。轻衫裁夏葛，薄袂剪春罗。将相兼行唐李靖，霸王杂用汉萧何。月本阴精，岂有羿妻曾窃药③；星为夜宿，浪传织女漫投梭④。

【注释】

①蜂媒、蝶使：周邦彦《六丑·落花》："多情为谁追惜。但蜂媒蝶使，时叩窗隔。" ②面微酡：《楚辞·招魂》："美人既醉，朱颜酡些。"王逸注："朱，赤也。酡，著也，言美女饮啖醉饱则面著赤色而鲜好也。"洪兴祖《补注》："酡，音驮，饮而赭色著面。" ③"月本"二句：《淮南子·览冥训》："羿请不死之药于西王母，姮娥窃之，奔月宫。"高诱注："姮娥，羿妻，羿请不死之药于西王母，未及服之。姮娥盗食之，得仙，奔入月宫，为月精。"丁鸿《日食上封事》："月者阴精，盈毁有常。"

④"星为"二句：《诗·小雅·大东》："跂彼织女，终日七襄。虽则七襄，不成报章。"《古诗十九首》："迢迢牵牛星，皎皎河汉女。纤纤擢素手，札札弄机杼。终日不成章，泣涕零如雨。河汉清且浅，相去复几许。盈盈一水间，脉脉不得语。"

慈对善，虐对苛。缥缈对婆娑。长杨①对细柳，嫩蕊对寒莎（suō）。追风马②，挽日戈。玉液对金波。紫诏衔丹凤③，黄庭换白鹅。画阁江城梅作调，兰舟野渡竹为歌④。门外雪飞，错认空中飘柳絮⑤；岩边瀑响，误疑天半落银河。

【注释】

①长杨：《三辅黄图》卷一："长杨宫，本秦旧宫，至汉修饰之，以备行幸。宫中有垂杨数亩，因为宫名。门曰射熊馆，为秦汉游猎之所。"在今陕西周至东南三十里。扬雄有《长杨赋》。 ②追风马：《古今注》

卷下记"秦始皇有七名马：一曰追风，二曰白兔，三曰踦景，四曰奔电，五曰飞翩，六曰铜雀，七曰神凫。" ③"紫诏"句：张守节《史记正义》："天子有六玺：皇帝行玺、皇帝之玺、皇帝信玺、天子行玺、天子之玺、天子信玺。皇帝信玺凡事皆用之，玺令施行；天子信玺以迁拜、封王侯之玺，以发兵。皆以都紫泥封，青布索白素，两端无缝。"《邺中记》："石季龙与皇后在观上为诏书，五色纸，著凤口中。凤即衔诏，侍人放数百丈绯绳，辘轳回转，凤凰飞下，谓之凤诏。凤凰以木作之，五色漆画，脚皆用金。" ④"兰舟"句：指歌咏民俗风土人情的《竹枝词》。如刘禹锡《竹枝词二首》其一："杨柳青青江水平，闻郎江上唱歌声。东边日出西边雨，道是无晴却有晴。" ⑤"门外"二句：《世说新语·言语》："谢太傅寒雪日内集，与儿女讲论文义。俄而雪骤，公欣然曰：'白雪纷纷何所似？'兄子胡儿曰：'撒盐空中差可拟。'兄女曰：'未若柳絮因风起。'公大笑乐。"

松对竹，荇（xìng）对荷①。薜荔对藤萝。梯云对步月，樵唱对渔歌。升鼎雉②，听经鹅③。北海对东坡。吴郎哀废宅④，邵子乐行窝⑤。丽水良金皆待冶⑥，昆山美玉总须磨。雨过皇州，琉璃色灿华清瓦；风来帝苑，荷芰香飘太液波。

【注释】

①荇、荷：李邕《斗鸭赋》："避参差之荇菜，随菡萏之荷花。" ②升鼎雉：《尚书·高宗肜日》："高宗祭成汤，有飞雉升鼎耳而雊……祖己训诸王，作《高宗肜日》《高宗之训》。" ③听经鹅：《太平御览》卷九一九引《两京记》："净影寺沙门慧远讲经。初，在乡养一鹅，常随远听经。及远入京，留在寺，昼夜鸣呼不止。僧徒送入京，至此寺大门放之，自然

知远房,便入驯狎。每闻讲钟,即入堂伏听;若闻泛说他事,鸣翔而出。如是六年,忽哀叫庭宇,不肯入堂,二旬而远卒。寺内有远碑,亦述其事。"　④"吴郎"句:吴融《废宅》:"风飘碧瓦雨摧垣,却有邻人与锁门。几树好花闲白昼,满庭荒草易黄昏。放鱼池涸蛙争聚,栖燕梁空雀自喧。不独凄凉眼前事,咸阳一火便成原。"　⑤"邵子"句:《宋史·邵雍传》:"名其居曰安乐窝,因自号安乐先生。旦则焚香燕坐,晡时酌酒三四瓯,微醺即止,常不及醉也。"邵雍《无名公传》:"性喜饮酒,尝命之曰'太和汤'。所饮不多,微醺而罢,不喜过醉。故其诗曰:'性喜饮酒,饮喜微酡。饮未微酡,口先吟哦。吟哦不足,遂及浩歌。浩歌不足,无可奈何。'所寝之室谓之安乐窝,不求过美,惟求冬煖夏凉。遇有睡思则就枕。故其诗曰:'墙高于肩,室大于斗,布被暖余,藜羹饱后,气吐胸中,充塞宇宙。'"　⑥"丽水"句:《韩非子·内储说上》:"荆南之地,丽水之中生金,人多窃采金。采金之禁,得而辄辜磔于市。甚众,壅离其水也,而人窃金不止。"

　　笼对槛,巢对窝。及第对登科。冰清对玉润①,地利对人和②。韩擒虎③,荣驾鹅④。青女对素娥⑤。破头朱泚(cǐ)笏(hù)⑥,折齿谢鲲梭⑦。留客酒杯应恨少,动人诗句不须多。绿野凝烟,但听村前双牧笛;沧江积雪,惟看滩上一渔蓑。

【注释】

　　①冰清、玉润:《世说新语·言语》刘孝标注引《卫玠别传》:"裴叔道曰:'妻父有冰清之姿,婿有璧润之望,所谓秦晋之匹也。'"　②地利、人和:《孟子·公孙丑下》:"天时不如地利,地利不如人和。"　③韩擒虎:字子通。河南东垣(今河南新安东)人。开皇九年,率军攻入建康,俘

陈后主。因功进位上柱国。《隋书》有传。 ④荣驾鹅：春秋末期鲁国大夫。 ⑤青女、素娥：《淮南子·天文训》："至秋三月，地气不藏，乃收其杀。百虫蛰伏，静居闭户。青女乃出，以降霜雪。"高诱注："青女，天神，青腰玉女，主霜雪也。"谢庄《月赋》"集素娥于后庭"，李周翰注："（常娥）窃药奔月，因以为名。月色白，故云素娥。"李商隐《霜月》："青女素娥俱耐冷，月中霜里斗婵娟。" ⑥"破头"句：《旧唐书·段秀实传》："四年，朱泚盗据宫阙，源休教泚伪迎銮驾，阴济逆志。泚乃遣其将韩旻领马步三千疾趋奉天。时苍黄之中，未有武备。泚以秀实尝为泾原节度，颇得士心，后罢兵权，以为蓄愤日久，必肯同恶，乃召与谋议。秀实初诈从之，阴说大将刘海宾、何明礼、姚令言判官岐灵岳同谋杀泚，以兵迎乘舆。三人者，皆秀实凤所奖遇，遂皆许诺。及韩旻追驾，秀实以为宗社之危，期于顷刻，乃使人走谕灵岳，窃令言印。不遂，乃倒用司农印印符以追兵。旻至骆驿得符，军人亦莫辨其印文，惶遽而回。秀实谓海宾等曰：'旻之来，吾党无遗类矣！我当直搏杀泚，不得则死，终不能向此贼称臣。'乃与海宾约，事急为继，而令明礼应于外。明日，泚召秀实议事，源休、姚令言、李忠臣、李子平皆在坐。秀实戎服，与泚并膝，语至僭位，秀实勃然而起，执休腕夺其象笏，奋跃而前，唾泚面大骂曰：'狂贼，吾恨不斩汝万段，我岂逐汝反耶！'遂击之。泚举臂自捍，才中其颡，流血匍匐而走。凶徒愕然，初不敢动；而海宾等不至，秀实乃曰：'我不同汝反，何不杀我！'凶党群至，遂遇害焉。" ⑦"折齿"句：《世说新语·赏誉》刘孝标注引《江左名士传》："邻家有女，尝往挑之。女方织，以梭投折其两齿。既归，傲然长啸曰：'犹不废我啸歌。'其不事形骸如此。"

【评析】

该韵部中，"听经鹅"句，王同轨《耳谈类增》所记另一听经鹅事亦可参:"侍中钟公复秀、徐公遵寿、魏公某,皆聚居尊事三宝。宅在罗家巷,日夕绕场诵经,寒暑不辍。家有二鹅,忽尾其后,作声而诵,而行转如人。逐之不去,亦不近逼。其来其去,皆随木鱼声起止。严寒行多,爪掌冻落,独有骨杵强前益急。闭关静修,而好事者常觊一观为快。历三载,至万历己卯死。今三公梵诵犹故,而寿高矣。"

又,"荣驾鹅"句之"驾",顾炎武认为当作"䮒"。《山海经》:青要之山,是多䮒鸟。郭璞云:未详,或云当作"驾"。其从"马"者,传写之误尔。(《汉书·古今人表》"荣驾鹅",师古曰:"䮒音加。"今本亦误作"驾"。今《左传》本亦多作"驾",犹《诗》"乘乘鸨"之误作"鸨"也。)见《日知录集释》卷一〇。

又,附录《声律发蒙》"十二 戈何"韵部如下:

　　茶对酒,舞对歌。宴赏对吟哦。经纶对品藻,酝酿对调和。炒豆不酥因火少,移仓难动为禾多。谢花结子,落叶辞柯。蝶扇粉板,莺织金梭。舞衫裁异锦,歌扇剪香罗。须贾绨袍怜范叔,马周逆旅遇常何。老叟焚香,烟罩山前土地;佳人呵镜,云遮月里嫦娥。

　　畎亩居,关山梦。萍覆鱼,竹栖凤。玉宇琼楼,雕梁画栋。鸡窗雨气清,鸳瓦霜痕重。明月清风酒一樽,高山流水琴三弄。兴礼乐,罢干戈。扶社稷,掌山河。铜关巩固,铁岭嵯峨。壮年难久驻,佳景易消磨。苦办工夫成盛业,勤将文彩占高科。十载攻书,映雪囊萤当勉励;九霄得路,蹑云折桂莫蹉跎。

其中,"马周逆旅遇常何"句,典出《旧唐书·马周传》:"马周字宾王,清河茌平人也。少孤贫好学,尤精《诗》《传》,落拓不为州里所敬。武德中,补博州助教,日饮醇酎,不以讲授为事。刺史达奚恕屡加咎责,周乃拂衣游于曹、汴,又为浚仪令崔贤首所辱,遂感激西游长安。宿于新丰逆旅,主人唯供诸商贩而不顾待周,遂命酒一斗八升,悠然独酌,主人深异之。至京师，舍于中郎将常何之家。贞观五年，太宗令百僚上书言得失，何以武吏不涉经学，周乃为何陈便宜二十余事，令奏之，事皆合旨。太宗怪其能，问何，何答曰：'此非臣所能，家客马周具草也。每与臣言，未尝不以忠孝为意。'太宗即日召之，未至间，遣使催促者数四。及谒见，与语甚悦，令直门下省。六年，授监察御史，奉使称旨。帝以常何举得其人，赐帛三百匹。"

六　麻

清对浊，美对嘉。鄙吝对矜夸。花须对柳眼①，屋角对檐牙。志和宅②，博望槎。秋实对春华③。乾炉烹白雪，坤鼎炼丹砂。深宵望冷沙场月，边塞听残野戍笳。满院松风，钟声隐隐为僧舍；半窗花月，锡④影依依是道家。

【注释】

①花须、柳眼：李商隐《二月二日》："花须柳眼各无赖，紫蝶黄蜂俱有情。"　②志和宅：张志和，字子同，婺州金华人。唐肃宗时待诏翰林，授左金吾卫录事参军。因事遭贬，赦还后不复仕。隐居江湖，作有《渔父》五首，其第一首云："西塞山前白鹭飞。桃花流水鳜鱼肥。青箬笠，绿蓑衣。斜风细雨不须归。"（按：张志和的这组《渔父》词，被认为是日本填词开山之祖的嵯峨天皇尝有和作，每首末句均用"带"字［原作每首末句均用"不"字］。兹据日籍《经国集》卷一四全录以备参："江水渡头柳乱丝。渔翁上船烟景迟。乘春兴，无厌时。求鱼不得带风吹。""渔人不记岁月流。淹泊沿洄老棹舟。心自效，常狎鸥。桃花春水带良游。""青春林下度江桥。湖水翩翩入云霄。烟波客，钓舟遥。

往来无定带落潮。""溪边垂钓奈乐河。世上无家水宿多。闲钓醉,独棹歌。洪荡飘飘带沧波。""寒江春晓片云晴。两岸花飞夜更明。鲈鱼脍,莼菜羹。餐罢酣歌带月行。"又,宋高宗赵构曾创作《渔父词》十五首,序云:"绍兴元年七月十日,予至会稽,因览黄庭坚所书张志和《渔父词》十五首,戏同其韵,赐辛永宗。"词曰:"一湖春水夜来生。几叠春山远更横。烟艇小,钓丝轻。赢得闲中万古名。""薄晚烟林淡翠微。江边秋月已明晖。纵远柂,适天机。水底闲云片段飞。""云洒清江江上船。一钱何得买江天。催短棹,去长川。鱼蟹来倾酒舍烟。""青草开时已过船。锦鳞跃处浪痕圆。竹叶酒,柳花毡。有意沙鸥伴我眠。""扁舟小缆荻花风。四合青山暮霭中。明细火,倚孤松。但愿樽中酒不空。""侬家活计岂能明。万顷波心月影清。倾绿酒,糁藜羹。保任衣中一物灵。""骇浪吞舟脱巨鳞。结绳为网也难任。纶乍放,饵初沉。浅钓纤鳞味更深。""鱼信还催花信开。花风得得为谁来。舒柳眼,落梅腮。浪暖桃花夜转雷。""暮暮朝朝冬复春。高车驷马趁朝身。金拄屋,粟盈囷。那知江汉独醒人。""远水无涯山有邻。相看岁晚更情亲。笛里月,酒中身。举头无我一般人。""谁云渔父是愚翁。一叶浮家万虑空。轻破浪,细迎风。睡起篷窗日正中。""水涵微雨湛虚明。小笠轻蓑未要晴。明鉴里,縠纹生。白鹭飞来空外声。""无数菰蒲间藕花。棹歌轻举酌流霞。随家好,转山斜。也有孤村三两家。""春入渭阳花气多。春归时节自清和。冲晓雾,弄沧波。载与俱归又若何。""清湾幽岛任盘纡。一舸横斜得自如。惟有此,更无居。从教红袖泣前鱼。"原载《宋庆会稽续志》卷六。颇有意味的是,据《宋会要辑稿·选举九·童子出身》记载,赵构将这一组御制《渔父词》纳入当时的"童子举"考试内容,从而使得歌词在某种程度上取得了与儒家经典著作同等重要的地位。[绍兴十三年]十二月五日,诏:"饶州童子朱绶与免文解一次。"绶九岁,诵御制《劝学》《渔父词》及经子书十四种。[绍兴]十五年正月二十一日,诏:"饶州童子宁伯拱与免文解一次。"伯拱七岁,诵御制《建炎古诗》《渔父词》及经子书十六种。[绍兴十五年]十一月一日,诏:"饶州童子戴松、戴槐与免文解一次。"松十岁,诵御制《渔父词》及经子书九种,讲《禹贡》《说命》《无逸》《周官》。槐八岁,诵御制《渔父词》及经子书九种。详参诸葛忆兵《论帝王词作与尊体之关系》。) ③秋实、春华:《三国志·魏志·邢颙传》:"私惧观者将谓君侯习近不肖,礼贤不足;采庶子之春华，忘家丞之秋实。"《颜氏家训·勉学》："夫学者，犹种树也，春玩其华，秋登其实。讲论文章，春华也；修身利行，秋实也。" ④锡：锡杖，杖头装有圆锡环的禅杖。僧人出行，以锡杖自随，故其住于一寺或一山称为"驻锡"。（按：锡杖，是古代大乘比丘随身携带的十八种物（也叫"道具"）之一。各经论中所指稍有不同，一般而言，另外的十七物是：杨枝、澡豆、三衣（即大衣、七条衣、五条衣）、瓶、钵、坐具、香炉、漉水囊、手巾、刀子、火燧、镊子、绳床、经、律、佛像、菩萨形像。小乘比丘仅用六种，即三衣、钵、坐具、漉水囊，通称比丘六物。"三衣一钵"是僧人的最低限度必需品，正因如此，中国禅宗传法就以传衣钵为信物，称为"传衣钵"。）

　　雷对电，雾对霞。蚁阵对蜂衙。寄梅对怀橘，酿酒对烹茶。宜男草，益母花。杨柳对蒹葭。班姬辞帝辇①，蔡琰泣胡笳②。舞榭歌楼千万户，竹篱茅舍两三家。珊枕半床，月明时梦飞塞外；银筝一奏，花落处人在天涯。

【注释】

　　①"班姬"句：《汉书·外戚传》："成帝游于后庭，尝欲与婕妤同辇载，婕妤辞曰：'观古图画，贤圣之君皆有名臣在侧，三代末主乃有嬖女，今欲同辇，得无近似之乎？'上善其言而止。太后闻之，喜曰：'古有樊姬，今有班婕妤。'婕妤诵《诗》及《窈窕》《德象》《女师》之篇。每进见上疏，依则古礼。" ②"蔡琰"句：《后汉书·列女传》："陈留董祀妻者，同邑蔡邕之女也。名琰，字文姬。博学有才辩，又妙于音律。适河东卫仲道，夫亡无子，归宁于家。兴平中，天下丧乱，文姬为胡骑所获，没于南匈奴左贤王，在胡十二年，生二子。曹操素与邕善，痛其无嗣，乃遣使者以金璧赎之，而重嫁于祀。"后感伤乱离，追怀悲愤，作

《悲愤诗》《胡笳十八拍》。

圆对缺，正对斜。笑语①对咨嗟。沈腰对潘鬓②，孟笋③对卢荼。百舌鸟，两头蛇。帝里对仙家。尧仁敷率土，舜德被流沙。桥上授书曾纳履④，壁间题句已笼纱⑤。远塞迢迢，露碛（qì）风沙何可极；长沙渺渺，雪涛烟浪信无涯。

【注释】

①笑语：《诗·小雅·楚茨》："礼仪卒度，笑语卒获。" ②沈腰、潘鬓：《梁书·沈约传》："与徐勉素善，遂以书陈情于勉曰：'……百日数旬，革带常应移孔，以手握臂，率计月小半分。以此推算，岂能支久？'"李煜《破阵子》："一旦归为臣虏，沈腰潘鬓消磨。" ③孟笋：《三国志·吴志·孙皓传》裴注引《楚国先贤传》："（孟）宗母嗜笋，冬节将至，时笋尚未生。宗入竹林哀叹，而笋为之出，得以供母。皆以为至孝之所致感。" ④"桥上"句：《史记·留侯世家》："良尝闲从容步游下邳圯上，有一老父，衣褐，至良所，直堕其履圯下，顾谓良曰：'孺子，下取履！'良鄂然，欲殴之。为其老，强忍，下取履。父曰：'履我！'良业为取履，因长跪履之。父以足受，笑而去。良殊大惊，随目之。父去里所，复还，曰：'孺子可教矣。后五日平明，与我会此。'良因怪之，跪曰：'诺。'五日平明，良往。父已先在，怒曰：'与老人期，后，何也？'去，曰：'后五日早会。'五日鸡鸣，良往。父又先在，复怒曰：'后，何也？'去，曰：'后五日复早来。'五日，良夜未半往。有顷，父亦来，喜曰：'当如是。'出一编书，曰：'读此则为王者师矣。后十年兴。十三年孺子见我济北，榖城山下黄石即我矣。'遂去，无他言，不复见。旦日视其书，乃《太公兵法》也。良因异之，常习诵读之。" ⑤"壁间"句：

《唐摭言》:"王播少孤贫,尝客扬州惠昭寺木兰院,随僧斋餐。诸僧厌怠,播至,已饭矣。后二纪,播自重位出镇是邦,因访旧游,向之题已皆碧纱幕其上。播继以二绝句曰:'二十年前此院游,木兰花发院新修。而今再到经行处,树老无花僧白头。''上堂已了各西东,惭愧阇黎饭后钟。二十年来尘扑面,如今始得碧纱笼。'"

疏对密,朴对华。义鹘(hú)①对慈鸦。鹤群对雁阵,白苎对黄麻②。读三到③,吟八叉。肃静对喧哗。围棋兼把钓,沉李并浮瓜④。羽客片时能煮石⑤,狐禅千劫似蒸沙⑥。党尉粗豪,金帐笼香斟美酒;陶生清逸,银铛(chēng)融雪啜团茶。

【注释】

①义鹘:杜甫有寓言诗《义鹘行》:"阴崖有苍鹰,养子黑柏巅。白蛇登其巢,吞噬恣朝餐。雄飞远求食,雌者鸣辛酸。力强不可制,黄口无半存。其父从西归,翻身入长烟。斯须领健鹘,痛愤寄所宣。斗上捩孤影,噭哮来九天。修鳞脱远枝,巨颡坼老拳。高空得蹭蹬,短草辞蜿蜒。折尾能一掉,饱肠皆已穿。生虽灭众雏,死亦垂千年。物情有报复,快意贵目前。兹实鸷鸟最,急难心炯然。功成失所往,用舍何其贤。近经潏水湄,此事樵夫传。飘萧觉素发,凛欲冲儒冠。人生许与分,只在顾盼间。聊为义鹘行,用激壮士肝。" ②白苎、黄麻:白居易《见于给事暇日上直寄南省诸郎官诗因以戏赠》:"黄麻敕胜长生箓,白纻词嫌内景篇。" ③读三到:朱熹《训学斋规》:"余尝谓读书有三到,谓心到、眼到、口到……三到之中,心到最紧。心既到矣,眼口岂不到乎?" ④沉李、浮瓜:曹丕《与朝歌令吴质书》:"浮甘瓜于清泉,沉朱李于寒水。" ⑤"羽客"句:《太平广记·神仙七》:"白石先生者,中黄丈人弟子也。

至彭祖时，已二千岁余矣，不肯修升天之道，但取不死而已，不失人间之乐。其所据行者，正以交接之道为主，而金液之药为上也。初以居贫，不能得药，乃养羊牧猪。十数年间，约衣节用，置货万金，乃大买药服之。常煮白石为粮，因就白石山居，时人故号曰白石先生。亦食脯饮酒，亦食谷食，日行三四百里，视之色如四十许人。" ⑥"狐禅"句：譬物之不可成。《楞严经》卷六："是故，阿难！若不断淫修禅定者，如蒸沙石欲其成饭，经百千劫只名热沙。何以故？此非饭本砂石成故。"学道流入邪僻、未悟而妄称开悟，禅家斥之为"野狐禅"。据说有谈禅理因错对一语而五百生堕为野狐身者，后遇百丈禅师予以纠正，才得解脱。（按：此桩禅宗公案，系据《五灯会元》卷三：师每上堂，有一老人随众听法。一日众退，唯老人不去。师问："汝是何人？"老人曰："某非人也。于过去迦叶佛时，曾住此山，因学人问'大修行人还落因果也无'，某对云：'不落因果。'遂五百生堕野狐身，今请和尚代一转语，贵脱野狐身。"师曰："汝问。"老人曰："大修行人还落因果也无？"师曰："不昧因果。"老人于言下大悟，作礼曰："某已脱野狐身，住在山后。敢乞依亡僧津送。"师令维那白椎告众，食后送亡僧。大众聚议，一众皆安，涅槃堂又无病人，何故如是？食后师领众至山后岩下，以杖挑出一死野狐，乃依法火葬。）后转以"野狐禅"泛指外道、异端。

【评析】

该韵部中，"壁间题句已笼纱"句，有吴处厚《青箱杂记》卷六所记另一题句笼纱事可参："世传魏野尝从莱公（指寇准）游陕府僧舍，各有留题。后复同游，见莱公之诗已用碧纱笼护，而野诗独否，尘昏满壁。时有从行官妓颇慧黠，即以袂就拂之。野徐曰：'若得常将红袖拂，也应胜似碧纱笼。'莱公大笑。"

又，"羽客片时能煮石"句，有《晋书·鲍靓传》所载另一煮石事可参："鲍靓字太玄，东海人也。年五岁，语父母云：'本是曲阳李家儿，九岁坠井死。'其父母寻访得李氏，推问皆符验。靓学兼内外，明天文河洛书，稍迁南阳中部都尉，为南海太守。尝行部入海，遇风，饥甚，取白石煮食之以自济。王机时为广州刺史，入厕，忽见二人著乌衣，与机相捍，良久擒之，得二物似乌鸭。靓曰：'此物不祥。'机焚之，径飞上天，机寻诛死。靓尝见仙人阴君，授道诀，百余岁卒。"

又，附录《声律发蒙》"十三　家麻"韵部如下：

> 松对竹，叶对花。富贵对荣华。山头联水面，海角对山涯。翠麦连郊风卷浪，红桃夹岸水澄霞。千金骏马，两部鸣蛙。纵横蚁阵，聚散蜂衙。平芜飞白鹭，老树宿乌鸦。白雪上头簪茉莉，黄金在手摘枇杷。山馆独眠，秋月冷猿啼古木；江楼遥望，晚风寒雁落平沙。

> 堂上宾，闺中女。露凝霜，风送雨。花下酬春，竹间避暑。新绿小池塘，落红深院宇。金屋檐高燕引雏，银塘水暖鸳呼侣。羊羔酒，凤髓茶。陶令菊，邵平瓜。满园桃李，数亩桑麻。长歌挥素扇，沉醉脱乌纱。书馆雪寒灯未尽，谯楼霜冷鼓频挝。帘卷清风，金缕歌残敲象板；舟横明月，青衫泪湿听琵琶。

其中，"舟横明月，青衫泪湿听琵琶"二句，源自白居易《琵琶行》，序曰："元和十年，予左迁九江郡司马。明年秋，送客湓浦口。闻舟中夜弹琵琶者，听其音，铮铮然有京都声。问其人，本长安倡女。尝学琵琶于穆、曹二善才，年长色衰，委身为贾人妇。遂命酒使快弹数曲，曲罢悯然。自叙少小时欢乐事，今漂沦憔悴，转徙于江湖间。予出官二年，恬然自安，感斯人言，是夕始觉有迁谪意。因为长句，歌以赠之，凡六百一十二言，命曰《琵琶行》。"（按：其中"一十二"当系传刻之误，宋人戴复古在其《琵琶亭》诗中已经指出："浔阳江头秋月明，黄芦叶底秋风声。银龙行酒送归客，丈夫不为儿女情。隔船琵琶自愁思，何预江州司马事。为渠感激作歌行，一写六百十六字。白乐天！白乐天！平生多为达者语，到此胡为不释然。弗堪谪宦便归去，庐山政接柴桑路。不寻黄菊伴渊明，忍泣青衫对商妇。"）诗云："浔阳江头夜送客，枫叶荻花秋瑟瑟。主人下马客在船，举酒欲饮无管弦。醉不成欢惨将别，别时茫茫江浸月。忽闻水上琵琶声，主人忘归客不发。寻声暗问弹者谁，琵琶声停欲语迟。移船相近邀相见，添酒回灯重开宴。千呼万唤始出来，犹抱琵琶半遮面。转轴拨弦三两声，未成曲调先有情。弦弦掩抑声声思，似诉平生不得志。低眉信手续续弹，说尽心中无限事。轻拢慢捻抹复挑，初为霓裳后六幺。大弦嘈嘈如急雨，小弦切切如私语。嘈嘈切切错杂弹，大珠小珠落玉盘。间关莺语花底滑，幽咽泉流冰下难。冰泉冷涩弦凝绝，凝绝不通声暂歇。别有幽愁暗恨生，此时无声胜有声。银瓶乍破水浆迸，铁骑突出刀枪鸣。曲终收拨当心画，四弦一声如裂帛。东船西舫悄无言，唯见江心秋月白。沉吟放拨插弦中，整顿衣裳起敛容。自言本是京城女，家在虾蟆陵下住。十三学得琵琶成，名属教坊第一部。曲罢曾教善才伏，妆成每被秋娘妒。五陵年少争缠头，一曲红绡不知数。钿头云篦击节碎，血色罗裙翻酒污。今年欢笑复明年，秋月春风等闲度。弟走从军阿姨死，暮去朝来颜色故。门前冷落鞍马稀，老大嫁作商人妇。商人重利轻别离，前月浮梁买茶去。去来江口守空船，绕舱明月江水寒。夜深忽梦少年事，梦啼妆泪红阑干。我闻琵琶已叹息，又闻此语重唧唧。同是天涯沦落人，相逢何必曾相识。我从去年辞帝京，谪居卧病浔阳城。浔阳地僻无音乐，终岁不闻丝竹声。住近湓江地低湿，黄芦苦竹绕宅生。其间旦暮闻何物，杜鹃啼血猿哀鸣。春江花朝秋月夜，往往取酒还独倾。岂无山歌与村笛，呕哑嘲哳难为听。今夜闻君琵琶语，如听仙乐耳暂明。莫辞更坐弹一曲，为君翻作琵琶行。感我此言良久立，却坐促弦弦转急。凄凄不似向前声，满座重闻皆掩泣。座中泣下谁最多，江州司马青衫湿。"

又，附录《声律发蒙》"十四　车遮"韵部如下：

悲对乐，喜对嗟。鄙吝对骄奢。刚强联正直，险僻对歪斜。铁衣战士鸣刁斗，玉帐将军按镆铘。高怀磊落，长舌周遮。流年似水，急景如车。清风诚可借，明月不须赊。秦人采药寻蓬岛，越女观莲爱若耶。玉殿题诗，唤取佳人敲象板；金銮醉酒，呼将力士脱乌靴。

　　听语言，观容貌。举善良，褒忠孝。鱼跃鸢飞，龙吟虎啸。堪怜阮籍狂，不责陈登傲。凭几闲消白昼长，垂帘不许红尘到。恢恢网，肃肃罝。开琐闼，出闱闱。岐嶒泰岱，深秀琅琊。云收天宇静，月落斗杓斜。中书堂上观红药，太守斋前种紫茄。绝笔春秋，仲尼伤一角之兽；福多阴骘，叔敖埋两头之蛇。

其中，"金銮醉酒，呼将力士脱乌靴"二句，源出《新唐书·文艺传中》："玄宗召见金銮殿，论当世事，奏颂一篇。帝赐食，亲为调羹，有诏供奉翰林，白犹与饮徒醉于市。帝坐沉香亭，意有所感，欲得白为乐章，召入，而白已醉。左右以水颒面，稍解，授笔成文，婉丽精切，无留思。帝爱其才，数宴见，白尝侍帝，醉，使高力士脱靴。力士素贵，耻之，摘其诗以激杨贵妃，帝欲官白，妃辄沮止。白自知不为亲近所容，益骜放不自修……恳求还山，帝赐金放还。"又，《李太白集分类补注》引乐史《太白遗事》所载亦可参："白既为此词（即《清平调》三首），太真尝吟之，高力士终以脱靴为深耻，曰：'始以妃子怨李白深入骨髓，何独拳拳如是耶？'妃子惊曰：'何翰林学士能辱人如斯？'力士曰：'以飞燕指妃子，贱之甚矣。'妃颇然之。"又，"不责陈登傲"句，《三国志·魏志·陈登传》所云可参："许汜与刘备并在荆州牧刘表坐，表与备共论天下人，汜曰：'陈元龙湖海之士，豪气不除。'……备问汜：'君言豪，宁有事耶？'汜曰：'昔遭乱过下邳，见元龙。元龙无客主之意，久不相与语，自上大床卧，使客卧下床。'备曰：'君有国士之名，今天下大乱，帝主失所，望君忧国忘家，有救世之意，而君求田问舍，言无可采，是元龙所讳也，何缘当与君语？如小人，欲卧百尺楼上，卧君于地，何但上下床之间耶？'"

七　阳

台对阁，沼对塘。朝雨对夕阳。游人对隐士，谢女对秋娘。三寸舌，九回肠。玉液对琼浆。秦皇照胆镜①，徐肇（zhào）返魂香②。青萍③夜啸芙蓉匣，黄卷时摊薜荔床。元亨利贞，天地一机成化育④；仁义礼智，圣贤千古立纲常。

【注释】

①"秦皇"句：《西京杂记》卷三："有方镜，广四尺，高五尺九寸，表里有明。人直来照之，影则倒见；以手扪心而来，则见肠胃五脏，历然无碍。人有疾病在内，则掩心而照之，则知病之所在。又女子有邪心，则胆张心动。秦始皇常以照宫人，胆张心动者则杀之。"　②"徐肇"句：吴曾《能改斋漫录》卷六载，《返魂香传》云：司天主簿徐肇（徐温诸孙也），少失父母，常念不面庭闱。有苏德哥者，语肇曰："子闻古之返魂香乎？"肇曰："闻之。""德哥善合此物，员外或有求见，必置之。"肇泣言父母事，曰："后三日夜，于此堂中，借绯幕二条遮之，一如召客。（死以八十一年以上，即返之，不可也。）"乃曰："夜半可至。"盖候鬼宿渡河之后。逡巡夜漏已半，遂命肇于幕外见之。　③青萍：剑名。李白《送族弟单父主簿凝摄宋城主簿至郭南月桥却回栖霞山留饮赠之》："吾家青萍剑，操割有余闲。"　④"元亨"二句：《易·乾》："元亨利贞。"

《周易注疏》："元亨利贞者，是乾之四德也。《子夏传》云：'元，始也；亨，通也；利，和也；贞，正也。'言此卦之德，有纯阳之性，自然能以阳气始生，万物而得元始亨通，能使物性和谐，各得其利，又能使物坚固贞正得终。此卦自然令物有此四种使得其所，故谓之四德。言圣人亦当法此卦，而行善道以长万物，物得生存而为元也。又当以嘉美之事会合万物，令使开通而为亨也。又当以义协和万物，使物各得其理而为利也。又当以贞固干事，使物各得其正而为贞也。是以圣人法乾而行此四德，故曰元亨利贞。"

红对白，绿对黄。昼永对更长。龙飞对凤舞，锦缆对牙樯（qiáng）。云弁（biàn）使，雪衣娘①。故国对他乡。雄文能徙鳄②，艳曲为求凰③。九日高峰惊落帽④，暮春曲水喜流觞⑤。僧占名山，云绕茂林藏古殿；客栖胜地，风飘落叶响空廊。

【注释】

①"云弁使"二句：分别指蜻蜓和白鹦鹉。郑处诲《明皇杂录》："开元中，岭南献白鹦鹉，养之宫中。岁久，颇聪慧，洞晓言词。上及贵妃皆呼为雪衣女。性既驯扰，常纵其饮啄飞鸣，然亦不离屏帏间。"

②"雄文"句：《旧唐书·韩愈传》："初，愈至潮阳，既视事，询吏民疾苦，皆曰：'郡西湫水有鳄鱼，卵而化，长数丈，食民畜产将尽，以是民贫。'居数日，愈往视之，令判官秦济炮一豚一羊，投之湫水，祝之曰：'前代德薄之君，弃楚、越之地，则鳄鱼涵泳于此可也。今天子神圣，四海之外，抚而有之。况扬州之境，刺史县令之所治，出贡赋以共天地宗庙之祀，鳄鱼岂可与刺史杂处此土哉？刺史受天子命，令守此土，而鳄鱼睅然不安溪潭，食民畜熊鹿獐豕，以肥其身，以繁其卵，与刺史争为长。刺

史虽驽弱，安肯为鳄鱼低首而下哉！今潮州大海在其南，鲸鹏之大，虾蟹之细，无不容，鳄鱼朝发而夕至。今与鳄鱼约，三日乃至七日，如顽而不徙，须为物害，则刺史选材伎壮夫，操劲弓毒矢，与鳄鱼从事矣！'祝之夕，有暴风雷起于湫中。数日，湫水尽涸，徙于旧湫西六十里。自是潮人无鳄患。"　③"艳曲"句：《史记·司马相如列传》："是时卓王孙有女文君新寡，好音。故相如缪与令相重，而以琴心挑之。相如之临邛，从车骑，雍容闲雅甚都。及饮卓氏，弄琴，文君窃从户窥之，心悦而好之，恐不得当也。既罢，相如乃使人重赐文君侍者通殷勤。文君夜亡奔相如，相如乃与驰归。"《乐府诗集》卷六〇载司马相如《琴歌》二首，即所谓"艳曲"："凤兮凤兮归故乡，邀游四海求其皇。时未遇兮无所将，何悟今夕升斯堂。有艳淑女在闺房，室迩人遐毒我肠。何缘交颈为鸳鸯，胡颉颃兮共翱翔。""凤兮凤兮从我栖，得托字尾永为妃。交情通体心和谐，中夜相从知者谁。双翼俱起翻高飞，无感我思使余悲。"　④"九日"句：陶渊明《晋故征西大将军长史孟府君传》："为江州别驾，巴丘令，征西大将军谯国桓温参军……九月九日，温游龙山，参佐毕集……有风吹君帽堕落……请笔作答，了不容思，文辞超卓，四座叹之。"《晋书·孟嘉传》："后为征西桓温参军，温甚重之。九月九日，温宴龙山，僚佐毕集。时佐吏并着戎服。有风至，吹嘉帽堕地，嘉不之觉。温使左右勿言，欲观其举止。嘉良久如厕，温令取还之，命孙盛作文嘲嘉，著嘉坐处。嘉还见，即答之，其文甚美，四座嗟叹。"　⑤"暮春"句：王羲之《兰亭集序》："永和九年，岁在癸丑。暮春之初，会于会稽山阴之兰亭，修禊事也。群贤毕至，少长咸集。此地有崇山峻岭，茂林修竹。又有清流激湍，映带左右，引以为流觞曲水，列坐其次。虽无丝竹管弦之盛，一觞一咏，亦足以畅叙幽情。是日也，天朗气清，惠风和畅。仰观宇宙之大，俯察品类之盛，所以游目骋怀，足以极视听之娱，信可乐也！"

衰对壮，弱对强。艳饰对新妆。御龙①对司马，破竹对穿杨②。读班马，识求羊。水色对山光。仙棋藏绿橘③，客枕梦黄粱。池草入诗因有梦④，海棠带恨为无香⑤。风起画堂，帘箔（bó）影翻青荇（xìng）沼；月斜金井，辘轳声度碧梧墙。

【注释】

①御龙：《史记·夏本纪》："夏后氏德衰，诸侯畔之。天降龙二，有雌雄，孔甲不能食，未得豢龙氏。陶唐既衰，其后有刘累，学扰龙于豢龙氏，以事孔甲。孔甲赐之姓曰御龙氏，受豕韦之后。龙一雌死，以食夏后。夏后使求，惧而迁去。" ②破竹、穿杨：《晋书·杜预传》："昔乐毅藉济西一战以并强齐，今兵威已振，譬如破竹，数节之后，皆迎刃而解，无复著手处也。"《战国策·西周策》："楚有养由基者，善射，去柳叶者百步而射之，百发百中。左右皆曰善。有一人过曰：'善射，可教射也矣！'养由基曰：'人皆曰善，子乃曰可教射，子何不代我射之也？'客曰：'我不能教子支左屈右。夫射柳叶者，百发百中，而不已善息，少焉气力倦，弓拨矢钩，一发不中，前功尽矣。'" ③"仙棋"句：牛僧孺《玄怪录》（宋代因避赵匡胤始祖玄朗讳而改名《幽怪录》）卷三《巴邛人》："有巴邛人不知姓名，家有橘园。因霜后，诸橘尽收，余有两大橘，如三斗盎。巴人异之，即令攀橘下，轻重亦如常橘。剖开，每橘有二老叟，须眉皤然，肌体红润，皆相对象戏……一叟曰：'……橘中之乐，不减商山，但不得深根固蒂，为愚人摘下耳。'" ④"池草"句：谢灵运《登池上楼》："池塘生春草，园柳变鸣禽。"《南史·谢惠连传》："惠连年十岁能属文，族兄灵运加赏之，云：'每有篇章，对惠连辄得佳句。'尝于永嘉西堂思诗，竟日不就，忽梦见惠连，即得'池塘生春草'，大以为

工。" ⑤海棠带恨：惠洪《冷斋夜话》卷九："（彭渊材）又尝曰：'吾平生无所恨，所恨者五事耳。'人问其故。渊材敛目不言，久之曰：'吾论不入时听，恐汝曹轻易之。'问者力请说，乃答曰：'第一恨鲥鱼多骨，第二恨金橘太酸，第三恨莼菜性冷，第四恨海棠无香，第五恨曾子固不能作诗。'闻者大笑，而渊材瞠目曰：'诸子果轻易吾论也。'"（按：关于曾巩"不能作诗"，比较早的说法还有两条。一是《苏轼文集》卷六八《题跋》所载："秦少游言：'人才各有分限。杜子美诗冠古今，而无韵者殆不可读。曾子固以文名天下，而有韵者辄不工。此未易以理推之也。'"二是陈师道《后山诗话》所载："世语云：'苏明允不能诗，欧阳永叔不能赋；曾子固短于韵语，黄鲁直短于散语；苏子瞻词如诗，秦少游诗如词。'"对于这样的论调，从宋代开始，就不断有人质疑，可见在当时即非公论。而在后世的有些相关讨论中［特别是纪昀对方回盛赞曾巩的负气反驳之说］却又不免纠结了过多的"诗外之旨"。事实上，"就八家而论，他的诗远比苏洵、苏辙父子的诗好，七言绝句有王安石的风致"［钱锺书《宋诗选注》］。曾巩现存诗400余首，其中有《西楼》《咏柳》等名作。）

臣对子，帝对王。日月对风霜。乌台对紫府①，雪牖对云房②。香山社③，昼锦堂④。荜（bù）屋对岩廊⑤。芬椒涂内壁，文杏饰高梁⑥。贫女幸分东壁影⑦，幽人高卧北窗凉⑧。绣阁探春，丽日半笼青镜色；水亭醉夏，熏风常透碧筒香⑨。

【注释】

①乌台、紫府：《汉书·朱博传》："是时御史府吏舍百余区，井水皆竭。又其府中列柏树，常有野乌数千栖宿其上，晨去暮来，号曰'朝夕乌'。"《抱朴子·祛惑》："及到天上，先过紫府，金床玉几，晃晃昱昱，真贵处也。" ②雪牖、云房：姚鹄《题终南山隐者居》："夜吟明雪牖，

春梦闭云房。"　③香山社：《新唐书·白居易传》："尝与胡杲、吉旼、郑据、刘真、卢真、张浑、狄兼谟、卢贞燕集，皆高年不事者，人慕之，绘为九老图。"　④昼锦堂：韩琦有昼锦堂，欧阳修为作《相州昼锦堂记》。昼锦者谓富贵而归故乡，似衣锦昼行也。　⑤蔀屋、岩廊：王安石《寄道光大师》："秋雨漫漫夜复朝，可嗟蔀屋望重霄。"《汉书·董仲舒传》："盖闻虞舜之时，游于岩郎之上，垂拱无为，而天下太平。"　⑥"文杏"句：司马相如《长门赋》："刻木兰以为榱兮，饰文杏以为梁。"　⑦"贫女"句：《史记·樗里子甘茂列传》：甘茂之亡秦奔齐，逢苏代。代为齐使于秦。甘茂曰："臣得罪于秦，惧而遁逃，无所容迹。臣闻贫人女与富人女会绩，贫人女曰：'我无以买烛，而子之烛光幸有余，子可分我余光，无损子明而得一斯便焉。'今臣困而君方使秦而当路矣。茂之妻子在焉，愿君以余光振之。"苏代许诺。遂致使于秦。（按：《西京杂记》卷二所记可附参："匡衡勤学而无烛，邻舍有烛而不逮，衡乃穿壁引其光，以书映光而读之。"）　⑧"幽人"句：陶渊明《与子俨等疏》："常言五六月中，北窗下卧，遇凉风暂至，自谓是羲皇上人。"　⑨"水亭"二句：《酉阳杂俎》前集卷七："历城北有使君林，魏正始中，郑公悫三伏之际，每率宾僚避暑于此。取大莲叶置砚格上，盛酒三升，以簪刺叶，令与柄通，屈茎上轮菌如象鼻，传嗡之，名为碧筒杯。"

【评析】

　　该韵部中，与"乌台对紫府"句之"乌台"高度相关的"乌台诗案"另有可说处。据清人张鉴《眉山诗案广证》，"乌台诗案"中，苏轼的诗文被认为是典型的反新法作品，如《山村绝句》中的三首："烟雨濛濛鸡犬声，有生何处不安生。但教黄犊无人佩，布谷何劳也劝耕。""老翁七十自腰镰，惭愧春山笋蕨甜。岂是闻韶解忘味，迩来三月食无盐。""杖藜裹饭去匆匆,过眼青钱转眼空。赢得儿童语音好,一年强半在城中。"以及《八月十五日观潮》:"吴儿生长狎涛渊,冒利忘生不自怜。东海若知明主意,应教斥卤变桑田。"对于这四首诗,苏轼自己分别"交代"说:"此诗意言,是时贩私盐者多带刀杖,故去前汉龚遂令人卖剑买牛,卖刀买犊。曰:'何为带牛、佩犊?'意言但得盐法宽平,令民不带刀剑而买牛犊,则民自力耕,不劳督劝,以讥讽朝廷盐法提出太峻不便也。""此诗意言,山中之人,饥贫无食,虽老犹自采荀蕨充饥。时盐法峻急,僻远之人,无盐食用,动经数月,若古之圣贤则能闻韶忘味;山中小民,岂能食淡而乐乎?以讥盐法太急也。""此诗意言,百姓请得青苗钱,立便于城中浮费使却。又言乡村之人,一年两度夏秋税,及数度请纳和粜预买钱。今来更添青苗、助役钱,因此庄家幼小子弟多在城市,不著次第,但学得城中人语音而已。以讥新法青苗助役不便也。""(后两句)当令斥卤地尽变桑田,此事之必不可成者,以讥讽朝廷水利之难成也。"而御史们的弹劾文字,堪称严厉的讨伐:"盖陛下发钱,以本业贫民,则曰:'赢得儿童语音好,一年强半在城中。'陛下……兴水利则曰:'东海若知明主意,应教斥卤变桑田。'陛下谨盐禁则曰:'岂是闻韶解忘味,迩来三月食无盐。'其他触物即事,应口所言,无一不以讥谤为主。小则镂版,大则刻石;传播中外,自以为能。"以上均录以备参。

又,"香山社"句典出《新唐书》。句中所列九老姓名有误,赵翼《瓯北诗话》卷四已为指出:"香山《九老图》故事,《新唐书》谓居易与胡杲、吉旼、郑据、刘真、卢真、张浑、狄兼谟、卢贞谦集,皆高年不事者,人慕之,绘为《九老图》,此未考《香山集》也。"会昌五年,白居易与胡杲、吉旼、刘真、郑据、卢真、张浑于洛阳履道里相会,为"七老会"。白居易有《胡吉郑刘卢张等六贤皆多年寿予亦次焉偶于弊居合成尚齿之会七老相顾既醉甚欢静而思之此会稀有因成七言六韵以纪之传好事者》记之。当时还有狄兼谟、卢贞,亦与会,但因年不满七十,故"不及列"。又,白居易《九老图诗序》云:"会昌五年三月,胡、吉、刘、郑、卢、张等六贤于东都弊居履道坊合尚齿之会。其年夏,又有二老,年貌绝伦,同归故乡,亦来斯会。续命书姓名年齿,写其形貌,附于图右,与前七名,题为《九老图》。"乐天自注云:"二老谓洛中遗老李元爽,年一百三十六,归洛僧如满,年九十五。"据知,《九老图》列入者为胡杲、吉旼、郑据、刘真、卢真、张浑、白居易、李元爽、如满。

又,附录《声律发蒙》"十五　阳唐"韵部如下:

  朱对粉,白对黄。隐显对柔刚。深沉联俯仰,用舍对行藏。暮雨朝烟成底事,秋鸿社雁为谁忙。沉潜仁义,扶植纲常。随时礼乐,冠世文章。人心同好恶,世态异炎凉。月暗萤灯明院宇,雨晴蛙鼓闹池塘。夜醉方归,衫袖半掩邻舍酒;早朝初退,衣冠犹带御炉香。

  绿水池,红尘陌。挂彩帆,摇金勒。画写丹青,棋排黑白。琴樽乐醉翁,诗礼留佳客。山径寻云策短筇,江楼倚月吹长笛。青玉案,白牙床。红锦帐,碧纱窗。鱼梭燕剪,蝶板莺簧。雨昏鸦作阵,风静雁成行。榴花带雨红巾重,杨柳牵风翠缕长。君圣臣贤,耿耿精诚昭日月;官清政简,稜稜节操凛冰霜。

其中,"琴樽乐醉翁"句,源自欧阳修《醉翁亭记》:"环滁皆山也。其西南诸峰,林壑尤美。望之蔚然而深秀者,琅邪也。山行六七里,渐闻水声潺潺,而泻出于两峰之间者,酿泉也。峰回路转,有亭翼然临于泉上者,醉翁亭也。作亭者谁?山之僧智仙也。名之者谁?太守自谓也。太守与客来饮于此,饮少辄醉,而年又最高,故自号曰醉翁也。醉翁之意不在酒,在乎山水之间也。山水之乐,得之心而寓之酒也。若夫日出而林霏开,云归而岩穴暝,晦明变化者,山间之朝暮也。野芳发而幽香,佳木秀而繁阴,风霜高洁,水落而石出者,山间之四时也。朝而往,暮而归,四时之景不同,而乐亦无穷也。至于负者歌于途，行者休于树，前者呼，后者应，伛偻提携，往来而不绝者，滁人游也。临溪而渔，溪深而鱼肥；酿泉为酒，泉香而酒洌；山肴野蔌，杂然而前陈者，太守宴也。宴酣之乐，非丝非竹；射者中，弈者胜，觥筹交错，起坐而喧哗者，众宾欢也。苍颜白发，颓然乎其间者，太守醉也。已而夕阳在山，人影散乱，太守归而宾客从也。树林阴翳，鸣声上下，游人去而禽鸟乐也。然而禽鸟知山林之乐，而不知人之乐；人知从太守游而乐，而不知太守之乐其乐也。醉能同其乐，醒能述以文者，太守也。太守谓谁？庐陵欧阳修也。"（按：此文作于宋庆历六年［1046］，时欧阳修贬滁州已一年。元祐六年（1091）十一月刻石。原石宋时已毁，明嘉靖间重刻石。苏轼有楷、草体《醉翁亭记》二则，均有自跋，草体跋云："庐陵先生以庆历八年三月己未刻石亭上，字画褊浅，恐不能传远，滁人欲改刻大字久矣。元祐六年，轼为颍州，而开封刘君季孙说以滁人之意，求书于轼。轼于先生为门下士，不可以辞。十一月乙未，眉山苏轼书。"楷跋于"而开封刘君季孙"后多出"自高邮来，过滁。滁守河南王君诏"十三字，"说"作"请"，书写日期为"十二月己巳"。详参见李文辉《燕京八景等九则千古之谜探赜索隐》。）

八　庚

形对貌，色对声。夏邑对周京。江云对涧树，玉磬对银筝。人老老①，我卿卿②。晓燕对春莺。玄霜春玉杵（chǔ）③，白露贮金茎。贾客君山秋弄笛④，仙人猴（gōu）岭夜吹笙。帝业独兴，尽道汉高能用将⑤；父书空读，谁言赵括善知兵⑥。

【注释】

①人老老：《礼记·大学》："所谓平天下在治其国者，上老老而民兴

孝，上长长而民兴弟，上恤孤而民不倍，是以君子有絜矩之道也。所恶于上，毋以使下；所恶于下，毋以事上；所恶于前，毋以先后；所恶于后，毋以从前；所恶于右，毋以交于左；所恶于左，毋以交于右。此之谓絜矩之道。"　②我卿卿：《世说新语·惑溺》："王安丰妇常卿安丰。安丰曰：'妇人卿婿，于礼为不敬，后勿复尔。'妇曰：'亲卿爱卿，是以卿卿；我不卿卿，谁当卿卿？'遂恒听之。"　③"玄霜"句：《太平广记》卷一五引裴铏《传奇》：裴航自鄂渚返京途中，与樊夫人同舟而行。赠诗告白，樊夫人答诗云："一饮琼浆百感生，玄霜捣尽见云英。蓝桥便是神仙窟，何必崎岖上玉清。"后于蓝桥驿乞水解渴，邂逅美女云英，遂向其母求婚，其母曰："君约取此女者，得玉杵臼，吾当与之也。"后裴航寻得玉杵臼，遂与云英结为夫妻，双双仙去。　④"贾客"句：《太平广记》卷二〇四引《博异志》："洞庭贾客吕乡筠……善吹笛，每遇好山水，无不维舟探讨，吹笛而去。尝于中春月夜，泊于君山侧，命樽酒独饮，饮一杯而吹笛数曲。"遇一老父（仙人），吹笛甚怪。老父引满数杯，吟曰："湘中老人读黄老，手援紫藟坐翠草。春至不知湘水深，日暮忘却巴陵道。"遂棹舟而去。(按：《博异志》署名谷神子，《四库全书总目》卷一四二"子部小说家类三"《博异志》提要疑即注《老子指归》之冯廓，胡应麟则以为是晚唐诗人郑还古。其中诗作，苏轼《东坡题跋·记太白诗》其一尝误为李白作："唐末有见人作是诗者，辞气殆是李谪仙。都下见有人携一纸文书，字则颜鲁公也，墨迹如未干，纸亦新健。其首两句云：'朝披梦泽云，笠钓青茫茫。'此语亦非太白不能道也。")　⑤"帝业"二句：《史记·淮阴侯列传》："上问曰：'如我能将几何？'信曰：'陛下不过能将十万。'上曰：'于君何如？'曰：'臣多多而益善耳。'上笑曰：'多多益善，何为为我禽？'信曰：'陛下不能将兵，而善将将，此乃信之所以为陛下禽也。"　⑥"父书"二句：《史记·廉颇蔺相如列传》：(赵孝成王)七年，秦与赵兵相距长平，时赵奢已死，而蔺相如病笃，赵使廉颇将攻秦，秦数败赵军，赵军固壁不战。秦数挑战，廉颇不肯。赵王信秦之间。秦之间言曰："秦之所恶，独畏马服君赵奢之子赵括为将耳。"赵王因以括为将，代廉颇。蔺相如曰："王以名使括，若胶柱而鼓瑟耳。括徒能读其父书传，不知合变也。"赵王不听，遂将之。赵括自少时学兵法，言兵事，以天下莫能当。尝与其父奢言兵事，奢不能难，然不谓善。括母问奢其故，奢曰："兵，死地也，而括易言之。使赵不将括即已，若必将之，破赵军者必括也。"及括将行，其母上书言于王曰："括不可使将。"王曰："何以？"对曰："始妾事其父，时为将，身所奉饭饮而进食者以十数，所友者以百数，大王及宗室所赏赐者尽以予军吏士大夫，受命之日，不问家事。今括一旦为将，东向而朝，军吏无敢仰视之者。王所赐金帛，归藏于家而日视便利田宅可买者买之。王以为何如其父？父子异心，愿王勿遣。"王曰："母置之，吾已决矣。"括母因曰："王终遣之，即有如不称，妾得无随坐乎？"王许诺。赵括既代廉颇，悉更约束，易置军吏。秦将白起闻之，纵奇兵，佯败走。而绝其粮道，分断其军为二，士卒离心。四十余日，军饿，赵括出锐卒自搏战，秦军射杀赵括。括军败，数十万之众遂降秦，秦悉坑之。

功对业，性对情。月上对云行。乘龙对附骥①，阆苑对蓬瀛（yíng）。春秋笔②，月旦评③。东作对西成④。隋珠光照乘⑤，和璧价连城。三箭三人唐将勇，一琴一鹤赵公清⑥。汉帝求贤，诏访严滩逢故旧；宋廷优老，年尊洛社重耆英⑦。

【注释】

①附骥：《史记·伯夷列传》："伯夷、叔齐虽贤，得夫子而名益彰。颜渊虽笃学，附骥尾而行益显。"司马贞《索隐》："苍蝇附骥尾而致千

里，以喻颜回因孔子而名彰。"　②春秋笔：《史记·孔子世家》："至于为《春秋》，笔则笔，削则削，子夏之徒不能赞一辞。弟子受《春秋》，孔子曰：'后世知丘者以《春秋》，而罪丘者亦以《春秋》。'"范宁《春秋谷梁传序》："一字之褒，宠逾华衮之赠；片言之贬，辱过市朝之挞。"刘勰《文心雕龙·史传》："褒见一字，贵逾轩冕；贬在片言，诛深斧钺。"　③月旦评：《后汉书·许劭传》："初，劭与（许）靖俱有高名，好共核论乡党人物，每月辄更其品题，故汝南俗有'月旦评'焉。"④东作、西成：《尚书·尧典》："寅宾出日，平秩东作"，"寅饯纳日，平秩西成"。　⑤"隋珠"句：《淮南子·览冥训》高诱注："隋侯，汉东之国，姬姓诸侯也。隋侯见大蛇伤断，以药傅之，后蛇于江中衔大珠以报之，因曰隋侯之珠，盖明月珠也。"《庄子·让王》："今且有人于此，以隋侯之珠，弹千仞之雀，世必笑之。"　⑥"一琴"句：《宋史·赵抃传》："神宗立，召知谏院。故事，近臣还自成都者，将大用，必更省府，不为谏官。大臣以为疑，帝曰：'吾赖其言耳，苟欲用之，无伤也。'及谢，帝曰：'闻卿匹马入蜀，以一琴一鹤自随，为政简易，亦称是乎？'未几，擢参知政事。抃感顾知遇，朝政有未协者，必密启闻，帝手诏褒答。"　⑦"宋廷"二句：《宋史·文彦博传》："与富弼、司马光等十三人，用白居易九老会故事，置酒赋诗相乐，序齿不序官。为堂，绘像其中，谓之'洛阳耆英会'，好事者莫不慕之。"

　　昏对旦，晦对明。久雨对新晴。蓼湾对花港，竹友①对梅兄。黄石叟，丹丘生②。犬吠对鸡鸣③。暮山云外断，新水月中平④。半榻清风宜午梦，一犁好雨趁春耕。王旦登庸，误我十年迟作相⑤；刘蕡不第，愧他多士早成名。

【注释】

①竹友：古人常以竹、松、梅为"岁寒三友"。苏轼《文与可画赞》："友人文与可既没十四年，见其遗墨于吕元钧之家，嗟叹之余，辄赞之：'竹寒而秀，木瘠而寿，石丑而文，是为三益之友。粲乎其可接，邈乎其不可圄。我怀斯人，呜乎！其可复观也。'"赵翼《陔余丛考》卷四三："元次山《丐论》云：古人乡无君子，则与山水为友。里无君子，则以松竹为友。坐无君子，则以琴酒为友。" ②丹丘生：仙人。丹丘，传说中神仙所居之处。《楚辞·远游》："仍羽人于丹丘兮，留不死之旧乡。"王逸注："丹丘，昼夜长明也。《九怀》曰：夕宿乎明光。明光即丹丘也。"（按：王逸曾明言《远游》为屈原所作："远游者，屈原之所作也。屈原履方直之行，不容于世。上为谗佞所谮毁，下为俗人所困极，章皇山泽，无所告诉。乃深惟元一，修执恬漠。思欲济世，则意中愤然，文采铺发，遂叙妙思，托配仙人，与俱游戏，周历天地，无所不到。然犹怀念楚国，思慕旧故，忠信之笃，仁义之厚也。是以君子珍重其志，而玮其辞焉。"其后注家，如洪兴祖、朱熹、王夫之、蒋骥等皆守王说。近现代学者如游国恩《楚辞概论》等则认为，《远游》系西汉人伪托。） ③犬吠、鸡鸣：《论衡·道虚》："儒书言：淮南王学道，招会天下有道之人，倾一国之尊，下道术之士。是以道术之士，并会淮南，奇方异术，莫不争出。王遂得道，举家升天，畜产皆仙，犬吠于天上，鸡鸣于云中。此言仙药有余，犬鸡食之，并随王而升天也。好道学仙之人，皆谓之然。此虚言也。"
④"暮山"二句：崔湜《江楼夕望》："楚山霞外断，汉水月中平。"
⑤"王旦"二句：登庸，宰相位别称。《太平广记》卷一五三《裴度》："及升台衮，讨淮西，立大勋，出入六朝，登庸授钺。"《新唐书·裴度传》："拜门下侍郎、平章事、彰义军节度、淮西宣慰招讨处置使。"《宋史·王旦传》："帝欲相王钦若，旦曰：'钦若遭逢陛下，恩礼已隆，且乞

留之枢密,两府亦均。臣见祖宗朝未尝有南人当国者,虽古称立贤无方,然须贤士乃可。臣为宰相,不敢沮抑人,此亦公议也。'真宗遂止。旦没后,钦若始大用,语人曰:'为王公迟我十年作宰相。'"

【评析】

该韵部中,"宋廷优老,年尊洛社重耆英"二句另有可说处。据司马光《洛阳耆英会序》,与会另十一人为:富弼、文彦博、席汝言、王尚恭、赵丙、刘凡、冯行己、楚建中、王谨言、张问、张焘。又,司马氏序中有云:"宋兴,洛中诸公继而为之者凡再矣,皆图形普明僧舍。"其中的一次,王柏《题九老图后》一文记曰:"唐有《洛阳九老图》,传于世久矣。我朝洛之诸公继者凡三,其二图形于普明僧舍,盖乐天之故第也。元丰中,又集于韩富公之第,凡十有一人,图形于妙觉僧舍,时人谓之《洛阳耆英图》。此则普明之本,亦九人:对弈者文潞公、司马温公;观者富郑公;舞者赵公正南,讳丙;回视持书则王公君贶,讳拱辰也。余则忘其姓名矣。"另一次,似为《邵氏闻见录》卷八所载者:"天圣、明道中,钱文僖公自枢密留守西都,谢希深为通判,欧阳永叔为推官,尹师鲁为掌书记,梅圣俞为主簿,皆天下之士,钱相遇之甚厚。一日会于普明院,白乐天故宅也,有唐九老画像,钱相与希深而下,亦画其旁。"均可与唐代香山诸老会后先辉映。

又,附录《声律发蒙》"十六　庚青"韵部如下:

深对浅,重对轻。涸浊对澄清。花香联草色,竹影对松声。秋水静如僧眼碧,晚山浓似佛头青。鸾箫象板,锦瑟银筝。看花驻马,把酒闻莺。雾隐南山豹,风抟北海鹏。积雨苍苔侵柱礎,朔风黄叶打窗棂。锦帐炉香,金缕歌残春几许;绛纱笼烛,玉楼人醉月三更。

玉漏催,珠帘卷。画阁深,金樽浅。笑脸娇娆,歌喉婉转。舞困绿云偏，醉浓红玉软。明月停时扇影低，彩云去后箫声远。鸳鸯褥，翡翠屏。筚瓢巷，诗礼庭。笙歌嘹亮，灯火清荧。卷帘邀月上，敧枕看云生。花片随风飞燕啄，荷盘翻雨戏鱼惊。玎珰砧杵捣寒霜，香闺梦断；狼籍杯盘歌夜月，彩笔诗成。

其中，"诗礼庭"句，典出《论语·季氏》：陈亢问于伯鱼曰："子亦有异闻乎？"对曰："未也。尝独立，鲤趋而过庭。曰：'学诗乎？'对曰：'未也。''不学诗，无以言。'鲤退而学诗。他日，又独立，鲤趋而过庭。曰：'学礼乎？'对曰：'未也。''不学礼，无以立。'鲤退而学礼。闻斯二者。"陈亢退而喜曰："问一得三，闻诗，闻礼，又闻君子之远其子也。"

九　青

庚对甲[①]，已对丁。魏阙对彤庭。梅妻对鹤子，珠箔对银屏[②]。鸳浴沼，鹭飞汀。鸿雁对鹡鸰（jílíng）。人间寿者相，天上老人星。八月好修攀桂斧，三春须系护花铃[③]。江阁凭临，一水净连天际碧；石栏闲倚，群山秀向雨余青。

【注释】

①庚、甲：年岁的代称。《容斋随笔》卷三："至公卿任子，欲其早列仕籍，或正在童孺，故率增抬庚甲有至数岁者。"　②珠箔、银屏：白居易《长恨歌》："揽衣推枕起徘徊，珠箔银屏迤逦开。"　③"三春"句：《开元天宝遗事》："至春时，于后园中纫红丝为绳，密缀金铃，系于

花梢之上。每有鸟鹊翔集,(宁王)则令园吏掣铃索以惊之,盖惜花之故也。"

危对乱,泰对宁。纳陛对趋庭①。金盘对玉箸,泛梗对浮萍②。群玉圃,众芳亭。旧典对新型。骑牛闲读史③,牧豕自横经④。秋首田中禾颖重⑤,春余园内菜花馨。旅次凄凉,塞月江风皆惨淡;筵前欢笑,燕歌赵舞独娉婷。

【注释】

①纳陛、趋庭:刘熙《释名》卷五《释宫室》:"陛,卑也,有高卑也。天子殿谓之纳陛。言所以纳人言之阶陛也。"趋庭,指受师长教诲。

②泛梗、浮萍:徐夤《别》:"酒尽欲终问后期,泛萍浮梗不胜悲。"

③"骑牛"句:《新唐书·李密传》:"感厉读书,闻包恺在缑山,往从之。以蒲鞯乘牛,挂《汉书》一帙角上,行且读。越国公杨素适见于道,按辔蹑其后曰:'何书生勤如此?'密识素,下拜。问所读,曰:'《项羽传》。'因与语,奇之。" ④"牧豕"句:《后汉书·承宫传》:"少孤,年八岁为人牧豕。乡里徐子盛者,以《春秋经》授诸生数百人,宫过息庐下,乐其业,因就听经,遂请留门下,为诸生拾薪。执苦数年,勤学不倦。经典既明,乃归家教授。遭天下丧乱,遂将诸生避地汉中,后与妻子之蒙阴山,肆力耕种。禾黍将熟,人有认之者,宫不与计,推之而去,由是显名。三府更辟,皆不应。永平中,征诣公车。车驾临辟雍,召宫拜博士,迁左中郎将。" ⑤"秋首"句:《诗·大雅·生民》:"实发实秀,实坚实好,实颖实栗。"

【评析】

该韵部中,"牧豕自横经"句,另有《汉书·公孙弘传》所载亦可参：家贫，牧豕海上。年四十余，乃学《春秋》杂说。武帝初为博士，一岁中至左内使。为内史数年，迁御史大夫。元朔中，代薛泽为丞相。先是，汉常以列侯为丞相，唯弘无爵，上于是下诏，封弘为平津侯。其后以为故事，至丞相封，自弘始也。

十　蒸

蘋对蓼（liǎo），荧对菱。雁弋对鱼罾。齐纨对鲁绮，蜀绵对吴绫。星渐没，日初升。九聘对三征①。萧何曾作吏，贾岛昔为僧。贤人视履循规矩②，大匠挥斤校准绳③。野渡春风，人喜乘潮移酒舫；江天暮雨，客愁隔岸对渔灯。

【注释】

①九聘、三征：《序卦》曰："物不可以苟合而已，故受之以贲。"李鼎祚《周易集解》："《疏》：以天合者贵乎质，父子兄弟是也。以人合者贵乎文，君臣夫妇是也。君之求臣，有三征九聘之礼。夫之取妇，有纳采纳吉之仪。故'物不可以苟合'，而必'受以贲'。"　②"贤人"句：《尔雅·释言》："履，礼也。"郭璞注："礼可以履行。"　③"大匠"句：《庄子·徐无鬼》：庄子送葬，过惠子之墓，顾谓从者曰："郢人垩漫其鼻端，若蝇翼，使匠石斫之。匠石运斤成风，听而斫之，尽垩而鼻不伤，郢人立不失容。宋元君闻之，召匠石曰：'尝试为寡人为之。'匠石曰：'臣则尝能斫之。虽然，臣之质死久矣。'自夫子之死也，吾无以为质矣，吾无与言之矣。"

谈对吐，谓对称。冉闵对颜曾。侯嬴对伯嚭（pǐ）①，祖逖对孙登②。抛白纻③，宴红绫④。胜友对良朋。争名如逐鹿⑤，谋利似趋蝇。仁杰姨惭周不仕⑥，王陵母识汉方兴⑦。句写穷愁，浣花寄迹传工部；诗吟变乱，凝碧伤心叹右丞。

【注释】

①侯嬴、伯嚭：《史记·魏公子列传》：侯嬴，战国时信陵君门下食客。初为大梁夷门的守门小吏，年七十被信陵君迎为上客。公元前257年魏安釐王派将军晋鄙救赵，屯兵不敢前进，他献计信陵君，设法窃取兵符，推荐勇士朱亥，击杀晋鄙，夺取兵权，因而救赵成功。《史记·吴太伯世家》：伯嚭，本为楚人，因父郤宛被楚国令尹子常攻杀，伯嚭避祸奔吴，被任为大夫，后又任太宰，为吴王夫差所宠信。公元前496年，吴败越。受越赂美女，劝夫差许越求和。后又谗害伍子胥。越灭吴，被虏，以其不忠，杀之。　②孙登：《晋书·隐逸传·孙登》："居汲郡北山，好读《易》，抚一弦琴。嵇康又从之游，三年，问其所图，终不答。将别，乃曰：'子才多识寡，难免于今之世矣。'康不能用，果遭非命。乃作《幽愤》诗曰：'昔惭柳下，今愧孙登。'"　③抛白纻：王禹偁《寄砀山主簿朱九龄》："利市襕衫抛白纻，风流名字写红笺。"《宋史·舆服志五》："襕衫，以白细布为之，圆领大袖，下施横襕为裳，腰间有襞积。进士及国子生、州县生服之。"　④宴红绫：叶梦得《避暑录话》卷下："唐御膳以红绫饼餤为重。昭宗光化中，放进士榜，得裴格等二十八人，以为得人。会燕曲江，乃令大官特作二十八饼餤赐之。卢延让在其间。后入蜀为学士，既老，颇为蜀人所易。延让诗素平易近俳，乃作诗云：'莫欺零落残牙齿，曾吃红绫饼餤来。'"　⑤"争名"句：《史记·淮阴侯列传》："蒯通至上曰：'……秦失其鹿，天下共逐之。'"　⑥"仁杰"句：祝穆

《古今事文类聚》后集卷一一："狄仁杰为相，有卢氏堂姨，居午桥南别墅。仁杰因候卢姨安否，适见表弟挟弓矢携雉兔归。仁杰因启姨曰：'某今为相，表弟有何愿，悉如其旨。'姨曰：'相自为贵，老姨止此一子，不与令事女主，甘守贫贱，分外无所望也。'仁杰惭而退。（《朝野佥载》）"（按：《太平广记》卷二七一引《松窗杂录》以及《唐语林》卷四所录与此大同小异，因其应该是较晚的版本，兹不具录。）　⑦"王陵"句：《汉书·王陵传》："王陵，沛人也。始为县豪，高祖微时，兄事陵。及高祖起沛，入咸阳，陵亦聚党数千人，居南阳，不肯从沛公。及汉王之还击项籍，陵乃以兵属汉。项羽取陵母置军中，陵使至，则东乡坐陵母，欲以招陵。陵母既私送使者，泣曰：'愿为老妾语陵，善事汉王。汉王长者，毋以老妾故持二心。妾以死送使者。'遂伏剑而死。项王怒，烹陵母。陵卒从汉王定天下。以善雍齿，雍齿，高祖之仇，陵又本无从汉之意，以故后封陵，为安国侯。"

【评析】

该韵部中，"诗吟变乱，凝碧伤心叹右丞"二句，源出《明皇杂录·补遗》："天宝末，群贼陷两京，大掠文武朝臣及黄门宫嫔乐工，骑士每获数百人，以兵仗严卫，送于洛阳。至有逃于山谷者，而卒能罗捕追胁，授以冠带。禄山尤致意乐工，求访颇切。于旬日获梨园弟子数百人，群贼因相与大会于凝碧池，宴伪官数十人，大陈御库珍宝，罗列于前后。乐既作，梨园旧人不觉歔欷相对泣下，群逆皆露刃持满以胁之，而悲不能已。有乐工雷海清者，投乐器于地，西向恸哭，逆党乃缚海清于戏马殿，支解以示众，闻之者莫不伤痛。王维时为贼拘于菩提寺中，闻之，赋诗曰：'万户伤心生野烟，百官何日更朝天。秋槐落叶空宫里，凝碧池头奏管弦。'"

十一　尤

荣对辱，喜对忧。缱绻对绸缪。吴娃对越女，野马对沙鸥①。茶解渴，酒消愁。白眼对苍头②。马迁修史记，孔子作春秋。莘（shēn）野耕夫闲举耜，渭滨渔父晚垂钩。龙马游河，羲帝因图而画卦；神龟出洛，禹王取法以明畴。

【注释】

①野马：《庄子·逍遥游》："野马也，尘埃也，生物之以息相吹也。"成玄英疏："此言青春之时，阳气发动，遥望薮泽之中，犹如奔马，故谓之野马。扬土曰尘，尘之细者曰埃。"　②苍头：（秦）与众不同之军。源自战国时期魏，有苍头军二十万人。士卒皆裹以皂巾。《史记·项羽本纪》："东阳少年杀其令……县中从者得二万人。少年欲立婴便为王，异军苍头特起。"裴骃《集解》引应劭曰："苍头特起，言与众异也。"

冠对履①，舄（xì）对裘②。院小对庭幽。面墙对膝地③，错智对良筹④。孤嶂耸，大江流。芳泽对圜丘⑤。花潭来越唱⑥，柳屿起吴讴。莺懒燕忙三月雨，蛩摧蝉退一天秋。钟子听琴，荒径入林山寂寂；谪仙捉月，洪涛接岸水悠悠。

【注释】

①冠、履：《太平御览》卷六九七引《六韬》："崇侯虎曰：'今周伯

昌怀仁而善谋，冠虽弊，礼加于首；履虽新，法以践地。'"　②舄：《诗·小雅·车攻》："赤芾金舄，会同有绎。"《诗集传》："金舄，赤舄而加金饰，亦诸侯之服也。"　③面墙、膝地：面墙当即面壁。《庄子·在宥》："广成子南首而卧，黄帝顺下风，膝行而进。"　④错智、良筹：谓晁错、张良有智谋。　⑤芳泽、圜丘：《广雅·释天》："圜丘大坛祭天也，方泽大折祭地也。"　⑥越唱：《史记·陈轸传》："(轸)曰：越人庄舄仕楚执珪，有顷而病。楚王曰：舄故越之鄙细人也，今仕楚执珪，贵富矣，亦思越不？中谢对曰：凡人之思故，在其病也；彼思越则越声，不思越则楚声。使人往听之，犹尚越声也。"

　　鱼对鸟，鹡（jí）对鸠。翠馆对红楼。七贤①对三友，爱日对悲秋。虎类狗②，蚁如牛③。列辟④对诸侯。陈唱临春乐，隋歌清夜游。空中事业麒麟阁，地下文章鹦鹉洲。旷野平原，猎士马蹄轻似箭；斜风细雨，牧童牛背稳如舟。

【注释】

　　①七贤：《世说新语·任诞》："陈留阮籍、谯国嵇康、河内山涛，三人年皆相比，康年少亚之。预此契者：沛国刘伶、陈留阮咸、河内向秀、琅琊王戎。七人常集于竹林之下，肆意酣畅，故世谓竹林七贤。"　②虎类狗：马援《诫兄子书》："效伯高不得，犹为谨敕之士，所谓刻鹄不成，尚类鹜者也。效季良不得，陷为天下轻薄子，所谓画虎不成反类狗者也。"　③蚁如牛：《世说新语·纰漏》："殷仲堪父病虚悸，闻床下蚁动，谓是牛斗。孝武不知是殷公，问仲堪：'有一殷，病如此不？'仲堪流涕而起曰：'臣进退唯谷。'"　④列辟：《逸周书·武穆解》卢文弨注："列辟，周上世之贤君也。"班固《典引》："德臣列辟，功君百王。"李周

翰注："列辟，百官也。"

【评析】

该韵部中，"莘野耕夫闲举耜，渭滨渔父晚垂钩"二句，从字面上看，好像是直接承继《声律启蒙》相同的"十一　尤"韵部中"绿野耕夫春举耜，碧池渔父晚垂钩"二句，而事实上，每句都在不动声色中各嵌入了一个典故，正反映出《笠翁对韵》的撰写特点。所以，需要特别拈出来。(《笠翁对韵》"五歌"韵部中，"月本阴精，岂有羿妻曾窃药；星为夜宿，浪传织女漫投梭"四句，表现出明显的翻案性议论化特点，也值得一提。)

又，"地下文章鹦鹉洲"句，典出《后汉书·祢衡传》："操怒，谓融曰：'祢衡竖子，孤杀之犹雀鼠耳。顾此人素有虚名，远近将谓孤不能容之，今送与刘表，视当何如。'于是遣人骑送之。……刘表及荆州士大夫，先服其才名，甚宾礼之，文章言议，非衡不定。表尝与诸文人共草章奏，并极其才思。时衡出，还见之，开省未周，因毁以抵地。表忾然为骇。衡乃从求笔札，须臾立成，辞义可观。表大悦，益重之。后复侮慢于表，表耻，不能容，以江夏太守黄祖性急，故送衡与之，祖亦善待焉。衡为作书记，轻重疏密，各得体宜。祖持其手曰：'处士，此正得祖意，如祖腹中之所欲言也。'祖长子射，为章陵太守，尤善于衡。……射时大会宾客，人有献鹦鹉者，射举卮于衡曰：'愿先生赋之，以娱嘉宾。'衡揽笔而作，文无加点，辞采甚丽。后黄祖在蒙冲船上，大会宾客，而衡言不逊顺，祖惭，乃诃之。衡更熟视曰：'死公！云等道？'祖大怒，令五百将出，欲加棰。衡方大骂，祖恚，遂令杀之。祖主簿素疾衡，即时杀焉。射徒跣来救，不及。祖亦悔之，乃厚加棺敛。衡时年二十六，其文章多亡云。"

又，附录《声律发蒙》"十七　尤侯"韵部如下：

哀对喜，乐对忧。进退对沉浮。登临联眺望，宴赏对遨游。蓑笠渔翁随白鹭，锦衣公子骤骅骝。朱颜白发，皓齿明眸。金阶玉砌，凤阁龙楼。红窗鸡报晓，紫塞雁鸣秋。钱塘南北分吴越，银汉东西隔女牛。孔夫子七十二贤，贤贤易色；汉光武二十八将，将将封侯。

　　竹叶杯，菱花镜。奏管弦，鸣钟磬。院宇深沉，帘栊寂静。良辰动赏心，美景添诗兴。雨晴飞燕去还来，霜冷幽禽栖不定。红蓼岸，白蘋洲。莺燕侣，凤鸾俦。扇开雉尾，香霭螭头。鸣笳惊塞雁，鼓枻起沙鸥。天似棋盘星作子，云如帘幕月悬钩。摇破彩舟一片帆，都因浪荡；烧残银烛两行泪，只为风流。

其中，"汉光武二十八将，将将封侯"二句，源出《后汉书》卷二二范晔传论："永平中，显宗（指汉明帝刘庄）追感前世功臣，乃图画二十八将于南宫云台，其外又有王常、李通、窦融、卓茂，合三十二人。"这三十二人分别是：太傅高密侯邓禹、中山太守全椒侯马成、大司马广平侯吴汉、河南尹阜成侯王梁、左将军胶东侯贾复、琅邪太守祝阿侯陈俊、建威大将军好畤侯耿弇、骠骑大将军参蘧侯杜茂、执金吾雍奴侯寇恂、积弩将军昆阳侯傅俊、征南大将军舞阳侯岑彭、左曹合肥侯坚镡、征西大将军阳夏侯冯异、上谷太守淮阳侯王霸、建义大将军鬲侯朱佑、信都太守阿陵侯任光、征虏将军颍阳侯祭遵、豫章太守中水侯李忠、骠骑大将军栎阳侯景丹、右将军槐里侯万修、虎牙大将军安平侯盖延、太常灵寿侯邳彤、卫尉安成侯铫期、骁骑将军昌成侯刘植、东郡太守东光侯耿纯、横野大将军山桑侯王常、城门校尉朗陵侯臧宫、大司空固始侯李通、捕虏将军杨虚侯马武、大司空安丰侯窦融、骠骑将军慎侯刘隆、太傅宣德侯卓茂。

十二　侵

　　歌对曲，啸对吟。往古对来今。山头对水面，远浦对遥岑。勤三上^①，惜寸阴。茂树对平林。卞和三献玉，杨震四知金。青皇风暖催芳草，白帝城高急暮砧^②。绣虎雕龙，才子窗前挥彩笔；描鸾刺凤，佳人帘下度金针^③。

【注释】

①勤三上：欧阳修《归田录》卷二："余因谓希深曰：'余平生所作文章，多在三上：乃马上、枕上、厕上也。'盖惟此，尤可以属思尔。"（按："三上"之外，又有"三余"之说。《三国志·魏志·王肃传》裴注引《魏略》："从学者云：'苦渴无日。'（董）遇言：'当以三余。'或问三余之意，遇言：'冬者岁之余，夜者日之余，阴雨者时之余也。'"陶渊明《感十不遇赋序》："余尝以三余之日，讲习之暇，读其文。"） ②"白帝"句：出自杜甫《秋兴》八首其一："玉露凋伤枫树林，巫山巫峡气萧森。江间波浪兼天涌，塞上风云接地阴。丛菊两开他日泪，孤舟一系故园心。寒衣处处催刀尺，白帝城高急暮砧。" ③度金针：《桂苑丛谈·史遗》："郑代，肃宗时为润州刺史。兄侃，嫂张氏，女年十六，名采娘，淑贞其仪。七夕夜陈香筵祈于织女。是夕，梦云舆雨盖蔽空，驻车命采娘曰：'吾织女，祈何福？'曰：'愿丐巧耳。'乃遗一金针，长寸余，缀于纸上，置裙带中，令：'三日勿语，汝当奇巧。不尔，化成男子。'经二日，以告其母，母异而视之，则空纸矣。其针迹犹在，张数女皆卒。"元好问《论诗三首》其二："鸳鸯绣了从教看，莫把金针度与人。"（按：《桂苑丛谈》旧题冯翊子子休著。《新唐书·艺文志》著录。《郡斋读书志》著录并引李淑《邯郸书目》称作者姓严。全书今存二十八条，前十条均有标题，记晚唐时事，有志怪内容。后十八条题"史遗"，杂采前朝史事。书中记事至唐僖宗、唐昭宗时，知著者或为晚唐五代人。）

登对眺，涉对临。瑞雪对甘霖。主欢对民乐，交浅对言深^①。

耻三战②，乐七擒③。顾曲④对知音。大车行槛（jiàn）槛⑤，驷马骤骙骙⑥。紫电青虹腾剑气，高山流水识琴心。屈子怀君，极浦吟风悲泽畔；王郎忆友，扁舟卧雪访山阴。

【注释】

①交浅、言深：《战国策·赵策四》：冯忌请见赵王，行人见之。冯忌接手免首，欲言而不敢。王问其故，对曰："客有见人于服子者，已而请其罪。服子曰：'公之客独有三罪：望我而笑，是狎也；谈语而不称师，是倍也；交浅而言深，是乱也。'客曰：'不然。夫望人而笑，是和也；言而不称师，是庸说也；交浅而言深，是忠也。昔者尧见舜于草茅之中，席陇亩而阴庇桑，阴移而授天下传。伊尹负鼎俎而干汤，姓名未著而受三公。使夫交浅者不可以深谈，则天下不传，而三公不得也。'"赵王曰："甚善。"冯忌曰："今外臣交浅而欲深谈可乎？"王曰："请奉教。"于是冯忌乃谈。 ②耻三战：《史记·平原君虞卿列传》："秦之围邯郸，赵使平原君求救，合从于楚，约与食客门下有勇力文武备具者二十人偕。平原君曰：'使文能取胜，则善矣。文不能取胜，则歃血于华屋之下，必得定从而还。士不外索，取于食客门下足矣。'得十九人，余无可取者，无以满二十人。门下有毛遂者，前，自赞于平原君曰：'遂闻君将合从于楚，约与食客门下二十人偕，不外索。今少一人，愿君即以遂备员而行矣。'平原君曰：'先生处胜之门下几年于此矣？'毛遂曰：'三年于此矣。'平原君曰：'夫贤士之处世也，譬若锥之处囊中，其末立见。今先生处胜之门下三年于此矣，左右未有所称诵，胜未有所闻，是先生无所有也。先生不能，先生留。'毛遂曰：'臣乃今日请处囊中耳。使遂蚤得处囊中，乃颖脱而出，非特其末见而已。'平原君竟与毛遂偕。十九人相与目笑之而未废也。毛遂比至楚，与十九人论议，十九人皆服。平原君与楚合从，言

其利害，日出而言之，日中不决。十九人谓毛遂曰：'先生上。'毛遂按剑历阶而上，谓平原君曰：'从之利害，两言而决耳。今日出而言从，日中不决，何也？'楚王谓平原君曰：'客何为者也？'平原君曰：'是胜之舍人也。'楚王叱曰：'胡不下！吾乃与而君言，汝何为者也！'毛遂按剑而前曰：'王之所以叱遂者，以楚国之众也。今十步之内，王不得恃楚国之众也，王之命悬于遂手。吾君在前，叱者何也？且遂闻汤以七十里之地王天下，文王以百里之壤而臣诸侯，岂其士卒众多哉，诚能据其势而奋其威。今楚地方五千里，持戟百万，此霸王之资也。以楚之强，天下弗能当。白起，小竖子耳，率数万之众，兴师以与楚战，一战而举鄢郢，再战而烧夷陵，三战而辱王之先人。此百世之怨而赵之所羞，而王弗知恶焉。合从者为楚，非为赵也。吾君在前，叱者何也？'楚王曰：'唯唯，诚若先生之言，谨奉社稷而以从。'毛遂曰：'从定乎？'楚王曰：'定矣。'毛遂谓楚王之左右曰：'取鸡狗马之血来。'毛遂奉铜盘而跪进之楚王曰：'王当歃血而定从，次者吾君，次者遂。'遂定从于殿上。毛遂左手持盘血而右手招十九人曰：'公相与歃此血于堂下。公等录录，所谓因人成事者也。'平原君已定从而归，归至于赵，曰：'胜不敢复相士。胜相士多者千人，寡者百数，自以为不失天下之士，今乃于毛先生而失之也。毛先生一至楚，而使赵重于九鼎大吕。毛先生以三寸之舌，强于百万之师。胜不敢复相士。'遂以为上客。" ③乐七擒：《三国志·蜀志·诸葛亮传》注引《汉晋春秋》曰："亮在南中，所在战捷。闻孟获者，为夷汉并所服，募生致之。既得，使观于营阵之间，问曰：'此军何如？'获对曰：'向者不知虚实，故败。今蒙赐观看营阵，若只如此，即定易胜耳。'亮笑纵，使更战。七纵七擒，而亮犹遣获。获止不去，曰：'公天威也，南人不复反矣。'" ④顾曲：《三国志·吴志·周瑜传》："瑜少精意于音乐，虽三爵之后，其有阙误，瑜必知之，知之必顾，故时人谣曰：'曲有误,周郎顾。'" ⑤"大车"句:《诗·王风·大车》:"大车槛槛,毳衣如菼。" ⑥"驷马"句:《诗·小雅·四牡》:"驾彼四骆,载骤骎骎。"

【评析】

该韵部中,"耻三战"句出典,另亦可参《史记·刺客列传》所云:"曹沫者,鲁人也,以勇力事鲁庄公。庄公好力。曹沫为鲁将,与齐战,三败北。鲁庄公惧,乃献遂邑之地以和。犹复以为将。齐桓公许与鲁会于柯而盟。桓公与庄公既盟于坛上,曹沫执匕首劫齐桓公。桓公左右莫敢动,而问曰:'子将何欲?'曹沫曰:'齐强鲁弱,而大国侵鲁亦甚矣。今鲁城坏即压齐境,君其图之!'桓公乃许尽归鲁之侵地。既已言,曹沫投其匕首,下坛,北面就群臣之位,颜色不变,辞令如故。桓公怒,欲倍其约。管仲曰:'不可。夫贪小利以自快,弃信于诸侯,失天下之援,不如与之。'于是桓公乃遂割鲁侵地,曹沫三战所亡地尽复予鲁。"

又,附录《声律发蒙》"十八 侵心"韵部如下:

> 初对乍,古对今。静雅对深沉。风亭联月馆,雪谷对云林。波皱横塘鸥漾漾,尘生古道马骎骎。长江汹涌,峭壁嵌岑。青松偃寒,翠竹萧森。风檐红叶坠,雨砌绿苔侵。光团院落重重锦,柳映栏杆缕缕金。月冷霜晴,云里孤鸿悲断影;天晴日永,风中啼鸟弄娇音。

> 拂鸾笺,挥象管。玉笙寒,金帐暖。秋野云低,寒山雪满。闲爱夏天长,梦嫌春夜短。碧笋齐抽玳瑁簪,白莲高捧玻璃碗。云暧曃,雨霖霪。花结子,树成阴。风来水面,月到天心。孤城吹暮角,别院捣寒砧。明月清风桓子笛,高山流水伯牙琴。皓首穷经,黄卷青灯山馆静;红妆劝酒,锦筝银烛画堂深。

其中,"明月清风桓子笛"句,典出《晋书·桓伊传》:"伊性谦素,虽有大功，而始终不替。善音乐，尽一时之妙，为江左第一。有蔡邕柯亭笛，常自吹之。王徽之赴召京师，泊舟青溪侧。素不与徽之相识。伊于岸上过，船中客称伊小字曰：'此桓野王也。'徽之便令人谓伊曰：'闻君善吹笛，试为我一奏。'伊是时已贵显，素闻徽之名，便下车踞胡床，为作三调弄毕，便上车去，客主不交一言。"朱权编《神奇秘谱》谓《梅花三弄》即据此改编而成。

十三　覃

宫对阙，座对龛（kān）。水北对天南。蜃楼对蚁郡，伟论对高谈。遴杞梓，树楩（pián）楠①。得一对函三②。八宝珊瑚枕，双珠玳瑁簪。萧王待士心惟赤③，卢相欺君面独蓝④。贾岛诗狂，手拟敲门行处想；张颠草圣，头能濡墨写时酣⑤。

【注释】

①楩楠：《战国策·宋卫策》："荆之地方五千里，宋方五百里，此犹文轩之与敝舆也。荆有云梦，犀兕麋鹿盈之，江、汉鱼鳖鼋鼍为天下饶，宋所谓无雉兔鲋鱼者也，此犹粱肉之与糟糠也。荆有长松、文梓、楩楠、豫章，宋无长木，此犹锦绣之与短褐也。"　②得一、函三：《汉书·律历志上》："太极元气，函三为一。极，中也。元，始也。"颜师古注引孟康曰："元气始起于子，未分之时，天地人混合为一，故子数独一也。"《老子》："昔之得一者，天得一以清，地得一以宁，神得一以灵，谷得一以盈，万物得一以生，侯王得一以为天下贞。其致之也，谓天无以清，将

恐裂；地无以宁，将恐废；神无以灵，将恐歇；谷无以盈，将恐竭；万物无以生，将恐灭；侯王无以正，将恐蹶。故贵以贱为本，高以下为基。"

③"萧王"句：《后汉书·光武帝纪》："降者更相语曰：'萧王推赤心置人腹中，安得不投死乎？'" ④"卢相"句：《旧唐书·卢杞传》："貌陋而色如蓝，人皆鬼视之。"德宗初，征为御史中丞。擢门下侍郎、同中书门下平章事。既居相位，其阴险之性渐露，妒贤嫉能，构害杨炎、颜真卿等臣相。又首创"间架""除陌"等税，为天下人所怨。泾原兵变，京师失守。朔方节度使李怀光屡上书斥其恶，遂贬职，卒于澧州。 ⑤"张颠"二句：《新唐书·张旭传》："嗜酒，每大醉，呼叫狂走，乃下笔，或以头濡墨而书，既醒自视，以为神，不可复得也。"

闻对见，解对谙。三橘对双柑①。黄童对白叟，静女对奇男②。秋七七③，径三三④。海色对山岚。鸾声何哕（huì）哕⑤，虎视正眈眈。仪封疆吏知尼父⑥，函谷关人识老聃。江相归池，止水自盟真是止⑦；吴公作宰，贪泉虽饮亦何贪。

【注释】

①双柑：冯贽《云仙杂记》卷二引《高隐外书》："戴颙春日携双柑斗酒。人问何之，答曰：'往听黄鹂声。此俗耳针砭，诗肠鼓吹。'" ②静女：《诗·邶风·静女》："静女其姝，俟我于城隅。"马瑞辰《毛诗传笺通释》："郑诗'莫不静好'、《大雅》'笾豆静嘉'，皆以'静'为'靖'之假借。此诗静女亦当读'靖'，谓'善女'。" ③秋七七：《太平广记》卷五二引《殷天祥》：殷七七，唐代道士，名天祥，又名道荃，自称七七。以善幻术著名，"能开非时花"；又能"酌水为酒，削木为脯，使人退行，指船即驻，呼鸟即坠，唾鱼驯活……凡诸术不可胜纪"。后因以"殷七七"为咏

方术之士的典故。 ④径三三：赵岐《三辅决录》卷一：西汉末，王莽专权，兖州刺史"蒋诩辞官归乡里，荆棘塞门，舍中有三径，唯求仲、羊仲与之游"。 ⑤"鸾声"句：《诗·鲁颂·泮水》："其旂茷茷，鸾声哕哕。"毛传："哕哕，言其声也。"高亨注："哕哕，有节奏的铃声。" ⑥"仪封"句：《左传·哀公十六年》："夏四月己丑，孔丘卒。公诔之曰：'旻天不吊，不慭遗一老，俾屏余一人以在位，茕茕余在疚。呜呼哀哉！尼父，无自律！'" ⑦"江相"二句：《宋史·江万里传》："先是，万里闻襄樊失守，凿池芝山后圃，扁其亭曰'止水'，人莫谕其意，及闻警，执门人陈伟器手，曰：'大势不可支，余虽不在位，当与国为存亡。'及饶州城破，军士执万顷，索金银不得，支解之。万里竟赴止水死。"

【评析】

该韵部中，"吴公作宰，贪泉虽饮亦何贪"二句，典出《晋书·吴隐之传》："广州包带山海，珍异所出，一箧之宝，可资数世……故前后刺史皆多黩货。朝廷欲革岭南之弊，隆安中，以隐之为龙骧将军、广州刺史、假节，领平越中郎将。未至州二十里，地名石门，有水曰贪泉，饮者怀无厌之欲。隐之既至，语其亲人曰：'不见可欲，使心不乱。越岭丧清，吾知之矣。'乃至泉所，酌而饮之，因赋诗曰：'古人云此水，一歃怀千金。试使夷齐饮，终当不易心。'及在州，清操逾厉，常食不过菜及干鱼而已，帷帐器服皆付外库，时人颇谓其矫，然亦终始不易。"

十四 盐

宽对猛，冷对炎。清直对尊严。云头对雨脚①，鹤发对龙髯

(rǎn)。风台谏，肃堂廉②。保泰对鸣谦③。五湖归范蠡，三径隐陶潜。一剑成功堪佩印，百钱满卦便垂帘④。浊酒停杯，容我半酣愁际饮⑤；好花傍座，看他微笑悟时拈⑥。

【注释】

①雨脚：杜甫《茅屋为秋风所破歌》："床头屋漏无干处，雨脚如麻未断绝。"　②堂廉：台基之侧边。《仪礼·乡饮酒礼》："设席于堂廉东上。"郑玄注："侧边曰廉。"《礼记·丧大记》："乡大夫即位于堂廉楹西，北面东上。"孔颖达疏："堂廉，谓堂基南畔，廉陵之上。"　③鸣谦：《易·谦》："六二，鸣谦，贞吉。"《正义》："'鸣谦'者，谓声名也。处正得中，行谦广远，故曰'鸣谦'，正而得吉也。"　④"百钱"句：《汉书·王吉传序》："君平卜筮于成都市……裁日阅数人，得百钱足自养，则闭肆下帘而授《老子》。博览亡不通，依老子、严周之指著书十余万言。……年九十余，遂以其业终。"　⑤"浊酒"二句：杜甫《登高》："艰难苦恨繁霜鬓，潦倒新停浊酒杯。"嵇康《与山巨源绝交书》："今但愿守陋巷，教养子孙，时与亲旧叙离阔，陈说平生，浊酒一杯，弹琴一曲，志愿毕矣。"　⑥"好花"二句：这里面包含了关于禅宗起源的"拈花微笑"的故事，最早记载于《大梵天王问佛决疑经》：佛祖释迦牟尼入寂前，在灵山召集大众举行最后一次说法。有一位大梵天王（佛教中的护法神）向佛祖敬献一枝金色莲花，请求佛祖：如果还有未说的最上大法，希望能宣示给众人和将来的修行者。佛祖拈起莲花，而向众人，瞬目扬眉，一言不发。众人不知何意，也都默然无语。此时只有释迦牟尼的大弟子摩诃迦叶破颜而笑。佛祖便说道："吾有正法眼藏，涅槃妙心，实相无相，微妙法门，不立文字，教外别传，付嘱摩诃迦叶。"

连对断，减对添。淡泊对安恬。回头对极目，水底对山尖。腰袅袅，手纤纤。凤卜对鸾占。开田多种粟，煮海尽成盐①。居同九世张公艺②，恩给千人范仲淹③。箫弄凤来，秦女有缘能跨羽；鼎成龙去，轩臣无计得攀髯④。

【注释】

① "煮海"句：《汉书·晁错传》："后十余日，吴楚七国俱反，以诛错为名。上与错议出军事，错欲令上自将兵，而身居守。会窦婴言爰盎，诏召入见，上方与错调兵食。上问盎曰：'君尝为吴相，知吴臣田禄伯为人乎？今吴楚反，于公意何如？'对曰：'不足忧也，今破矣。'上曰：'吴王即山铸钱，煮海为盐，诱天下豪桀，白头举事，此其计不百全，岂发乎？何以言其无能为也？'盎对曰：'吴铜盐之利则有之，安得豪桀而诱之！诚令吴得豪桀，亦且辅而为谊，不反矣。吴所诱，皆亡赖子弟，亡命铸钱奸人，故相诱以乱。'错曰：'盎策之善。'上问曰：'计安出？'盎对曰：'愿屏左右。'上屏人，独错在。盎曰：'臣所言，人臣不得知。'乃屏错。错趋避东箱，甚恨。上卒问盎，对曰：'吴楚相遗书，言高皇帝王子弟各有分地，今贼臣晁错擅谪诸侯，削夺之地，以故反名为西共诛错，复故地而罢。方今计，独有斩错，发使赦吴楚七国，复其故地，则兵可毋血刃而俱罢。'于是上默然，良久曰：'顾诚何如，吾不爱一人谢天下。'……错衣朝衣斩东市。" ② "居同"句：《旧唐书·张公艺传》："郓州寿张人张公艺，九代同居。……麟德中，高宗有事泰山，路过郓州，亲幸其宅，问其义由。其人请纸笔，但书百余'忍'字。高宗为之流涕，赐以缣帛。" ③ "恩给"句：《宋史·范仲淹传》："内刚外和，性至孝，以母在时方贫，其后虽贵，非宾客不重肉。妻子衣食，仅能自充。而好施予，置义庄里中，以赡族人。"范纯仁（仲淹次子）《义庄规

札子》："窃念臣父仲淹，先任资政殿学士日，于苏州吴、长两县，置田十余顷。其所得租米，自远祖而下诸房宗族，计其口数，供给衣食及婚嫁丧葬之用，谓之义庄。" ④"鼎成"二句：《史记·封禅书》："黄帝采首山铜，铸鼎于荆山下。鼎既成，有龙垂胡髯下迎黄帝。黄帝上骑，群臣后宫从上者七十余人，龙乃上去。余小臣不得上，乃悉持龙髯，龙髯拔，堕黄帝之弓。百姓仰望黄帝既上天，乃抱其弓与胡髯号，故后世因名其处曰鼎湖，其弓曰乌号。"

人对己，爱对嫌。举止对观瞻。四知对三语①，义正对辞严。勤雪案②，课风檐③。漏箭对书笺。文繁归獭祭④，体艳别香奁(lián)⑤。昨夜题诗更一字⑥，早春来燕卷重帘。诗以史名，愁里悲歌怀杜甫；笔经人索，梦中显晦老江淹。

【注释】

①三语：《世说新语·文学》："阮宣子有令闻，太尉王夷甫见而问曰：'老、庄与圣教同异？'对曰：'将无同。'太尉善其言，辟之为掾。世谓'三语掾'。卫阶嘲之曰：'一言可辟，何假于三？'宣子曰：'苟是天下人望，亦可无言而辟，复何假一？'遂相与为友。"又，《晋书·阮瞻传》："见司徒王戎，戎问曰：'圣人贵名教，老、庄明自然，其旨同异？'瞻曰：'将无同。'戎咨嗟良久，即命辟之。时人谓之'三语掾'。"②勤雪案：任昉《为萧扬州荐士表》注引《孙氏世录》："孙康家贫，常映雪读书，清介，交游不杂。" ③课风檐：焦竑《玉堂丛语》卷六："应试之士，于风檐寸晷之中，欲其文可为程式者，盖已绝无间有，所以试录文字，多出主司之手，而两京会试，皆馆阁儒臣所为，足为海内矜式。"臧懋循《元曲选序》："或谓元取士有填词科，若今括帖然，取给风

檐寸晷之下，故一时名士，虽马致远、乔孟符辈，至第四折往往强弩之末矣。" ④獭祭：獭贪食，常捕鱼陈列水边，如陈物而祭然。吴炯《五总志》："唐李商隐为文，多检阅书史，鳞次堆积左右，时谓为'獭祭鱼'。"（按：陆以湉《冷庐杂识》卷五所云可参："凡为学之道，见闻欲其博，术业欲其约。萧山毛太史奇龄作诗、古文，必先罗列满前，考核精细，方伸纸疾书。其夫人陈氏性悍妒，以毛有妾曼殊，辄詈于人前曰：'尔辈以毛大可为博学耶？渠作七言八句，亦必獭祭所成。'毛笑曰：'动笔一次，展卷一回，则典故纯熟，终身不忘。日积月累，自然博洽。'"）⑤香奁：香奁体，又名"艳体"，指以唐代诗人韩偓《香奁集》为代表的诗风。严羽《沧浪诗话》列有"香奁体"，并释曰："韩偓之诗，皆裾裙脂粉之语，有《香奁集》。"其源于六朝宫体，韩偓《香奁集序》称："遐思宫体，未敢称庾信攻文；却诮《玉台》，何必倩徐陵作序？粗得捧心之态，幸无折齿之惭。柳巷青楼，未尝糠秕；金闺绣户，始预风流。咀五色之灵芝，香生九窍；咽三危之瑞露，春动七情。"然集中所写则不限于皇宫内廷，多写文人士夫之恋情、狎邪生活，风格纤巧绮丽。（按：朱彝尊《静志居诗话》卷一九："风怀之作……存者，玉溪生最擅场，韩东郎次之，由其缄情不露，用事艳逸，造语新柔，令读之者唤奈何，所以擅绝也。后之为艳体者，言之惟恐不尽，诗焉得工？故必琴瑟钟鼓之乐少，而寤寐反侧之情多，然后可以追韩轶李。金沙王次回，结撰深得唐人遗意。"张维屏《国朝诗人征略二编》卷五六："凡言情之作，要矜贵，不可猥亵，可有'寤寐求之'之意，不可有'伊其相谑'之风。善言情者，以李义山为最。昔人目白乐天为'广大教主'，余目李义山为情天教主，其次则刘梦得、韩冬郎。至明王次回，则不免有猥亵之语矣。国朝诗人善言情者不少，以黄仲则、乐莲裳、郭频伽三家为最。频伽含情若柳，吹气如兰，于憔悴婉笃之中，有悱恻芬芳之致。"均可参。又，曲中亦有"香奁体"，朱权《太和正音谱》定为"新定乐府体一十五家"之一，释为"裾裙脂粉"。一般凡属表现男女情爱又不涉淫亵，如闺阁情怨、相思别离、男欢女爱以及妇女生活、事物为表现对象者，均属此体。）⑥"昨夜"句：陶岳《五代史补》第三：时郑谷在袁州，齐己因携所撰诗往谒焉，有《早梅》诗曰："前村深雪里，昨夜数枝开。"谷笑谓曰："'数枝'非早，不若'一枝'则佳。"齐己瞿然，不觉兼三衣叩地膜拜。自是士林以谷为齐己'一字之师'。"

【评析】

该韵部中，"好花傍座，看他微笑悟时拈"二句，值得注意的问题是：《大梵天王问佛决疑经》大概在唐代后期才出现于中国，所以许多人怀疑它是一部伪经。很有可能"拈花微笑"其实是禅宗逐渐盛行以后虚构出来的故事，是禅宗面向佛祖的一种文学性溯源。事实上，禅宗忽略语言而崇尚"妙悟"的精神，在佛教原来的思想传统里是有依据的。据《维摩经》记载，一次众菩萨、罗汉去探望维摩诘，讨论"不二法门"——超越一切相对、差别的显示绝对真理的教法。文殊菩萨说："我于一切法，无言无说，无示无识，离诸问答，是为菩萨入不二法门。"然后请维摩诘解说一下"菩萨入不二法门"的途径，维摩诘只是默然无语。这一过程虽不如"拈花微笑"那么富于诗意，精神却是一致的。（参骆玉明《诗里特别有禅》）

又，"昨夜题诗更一字"句所涉"一字师"另有二典可参。其一，王定保《唐摭言》卷五所记：大居守李相读《春秋》，误呼叔孙婼（敕略）为婼（敕晷）。日读一卷。有小吏侍侧，常有不怿之色。公怪问之："尔常读此书耶？"曰："然。""胡为闻我读至此而数色沮耶？"吏再拜言曰："缘某师授，误呼文字；今闻相公呼婼（敕晷）为婼（敕晷），方悟耳。"公曰："不然。吾未之师也，自检《释文》而读，必误在我，非在尔也。"因以《释文》示之。（盖书"晷"字以"田"加"各"首，久而成"曰"，配"各"为"晷"。）小吏因委曲言之。公大惭愧，命小吏受北面之礼，号为"一字师"。其二，罗大经《鹤林玉露》卷一三所记：杨诚斋在馆中,与同舍谈及"晋于宝",一吏进曰:"乃干宝,非'于'也。"问何以知之,吏取韵书以呈,"干"字下注云:"晋有干宝。"诚斋大喜曰:"汝乃吾一字之师。"(按:前一则中"大居守李相"当为李石,两《唐书》皆有传。)

又,《声律发蒙》"十九 廉纤"韵部姑附录如下:

> 平对仄,减对添。倨傲对恭谦。刚强联耿介,正直对清廉。翠剪梧桐风飒飒,黄垂梅子雨纤纤。明霞散绮,缺月磨镰。山深雾暝,浪静风恬。竹梢摇凤尾,松叶缀龙髯。萤火不烧墙上草,月钩难挂殿中帘。鹁鸽带铃左右翼,纵横出哨;蜘蛛结网转运丝,来往巡檐。

> 心腹臣,爪牙将。栋梁材,湖海量。白面书生,乌头宰相。中天日月明,大地山河壮。落叶缤纷鸟出林,浮萍聚散鱼吹浪。星灿灿,月圆圆。冰结玉,雪堆盐。莼鲈张翰,松菊陶潜。雨洗春光好,霜凝晓气严。芦汀夜雨明渔火,茅店春风扬酒帘。雹落瑶阶,如万斛珠玑脱线;月临玉宇,似一轮宝镜开奁。

其中,"白面书生"句,典出《宋书·沈庆之传》:"(元嘉)二十七年,迁太子步兵校尉。其年,太祖将北讨,庆之谏曰:'马步不敌,为日已久矣。请舍远事,且以檀、到言之。道济再行无功,彦之失利而返。今料王玄谟等未逾两将,六军之盛,不过往时。将恐重辱王师,难以得志。'上曰:'小丑窃据,河南修复,王师再屈,自别有以;亦由道济养寇自资,彦之中涂疾动。虏所恃唯马,夏水浩汗,河水流通,泛舟北指,则碻磝必走,滑台小戍,易可覆拔。克此二戍,馆谷吊民,虎牢、洛阳,自然不固。比及冬间,城守相接,虏马过河,便成禽也。'庆之又固陈不可。丹阳尹徐湛之、吏部尚书江湛并在坐,上使湛之等难庆之,庆之曰:'治国譬如治家,耕当问奴,织当访婢。陛下今欲伐国,而与白面书生辈谋之,事何由济!'上大笑。"

十五 咸

栽对植，薙（tì）对芟（shān）①。二伯对三监。朝臣对国老，职事对官衔。鹿麌（yǔ）麌②，兔毚毚。启牍对开缄。绿杨莺睍睆，红杏燕呢喃。半篱白酒娱陶令③，一枕黄粱度吕岩。九夏炎飙，长日风亭留客骑；三冬寒冽，漫天雪浪驻征帆。

【注释】

①薙、芟：《礼记·月令》："是月也，土润溽暑，大雨时行，烧薙行水，利以杀草，如以热汤，可以粪田畴，可以美土疆。"郑玄注："薙，谓迫地芟草也。"《诗》传："除草曰芟，除木曰柞。" ②麌麌：《诗·小雅·吉日》："兽之所同，麀鹿麌麌。" ③"半篱"句：檀道鸾《续晋阳秋》："陶潜九日无酒，出篱边怅望久之，见白衣人至，乃王弘送酒使也。即便就酌，醉而后归。"

梧对杞，柏对杉。夏濩（hù）对韶咸。涧瀍（chán）对溱洧，巩洛对崤函①。藏书洞，避诏岩②。脱俗对超凡。贤人羞献媚③，正士嫉工谗。霸越谋臣推少伯，佐唐藩将重浑瑊。邺下狂生，羯鼓三挝羞锦袄④；江州司马，琵琶一曲湿青衫。

【注释】

①"涧瀍"二句：《尚书·禹贡》："导洛自熊耳，东北，会于涧、

澶。"《诗·郑风·溱洧》:"溱与洧,浏其清矣。士与女,殷其盈矣。"《史记·苏秦传》:"苏秦恐秦兵之至赵也,乃激怒张仪,入之于秦。于是说韩宣惠王曰:'韩北有巩洛成皋之固,西有宜阳商贩之塞。'"张衡《西京赋》:"左有崤函重险,桃林之塞。" ②避诏岩:《唐才子传》卷一〇所记可参:"(陈抟)举进士不第。时戈革满地,遂隐名,辟谷炼气,撰《指玄篇》,同道风偃。僖宗召之,封清虚处士,居华山云台观。每闭门独卧,或兼旬不起。周世宗召入禁中试之。扃户月余始启,抟方熟寐鼾鼾,觉即辞去。赋诗云:'十年踪迹走红尘,回首青山入梦频。紫陌纵荣争及睡,朱门虽贵不如贫。愁闻剑戟扶危主,闷听笙歌聒醉人。携取旧书归旧隐,野花啼鸟一船(一作一般)春。'还山后,因乘驴游华阴市,见邮传甚急,问知宋祖登基,抟抵掌长叹曰:'天下自此定矣。'至太宗征赴,戴华阳巾,草屦垂条,与万乘分庭抗礼,赐号'希夷先生'。时居云台四十年,仅及百岁。帝赠诗云:'曾向前朝出白云,后来消息杳无闻。如今已肯随征召,总把三峰乞与君。'真宗复诏,不起,为谢表,略曰:'明时闲客,唐室书生。尧道昌而优容许由,汉世盛而善从商皓。况性同猿鹤,心若土灰。败荷制服,脱箨裁冠。体有青毛,足无草屦。苟临轩陛,贻笑圣朝。数行丹诏,徒教彩凤衔来;一片野心,已被白云留住。咏嘲风月之清,笑傲烟霞之表。遂性所乐,得意何言。'后凿石室于莲华峰下,一旦坐其中,羽化而去。" ③"贤人"句:屈原《九章·惜诵》:"竭忠诚以事君兮,反离群而贅疣。忘儇媚以背众兮,待明君其知之。言与行其可迹兮,情与貌其不变。故相臣莫若君兮,所以证之不远。"
④"邺下"二句:《世说新语·言语》:"祢衡被魏武谪为鼓吏,正月半试鼓。衡扬枹为《渔阳掺挝》,渊渊有金石声,四坐为之改容。孔融曰:'祢衡罪同胥靡,不能发明王之梦。'魏武惭而赦之。"

袍对笏①，履对衫。匹马对孤帆。琢磨对雕镂，刻划对镌镵(chán)②。星北拱，日西衔。卮漏对鼎馋③。江边生杜若④，海外树都咸⑤。但得恢恢存利刃⑥，何须咄咄达空函⑦。彩凤知音，乐典后夔须九奏；金人守口，圣如尼父亦三缄。

【注释】

①笏：《礼记·玉藻》："凡有指画于君前，用笏；造受命于君前，则书于笏。笏，毕用也，因饰焉。笏度二尺有六寸，其中博三寸，其杀六分而去一。" ②镌镵：《说郛》卷六五引宋汴《采异记·铭记》："后列数树如前者，其镌镵之工，妙绝于世。" ③卮漏、鼎馋：《洛阳伽蓝记》卷三："（王）肃初入国，不食羊肉及酪浆等物，常饭鲫鱼羹，渴饮茗汁。京师士子道肃一饮一斗，号为漏卮。"《韩非子·说林下》："齐伐鲁，索馋鼎，鲁以其雁往，齐人曰：'雁也。'鲁人曰：'真也。'齐曰：'使乐正子春来，吾将听子。'鲁君请乐正子春，乐正子春曰：'胡不以其真往也？'君曰：'我爱之。'答曰：'臣亦爱臣之信。'" ④"江边"句：屈原《九歌·湘夫人》："搴汀洲兮杜若，将以遗兮远者。" ⑤都咸：《本草纲目》卷三一："都咸子生广南山谷。按徐表《南州记》云：其树如李，子大如指。取子及皮、叶曝干，作饮极香美也。时珍曰：按嵇含《南方草木状》云：都咸树出日南。三月生花，仍连着实，大如指，长三寸，七八月熟，其色正黑。" ⑥"但得"句：《庄子·养生主》："庖丁为文惠君解牛，手之所触，肩之所倚，足之所履，膝之所踦，砉然向然，奏刀騞然，莫不中音，合于《桑林》之舞，乃中《经首》之会。文惠君曰：'嘻，善哉！技盖至此乎？'庖丁释刀对曰：'臣之所好者道也，进乎技矣。始臣之解牛之时，所见无非全牛者。三年之后，未尝见全牛也。方今之时，臣以神遇而不以目视，官知止而神欲行。依乎天理，批大郤，导大窾，因其固

然；技经肯綮之未尝，而况大軱乎！良庖岁更刀，割也；族庖月更刀，折也。今臣之刀十九年矣，所解数千牛矣，而刀刃若新发于硎。彼节者有间，而刀刃者无厚；以无厚入有间，恢恢乎其于游刃必有余地矣。是以十九年而刀刃若新发于硎。虽然，每至于族，吾见其难为，怵然为戒，视为止，行为迟，动刀甚微，謋然已解，如土委地。提刀而立，为之四顾，为之踌躇满志，善刀而藏之。'文惠君曰：'善哉！吾闻庖丁之言，得养生焉。'"

⑦"何须"句：《世说新语·黜免》："殷中军被废，在信安，终日恒书空作字。扬州吏民寻义逐之，窃视，唯作'咄咄怪事'四字而已。"

【评析】

该韵部中，"何须咄咄达空函"句涉典尚有可说者。如辛弃疾《鹧鸪天·鹅湖归病起作》："枕簟溪堂冷欲秋。断云依水晚来收。红莲相倚浑如醉，白鸟无言定自愁。　书咄咄，且休休。一丘一壑也风流。不知筋力衰多少，但觉新来懒上楼。"俞平伯《唐宋词选释》指出，殷浩其实是个热衷名利的人，就词人生平及本词所表现闲适恬退的心情而言，都不会引用这样的故事。所以，辛词在这里虽然借用"咄咄"字面，意却无关。

又，附录《声律发蒙》"二十　缄函"韵部如下：

千对万，五对三。水北对山南。烟蓑联雨笠，月笛对风帆。山势云容高与接，水光天影莹相涵。鸾飞翙翙，虎视眈眈。林莺睍睆，海燕呢喃。雨晴山染翠，冰泮水拖蓝。余花弄影随歌扇，飞絮团风着舞衫。翠帘低，院宇深沉，柳眉清淡；画船小，湖天潋滟，荷脸红酣。

古今诗，长短句。渺茫中，清淡处。不忮不求，何忧何惧。檐前燕拂花，水面鱼吹絮。彩笔能题醉里诗，瑶琴偏解闲中趣。眸四顾，口三缄。观妙舞，听高谈。吹箫引凤，问酒停骖。忧民知稼穑，避世隐林岩。眼底群书当玩味，胸中万理尽包含。多见屡经，有几人情皆识破；博闻广记，无穷事业饱推参。

其中，"不忮不求，何忧何惧"二句，源出《诗·邶风·雄雉》："雄雉于飞，泄泄其羽。我之怀矣，自诒伊阻。雄雉于飞，下上其音。展矣君子，实劳我心。瞻彼日月，悠悠我思。道之云远，曷云能来。百尔君子，不知德行。不忮不求，何用不臧。"《毛诗序》："《雄雉》，刺卫宣公也。淫乱不恤国事，军旅数起，大夫久役，男女怨旷，国人患之而作是诗。"郑笺："我君子之行，不疾害，不求备于一人，其行何用为不善，而君独远使之在外，不得来归。亦女怨之辞。"

参考引用文献举要

朱熹《童蒙须知》，载《朱子全书》，上海古籍出版社、安徽教育出版社 2002 年版。

陈弘谋《养正遗规》，上海古籍出版社 2002 年影印《续修四库全书》本。

王力《汉语语音史》，中国社会科学出版社 1997 年版。

孙玉祥《平水韵 106 部最早为金人王文郁所定》，《晋阳学刊》1999 年第 6 期。

祝明等《声律发蒙》，齐鲁书社 1995 年影印《四库全书存目丛书》本。

孟绂《启蒙对偶续编》，《四库全书存目丛书》本。

车万育《声律启蒙》，成都古籍书店 1981 年影印本。

车万育等《邵阳车氏一家集》，岳麓书社 2008 年排印《湖湘文库》本。

邹宗德《车万育与〈声律启蒙〉》，载《邵阳文史》（第二十九辑）（2001 年出版）。

永瑢等撰《四库全书总目》，中华书局 1965 年影印本。

余嘉锡《四库提要辨证》，中华书局 2008 年版。

李渔《笠翁对韵》，载《李渔全集》（第十八卷），浙江古籍出版社 2014 年版。

司守谦《训蒙骈句》,台北新文丰出版公司 1989 年影印《丛书集成续编》本。

启功《启功全集》,北京师范大学出版社 2009 年版。

兰茂《声律发蒙》,新文丰版《丛书集成续编》本。

袁文典等《滇南诗略》,上海书店 1994 年影印《丛书集成续编》本。

袁嘉谷《滇绎》,民国十二年铅印本。

王力《汉语音韵》,中华书局 2002 年版。

兰茂《韵略易通》,《续修四库全书》本。

纳兰性德著,赵秀亭、冯统一笺校《饮水词笺校》(修订本),中华书局 2005 年版。

林语堂选《论语文选》(第一集),(上海)时代图书公司民国二十三年版。

王润安、陈泓《〈声律启蒙〉与〈笠翁对韵〉探源精解》,中国纺织出版社 2014 年版。

冯其庸《项羽不死于乌江考》,载《中华文史论丛》2007 年第二辑(上海古籍出版社 2007 年版)。

袁传璋《〈项羽不死于乌江考〉研究方法平议》,《文史哲》2010 年第 2 期。

程毅中《唐代小说史》,人民文学出版社 2003 年版。

吴格主编《翁方纲纂四库提要稿》,上海科技文献出版社 2005 年版。

郭英德主编《中国古代文学与教育之关系研究》,北京大学出版社 2012 年版。

爱新觉罗·弘历《御制诗四集》,文渊阁《四库全书》本。

朱彭《南宋古迹考》,载王国平主编《杭州文献集成》(第二册),杭州出版社 2014 年版。

郭在贻《古代汉语词义札记》,《中国语文》1979年第2期。

黄永武《冲邈上人翠微山居诗研究》,载（台北）《佛教与中国文化国际学术会议论文集》（1995年出版）。

北京大学古文献研究所编《全宋诗》,北京大学出版社1991年起陆续出版。

张玉书等编《佩文韵府》,文渊阁《四库全书》本。

陈第《一斋诗文集》,福建教育出版社2012年版。

李因笃《汉诗评》,康熙刊本。

郭沫若《郭沫若选集》,四川人民出版社1982年版。

"文学遗产"编辑部编《〈胡笳十八拍〉讨论集》,中华书局1959年版。

王仲镛《杜甫避家讳和相传涉讳的诗》,载吴明贤主编《文学文献研究》,商务印书馆2005年版。

马歌东《日本汉诗溯源比较研究》,商务印书馆2011年版。

黄怀信《大学中庸讲义》,清华大学出版社2013年版。

郭芹纳、吴秋本《〈笠翁对韵〉中的出韵现象》,载《中国训诂学报》第一辑（商务印书馆2009年版）。

商衍鎏《清代科举考试述录》,生活·读书·新知三联书店1958年版。

钱锺书《管锥编》,中华书局1979年版。

（韩）南羲采《龟磵诗话》,载（韩）赵钟业编《韩国诗话丛编》,汉城太学社1996年版。

俞为民《宋元南戏考论续编》,中华书局2004年版。

黄崇兰《国朝贡举考略》,鲁小俊、江俊伟校注,武汉大学出版社2009年《贡举志五种》排印本。

金武祥《粟香随笔》,《续修四库全书》本。

鲁迅《鲁迅全集》,人民文学出版社 2005 年版。

梁启超《中国历史研究法》,载《饮冰室合集》,中华书局 1989 年版。

王昆吾《中国早期艺术与宗教》,东方出版中心 1998 年版。

赵翼《廿二史札记》,凤凰出版社 2008 年版。

顾炎武著、黄汝成集释《日知录集释》,上海古籍出版社 2006 年版。

刘勉《辋川游止:王维天宝前期的心路历程》,载张伯伟、蒋寅主编《中国诗学》(第十九辑),人民文学出版社 2015 年版。

马国翰《玉函山房辑佚书》,广陵书社 2005 年版。

胡可先《〈全宋诗〉误收唐诗考》,《中国典籍与文化》2005 年第 3 期。

吕思勉《白话本国史》,上海古籍出版社 2005 年版。

彭定求等编《全唐诗》,中华书局 1960 年版。

王鸣盛《十七史商榷》,凤凰出版社 2008 年版。

吕思勉《隋唐五代史》,上海古籍出版社 2005 年版。

陈尚君编《全唐诗补编》,中华书局 1992 年版。

邓小军《〈隋书〉不载王通考》,《四川师大学报》1994 年第 3 期。

张宁宁《录东皋子答陈尚书书真伪辨》,《社会科学辑刊》2013 年第 6 期。

缪钺《关于杜牧〈清明〉的两个问题》,《文史知识》1983 年第 12 期。

卞东波《〈清明〉是杜牧所作吗》,《文史知识》2006 年第 4 期。

吕思勉《先秦史》,上海古籍出版社 2005 年版。

任半塘《唐声诗》,上海古籍出版社 1982 年版。

程俊英《诗经漫话》,上海文艺出版社 1983 年版。

赵超《日本流传的两种古代〈孝子传〉》,《中国典籍与文化》2004 年第 2 期。

高亨《周易大传今注》,齐鲁书社 1979 年版。

裘锡圭《寒食与改火——介子推焚死传说研究》,载《古代文史研究新探》,江苏古籍出版社 1992 年版。

陶敏等《沈佺期宋之问集校注》,中华书局 2001 年版。

许宗彦《记南北学》,载《清经解·鉴止水斋集》,上海书店 1988 年版。

冯友兰《新世训——生活方法新论》,北京大学出版社 1999 年版。

钱大昕《十驾斋养新录》,江苏古籍出版社 2000 年版。

李剑国《唐前志怪小说史》(修订本),天津教育出版社 2005 年版。

梁超然《〈唐才子传〉晚唐诗人传笺证》,载《三书斋文存》,广西人民出版社 2010 年版。

刘大白《旧诗新话》,中国书店 1983 年版。

陈寅恪《元白诗笺证稿》,生活·读书·新知三联书店 2009 年版。

李民《〈尚书·金縢〉的制作时代及其史料价值》,《中国史研究》1995 年第 3 期。

袁珂《神话论文集》,上海古籍出版社 1982 年版。

王引之《经义述闻》,江苏古籍出版社 2000 年版。

(日)出石诚彦《牵牛织女传说的考察》,《文学遗产》2013 年第 5 期。

张宏生《杨慎词学与〈草堂诗余〉》,《南京师范大学学报》2008 年第 2 期。

邱江宁《明清江南消费文化与文体演变研究》,上海三联书店 2009

年版。

顾颉刚《九州之戎与戎禹》,载《顾颉刚集》,中国社会科学出版社2001年版。

陈尚君《范摅〈云溪友议〉：唐诗民间传播的特殊记录》,《文学遗产》2014年4期。

赵翼《陔余丛考》,河北人民出版社2007年版。

梁章钜、郑珍《称谓录　亲属记》,中华书局1996年版。

韩建立《也谈〈笠翁对韵〉的出韵现象》,《现代语文》2015年第7期。

王士禛《居易录》,文渊阁《四库全书》本。

王鼎《焚椒录》,文渊阁《四库全书》本。

缪荃孙编《辽文存》,台北成文出版社1967年影印光绪二十二年刊本。

章培恒、刘骏《关于李陵〈与苏武诗〉及〈答苏武书〉的真伪问题》,《复旦学报》1998年第2期。

陈衍《石遗室诗话》,人民文学出版社2004年版。

（日）小南一郎《中国的神话传说与古小说》,中华书局2006年版。

简宗梧《长门赋辨证》,（台湾）《大陆杂志》第46卷第2期（1973年2月）。

杭世骏《订讹类编》,中华书局1997年版。

吴敬梓《金陵景物图诗》,载中国社会科学院文学研究所编《中国文学资料丛刊》,知识产权出版社2010年版。

陈文述《秣陵集》,南京出版社2009年版。

曹道衡《乐府诗选》,人民文学出版社2000年版。

党芳莉《八仙信仰与传说研究》,黑龙江人民出版社2006年版。

俞平伯《唐宋词选释》，人民文学出版社1979年版。

王同轨《耳谈类增》，中州古籍出版社1994年版。

（日）神田喜一郎《日本填词史话》，北京大学出版社2000年版。

诸葛忆兵《论帝王词作与尊体之关系》，《中山大学学报》2014年第2期。

李俊标《曾巩研究》，中国社会科学出版社2011年版。

钱锺书《宋诗选注》，生活·读书·新知三联书店2002年版。

吴企明《蓼溪诗学丛稿初编》，广西师范大学出版社2012年版。

张鉴《眉山诗案广证》，光绪十年江苏书局刻本。

赵翼《瓯北诗话》，人民文学出版社1998年版。

李文辉《燕京八景等九则千古之谜探赜索隐》，中国铁道出版社2014年版。

游国恩《楚辞概论》，民国十九年上海商务印书馆排印王云五主编《万有文库》本。

马瑞辰《毛诗传笺通释》，中华书局1989年版。

骆玉明《诗里特别有禅》，浙江文艺出版社2013年版。

陆以湉《冷庐杂识》，中华书局1997年版。

朱彝尊《静志居诗话》，人民文学出版社1990年版。

张维屏《国朝诗人征略二编》，《续修四库全书》本。